KB271010

아버지는 누구일까

아버지는 누구일까

김종윤 장편소설

자유지성사

아, 아버지!

한 남자가 있었다. 위로 두 형은 양반은 손에 흙을 묻혀서는 안된다는 생각이 강했고, 집안의 힘든 일은 모두 막내 차지가 되었다.

전쟁이 터지고, 남자는 전쟁터로 나갔다. 그리고 전쟁이 끝나서야 집으로 돌아왔다. 가난은 더 지독하게 집안을 에워싸고 있었다.

전쟁에서 얻은 후유증으로 더 이상 농사일을 할 수가 없었다. 그는 서울로 터전을 옮겼다. 그에게 서울은 혹독한 겨울과도 같은 곳이었다. 자전거에 물건을 싣고 상점마다 찾아다녔다. 밤이면 큰 시장에 나가 지게꾼 노릇을 했다.

힘들지는 않았다. 자식들이 무럭무럭 잘 자라 주고 있었으니까. 그리고 착하고 살림 야무진 아내는 따뜻한 밥을 놋그릇에 담아 아랫목에 묻어 놓고 피곤에 지쳐 들어오는 그를 기다려 주었다.

하지만 큰딸이 결혼을 하고, 작은딸이 고등학교를 다닐 무렵, 그는 천청벽력 같은 사실을 알게 된다. 후두암이었다. 2

년밖에 살 수 없다고 했다.

그는 한 가지씩 차근차근 정리해 나갔다. 집문서를 아내 이름으로 돌리고, 큰조카를 불러다 아직 어린 두 아들을 신신당부했다.

학교에도 갔다. 큰아들이 다니는 학교였다. 손에 스케치북과 크레용을 사 들고서였다. 아침 나절에 아이는 스케치북과 크레용을 사야 된다며 울면서 학교에 갔던 것이다.

아이는 할아버지처럼 늙은 아버지를 창피하게 여겼다. 들고 온 스케치북과 크레용만 받아 들고 교실로 달아났다.

그래도 그는 서운하지 않았다. 저 철부지 아들이 꿋꿋하고 씩씩하게 자라 주길 선 채로 기도했을 뿐이었다.

하지만 한 가지, 심하게 치매에 걸린 노모만은 어쩔 수가 없었다.

그는 통증에 시달릴 때마다 노모를 붙들고 매달렸다.

"제발 빨리 가세요. 어머니. 제발……."

그는 어머니가 누군가의 짐으로 남겨지는 것이 두려웠던

것이다.

“너나 죽어. 나는 안 죽을 거야!”

노모는 몸부림치는 아들을 냉정하게 뿌리쳤다.

아들의 시신이 집을 떠나던 날, 노모는 대문 가에 서서 자꾸만 손을 까불었다. 어서 가라는 듯이. 잘 가라는 듯이. 어쩌면 어여 빨리 오라는 손짓이었을지도 몰랐다.

그리고 얼마 후, 노모는 아들을 따라가듯, 서둘러 숨을 거두었다.

세월이 흘렀고, 아들의 무덤에도 노모의 무덤에도 파란 잔디가 무성하게 자랐다. 가난과 절망과 맞서 싸웠던 불행했던 한 세대는 그렇게 무덤으로 남아 있는 것이다.

‘아버지가 살아야 나라가 산다’

그런 문구가 있다. 아버지 부재 시대는 불행하기 짝이 없는 시대이다. 아버지는 한 가정의 가장이기도 하지만 한 나라를 지탱하고 완성해 가는 주춧돌 역할을 하기 때문이다.

과연 지금 우리의 아버지들은 어디에 있을까? 피곤에 지쳐 들어오는 아버지를 위한 따끈한 밥은 아직도 아랫목에 묻혀 있을까?

이 책은 2002년도에 첫 출간되었다.

그러다 개정판을 내게 되었다.

몇 년의 세월이 흘렀지만 여전히 아버지의 부재 시대는 끝나지 않았다.

그러나 우리는 믿는다. 한 나라를 지탱하고 완성해 가는 주춧돌 역할을 해주었던 아버지는 다시 돌아와 이 나라의 모든 젊은이의 정신을 바짝나게 해주리라는 것을.

2007년 3월에

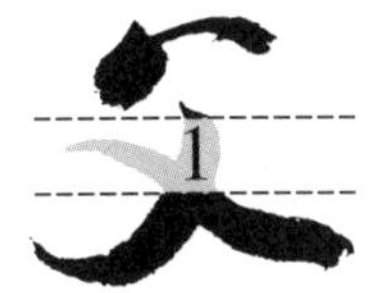

네 살 때였습니다.

이른 아침 누군가 흔들어 깨우는 소리에 잠에서 깨어났습니다.

"일어나. 얼른 일어나서 창문을 내다 봐. 빨리. 그렇게 늦잠만 자고 있으면 너만 손해야. 빨리 일어나봐."

사촌 명훈이 형 목소리 같았습니다. 그 형은 우리 집에 어쩌다 놀러오면 잠시도 가만있질 못했습니다. 얼마나 정신없이 노는지 온 집안을 벌집으로 만들어 놓기 일쑤였지요. 오죽하면 엄마는 그 형이 호랑이보다 더 무섭다고 했을까요. 그러면 저는 아주 작게 고개를 끄덕이며 나도 싫어, 맞장구를 치고는 했습니다.

실은 형이 오는 날이 저는 가장 즐거웠습니다. 그래도 엄마 앞에서는 살짝 거짓말을 하고는 했던 것이지요. 그래야 엄마가 좋아하니까요.

할머니가 계시기는 하지만, 낮에는 거의 엄마하고 단 둘이서만 집에 있기 때문에 저는 누군가 오는 날을 제일 좋아했습니다.

어쩌다 그 형이 오는 날이면 저는 아침부터 장난감을 감추느라 정신이 없었습니다. 아무리 꼭꼭 감춰도 반드시 찾아내고야 마는 형을 구경하는 일이 정말 즐거웠으니까요.

"일어나. 얼른 일어나란 말야. 일어나서 창문을 내다 보란 말야."

소리는 끊임없이 귓가를 맴돌았습니다.

저는 번쩍 눈을 떴습니다. 그리고 한걸음에 뛰어가 창문 앞에 놓인 의자에 발딱 올라 섰지요.

그러면서 소리를 질렀습니다.

"우와, 눈이다. 눈! 하얀 눈이 세상을 다 먹어 버렸어. 세상이 없어졌어!"

저는 소리치면서 온 방 안을 뛰어다녔답니다. 토끼처럼 깡충깡충.

엄마 덕분에 저는 아주 어려서부터 동화를 많이 귀담아 들었지요. 그래서 비록 네 살밖에 안 되었지만 그 정도의 표현은 얼마든지 할 수 있을 만큼 상상력이 풍부한 아이였습니다.

방을 뛰어나와 마루로, 그리고 안방과 부엌을 헤집고 다니면서 노래를 부르듯 수선을 피웠지요.

“눈이 다 먹어 버렸어, 엄마. 집도 먹고, 차도 먹고, 나무도 먹고, 다 먹어 버렸어. 우리는 지금 눈 괴물 뱃속에 있어, 엄마. 괴물 뱃속에서 탈출해야 된단 말이야.”

아직 동생들이 안 태어났을 때였습니다. 집안은 제 목소리 빼고는 퍽 고요했습니다. 할머니도 시골에 가시고 안 계셨으니까요.

“쉿, 그렇게 떠들면 눈 괴물이 깨어나. 그러면 우리는 괴물 뱃속을 탈출할 수가 없잖아.”

엄마가 방에서 나오며 손가락으로 입술을 막았습니다. 저는 입을 가리며 킥킥 웃었지요.

“근데, 엄마 우리 어떻게 괴물 뱃속을 탈출해?”

저는 엄마 귀에 대고 작은 소리로 속삭였습니다. 그러다 엄마 대답을 듣기도 전에 환호성을 질렀습니다.

“아빠 왔어, 엄마? 아빠가 현장에서 돌아왔어? 엄마랑 나랑 괴물 뱃속에서 구해 줄려고 왔어?”

저는 제멋대로 소리쳤습니다. 엄마는 그냥 소리없이 웃었습니다.

아빠는 건설 회사에 다니고 있었습니다. 현장이 아주 먼 데 있었습니다. 그래서 아빠는 어쩌다 한번 집에 돌아오는 것이 고작이었습니다.

한 달에 한 번 정도 집에 들리거나 아니면 엄마와 내가 공사 현장까지 버스나 기차를 타고 가 만나고는 했습니다.

어떤 때는 엄마와 내가 찾아갔는데도 아빠 모습이 안 보일 때도 있었습니다.

"엄마가 찾아온다는 연락을 하지 않았거든. 그래서 아빠가 모르고 계셔."

엄마는 그렇게 말하고 아빠 옷도 빨고, 방도 청소하면서 아빠를 기다렸습니다. 그러면 아빠는 아주 늦은 시간에 피곤한 모습으로 돌아오고는 했습니다.

"아빠, 어디 갔다 왔어?"

내가 물어도 아빠는 으응, 하면서 고개만 끄덕였습니다.

"손에 무슨 잉크를 그렇게 잔뜩 묻혔어요?"

엄마가 까만 잉크가 묻은 아빠 손가락을 보며 그렇게 물으면 조금 놀라는 표정을 짓는 것이 전부였습니다.

어느 날은 잠에서 깨어나 보면 머리맡에 장난감이나 과자가 놓여 있고는 했습니다. 그건 아빠가 회사 차를 타고 잠깐 집에 들렀다가 다시 현장으로 가 버렸다는 뜻이 됩니다.

처음에는 아빠가 그냥 가 버렸다고 떼를 쓰며 울었지만 언젠가 아빠가 맡은 현장을 다녀온 뒤로부터는 안 그랬습니다. 아빠는 강 한가운데를 가로지르는 다리 공사를 하고 있었습니다.

"옛날에는 배를 타야만 이 강을 건널 수 있었지만 앞으로는 차를 타고 건널 수도 있고 걸어서 건널 수도 있어. 비나 눈이 많이 와도 이젠 걱정없지."

아빠는 여기서 저기까지 끝도 보이지 않는 현장을 손가락으로 가리켰습니다.

그리고 몇 달 후 다시 그곳을 찾았을 때, 아빠는 나를 차에 태우고 그 긴 다리를 건넜습니다.

다리 밑으로는 파란 강물이 넘실대고 있었습니다. 저는 다리 위를 씽씽 달리는 차 안에서 아빠는 뭐든지 다 할 수 있는 사람이고, 몹시 바쁜 사람이니까 장난감을 머리맡에 놔두고 그냥 가 버렸어도 울지 말자고 제 자신과 약속을 했지요.

그렇게 뭐든 척척 다 해내는 우리 아빠가 이번에는 괴물 뱃속에 갇힌 우리를 구해 주려고 달려왔다는 것입니다. 저는 벙긋벙긋 벌어지는 입을 간신히 다물었지요.

그러면서 벽에 걸린 아빠 사진을 향해 충성! 커다랗게 외치며 거수 경례를 해보았습니다. 아빠는 커다란 총을 어깨에 척 걸치고 야자수 밑에 서 있습니다. 아주 씩씩한 군인 모습입니다.

그 사진은 할머니가 제일 좋아하는 아빠 사진이었습니다.

"네 아빠가 말 한마디 없이 월남으로 가 버리고 나서 얼마나 속을 끓였는지 모른다. 그런데 저 사진이 왔을 때, 죽은 사람이 살아 돌아왔대도 그렇게 기쁘진 않았을 것이다. 아빠가 무사히 돌아올 때까지 신주단지 모시듯 했던 사진이다."

할머니는 간혹 저한테 그렇게 설명하고는 했습니다. 눈물을 글썽이면서 말이지요.

그래서 항상 마루 한가운데 벽에 붙어 있고는 하지요. 엄마는 별로 좋아하는 것 같지 않았지만 할머니 눈치를 보느라 모르는 척하는 것 같았습니다.

그런데 저는 조금씩 불안해지기 시작했습니다. 혹시 눈 괴물이 아빠보다 힘이 엄청 셀 수도 있으니까요.

"근데 아빠는 괴물하고 어떻게 싸워? 괴물 힘이 세면 어떻게 해?"

저는 걱정스런 표정으로 엄마를 보았습니다.

"아빠는 뭐든지 다 할 수 있잖아. 그래서 이깟 괴물쯤은 한 손으로도 해치울 수 있어."

엄마 대답에 저는 다시 환한 얼굴이 되었습니다.

"아빠는 씩씩한 군인이었으니까 총으로 타타타 쏘면 돼. 그치? 그러면 괴물들이 으악! 하고 쓰러져."

저는 장난감 총으로 괴물을 쏘아 죽이는 시늉을 하고는 으악, 비명을 지르며 마루에 벌렁 드러누웠습니다.

아빠는 정말 무엇이나 다 척척 해내는 사람이었습니다. 강 위에 다리를 놓는 일은 물론이고 힘도 장사였습니다.

추석 때, 시골에 있는 마을 회관에서 씨름 대회가 열렸는데, 아빠가 일등을 했습니다. 으라찻차, 아빠가 큰소리로 기합을 넣을 때마다 덩치 큰 아저씨나 형들이 나무토막처럼 픽픽 쓰러졌습니다.

그 날 아빠는 털이 누런 송아지 한 마리를 상으로 받았습니다. 저는 그 송아지를 집에 데려 오고 싶었습니다.

"큰아버지께 추석 선물로 드리자."

아빠가 그렇게 말했기 때문에 저는 송아지를 집에 데려가자고 떼를 쓸 수가 없었습니다. 저는 그 뒤, 큰집에 갈 때면 제일 먼저 외양간으로 달려가고는 했습니다.

"안녕! 안녕! 잘 있었어? 이거 먹어. 너 주려고 갖고 왔어."

저는 먹지 않고 아껴둔 과자를 소 입에 넣어주며 좋아했습니다.

저만 소가 반가운 것이 아니었습니다. 할머니, 아빠, 엄마, 모두 그랬습니다.

"잘 자라서 논도 사고 밭도 사고, 우리 명훈이, 명철이 공부도 시키고 그러거라."

할머니는 소를 볼 때마다 털을 쓰다듬어 주며 중얼거리고는 했습니다. 절에서 부처님 앞에서 그러는 것처럼 말이에요. 그런데 어느 날, 큰집에 가보니 외양간이 텅 비어 있었습니다. 소 모습이 보이지 않았습니다.

"히히. 여기로 들어갔어."

소가 어디 갔느냐고 묻자, 명훈이, 명철이 형은 자랑스럽게 자기 배를 두드렸습니다. 마당에는 소 털이 군데군데 굴러다니고 있었습니다. 마당 끝에 있는 감나무에는 빨간 피도 묻어 있었구요.

엊그제 큰아버지가 동네 사람들과 함께 그 소를 잡았다고 했습니다.

그 날 밥상 위에는 고기 반찬이 잔뜩 올라 있었지만 저는 아무것도 먹지 않았습니다. 소가 슬픈 표정으로 저를 쳐다보면서 눈물을 뚝뚝 흘리고 있는 것만 같았거든요.

“새끼 낳게 해서 한 마리씩 늘려가면 큰 재산이 될 텐데…….”

돌아오는 길에 엄마가 그렇게 말했지만, 아빠는 한 마디도 하지 않았습니다.

아빠도 소가 없어져서 많이 속상했나 봅니다.

그 뒤, 아빠는 절대 씨름 대회에 나가지 않았습니다. 그래도 저는 세상에서 우리 아빠가 제일 씨름을 잘한다고 굳게 믿었습니다.

“근데 아빠도 괴물이 먹어 버렸어?”

저는 엄마 꽁무니를 졸졸 따라다니며 물었습니다. 만일 어젯밤에 집에 돌아왔다면 아빠도 우리처럼 괴물 뱃속에 갇혀 버렸을 테니까요.

“아니, 아빠는 우리를 구해 주려고 용감하게 괴물 뱃속으로 뛰어들어 오셨어. 잡아먹힌 건 아니야.”

“제페트 할아버지처럼?”

저는 피노키오를 구하러 온 제페트 할아버지 생각이 나서 얼른 그렇게 물었지요.

“그래, 제페트 할아버지처럼.”

엄마가 고개를 끄덕였습니다. 잘못 본 것이 아니라면 엄마 눈에는 눈물이 가득 고여 있었습니다.

엄마가 울면 정말 싫습니다. 저도 울고 싶어지니까요.

"엄마, 속상해? 왜?"

저는 금방 시무룩해져서 그렇게 물었습니다.

"아니."

엄마가 고개를 저었습니다. 그렇지만 엄마 눈에서는 굵은 눈물이 어느새 뚝뚝 떨어지고 있었습니다. 저는 그때서야 엊그제 엄마가 할머니 때문에 아빠하고 많이 싸웠던 일을 떠올렸습니다.

그 날, 엄마는 할머니 앞에서 많이 울었습니다. 할머니가 기차에 깔려 죽겠다고 했거든요. 엄마가 할머니의 떨어진 양말을 버렸는데, 그 일 때문에 할머니가 많이 화를 냈습니다.

"시에미가 싫으면 벗어 놓은 고무신짝도 끔찍해 보인다더니, 얼마나 내가 싫으면 멀쩡한 양말을 내다 버려!"

"다 떨어져서 새로 사 드리려고 그랬어요. 그냥 놔두면 계속 신으실 것 같아서 그랬다구요."

엄마가 아무리 그렇게 말해도 할머니는 화를 풀지 않았습니다. 그리고 기차에 깔려 죽겠다고 했습니다.

"그렇게 시에미가 싫으면 어쩔 수 없구나. 질긴 목숨 숨 끊어질 때까지 기다렸다가는 네가 제 명에 못 살겠다고 할 테고, 내가 기차에라도 깔려 죽는 수밖에."

그러면서 보따리를 챙겨 들고 현관을 나섰습니다.

"제발 이러지 마세요, 어머니. 잘못했어요. 아범이 알면 뭐라고 하겠어요."

엄마가 할머니 팔을 붙들었지만 할머니 힘이 엄마보다 더 셌습니다. 엄마는 할머니 손에 떠밀려 저만큼 나가 떨어졌습니다.

"할머니, 죽지 마. 할머니, 잘못했어, 죽지 마."

저까지 매달려 할머니를 붙들었습니다.

아빠가 들어선 것은 그때였지요. 아빠는 굉장히 키가 컸습니다.

"왜 그래?"

아빠는 신발도 벗지 않은 채 우뚝 서서 소리부터 질렀지요. 아빠 머리에 도깨비 뿔이 솟아 있는 것 같았습니다. 엄마는 얼른 아빠한테 매달렸습니다.

"제발 어머니 좀 말려요. 별 것도 아닌데 저렇게 화를 내고 계세요."

엄마는 울고 있었습니다. 아빠를 보니까 참았던 눈물이 쏟아졌나 봅니다.

그렇지만 아빠는 엄마 편을 들지 않았습니다.

"어머니한테 어떻게 했길래 그래? 당신 뭐하는 여자야!"

아빠는 다짜고짜 화부터 냈습니다. 엄마만 놀란 것이 아니었습니다. 저도 개미만큼 작아져서 얼른 방문 뒤로 몸을 숨겼습니다. 저는 아빠가 화를 내면 정말 무서웠습니다.

그때서야 할머니는 얼른 표정을 바꾸었습니다.

"화낼 것 없다. 내가 못나서 며느리한테 이런 대접 받는 건데 누굴 원망해. 화낼 것 없다. 다 내 잘못이야."

할머니는 그렇게 말하고는 힘없이 방으로 들어갔습니다.

저는 그 날 밤중까지 말다툼을 벌이는 엄마, 아빠 목소리를 들어야 했습니다.

"당신 집이 얼마나 부자였는지는 모르겠지만 그렇게 살림을 함부로 하면 뭐가 남아 나겠어? 내가 뼈 빠지게 일한다고 일원 한 푼 남아나겠어?"

"내가 뭘 낭비하고 살죠?"

"어머니 말씀 하나도 틀리지 않아. 당신은 너무 헤프게 살림을 해. 당신 친정은 부자니까 그렇게 살아도 되는지 모르겠지만 우리는 아니야."

"친정 잘 사는 것도 죄예요? 당신 집 가난한 것이 무슨 훈장감이냐구요?"

"가난은 죄야. 당신이 그걸 알기나 해!"

"제발 이러지 말아요. 도대체 내가 뭘 잘못했다고 이래요!"

엄마는 울고 있었습니다.

저는 달려 가 엄마 눈물을 닦아주고 싶었지만 그럴 수가 없었습니다. 아빠가 무서웠거든요.

할머니는 큰아버지가 소를 잡아 먹었어도 화를 내지 않았습니다. 아빠도 그랬구요. 정말 한 마디도 하지 않았습니다. 그런데 왜 다 떨어진 양말을 버렸다고 엄마를 야단치는 것일까요? 양말은 시장에 가서 돈을 주면 얼마든지 살 수 있지만, 소는 아니잖아요.

"내가 세상에서 제일 무서워하는 것이 무엇인지 알아? 가난이야, 가난! 어머니가 왜 그렇게 화를 내시는지 정말 모른단 말이야?"

아빠는 좀처럼 화를 풀지 않았습니다.

월남 전쟁에 나가서 용감하게 싸우기도 하고, 사우디로 가서 더위와 싸우면서 돈을 벌고, 씨름 대회에서 일등을 하고, 강물 위로 튼튼한 다리를 만들 줄도 알지만, 아빠가 이길 수 없는 적이 있을지도 모른다는 생각을 처음으로 했습니다. 아빠가 아무리 노력하고 애를 써도 그 적은 절대 이길 수 없을지 모른다고.

저는 이불 속에 숨어서 아무 소리도 듣지 않으려고 애를 쓰다 잠이 들고 말았습니다.

이튿날 잠에서 깨어나 보니 아빠는 어느새 현장으로 떠나고 없었습니다. 할머니도 시골에 가고 안 계셨구요.

엄마는 하루 종일 슬픈 표정으로 지냈습니다.

"엄마가 잘못한 거니? 엄마가 그렇게 잘못했어?"

집안 청소를 하면서 몇 번 같은 말을 물었을 뿐입니다.

"엄마, 아빠랑 할머니랑 싸웠어? 그럼 엄마가 먼저 미안해,

그래. 사이좋게 놀아야 되잖아."

친구들하고 싸우면 엄마가 나를 타일렀던 것처럼 그렇게 말했습니다.

"할머니랑 아빠는 한편이야. 그래서 엄마는 절대 이길 수가 없어. 엄마는 힘이 없잖아……. 사과해도 소용없어."

엄마는 힘없이 대답했습니다.

저는 엄마 말을 잘 이해할 수는 없었습니다. 어른들은 우리더러 싸우지 말고 사이좋게 지내라고 하면서 더 심하게 싸우니까요.

엄마는 그 일 때문에 아직도 화가 안 풀렸나 봅니다. 그래서 지금도 눈물을 흘리고 있는 것이구요.

세상은 정말 하얬습니다. 마당, 나무, 지붕, 담장, 장독, 모두 하얀 세상이었습니다. 참새 한 마리가 포르르 날아와 그 하얀 세상에 콕콕 발자국을 찍으며 놀았습니다. 괴물 뱃속에 갇힌 줄도 모르는 바보처럼.

"기다려. 우리 아빠가 너도 구해줄 거야."

저는 참새를 향해 가만히 말해주었습니다. 창문으로 하얀 입김이 동그랗게 서렸습니다.

아침을 먹은 후에 엄마는 제 머리에 모자를 씌워 주고, 두꺼운 점퍼를 입히고 손에는 장갑까지 끼워 주었습니다. 그리고 가방 하나를 손에 들고 현관을 나섰습니다.

"쉿, 괴물이 깨어나면 큰일 나. 그러니까 기침이 나와도 꾹 참아야 해?"

엄마는 다시 한 번 손가락으로 입술을 가렸습니다. 그런데 진짜로 기침이 나오려고 했습니다. 저는 조금만 찬 바람을 쐬여도 콜록콜록 기침을 심하게 했습니다. 엄마는 아빠 닮아서 그런다고 했습니다.

저는 얼굴이 빨개지도록 기침을 꾹 참았지요. 우리는 지금 괴물 뱃속을 탈출하는 것이니까요.

"아빠는?"

저는 엄마 손에 이끌려 밖으로 나가면서도 보이지 않는 아빠를 궁금해 했습니다.

그리고 대문 앞에서 깜짝 놀라고 말았습니다. 글쎄, 아빠보다 더 큰 눈사람이 대문 앞에 서 있질 않겠어요.

"우와, 큰 눈사람이다!"

저는 큰 소리로 만세를 불렀습니다.

"이런, 괴물이 눈사람으로 변해 있었구나?"

엄마는 나무토막으로 만들어진 눈사람 눈썹을 똑바로 해주었습니다.

노란 모자에 파란 넥타이, 그리고 빨간 입술을 하고 있는 눈사람은 참 웃겼습니다. 내 빨간 양말로 만들어진 입술이 가장 우스웠습니다. 꼭 삐에로 같았습니다. 우스꽝스러운 옷을 입고 얼굴에 알록달록 화장을 하고 재롱을 피우는 삐에로 말이에요.

"이제부터는 아무 걱정하지 않아도 돼. 괴물이 이렇게 잡혔으니까."

엄마는 대문을 단단히 잠근 뒤에 내려 놓은 가방을 집어들었습니다. 그러고는 내 손을 꼬옥 잡으며 낮은 목소리로 말했지요.

"가자."

저는 그 말이 갑자기 무서웠습니다. 아니, 그 목소리가 무서웠습니다.

저는 고집이 셉니다. 뭔가 마음에 안 들어 떼를 쓰기 시작하면 할머니는 절대 저를 이길 수 없습니다. 하지만 엄마한테는 번번이 지고 맙니다. 저 목소리 때문이지요. 낮지만 강철보다 더 강하게 느껴지는 목소리를 들으면 이상하게 울음이 뚝 멈춰지고는 했습니다.

엄마는 하얗게 눈이 쌓인 골목을 서두르지 않고 걸어나갔습니다.

저는 엄마 손에 이끌려 걸어가다 말고 뒤를 돌아다보았습니다. 엄마 발자국과 제 발자국이 나란히 콕콕 찍혀 있었습니다. 바람이 불면서 휘날린 눈가루가 네 개의 발자국을 살짝 덮었습니다.

"엄마, 어디 가?"

저는 갑자기 불안해져서 그렇게 물었습니다.

대문 앞에 서 있는 눈사람이 아빠일지 모른다는 생각을 했던 것입니다. 아빠가 괴물과 싸우다 그렇게 눈사람으로 변한 것이라구요. 아빠 힘으로는 절대 이길 수 없는 무서운 적한테 사로잡혀 눈사람이 된 것이라구요. 그런데 엄마는 아빠를 구해줄 생각도 않고 도망치는 것이라구요.

"엄마, 미워. 엄마 미워!"

저는 엄마 손을 뿌리치고 대문 앞으로 뛰어갔습니다. 그리고 눈사람을 붙들고 큰 소리로 울기 시작했습니다.

눈사람이 슬픈 얼굴로 나를 내려다보고 있는 것만 같았습니다.

그렇지만 나는 아직 네 살이었습니다. 네 살짜리 꼬마 힘으로는 눈사람으로 변해버린 아빠를 도울 수 있는 일이란 아무것도 없었습니다.

"내가 왜 여기 있지?"

근태는 정신을 가다듬으며 사방을 두리번거렸다. 그네며 미끄럼틀이 있는 걸 보니 아파트 마당에 있는 놀이터인가 보다. 모래 위에 털썩 주저앉아 있었는지 옷에 모래가 잔뜩 묻어 있었다.

벤치에 앉아 술이 깨기를 기다린다는 것이 그만 잠이 들었던 모양이다. 그러다 잠이 든 채 벤치 아래 모래로 떨어졌을 것이고.

모래 위에 앉은 채로 참 많은 꿈을 꾸었던 것 같다. 무슨 꿈이었던가.

수족 불편한 형을 업고 냇물을 건너다 깊은 물에 빠져 허우적거리면서도 떠내려 가는 형의 이름을 목메어 불렀던 것도 같고, 콩밭을 메다 독사에 물린 어머니 다리를 죽어라 빨아내며 울부짖었던 것도 같고······.

전쟁 중에 수없이 많은 적군과 아군이 죽었다는 까치봉에
서 커다란 뼈로 칼싸움을 하며 노는 꿈을 꾸었던 것 같고, 산
봉우리로 올라가 폭탄 조각이나 총알 따위를 주워다 팔던 어
머니 바로 앞에서 폭탄이 꽈앙, 요란한 소리를 내며 터졌던
꿈을 꾸었던 것 같고, 그 폭탄에 이웃집 봉팔 아저씨 육신이
갈갈이 찢어진 모습을 본 것도 같고······.

또 있었다.

사랑했던 여자와 마지막 인사도 못 한 채 헤어졌던 일, 월
남으로 떠나는 거대한 배 앞에서 철모를 쓴 채 하늘을 찌를
것 같은 요란한 환송식을 받으며 애국가를 따라 부르던 모습,
사막 위에서 망막이 터져버릴 것 같은 햇살을 이기며 땀을 흘
리는 모습······.

얼마나 오래 잠을 잤길래, 그 많은 일을 꿈으로 다 보았단
말인가. 근태는 몸을 일으키며 쓰게 웃는다. 어린 시절부터
지금까지 겪었던 숱한 일들을 그렇게 꿈으로 꾸고 지금 마악
잠에서 깨어나는 것 같다.

"그래, 참 일도 많았어. 그렇지?"

근태는 혼잣말로 중얼거렸다. 그러다 발을 헛딛고 그 자리
에 벌렁 넘어지고 말았다.

"허어, 가만 놔두라니까!"

다짜고짜 고함부터 질렀다. 꼭 누군가가 뒤에서 붙들었던

것 같아서였다.

"나도 집이 있다 이거야. 붙잡지 마. 나도 우리 집에 갈 테니까 붙잡지 말라 이거야!"

근태는 큰소리를 쳐놓고 허, 빈웃음을 날렸다.

"집이라, 우리 집이라……."

다시 한 번 되뇌어보지만 여전히 내 것이 아닌 것을 내 것이라고 우기는 소리만 같다.

철부지 어린것들이 친구가 갖고 있는 무언가가 탐나는데, 가질 방법이 없으면 무턱대고 나도 그거 있어! 우리 아빠가 사다 줬어! 하고 거짓말을 하는 것처럼.

누구와 술을 마셨으며 어떻게 여기까지 왔는지 전혀 기억에 없다.

목포집에서 술을 마신 것은 정확히 기억났다. 하루가 멀다 하고 가는 집이니까 당연하다. 다른 날과 달리 목포집 주인인 안혜숙이 옆에 앉아 소주 몇 잔을 기울였던 것이며, 시조 시인인 그녀를 찾아온 문단 벗들과 같이 어울린 것까지는 기억이 났다. 그리고 그들이 읊어대던 시조 한 가락도.

참 오랜만에 구경해 보는 여유였고, 부러움이었다. 마치 그들과 근태 자신이 사는 세상이 너무도 다른 듯만 싶어 망연자실 시조 가락에 넋을 팔았던 것도 기억났다.

"어젯밤은 제책사 박사장하고 마셨고, 그제는 얼마 전에 그만 둔 김성철 영업부장하고 마셨고, 그그제는 김병호와 마셨고, 또 그 전날에도 김병호와 마시다 괜한 일로 싸웠고……."

근태는 손가락을 꼽아가며 따져본다.

그런데 오늘은 누구와 마셨는지 정말 기억이 안 난다. 다만 2년 넘게 지불되지 않은 5백만 원의 광고비 때문에 통장이 꼼짝없이 묶여 버린 것이 우울해 거푸 술잔을 비웠던 사실만 또렷이 기억났다.

그리고 제2 금융권에서 융자 받은 3천만 원을 여기 조금, 저기 조금, 그런 식으로 찢어 돈을 갚고 보니 나중에는 고작 몇 십만 원밖에 남지 않은 것이 허탈하고 화가 나 또 술잔을 비웠을 것이다. 참 힘겹게 얻어낸 융자였는데…….

그 돈을 다 갚자면 또 얼마나 힘겨울까. 생각할수록 어깻죽지 힘이 절로 빠져나간다.

"아니지, 아니지."

거기까지 생각하다 말고 근태는 고개를 가로저었다. 융자 건은 통장이 묶이기 전이니까 오늘이 아니라 어제일 것이다.

근태는 비틀비틀 걷기 시작했다. 정신을 가다듬으려 해도 몸 중심조차 잡기가 힘들다. 아무 생각도 나지 않았다. 어떤 생각이 났다가도 지우개로 지워내듯 까맣게 사라지기를 거듭했다. 까만 세상에 힘없고 나약한 인간 하나 비틀비틀 걸어가고 있다는 생각이 들 뿐이다. 능력없고 초라한 벌레 같은 인간 하나가. 그래서 또 화가 나려고 했다.

"몇 시나 된 거야?"

근태는 누가 옆에 있기라도 한 것처럼 큰 소리로 물었다. 그러다 흔들흔들 시계를 살폈다. 시계 바늘이 제멋대로 움직이며 눈 밖으로 달아나고 있었다. 근태는 가로등에 바짝 붙어서서 실눈을 뜨고 시계 바늘을 쏘아보았다. 그러다 혼자 고개를 가로저었다.

지금 시간이 몇 시인들 무슨 상관이랴. 어차피 내일은 또 올 것이고 내일 하루를 어떤 식으로든 견뎌내야 할 텐데 지금 시간이 10시면 어떻고, 12시면 어떻단 말인가.

"에이, 빌어먹을……."

근태는 혼자 투덜거렸다. 그러면서 목청을 가다듬고 노래를 부르기 시작했다.

"한 마안으은 이 세에상 저엉을 두우고 모옴만……."

비틀비틀 걸으며 목청껏 노래를 불렀다. 아는 노래라고는 그게 전부다. 다른 노래를 부르고 싶은데 도무지 아는 노래가 떠오르지 않았다.

"사안 토끼 토끼야아……."

고작 떠올린 것이 아주 어린 시절에 배운 동요다. 그것도 재미없다.

"한 마안으은 이이 세에상 저엉을 두우고 모옴만……."

근태는 다시 좀전에 부른 노래를 되풀이했다. 아는 것이 고작 그 부분뿐이라 흠집 난 레코트판처럼 부르고 또 불렀다.

　다른 사람들은 아는 노래도 많고, 부를 줄 아는 노래도 많던데, 근태 자신은 고작 흠집 난 레코드판 같은 노래 한 가락이 전부라는 사실에 다시 화가 치밀어 올랐다.

　참 이상도 하지. 요즘 왜 이렇게 화나는 일이 많은지 모를 일이었다. 바로 눈앞에서 전철을 놓쳤어도 화가 나고, 직원들 출근 시간이 조금만 늦어도 화가 나고, 엊그제 배본시킨 책이 벌써 반품으로 돌아오는 것이 화가 나고…….

　얼마 전까지만 해도 운명이고 팔자려니 하면서 어떤 어려움도 묵묵히 견뎌냈다. 이제는 일선에서 물러나 여행이나 하면서 말년을 즐기는 친구들 소식을 들을 때면 은근히 부럽기도 했지만, 그것도 제각각 타고난 복이려니 했었다. 환갑 넘은 나이에도 작지만 출판사 사장 노릇을 하고 있는 것이 고마울 따름이었다.

　그런데 요즘은 아니었다. 하나부터 열까지 화나고 짜증나는 일투성이었다. 도무지 되는 일이 한 가지도 없는 것만 같았다. 살아온 세월이 전부 실패했던 것처럼 남은 세월 또한 이런 식으로 지지리궁상으로 살다 그만일 것만 같았다.

　힘이 딸려서 그런 것일까. 아침에 일어나도 온몸이 찌뿌둥하면서 몰매를 흠씬 두들겨 맞기라도 한 것처럼 육신이 뻐근했고, 술 몇 잔만 마셔도 통째로 다 마신 것처럼 취하고 빨리 정신을 잃었다.

　뭔가 꽝, 소리를 내며 몸에 부딪친다. 자동차다.

자동차 뒤 트렁크에 세게 몸을 부딪친 근태는 그 자리에 털썩 주저앉았다.

"어떤 자식이 여기다 차를 세운 거야! 당장 나오지 못해!"

근태는 일어나 자동차를 발로 뻥뻥 걷어찼다.

누군가 세게 팔을 붙든다.

"많이 드셨어요?"

근태는 부엉이눈으로 뒤를 돌아보았다. 약간 짧은 스포츠머리, 작은아들 명현이다.

"아니, 네가 언제 온 거냐? 휴가 나온 거야?"

근태는 반가워하며 명현 어깨에 팔을 얹었다. 떡 벌어진 어깨가 든든하다. 명현이 근태 몸을 부축해 주었다. 자식놈이 아비 돌아올 시간을 기다렸다가 마중 나왔다는 사실이 여간 흐뭇하질 않다.

"아버지도. 저, 집에 온 지 사흘이나 됐잖아요."

"그래, 근데 왜 나만 몰랐지?"

근태는 순간적으로 얼굴을 찡그렸다. 식구들은 다 알고 있는 일을 자기 혼자만 또 모르고 있었던 것 같아 기분이 언짢았다.

"모르긴요. 아버지가 술 잡수시고 항상 늦게 오셔서 저랑 애기할 시간이 없었잖아요."

"그래, 그랬어?"

근태는 그때서야 기분을 풀었다. 이번에도 또 자기 혼자만 모르는 일이었다면 집에 들어가 가만있지 않았을 것이다. 그런데 술 마시고 늦게 들어왔기 때문에 이야기할 틈이 없었다면 그럴 필요까지는 없겠다. 오히려 미안할 일이었다.

아파트 입구 현관에 있는 경비실 오씨가 흘깃 건너다보고는 고개를 돌렸다. 그 모습이 또 눈에 거슬렸다.

"이봐, 당신이 대감마님이야! 왜 사람 보고도 인사할 줄을 몰라! 당신 밥줄 끊기고 싶어!"

근태는 다짜고짜 시비부터 걸었다.

"아버지, 왜 이러세요. 죄송합니다, 아저씨. 아버지가 술이 좀 과했어요."

명현이 대신 쩔쩔매며 사과를 했다. 근태는 그게 또 기분 나쁘다. 내가 뭘 잘못했다고 자식 놈이 죄송하다며 굽실굽실 절을 하냔 말이다.

"당신 정말 기분 나빠!"

근태는 오씨를 향해 삿대질을 해댔다.

"술에 많이 취하셨군요. 그만 들어가세요. 다른 집에 계신 분들이 아까부터 너무 시끄럽다고 인터폰을 해오고 있어요. 이 시간에 고래고래 노래를 부르시면 어떡합니까?"

오씨는 인상을 잔뜩 찡그리며 충고를 했다.

"하루이틀도 아니고, 허구헌날 이러시면 누가 좋아하겠어요? 어제도 공연시리 남의 집에 들어가 한바탕 난리를 피웠잖아요."

“이봐, 당신 말 다했어! 내가 뭘 허구헌날 그랬다는 거야, 엉?”

대뜸 경비실 안으로 뛰어들어갈 작정이었는데, 명현이 재빨리 엘리베이터 쪽으로 몸을 밀었다.

“에이, 이 짓을 때려치던가 해야지, 내 참 더러워서…….”

가래침 같은 소리가 뒤통수를 쳤다. 근태는 빠르게 경비실 쪽으로 갔지만, 명현이 더 빨랐다.

“제발 그만 하세요, 아버지!”

명현은 근태 팔목을 세게 붙들었다. 꼼짝 못할 정도로 센 힘이었다.

엘리베이터 안에서 명현은 한마디도 하지 않았다. 바닷속 같은 깊은 침묵이 네모 모양의 엘리베이터 안을 가득 채울 뿐이었다.

그런 침묵이 엉망진창으로 취한 정신을 조금 긴장시켜 주었다.

“아버지가 말이다, 친구하고 술 좀 마셨다. 괜찮지?”

근태는 짐짓 부드러운 목소리로 물었다.

“…….”

명현은 아무 대꾸도 하지 않았다.

“술이라도 마셔야 살 것 같아서 마셨다. 괜찮지?”

“…….”

근태는 자꾸만 괜찮냐고 물었지만 명현은 끝내 아무 대답도 하지 않았다. 우울한 표정으로 발부리를 내려다 보고 있을 뿐이었다.

"미안하구나, 미안해."

근태는 흩어진 머리카락을 쓸어올리며 혼잣말처럼 중얼거렸다. 자식에게 이런 모습을 보여준다는 것은 어쨌든 미안할 일이었다.

"아버지 얼굴이 많이 나빠 보여요. 이제 건강 좀 지키세요. 다른 사람들은 아버지 나이 되면 마시던 술도 끊는데, 왜 아버지는 거꾸로 잘 안 마시던 술을 그렇게 많이 드세요? 엄마 생각도 좀 하시구요."

"엄마 생각?"

근태는 명현 얼굴을 보았다. 자식들이 제 엄마를 더 많이 걱정한다는 것은 알고 있지만 대놓고 편을 들고 나오는 명현을 보니 맥이 풀렸다.

"허허, 그래, 그래. 늦게 배운 도둑질이 어쩐다고, 이 아버지가 좀 많이 마신다. 많이 마셔……."

근태는 헛웃음을 지어 보였다. 제 엄마 편을 들면서 못난 아비를 탓하는 자식이 여간 괘씸맞질 않았지만 표현도 할 수 없었다.

"아버지, 부탁이 있는데요."

명현이 고개를 들고 근태 얼굴을 보았다. 굵직한 명현 목소리에 근태는 순간적으로 긴장하고 만다. 다 큰 자식이라 저렇게 표정이 무거우면 괜히 눈치를 보게 된다.

"오늘은 집에 들어가셔서 엄마 괴롭히지 않았으면 좋겠어요."

"……."

"엄마, 많이 힘들어 하세요."

"……."

근태는 입술을 굳게 다물었다. 주먹으로 엘리베이터 벽이라도 세게 때리고 싶은 충동이 일었지만 꾹 참았다.

언젠가 명식도 명하도 똑같은 말을 했었다. 제발 엄마 좀 괴롭히지 말아주세요, 하고.

나도 힘들다고, 힘들어서 죽을 것 같다고 소리치고 싶었다.

왜 모두들 네 엄마 힘든 것은 잘도 알아주면서 아비가 밖에서 얼마나 많이 시달리고, 고통 받으며 견디는지는 눈곱만큼도 알아주지 않느냐고. 애들처럼 힘들어 죽겠다고 징징 우는 소리를 내야 그 심정을 알아주겠냐고.

술이 확 깨는 것 같았다.

엘리베이터 문이 열리고, 명현이 근태 팔을 잡았다.

"됐다."

근태는 짧게 말하고 성큼 엘리베이터를 걸어 나갔다.

집 안은 몹시 고요했다. 어머니는 워낙 한번 잠이 들면 세상 모르게 주무시니까 그렇다 치고, 아내, 명식, 명하 얼굴이 안 보였다.

현관 바로 옆에 있는 어머니 방을 지나면서는 발소리도 조심한다. 아주 오래된 습관이다. 어려서부터 일에 시달리다 잠든 어머니를 보면 근태는 숨소리도 죽이고는 했다. 어머니 잠을 방해해서는 절대 안 될 것 같아서였다.

사람이 들어왔는데도 누구 하나 얼굴도 내밀지 않는 것이 또 다시 근태 기분을 헝클어 놓고 말았다. 소외감 때문에 등줄기가 시렸다.

아무리 늦게 들어와도 아내가 저녁밥을 챙겨준다는 친구들의 자랑 소리가 문득 떠올랐다.

"명식아?"

근태는 공연히 큰아들 이름을 불러보았다.

"형이요? 형은 여기 없잖아요."

뒤따라오던 명현이 대신 대답했다.

"어디 갔는데?"

그렇게 묻다 말고 근태는 다시 입을 다물었다.

회사를 다니던 명식은 지난 봄에 대학원에 들어갔다. 그리고 회사 근처로 거처를 옮겨 갔다. 무슨 일간 신문사에 소설이 당선된 그 직후였으리라. 상금이 꽤 되는 모양이었고, 명식은 그 돈으로 오피스텔을 얻어 분가했던 것이다.

"명하는?"

근태는 다시 명하를 찾았다.

"명하는 내일 아침에 일찍 일어나서 학원 가야 되니까 깨우지 않는 것이 좋겠어요."

명현이 근태를 안방 쪽으로 잡아 끌며 대답했다. 여전히 단호한 목소리였다.

"아, 그렇지. 네가 그놈 좀 잘 붙잡아 줘라. 재수생이라고 사람 취급도 안 해주니까 많이 힘든 모양이더라."

"누가 사람 취급을 안 해줘요? 지가 공부 팽개치고 헛바람이 들어서 그런 걸 어떻게 해요. 저런 자식은 혼 좀 나야 해요. 혼 좀 나야 한다구요! 한 달 굶겨 놓고, 군기 좀 들게 하면 정신 차릴 거라구요."

"그래도 잡아주라면 잡아줘! 알았어!"

근태는 버럭 고함을 지르고 말았다.

못나도 자식이었다. 잘난 자식만 자식이 아니었다. 두 아들과 달리 쓸데없이 고집만 센 명하가 밉지 않은 것은 아니지만, 그래도 다른 사람이 그 애 탓하는 소리를 하면 정말 듣기 싫었다.

"알았습니다."

명현은 간신히 대답을 했다. 근태 말이 맞아서가 아니라, 귀찮아서 마지 못해 흘린 대답이었다.

근태는 자신도 모르게 한숨을 내쉬었다.

못난 꼴을 보여도, 부족한 구석밖에 없어도, 돈을 못 벌어와도, 어디 내세울 것 한 가지 없어도 식구들은 모두 이해하고 받아줬으면 좋겠다. 장거리 마라톤 선수처럼 숨 한 번 고를 틈없이 죽기 살기로 살아왔던 삶을 조금이라도 이해한다면 그래줬으면 좋겠다. 이제는 함부로 헝클어진 모습을 보여도 흉이 아니라고 말해주는 가족이 있었으면 좋겠다.

그런데 여전히 뻣뻣하게 보초를 선 군인처럼 빈틈 없이 살아주길 바라는 가족이, 세상이 너무 무섭고 버겁기만 했다.

근태는 안방 문을 열고 서서 한참 동안 어둠을 익혔다. 아내는 장롱을 바라보고 누워 있었다.

잠든 것은 아닐 것이다. 아내는 예민한 성격이었다. 그런 사람이 남편이 아직 들어오지도 않았는데 잠들 리가 없었다.

"흥, 이제 상대도 안 하시겠다?"

근태는 넥타이를 거칠게 풀어 헤치며 시비를 걸었다.

몸은 하나지만, 마음은 두 개였다. 희끗희끗 잔설이 내려앉기 시작하는 아내 머리카락을 보면서는 이제라도 마음 편하게 해줘야지, 그러면서도 말은 그게 아니었다. 도깨비 뿔같은 말만 입 밖으로 불쑥불쑥 튀어나갔다.

아내가 어떤 식으로든 상대를 해준다면 잠깐 그러고 말 일이었다. 하지만 아내에게선 메아리가 없었다. 근태가 아무리 소리쳐 고함을 질러도 아내의 산에서는 야호, 작은 울림 한 번 들려오지 않았다.

죽은 산.

나무 한 그루, 새 한 마리, 풀 한 포기 살지 않는 죽은 산에 서서 혼자 누군가를 목메어 부른다는 상념에 빠질 때마다 숨조차 쉴 수가 없었다. 그래서 술을 마셨고, 취해야 잔을 놓기 일쑤였다.

"자식들 모두 내 편으로 만들었으니까 네가 어떻게 나오든 상관이 없다?"

"……."

아내는 미동도 하지 않았다.

"흥, 고상한 이미란씨. 그렇게 고상 떨다 죽으면 송장도 품위 있을까?"

"……."

"세상 사람들 모두 당신더러 고상하다, 품위 있다, 요조숙녀다, 칭찬하지만 천만의 말씀! 당신은 교활한 여우야, 여우! 당신은 나하고 결혼해서 손해본 것이 많다고 하겠지만 천만의 말씀! 당신은 누구하고 결혼했어도 행복을 모르고 살았을 거야. 왜냐고? 당신은 당신 마음을 누구에게도 주지 않는 사람이니까. 행복이란 그렇게 고상하고 품위 있는 것이 아니거든. 된장 냄새도 푹푹 풍기고, 똥 냄새도 푹푹 풍기는 데서 오히려 행복은 더 예쁘게 피어나거든. 연꽃 알지? 연꽃이 왜 예쁜지 알지?"

근태는 방문을 주먹으로 꽝꽝 내리쳤다. 그래도 아내의 산은 대답이 없었다.

아내 품이 너무 그리웠다.

엄동설한에도 아내의 넉넉한 품에 안긴다면 그깟 추위쯤

얼마든지 이겨낼 수 있을 것 같았다.

아내 품에 안겨 철부지 아이처럼 투정이라도 부린다면 삶이, 세상이 이렇게 힘들지만은 않을 것 같았다.

전쟁에서 진 자는 집으로 돌아왔을 때, 누구에겐가 사무치게 매달리게 된다. 이긴 자는 사무치는 마음을 갖지 않는다.

나는 지금 전쟁터에서 마악 돌아왔어, 근태는 속엣말로 중얼거렸다.

"이혼하고 싶어? 그럼 이혼해. 이혼해 줄 테니까 그렇게 하자고!"

근태는 계속 함부로 떠들었다. 그러면서 자신이 얼마나 어리석게 행동하고 있는지, 저절로 미간이 찡그려졌다. 그런 말들은 입 밖에 내지 않으면 아무렇지 않았을 말인데, 한번 말이 되어 나와버리면 허물어버릴 수 없는 성벽을 쌓고 만다. 지금이 그랬다.

그때서야 아내는 몸을 일으켰다. 풀 먹인 이불 호청이 나뭇잎 비비는 소리를 냈다.

"술 마시고 들어왔으면 조용히 잘 수 없어요? 정말 왜 이래요? 왜 점점 더 술주정이 심해지냐구요? 당신 나이가 몇인지나 알아요? 왜 젊어서도 안 하던 술주정을 하냐구요? 자식들 무섭지도 않아요? 자식들이 나중에 제 아내한테 당신처럼 이렇게 굴면 뭐라고 야단칠 거죠?"

아내 목소리는 몹시 차분하다. 화난 사람 목소리가 아니라 조용히 의논하는 사람 목소리다. 물론 아직 잠들지 않은 명현을 의식하고 있어서일 것이다.

"내가 왜 야단을 쳐? 내가 야단칠 기회나 있고? 그런 일은 모두 당신이 알아서 미리미리 다 해결하잖아. 내가 참견하고 끼어들 틈이나 준 적이 있느냐고!"

근태는 버럭 고함을 지르며 양복 저고리를 팽개쳤다. 어둠 속에서 주머니를 빠져 나온 동전들이 방바닥으로 떼구르르 굴러가는 소리가 났다.

"나는 내 자식들을 지키기 위해서 모든 것을 다 포기한 사람이에요. 내 아이들은 당신처럼 힘들게 살지 않게 하려고 말이에요."

아내는 내 아이들이라는 말에 힘을 주었다.

"내 아이들이 아니라 우리 아이들이야!"

"당신이 아이들한테 아버지라는 존재를 제대로 가르쳤다면 좋았을 거예요. 당신, 명식이가 쓴 소설 한 번이라도 읽어본 적 있어요?"

"……."

근태는 갑자기 입을 다물고 아내 말을 기다렸다.

"그 애 소설 속에는 아버지가 없어요. 왜 그럴 것 같죠?"

"……."

근태는 대답하지 못했다. 대신 가슴 한 켠에 호렴을 뿌린 듯 통증이 쏟아졌다. 씩씩, 거친 숨소리가 터져나왔다. 근태는 두 손으로 가슴을 지그시 눌러주었다. 가슴이 찢어지는 듯이 아파왔다.

인상을 찡그리며 쏟아지는 통증이 사라지기를 기다렸다. 어둠 속이어서 다행이었다. 정말 아팠다. 정말 아프니까 아픈 표정을 짓는 것뿐인데, 만일 방 안이 환했다면 아내는 여전히 비난하는 표정으로 근태를 보았을 터였다. 주정뱅이가 당연히 겪어야 할 술병쯤으로 생각하면서.

"어머니만 있는 편모슬하에서 자란 주인공이거나 아예 고아인 주인공들뿐이에요."

"……."

통증이 짙은 그림자처럼 서서히 물러나고 있었다. 근태는 호흡을 가다듬으며 고개를 들어 아내를 보았다.

솔직히 명식이 쓴 글은 한 번도 읽어보지 못했다. 소설이란 게 꼭 쓴 사람의 마음을 고스란히 드러내고 있는 것만 같아 선뜻 읽을 수가 없었던 것이다. 아무리 감추려 했어도 감출 수 없었던 크나큰 비밀이 명식 소설 속에 다 담겨 있을 듯만 싶어 두려웠던 것이다. 누추하기만 했던 과거며 어느 것 하나 내세울 것이 없는 현실까지 주물처럼 그 안에 어떤 형체로 존재하고 있을 듯만 싶어서였다.

"요즘 명식이 소설을 보면서 참 많은 걸 생각해요. 내 아이들은 뭐든 부족함 없이 모자람 없이 크게 하려고 기를 쓰고 살았지만 한 가지는 실패했어요. 아버지 자리는 내 힘으로는 어쩔 수 없었어요. 언젠가 이런 글을 본 적이 있어요. 열 살 지능도 안 되는 모자란 아버지가 있는데, 그 자식은 어디에 내놓아도 부족함이 없을 만큼 똑똑하고 착했어요. 세상 사람들은 그 못난 아버지가 어떻게 자식을 키울까 모두 걱정했지만, 아녔어요. 그 아들은 세상에서 가장 존경하는 사람이 누구냐고 물으면 자신있게 아버지요, 하고 대답했죠. 왜냐고 물으면, 사랑으로 키워주었기 때문이라고 했지요. 당신이 자식들에게 한 번이라도 가슴을 열어 사랑을 보여주고 느끼게 해줬다면 그 애들 가슴에 아버지는 영원히 뽑히지 않는 뿌리가 됐을 수 있었어요."

아내는 앞에 놓인 책을 읽는 것처럼 또박또박 말을 했다. 모두 맞는 말이었다. 하지만 한 마디도 맞지 않는 말이기도 했다.

아내도 모르는 일이 너무 많았다. 인간의 내면에는 무엇이든 양이 정해져 있게 마련이었다. 사랑, 아량, 여유, 이해, 모두 한 주먹씩이었다. 그런 것들은 슬픔, 분노, 불행, 절망, 그런 나쁜 균들이 없을 경우 백퍼센트 한 주먹만큼의 제 몫을 해보일 수 있었다. 대신 나쁜 균이 많으면 그 좋은 것들도 덩달아 나쁜 균이 되어 가슴을 온통 차지하게 마련이었다.

악마에게 제 그림자를 팔아먹은 사나이처럼 어둔 환경 속에서 꽃 같은 사랑을 피워내기란 얼마나 힘겨운 일인지, 당해보지 않은 사람은 모를 일이었다. 마라톤 선수처럼 헐떡이며 뛰는 사람에게 왜 그렇게 여유가 없느냐고 나무라는 꼴과 조금도 다를 바가 없었다.

까무룩히 꺼지려는 정신을 간신히 붙들고 있는데 아내는 꼿꼿한 자세로 앉아 있었다.

"이혼이요? 이혼을 할 작정이었으면 아주 오랜 옛날에 했을 거예요. 명식이가 네 살 무렵, 그때 했을 거예요. 기억해요? 내가 왜 그렇게 당해야 했는지, 아직도 이해 못하고 있어요. 떨어진 양말 한 짝 버린 것이 그렇게 크나큰 잘못이었는지 지금도 모르겠다구요. 당신은 큰집에 갖다 바치는 돈은 제 아무리 금액이 많아도 아깝게 여기지 않았어요. 근데 나한테는 어떻게 했죠? 가계부에서 일원 한 푼만 틀려도 난리를 피운 사람이에요. 나한테는 그렇게 자로 잰 듯이 하면서 왜 큰집 식구나 어머니한테는 항상 너그럽고 여유가 있었는지 지금도 이해 못해요."

"……."

한평생을 같이 한 아내조차도 아무것도 이해해 주지 않는다는 사실 때문에 어깨가 뻐근하게 저려왔다.

그래, 가난이 무서웠었다. 불행도 마찬가지였다. 사람답게, 인간답게 살자면 우선 가난부터 면하고 볼 일이었다. 가난만 면하면 불행은 칠판의 글씨처럼 아주 쉽게 지워낼 수 있다고 믿었었다.

열 살 넘어 겪어야 했던 전쟁이 무섭지 않았던 것은 아니지만 이등병 시절, 어머니 몰래 월남전에 참가했던 일이며, 그 먼 나라 사우디에까지 나가 돈을 벌었던 일이며, 한사코 집하고 거리가 먼 지방 현장 근무를 자청했던 일이며, 모두 가난으로부터 벗어나려는 몸부림이었다. 돈이 필요했었다.

결혼해서도 남은 한사코 마다하는 먼 현장 근무만 자청했던 것은 그만큼 수당이 많이 붙는 까닭도 있었지만, 그곳에서 중학생이나 고등학생 과외를 봐주고 돈을 벌어 형님 집에 보내줄 수 있기 때문이었다. 집과 가까운 현장에 있으면 아내 몰래 과외를 할 수가 없었다.

물려받은 재산도 없이, 불편한 몸을 이끌고 간신히 작은 구멍가게 하나를 꾸리며 사는 형님 집에 생활비를 보태주는 일이 근태한테는 가장 버거운 짐이기도 했다.

"다시는 당신이나 어머니 곁으로 돌아오지 않을 작정으로 집을 떠났던 거예요. 하지만 다시 돌아온 건 당신이 불쌍해서였어요. 대대로 대물림 받은 집안의 불행 속에서 허덕거리고 있는 당신이 말이에요."

"어이구, 고마우셔라. 진작 말하지 그랬어. 내가 힘 남아 있을 때 당신의 그 갸륵한 마음을 알았다면 어화둥둥 안아주고 업어주기라도 했을 텐데 말야. 안 그래?"

근태는 참지 못하고 다시 이죽거렸다.

남편과 아내가 아닌가. 논리정연하고, 이론적인 말은 타인과의 대화법이었다. 남편과 아내라면 설령 앞과 뒤가 맞지 않더라도 마음으로 얼마든지 읽고 눈치챌 수 있는 말이면 충분하지 않은가.

아내의 그런 말투가 늘 근태 마음을 외롭게 하고 주눅들게 했다.

"어떻게든 당신을 그 불행의 늪에서 구해 주고 싶었어요."

"……."

아내는 그렇게 돌아왔던 일을 후회하고 있는 것이다. 그렇게 돌아오지 말았어야 했는데, 돌아오고 말았던 것을 말이다.

"내 능력으로 할 수 있는 일이 있고, 할 수 없는 일이 있다는 것을 깨달은 것은 훨씬 나중이에요. 당신은 내가 옆을 한 번도 내주지 않았다고 하지만 아녜요. 오히려 자리 한 번 내주지 않은 것은 당신이었어요. 어머니한테 자리를 다 내주고, 그나마 빈 자리도 형님 식구들 차지였어요."

"지금 형님 얘기는 왜 해?"

근태는 버럭 고함을 질렀다. 아내가 어떤 상황이든 어머니나 형님, 하다못해 돌아가신 아버지 이야기를 들먹거리면 용서할 수 없었다. 아내가 아닌 그 누구도 용서할 수 없는 일이었다.

그 사람들은 말이나 설명으로 이야기할 수 있는 사람들이 아니었다. 아무리 잘난 사람이라도 그들의 삶을 함부로 비난해서는 안 되었다. 너무도 못났고, 불행하고 처참하게 살아야 했던 삶을.

아주 어린 나이에 세상 누구도 그들을 안아주고 보듬어주지 않을 것임을 뼈저리게 느꼈었다. 근태 자신만 빼고는.

"한 번만 그따위 얘기 하면 가만두지 않겠어!"

근태는 아내를 향해 으르렁거렸다. 어둠 속이지만, 아내는 움직임 없이 앉아 이쪽을 건너다 보고 있었다.

더 이상은 실망할 것도 없다는 표정이었다. 마음대로, 하고 싶은대로 하라는.

근태는 그런 아내의 표정이 더 견디기 힘들었다. 집에 들어와 저런 표정을 보느니 차라리 술에 잔뜩 취해 정신없이 잠들어 버리는 것이 훨씬 나았다.

세상은 물론이고, 집에 와서도 어디 한 군데 마음 붙일 곳이 없었다. 모두에게 버림 받은 외톨이였다. 가난을 면해 보려고 허리 한 번 편 일 없이 죽도록 일만 하고 살아왔던 삶인데, 이제는 무능하다고, 필요 없는 목숨이라고 따돌림을 당하고 있었다.

"죽여 버리겠어! 다 죽여 버리겠어!"

근태는 견딜 수 없는 분노를 주체하지 못하고 문갑 위에 있는 것들도 모두 한꺼번에 쓸어버렸다.

유리 컵이 깨지고, 십자수 크리스털 시계가 요란한 소리를 내며 바닥으로 떨어졌다.

아내는 여전히 그 자세였다. 한 번이라도 왜 이러느냐고, 제발 그러지 말라고 고함이라도 지른다면 이렇게 가슴이 답답하진 않을 것이다. 죽기 살기로 싸웠어도 며칠 지나면 까맣게 잊고 평상심으로 돌아가 지지고 볶으며 사는 부부가 진정한 부부 아닐까.

"네가 얼마나 잘났어! 야, 세상에 너보다 못난 인간이 있을 줄 알어! 혼자 잘난 척하면 누가 상패라도 준대!"

근태는 손에 닿는 것을 내팽개치며 고함을 질러댔다.

몸 속의 술이 함부로 출렁거리며 목울대를 뜨겁게 달궈놓고 있었다.

"왜 이러세요! 제발 이러지 마세요. 정말 계속 이러시면 아버지라도 용서하지 않을 거예요. 아버지가 엄마한테 무슨 호강을 시켜줬다고 밤마다 술주정이세요? 정말 엄마가 이렇게 사는 줄은 꿈에도 몰랐어요. 몰랐다구요!"

근태보다 훨씬 굵은 음성의, 명현이었다.

"당장 나가지 못해!"

아내가 달려 와 말렸지만, 명현은 근태 손을 움켜쥔 채 계속 목소리를 낮췄다.

"창피하지도 않으세요? 꼭 이렇게밖에 못 하시겠어요?"

"이 자식이 어디다 대고 협박이야!"

근태도 지지 않았지만, 꼭 움켜쥔 명현 손아귀를 빠져나갈 수는 없었다.

거대한 지네였다.

크기를 가늠할 수 없을 정도로 커다란 지네 한 마리가 입으로 희뿌연 연기를 뿜어 내며 달려들고 있었다. 여러 개의 발은 척척척, 군인들 발걸음처럼 요란한 소리를 내며 움직이고 있었다.

"쉭쉭쉭!"

지네는 커다란 입을 커다랗게 벌리며 덤벼들었다. 당장이라도 그의 몸을 집어삼킬 것만 같았다.

무기가 필요했다. 하다못해 작은 돌멩이 한 개라도 손에 쥐어지기를 간절하게 바랐다. 하지만 손에 쥐는 것 모두 푸석푸석한 흙덩이였다.

두려움이 심장을 한주먹 쥐어 틀고 뒤흔들어댔다.

지네는 한 걸음 한 걸음 더 가까이 다가와 있었고, 군인들처럼 요란한 발소리를 내며 다가오는 지네 발밑으로 낯익은 얼굴들이 보였다. 어머니, 형님, 아내, 세 명의 아이, 그리고 조카들……, 그리고 낯선 남자가 한 명 있었다.

"아버지……"

근태는 순간적으로 움켜쥐고 있던 주먹을 풀며 신음 소리를 내뱉고 말았다.

지네는 이제 먹물 같은 연기를 뿜어내고 있었고 발을 내딛을 때마다 신음 소리가 귀를 울렸다.

"살려줘……"

낮았지만 소리는 예리한 화살촉이 되어 그의 가슴팍으로 날아와 박혔다. 근태는 살 맞은 가슴을 가리지 않았다. 통증을 감추기 위해 손으로 움켜쥐지도 않았다. 두 팔을 축 늘어뜨리고, 양 어깨를 쭉 폈다. 피로 물든 가슴을 열어젖히듯.

물어 뜯어라. 물어 뜯고 싶은 만큼 힘껏 물어 뜯어라!

근태는 이를 악물고 그렇게 내뱉었다.

두려움은 그의 몫이었지만, 그의 몸은 그의 것이 아니었다. 저들 때문에 몸뚱이가 지네 밥이 된다고 해도 이상한 것은 아무것도 없었다. 아니, 저들더러 보란 듯이 지네 밥이 되고야 말리라는 오기였다.

바짝 앞으로 다가온 지네가 발을 번쩍 들었다. 근태는 질끈 눈을 감았다. 비명은 나오지 않았다. 오히려 담담할 뿐이었다.

근태는 될 수 있으면 자신의 몸이 처참하게 짓밟히기는 바랐다. 가족들이 똑바로 볼 수 있도록.

"도망쳐!"

누군가 소리쳤다. 식은땀이 줄줄 흘렀다. 근태는 문득 뒤를 돌아다 보았다. 컴컴한 동굴이 입을 벌리고 있었다. 한 점 빛도 보이지 않을 것 같은 동굴. 그 동굴 속으로 들어가면 영원히 탈출할 수 없을 것이다. 하지만 근태는 망설이지 않고 깜깜한 동굴 속으로 뛰어들었다. 그리고 그 죽음 같은 어둠 속에서 두 눈을 질끈 감은 채로 앞으로 내달리기 시작했다. 아무것도 보이지 않았지만 무턱대고 뛰었다.

또 꿈이다. 근태는 명치에 쳇기처럼 매달린 된호흡을 간신히 내뿜으며 창 쪽을 살폈다.

날이 밝았나 보다. 눈앞으로 쪽빛이 넓게 펼쳐져 있다. 순간적으로 바닷물 위에 둥둥 뜬 채 허공을 응시하고 있는 듯한 착각에 빠진다.

속이 몹시 울렁거린다.

아내 자리가 비어 있다. 어젯밤 아내와 같이 잤던가, 기억에 없다.

누군가와 언성을 높이며 말다툼을 했던 것 같고, 뭔가를 집어던지며 마구 화를 냈던 것도 같은데, 정말 모르겠다.

놀이터에서 있었던 일도 잠깐 떠오르고, 누군가의 부축을 받았던 것도 떠오른다.

근태는 욱씬거리는 미간을 손가락으로 누른 채 어젯밤의 일을 기억해내려 애를 쓴다.

퇴근 시간 무렵 김병호가 찾아오고, 약속이라도 한 것처럼 백민철이 찾아왔었다.

둘 다 변변한 직업조차 없는 실업자들이었다. 모두 술 한 잔이 그리워 찾아온 걸음이었다. 어쩌면 사람 냄새가 그리워서였을지도 모른다.

"내 손으로 돈 벌 때는 퇴근 시간만 되면 오란 말 없었어도 우르르 찾아온 사람들로 사무실이 버글거렸는데, 일손 놓고 돈 떨어지고 나니까 개미 새끼 한 마리 안 찾아와. 이거야 어디 세상 살맛 나야 말이지."

둘은 한숨을 내쉬며 신세 한탄부터 했다.

구겨진 양복만큼이나 너절한 모습으로 찾아온 걸음을 나 몰라라 돌려 보낼 수는 없는 노릇이었다.

백민철은 사우디에 나가 있을 때 음으로 양으로 많은 도움을 받았던 사람이고, 김병호는 같이 월남전에 참가했다가 만난 뒤, 형제처럼 가깝게 지내다 비록 다 넘어가는 출판사일망정 근태 때문에 일자리를 잃은 사람이었다. 그래서 사업이 잘 풀리면 모두 어떻게든 도와줘야 될 사람들이었다.

어디 그뿐인가. 전 지류회사 사장이었던 박순호, 기획사무실을 했던 이기형, 건설회사 다닐 때 진도에서 같이 일했던 김기백, 대학 동창 오선택, 근태가 현장마다 데리고 다녔던 경비원 김철규, 부도로 서점 문을 닫은 전민국…….

하루가 멀다하고 찾아온대도 문전박대 할 수 없는 사람들이었다. 그동안 무슨 신세를 그리도 많이 지면서 살았는지, 찾아오면 술 한 잔이라도 먹여 보내야 마음이 놓였다. 젊어서 진 빚, 이제는 갚을 능력도 가능성도 자꾸 없어지지만 쓴 술 한 잔으로라도 그 갚음을 대신할 수 있다면 다행이겠다 싶었다.

능력 있고 젊어서는 신세지고 빚지고 사는 줄도 몰랐었다. 그런데 날이 갈수록 기름 종이에 적어 놓았던 외상 값처럼 그들에게 갚을 빚, 갚을 신세가 새록새록 떠오르고는 했다. 가족을 돌보느라 누구에게 따뜻한 밥 한 끼 대접 못한 채 살아왔지만 이제라도 사람 구실 좀 하고 싶었다. 더 늦기 전에.

벌써 저승길로 들어선 친구도 많았다. 그런 친구들을 볼 때마다 아직은 곁에 있는, 예전에 신세진 사람들에게 언제쯤 단 십분의 일이라도 빚을 갚을 수 있을까, 혼자 마음이 무거워지고는 했었다.

다행히 목포집 주인인 안혜숙이 근태 마음을 알기라도 하는 것처럼 찾아온 손님들을 식구처럼 대접해 주고는 있었지만, 또 한편으로 그녀에게 빚을 지고 있는 형편이었다. 도저히 갚을 길 없는 큰 빚을.

한 병, 두 병, 세 병…….

근태는 목포집에서 마신 소주병 숫자를 속으로 하나 둘, 헤아려보았다.

세 병까지는 기억나는데, 그 다음은 모르겠다. 어쩌면 목포집을 나와 호프집으로 자리를 옮겼을지도 모를 일이었다. 소주만 마신다면 견딜 만한데, 호프 한 잔만 들이켜도 정신을 잃을 정도로 취하고는 했다.

요즘 술이 부쩍 약해진 것이 사실이었다. 얼마 전에 감기를 심하게 앓고 난 후부터 입맛도 없고, 술을 마시면 안주 한 번 집어 먹기도 귀찮았다. 가슴 한 켠이 천을 찢는 것처럼 아프다가도 술 몇 잔만 들어가면 사르르 사라져서 누군가 술을 건네면 마다 않고 받아 마시고는 했다.

예전에는 목포집에서 시원한 북어국 한 대접에 얼큰한 김치 한 보시기만 먹어도 사라진 입맛이 되돌아오고는 했는데, 요즘은 도통 아니었다. 밥만 봐도 이상하게 속이 울렁거리거나 토할 것처럼 가슴이 답답하기까지 했다.

일어나느라 방바닥을 짚었는데, 날카로운 것에 찔리는 듯한 섬뜩함이 손바닥으로 느껴졌다.

손바닥에서 빨간 피가 흘렀다.

깨진 유리 조각이 손바닥에 박혀 있었다.

근태는 휴지로 손바닥의 피를 닦아내며 다시 아내 자리를 살폈다.

지독한 술 냄새와 코고는 소리를 견디다 못한 아내는 언제나처럼 베개를 들고 마루로 나갔을 것이다. 그리고 식구들이 잠에서 깨어나기 전에 간밤의 흔적을 감쪽 같이 치우고 아침을 짓기 시작했을 것이다.

하얀 종이 같은 사람. 근태는 아내를 그렇게 생각했다. 그 종이에 어떤 글씨가 쓰여 있고, 어떤 그림이 그려져 있는지 지금도 알 수가 없었다.

자존심일까. 아내는 한 번도 남편에 대한 흠을 남 앞에 털어놓지 않았다. 어머니는 물론이고 복잡하기 짝이 없는 집안에 대한 불평 한마디 하지 않았다. 말이 없거나 우울한 표정으로 불편한 심기를 대신할 따름이었다.

근태는 울렁거리는 뱃속을 손바닥으로 다스리며 꿈을 되작거려 본다. 분명히 아버지를 보았었다.

처음 꾸는 꿈이 아니었다. 요즘 들어 잊을 만하면 아버지가 꿈에 보였다. 얼굴조차 본 적이 없는 아버지를 꿈에서 만나다니. 여간 당혹스러운 일이 아니었다.

요즘들어 왜 이렇게 꿈자리가 사납기만 할까. 어느 때는 보이지 않는 거대한 그 무언가에 가슴팍을 눌린 채 헉헉대며 숨을 몰아쉬다 깨어나기도 하고, 어린 꼬마를 등에 업은 채 흙탕물 속으로 서서히 빨려들어가는 숨가쁜 꿈에 시달리느라 식은땀을 줄줄 흘리기도 했다.

마루에서 굵직한 남자 목소리가 들려왔다. 명현이 목소리다. 휴가를 나온 지가 벌써 며칠째인데 얼굴 한 번 제대로 보질 못했다.

어머니와 아내 목소리도 덩달아 들려오지만, 근태는 일어나 밖으로 나갈 엄두를 내지 못했다. 조금만 몸을 움직여도 세상이 빙글빙글 팽이처럼 돌았다.

노크 소리가 들리고 명현이 얼굴을 내밀었다.

"드릴 말씀이 있는데요."

명현의 표정이 굳어 있었다.

"뭐냐?"

뭔가 중요한 이야기가 있는 듯하다. 그런데 뒤따라 들어 온 아내가 명현을 방 밖으로 밀어냈다.

"나중에 이야기 해. 아니, 다음에 엄마가 말씀드릴 테니까 어서 나가."

"무슨 일인데 그래?"

근태는 두 사람을 번갈아 쳐다보았다.

"별일 아녜요."

아내가 짧게 대꾸했다. 차가운 목소리였다. 어젯밤에 또 무슨 일이 있었던가.

근태는 밖으로 나가는 두 사람을 따라 나서며 무슨 일이냐고 물으려다 그만 두었다. 뭔지는 모르겠지만 뒤가 켕기는 무언가가 있는 것만 같아 떳떳한 기분이 못 되었다.

혹시라도 오랜만에 집에 돌아온 둘째 기분을 언짢게 한 일이라도 저질렀다면 참 체면 안 설 일이었다.

술을 마시면 기억이 뚝 끊기는 습관은 아주 오래 전의 일이었다. 어쩌면 월남 전쟁에 참가했을 때, 죽음의 공포가 두려워 마셔댔던 술 버릇부터 시작되었는지도 몰랐다. 단순히 돈을 벌겠다는 욕심으로 어머니까지 속이고 그 먼 이국 땅으로 갔지만 눈앞에서 봐야만 하는 숱한 죽음을 맨 정신으로 견딜 수는 없는 노릇이었다.

다른 동료들처럼 하늘을 찌르는 애국심도 아니었고, 공산당을 이 땅에서 반드시 물리치고 말 것이라는 근사한 이념도 없었고, 그저 돈이 필요해서 지원한 월남 길이었다. 이리 보내나, 저리 보내나 국방부 시계는 같은 길이로 돌 것이고, 그렇다면 돈이라도 벌면서 시간을 보내자는 단순한 계산법으로 군함에 올랐던 것이다.

근태는 안방 화장실로 들어갔다. 문을 열자 뜨거운 열기가 와락 달려들었다. 욕조에는 알맞게 데워진 물이 가득 들어 있었다. 아내는 근태가 깨어날 시간에 맞춰 욕조에 물을 받아 놓은 것이다.

뜨거운 물에 몸을 담그고 한동안 누워 있었다. 처음에는 뜨거운 기운이 속을 더 울렁거리게 했지만 땀을 푹 흘리는 동안 차츰 머릿속이 개운해지기 시작했다.

매일 술을 마셨어도 이렇게 뜨거운 물에 땀을 뺄 수 있었기 때문에 그나마 건강을 유지할 수 있었을 것이다. 어쩌다 땀을 빼지 않고 그냥 출근을 하면 하루 종일 손가락 하나 까딱할 수 없을 지경으로 식은땀이 줄줄 흐르고는 했었다.

어머니는 소파에 앉아 텔레비전을 보고 있는 중이었다. 소파에 푹 파묻힌 어머니가 몹시 작아보였다. 처음 느끼는 것은 아니지만, 한 군데 붙박힌 것처럼 앉아 있는 어머니를 보면 거대한 바위가 떠오르고는 했다.

어릴 적, 동네 아이들이 모두 올라가 놀아도 넉넉했던 뒷산 무덤 앞의 바위 같은. 저렇듯 작은 몸집에서 어쩌자고 그런 큰 바위를 연상하게 되는 걸까.

"편히 주무셨어요?"

근태는 큰 소리로 물었다. 어머니는 귀가 많이 어두웠다. 전쟁이 끝난 뒤, 유난히 격전을 벌였다는 뒷산 군부대 부근에서 폭탄 조각이나 총알 따위를 줍다 바로 앞에서 요란하게 터진 폭탄 소리에 청력을 많이 잃었다.

"인자 일어난 거여?"

어머니는 자리를 조금 비켜 앉으며 환하게 웃었다.

그 웃음이 근태 마음을 더 무겁게 했다. 언제부턴가 어머니는 소리 없는 웃음을 짓고는 했다. 귀가 많이 어두워지면서부터였을 것이다. 소리가 당신 귓속으로 들어가지 않는 것처럼 당신도 소리를 내지 않기 시작했다. 마치 들어오는 소리가 없기 때문에 내보내야 하는 소리도 없는 것처럼.

"어젯밤에 술 마신 거여?"

어머니가 근태를 걱정스런 표정으로 바라보았다.

"예, 어머니."

근태는 솔직하게 대답했다. 하지만 그 솔직함이란 거짓말을 하지 않는 것과는 사뭇 달랐다. 이제 어머니는 아무런 능력도 없었다. 그냥 바위처럼 앉아 시간을 보내는 것이 어머니가 할 수 있는 유일한 행동이었다.

"술 많이 마시지 말어. 아비 오면 자려고 기다렸는데 열시가 넘어도 안 와서 그만 자버리고 말았구먼."

어머니는 그렇게 말하고 다시 하얀 웃음을 지었다.

"명현이는요?"

근태는 집안을 두리번거리며 명현을 찾았다. 아까 안방에 들어와 무슨 말을 하려고 했는지 물어봐야 될 것 같았다.

"갔어요, 조금 전에. 당신 나오면 인사하고 가려고 했는데, 너무 늦었나 봐요. 오전 중에 부대로 들어가야 된대요."

부엌에서 아내 목소리가 들려왔다.

여전히 굳은 음성이었다.

다른 일 같았으면 아내는 절대 어머니 대신 대답하지 않았을 것이다. 자식 일이니까 대답한 것이었다. 예의없이 아비한테 인사도 없이 가 버린 자식이라는 말을 듣게 하고 싶지 않은 것이다.

"뭐라는 거여?"

아내 목소리가 어렴풋 들렸던지 어머니가 근태 얼굴을 보며 물었다.

근태는 대답 대신에 어머니가 들을 수 있도록 텔레비전 볼

륨을 크게 올렸다.

한사코 아이들과 근태 사이에 굵은 금을 그어 놓는 아내가 여간 서운하질 않았다. 못나면 못난 대로 부족하면 부족한 대로 서로 부딪치고 깨지다 보면 없던 정도 쌓이는 것이 가족이었다. 그런데 아내는 근태와 자식들 사이를 커다란 벽처럼 가로막고 있었다.

"파랑새가 있나요?"

느닷없는 소리에 근태는 숙였던 고개를 쳐들었다. 텔레비전 속에서 열 살쯤 되어 보이는 아이가 제 아빠를 올려다 보며 말간 표정으로 묻고 있었다.

"파랑새를 찾았다는 사람을 봤니?"

아빠가 아이 머리를 쓰다듬었다.

"아뇨. 아무도 없어요. 그런데 왜 사람들은 바보같이 파랑새를 찾아서 떠나죠? 다리만 아프게."

"가만히 앉아서 기다리는 사람에게는 파랑새가 절대 날아오지 않아. 실은 파랑새를 만난 사람도 있을 거야. 다만 그 사람들은 파랑새를 만났다고 해도 딴 사람들이 믿어줄 것 같지 않으니까 입을 다물고 있을지 몰라. 파랑새를 분명히 만났는데 딴 사람들이 거짓말하지 말라고 하면 정말 억울하잖아."

텔레비전의 남자는 그렇게 말하고는 영차 소리내며 아이를 안아들었다.

"뭐라고 하는 거여?"

어머니가 또 물어 왔다.

"애가 파랑새가 있느냐고 묻네요."

근태는 귀가 많이 어두운 어머니가 들을 수 있도록 큰 소리로 대답했다.

파랑새 따윈 세상에 없어, 근태는 혼잣말로 중얼거렸다.

"아, 몸빛이 배추색인 새?"

어머니가 얼른 고개를 끄덕였다. 어머니가 아는 파랑새란 암녹색 몸빛에 흑갈색 머리를 하고 있는 부리가 구부러진 새를 말하고 있는 것이다.

"저 부자는 참 닮았어요. 키 작은 것도 닮았고 이마 좁은 것도 닮았네요."

"뭐라고?"

"저 두 사람이 많이 닮았다구요."

"당연히 닮지. 내 살점 떼어다 눈 만들고 코 만들고 입 만들었는데 왜 안 닮을까."

어머니의 그런 말을 들으면서 근태는 다시 꿈 속의 아버지 모습을 떠올린다. 형님을 닮았던 것도 같고, 큰애 명식을 닮은 것도 같았다.

"너 혼나 볼래!"

갑자기 명하 방에서 아내의 큰 목소리가 들려왔다.

"제발 그만 좀 해! 엄마는 지겹지도 않아? 나는 뭐 공부하기 싫어서 이러는 줄 알아? 우리 생물 선생님이 그러는데, 애들은 엄마 머리를 80퍼센트 이상 닮는 댔어. 엄마 머리가 나빠서 나도 공부 못하는 건데 엄마가 나한테 미안해야 되는 것 아냐?"

"공부 못하는 것도 조상 탓이야?"

"조상 탓이 아니라 엄마 탓이야."

또 성적 이야기인가 보다. 작년 대학 입시에 낙방한 명하는 3월부터 입시 학원에 다니고 있지만 성적이 조금도 나아지지 않고 있었다.

"공부해서 엄마 달라는 것도 아니고 너 잘 되자고 하는 공분데 왜 이렇게 속을 썩여?"

"차라리 공부해서 엄마 주는 거라고 해. 그러면 더 열심히 할지도 모르잖아. 나는 공부 필요없다니까. 필요없는 사람한테 죽어라 공부만 해라, 그런 소리가 먹히겠냐고?"

명하는 조금도 지지 않는다.

"뭐라고 하는 거여?"

어머니가 다시 근태 쪽으로 귀를 기울였지만 근태는 벌떡 일어나 명하 방으로 성큼성큼 걸어갔다.

명하는 침대에 앉은 채 울고 있고 아내는 그 앞에 꼿꼿하게 서 있었다.

"그만 해. 그깟 공부 좀 못한다고 애 인생이 어떻게 되는 것도 아닌데, 아침부터 무슨 소란이야?"

아내는 근태를 바라보지 않았다. 그게 또 근태 비위를 건들어 놓았다. 자식 일에 간섭하지 말라는 뜻으로 보여져서이다. 어제 오늘 일도 아닌데 요즘 부쩍 아내의 저런 차가운 행동이 근태 신경을 가시처럼 찔러대고는 했다.

회사가 얼마나 힘드냐, 앞으로 어떻게 될 것 같으냐, 그런 관심 따위는 바라지도 않았다. 다만 저런 얼음장 같은 뒷모습은 그만 보였으면 싶었다.

"어머니 시장하셔. 얼른 밥이나 차려."

"얘 이번 모의고사 점수가 얼마 나왔는지 알기나 해요?"

아내는 고개도 돌리지 않은 채 차갑게 쏘아붙였다. 알지 못하면 가만있기라도 하라는 말투였다.

"아 글쎄, 괜찮다니까. 공부 못하면 다른 특기 살려주면 되되잖아."

"특기요? 얘한테 무슨 특기가 있어요? 연예인 되겠다고 방송국이나 들락거리는 특기요?"

아내는 뭘 알고 하는 소리냐는 듯이 한마디 내뱉고는 부엌으로 가 버렸다.

명하는 이불을 뒤집어쓰고 아예 드러누워 버렸다. 그런 행동을 보고 있자니 참고 있던 울화가 왈칵 치밀었다.

임마, 그래도 공부는 잘해야지. 세상에서 제일 쉬운 것이 뭔지 아냐? 공부다, 공부.

다른 집 자식들은 과외도 모르고 학원 입구도 안 가 보고 명문 대학에 척척 붙기만 잘 하던데, 너는 지금 뭐 하는 거냐?

　네 학원비가 거저 나오는지 알어? 뼈빠지게 책 팔아서 만든 돈이야. 그런데 그 따위로밖에 공부를 못 하겠어!

　그보다 더 심한 말도 함부로 내뱉고 싶었지만, 꾹 참았다.

　부모들은 자식들 앞에서 거짓말을 아주 잘 하는 인간들이었다.

　그 중에서도 공부 못해도 상관없다고 하는 말은 정말 순거짓말이었다. 부모가 자식한테 바라는 욕심만큼 큰 욕심이 있을까. 내 자식은 공부도 잘하고, 운동도 잘하고, 인간성도 좋고, 뭐든지 잘하고 좋길 바라는 것이 부모 마음이었다.

　그래서 맨 정신으로는 쑥쓰러워 못 하더라도 술기운이 뻗치면 남들 앞에서 은근히 자식 자랑을 으쓱거리며 하고 싶은 것이 솔직한 심정이었다.

　나이를 먹다 보면 자랑할 일이 점점 줄어들게 마련이었다. 젊어서는 술 많이 마시는 것도 자랑, 군대에서 고생한 것도 자랑, 직장 상사한테 깨진 것까지도 자랑일 수 있었지만 이제는 아니었다. 오로지 자식 자랑밖에 할 게 없었다. 그 중에서 자식 공부 잘한다는 자랑만큼 어깨에 힘들어 가게 하는 자랑이 또 있을까.

　너무 오랫동안 현장으로만 떠돌아서일까. 이상하게 자식들과의 벽을 없앨 수가 없었다. 어딘지 모르게 어색하고 낯선 구석이 아직도 많았다. 아내가 모든 것을 다 알아서 처리하는 탓도 있지만 살면서 저 애들한테 내가 해 준 것이 무엇일까, 생각하다 보면 공연히 가슴이 답답해지고는 했다.

돈을 벌어다 준 것밖에는 아무것도 한 것이 없는 것 같았다. 애들 데리고 소풍 한 번 간 적 없고, 휴가를 다녀온 기억도 없었다.

두 아들과 공원에 나가 축구 한 번 한 적 없었고, 명하 손을 잡고 나가 예쁜 인형 하나 사 준 기억도 없었다. 정말이지 돈 버는 기계처럼 이날까지 살아왔을 뿐이었다. 돈만 열심히 벌면 세상 모두 우러르고 존경해 주기라도 할 것처럼 아침부터 저녁까지 일에만 매달려 살아 왔었다. 돈을 열심히 벌다 보면 언젠가는 개선 장군처럼 환영 받으며 돌아가 편히 쉴 날이 올 거라는 믿음을 종교처럼 품고 살았던 세월이었다.

어머니와 함께 식탁에 앉았지만 밥 먹을 기분이 도무지 나질 않았다.

명하는 아직도 제 방에서 나오지 않고 있었다. 아마 오늘은 학원조차 가지 않을 것이다.

아직껏 나오지 않는 명하 때문에 다시금 화가 뻗쳤다. 명하 얼굴을 보면 이번에도 시험을 망치기만 하면 가만두지 않겠다고 고함이라도 지를 것만 같았다. 어떻게 돈을 벌어 네 학원비 대고 있는지 알기나 하느냐고, 출판사가 어떻게 돌아가고 있는지 알기나 하느냐고 속 좁은 아비처럼 소리를 지를 것만 같았다.

근태는 아버지 얼굴을 모르고 자랐다.

다른 애들은 아버지와 한 집에서 살았지만 근태는 아버지와 살지 못했다. 아버지가 있어서 자신이 태어났다는 말도 거짓말 같았다.

어머니는 능력이 많은 분이었다.

같은 시간에 베를 짜도 다른 사람보다 더 많이 짰고, 밭을 매도 남보다 훨씬 더 많이 맸다. 그뿐이랴. 다른 사람 다 자는 늦은 밤 시간에도 어머니는 자지 않았다. 식구들의 옷을 빨고 풀을 먹이고 다듬이질을 하고, 다림질을 해서 아침이면 새옷처럼 입을 수 있게 해놓았다.

형은 다 자라서도 턱받이를 하고 지냈다. 뭘 먹으면 절반은 입으로 들어가고 절반은 줄줄 흘리는 탓에 한나절만 지나도 형의 옷은 봐 줄 수가 없을 지경으로 지저분해졌다. 그러나 어머니는 아침, 점심, 저녁으로 형의 옷을 갈아입혔다. 남의 눈에 초라한 자식으로 보여지는 짓은 절대 용납하지 않겠다는 듯이.

그렇듯 완벽하고 능력 많은 분이라 어머니는 아버지 없이도 아이를 낳을 수 있었을지 모른다는 엉뚱한 생각을 했었다.

어머니는 왜 아버지가 없는지 말해 주지 않았다. 근태도 묻지 않았다. 뇌성마비를 앓고 있던 형은 어느 정도 알고 있는 것 같았지만 형도 아버지에 대해서는 한 마디도 하지 않았다.

먼훗날에서야 알았다. 아버지가 자살을 했다는 것을. 그리고 어머니가 일년에 한 번씩 절에 가는 날이 바로 아버지가 죽은 날이라는 것을. 어머니는 소나무에 목에 매달고 죽은 남편을 오랫동안 용서하지 않았던 것이다. 가난과 불구 자식과 뱃속의 자식을 남겨 놓고 죽은 남편을.

"제상 앞에서 네 아버지가 어떻게 죽었는지를 다른 사람들이 기억할까봐 무서워서 절에 모셨던 거여."

근태가 결혼한 뒤, 제사를 집으로 다시 모셔 왔던 날, 어머니는 지나가는 말처럼 그렇게 말했다. 근태는 말없이 고개만 끄덕였었다. 아버지가 자살을 했건, 명이 다해 죽었건 그에게는 중요하지 않았다. 어차피 아버지라는 존재는 처음부터 알고 있지 않았기 때문에 필요성도 느끼지 못한 채 자랐다.

어쩌면 아버지라도 없는 것이 더 나았다는 생각을 했는지도 모를 일이었다. 가족을 생각하면 먼저 어깨 위에 무겁게 엎혀 있는 짐짝이 떠오르곤 했다. 아무리 발버둥쳐도 벗어 던질 수 없는 짐짝. 당연히 아버지라도 없는 것이 다행스러울 수밖에 없었으리라.

아버지는 머리가 퍽 영리했다고 한다. 다섯 살 때 천자문을 다 익혀 신동이라는 말을 들었을 정도란다. 그때는 할아버지가 살아 계셨고 집안 형편도 괜찮은 편이었다. 근동에서는 가장 잘 사는 집안이었다.

아버지한테는 두 살 더 많은 형이 있었다. 형도 머리가 좋았다. 그리고 착실한 성품이었다. 장남이 잘 돼야 집안이 편다는 믿음이 종교보다 더 강하던 시절이었다.

형은 일찌감치 서울로 유학을 떠났다. 모두 시골 살림에 무슨 서울 유학이냐고 말렸지만 식구들은 눈 한 번 끔쩍하지 않았다. 가능하다면 일본이나 그 보다 더 먼 나라로 유학도 보낼 작정이었다.

형의 하숙비와 학비를 벌기 위해 동생은 더 많은 일을 해야 했고 어머니도 허리 한 번 펴는 일없이 일에만 매달렸다. 그 많던 땅은 조금씩 남의 손으로 넘어가기 시작했다.

형은 고향 식구들의 믿음을 저버리지 않았다. 늘 우수한 성적을 받아냈다. 어머니와 동생은 방학 때면 서울 사람처럼 깨끗한 얼굴과 옷차림을 하고 나타난 형의 손에서 받아보는 성적표를 세상에서 제일 귀한 보물로 여겼다. 형의 학비를 대야 된다는 생각에 동생은 담배는 물론이고 술조차 배우지 않았다. 단 한푼이라도 서울로 보내야만 했으니까. 그래도 행복했다. 세상에서 제일 잘난 형이 있으니까.

어느 해 형은 서울 명문 대학 뺏지를 옷깃에 달고 나타났다. 머리에는 사각모자가 빛났다. 형은 동네 총각들을 산으로 데려가 서울에서 유행하는 온갖 이야기를 들려주었다. 까맣게 탄 얼굴과 나이보다 훨씬 더 늙어보이는 동네 총각들한테 형은 우주였다.

모두들 형을 부러워했다. 형 때문에 살림이 많이 축나기는 했지만 그보다 훨씬 더 많은 보상을 받을 수 있을 것이라고 믿어 의심치 않았다.

형은 집에다 점점 더 많은 돈을 요구했다. 책 값이 너무 많이 들어간다고 했다. 그리고 끝에 꼭 이렇게 적었다.

'학교를 졸업하면 아주 중요한 자리에 앉을 것 같습니다. 여기저기에서 저를 데려가려고 아우성이랍니다. 그때까지만 참아 주십시오, 어머니. 미안하다, 동생아.'

형의 편지는 언제나 정중했고 다정했다. 이미 팔아넘길 땅은 한 뙈기도 남아 있지 않았다. 다 무너져가는 집이 전부였다. 동생은 이미 결혼을 해 아들 하나를 두고 있었다. 그 버석거리는 집에서 홀어머니와 아내, 아들과 함께 살았다.

어느 날, 아이 몸에서 열이 펄펄 끓었다. 아내는 병원에 데려가야 된다고 울부짖었다. 동생은 괜찮을 거라고 말했다. 잠깐 열감기를 앓는 것이니까 며칠 지나면 다시 건강해질 거라

고 말했다. 애기들은 한 번 앓고 나면 재롱도 한 가지씩 는다
며 위로까지 했다. 그러나 아내는 애써 마련해 둔 돈을 챙기
며 병원에 가겠다고 했다. 동생은 몹시 화를 냈다. 그 돈은 서
울 형님에게 보낼 돈이었다. 그 돈을 써버리면 다시 돈을 마
련할 재간이 없었다. 결국 아이는 병원에 가지 못했고, 뇌성
소아마비에 걸리고 말았다. 들끓던 열이 뇌까지 녹인 것이다.

그 뒤 아들은 두 번 다시 뛰어다니지 못했다. 걸음마를 시
작한 이후, 걷기보다는 뛰어다니기를 더 좋아하던 아이였는
데 이제는 엉거주춤 엉덩이를 뒤로 빼고 절뚝이며 걸었다. 고
개는 자꾸만 뒤로 돌아갔고 말도 어버버로 바뀌었다. 물이 먹
고 싶어도 어버버, 배가 고파도 어버버, 몸이 아파서 울 때도
어버버, 하면서 울었다. 어버버 할 때마다 고개는 자꾸만 하
늘로 치켜 올라갔다. 입으로 들어가는 음식은 절반도 더 넘게
줄줄 흘려 옷을 적셨다.

형이 가짜 대학생이었다는 것이 밝혀진 것도 그 무렵이었
다. 그리고 술집 여자와 오래 전에 살림을 차렸다는 것도 밝
혀졌다. 형은 대학에 등록조차 하지 않았다고 했다.

동생은 하루도 쉬지 않고 술을 마시기 시작했다. 처음 입에
대기 시작한 술이었지만 지쳐 떨어지기 전에는 술잔을 손에
서 놓지 않았다. 그러면서도 아들이 눈에 보이면 무엇이든지
집어던졌다. 죽어, 죽어! 고함을 지르면서. 그 고함 소리는
끝내 울부짖음으로 바뀌었지만 아내는 고개 한 번 돌리지 않

았다. 겁에 질린 아이가 어버버 하면서 품으로 달려들면 남편보다 더 차갑고 날카롭게 밀쳐냈다. 네 아비한테 가! 아내 목소리에는 날카로운 칼날이 서 있었다.

어느 날도 동생은 아침부터 술을 마셔댔다. 다른 날보다 훨씬 더 많이 마셨다. 그런데도 그 날만은 몸이 흐느적거리지 않았다. 벌렁 드러누워 술 냄새를 풀풀 풍기며 곯아 떨어지지도 않았다.

"근섭아?"

그가 모처럼 아이 이름을 불렀다. 아이는 마당에서 뒤뚱거리며 닭을 쫓고 있었다. 아이는 다가오지 않았다. 겁먹은 표정으로 사방을 살필 뿐이었다. 엄마가 부엌에서 수제비를 뜨고 있었지만 선뜻 그쪽으로도 가질 못했다. 그는 무릎걸음으로 다가가 아이를 안았다. 아이는 어버버 어버버 하면서 울음을 터뜨렸다.

그는 우는 아이를 꽉 껴안고만 있었다. 아이 울음은 더 높아졌다. 땀을 뻘뻘 흘리며 울어댔다. 그래도 아내는 내다보지 않았다.

그가 아이를 번쩍 안았다.

"나 가네."

그는 아이를 안은 채로 혼잣말처럼 그렇게 말했다. 아내는 여전히 내다보지 않았다. 아니 내다볼 수가 없었다. 수제비 국물이 우르르 넘치고 있었고 불이 넘실넘실 아궁이 밖으로 기어나오고 있었다. 서둘러 불을 단도리하고 솥뚜껑을 열어 주걱으로 휘휘 저으며 마당을 흘낏 내다보았지만 우는 아이도 남편도 보이지 않았다.

아이가 입고 있던 옷이 마루에 던져져 있었다. 풀먹인 아이 옷이 후줄근하게 젖어 있었다. 앞섶이. 남편 눈물이 아이 옷을 그렇게 젖혀 놓았다는 것을 깨달은 것은 훨씬 나중이었다.

다 저녁때, 동네 아낙이 울다 지친 아이를 안고 사립문을 들어섰다. 아이는 아낙 품에서 잠이 들어 있었다. 알록달록 색동옷을 입고 있었다. 머리도 단정하게 빗겨져 있었고 조끼 주머니 속에는 사탕이 다섯 개 들어 있었다.

"토끼봉 밭에서 울고 있길래 데려왔네. 대체 뭔 일이래 여?"

그 밭은 남편이 가장 아끼던 땅이었다. 흙이 걸어 무얼 심어도 잘 되었다.

하지만 그 땅은 남의 손에 넘어간 지 오래였다.

동네 사람들이 횃불을 들고 산으로 올라갔다. 아이가 발견된 곳에서부터 더듬기 시작했다.

남편은 밭에서도 많이 떨어진 곳에 있었다. 소나무에 목을 매단 채로. 무슨 생각이었을까. 남편은 걸음걸음마다 생솔을 꺾어 흔적을 남겨 놓았다. 아주 깊은 산중에서 발견되었지만 시신은 어렵지 않게 찾아낼 수 있었다. 걸음걸음 던져 놓은 생솔가지 때문이었다.

아내는 남편 시신 앞에서 눈물 한 방울 내비치지 않았다. 자다 깨어난 아들이 울면서 젖을 더듬을 때도 무표정한 채 저고리 앞섶을 올려 젖꼭지를 아이 입에 물렸다. 젖을 뗀 지 오래인데도 아이는 허겁지겁 젖을 빨았다. 아주 세게 빨았다.

아이는 자꾸만 젖꼭지를 물었다. 어미가 조금만 움직여도 젖꼭지를 있는 힘껏 깨물었다.

"왜 혼자 죽었어! 죽으려거든 병신 자식도 데려갈 것이지! 네가 토란 같은 자식 병신 만들었으니까 저승 가려거든 얼른 데려갈 일이지 왜 안 데려 간 거야! 왜!"

아내는 아이 머리카락을 함부로 쥐어뜯으며 악을 부렸다.

장례식에 왔던 친정 오빠가 아이를 데려갔다. 그리고 다섯 해가 지나도록 아이는 어미 얼굴 한 번 못 본 채 자라야 했다.

남편이 죽은 다섯 달 후, 작은 아들이 태어났고, 아내는 갓난 것을 등에 업고 이집 저집 품팔이를 하러 다니느라 큰자식을 데려 올 수가 없었던 것이다.

어머니한테 작은 아들은 신이었다. 시어머니가 장남을, 그리고 남편이 형님을 신으로 여기며 살았던 것처럼 어머니는 작은 아들한테 목숨을 걸었다.

어머니는 그의 뒷바라지를 위해 도둑질만 빼고는 다했다. 언젠가는 여름방학 때 집에 돌아왔을 때, 어머니는 잠자리에서도 머리 수건을 벗지 않았다. 새벽녘에 오줌이 마려워 잠에서 깨어난 근태는 애들 단발머리보다 더 짧아진 어머니 머리카락을 보았다. 어머니는 머리카락을 잘라 그의 등록금에 보탠 것이다.

언젠가 집안 식구들이 모인 자리에서 당숙모가 형님을 나무랐다.

"왜 자네는 어머니한테 그렇게 함부로 해? 아무리 못났어도 나를 낳아준 부모인데 자식들이 보고 뭐라고 하겠어. 작은 조카는 제 간이라도 빼서 어머니한테 잘 하려고 하던데 큰자식이 돼서 그러면 못 쓰네."

그 말을 듣고 있던 형님의 고개가 더 빠르게 위로 숏구치기 시작했다. 정말 화가 났을 때면 그런다.

형님은 두 발로 마루를 탕탕 내려치면서 어버버 어버버 요란한 소리를 질렀다. 근태는 안방에 앉아 있었다.

"내,가 어어머,니한테, 자,알 못, 하는, 것도, 다당연하,고, 근, 근태가, 어머,니하안테, 자,알하는, 것도, 다당,연해요, 어,머니,는, 머,머리카락까,지 잘,라서 근태 학,비를 해,주,었지만 나,나는 한번,도 안,아,준 적,도 없,어,요. 어,려서 어,머, 니가 어,딜 간,다고, 하면, 나,는 집,에 혼,자 남,아서 몰,래 숨,어 울고 있,었,어요. 새,옷 입,고 어,머니 따라,가,는 근태, 가 너,무 부,러,워서 혼,자 종,일 울고 있,었,어요. 어,려서 제 소,원,이 한,번,만,이,라도 어,머,니 따,라,서 나들이, 가,는 거,였어요. 어,머,니는 다,른 사,람,에게 내,가 부,끄,럽고 챙,

피해,서 손,님이 오,면, 나,를 방,에다 꼭,꼭 감,춰 놓,았,다구 요. 기, 억 모, 못 하, 세요?”

다른 사람은 손짓 발짓으로 형님의 말을 알아들었지만 근태는 형님 음성의 높낮이 만으로도 무슨 말인지 쉽게 알아들을 수 있었다.

“그런 소리하면 벌 받어. 하늘이 내려다 보고 있어. 어떻게 어머니한테 그런 억지 소리를 해. 어머니는 자네한테 늘 마른 옷만 입혔어. 한 번도 젖은 옷을 입힌 걸 못 봤어.”

당숙모도 형님의 말을 알아듣고 목소리를 높였다.

아무도 형님 말을 안 믿겠지만, 그 말은 사실이었다. 어머니는 형님한테 눈길 한 번 주지 않았다. 하지만 근태는 어머니를 이해했다. 어머니는 아버지를 용서하지 못하고 있었던 것이다. 자식을 저 지경으로 만들어 놓고 혼자 편하자고 모진 목숨까지 끊은 남편을.

아버지에 대한 증오는 어머니를 살게 하는 원동력이었다. 어머니는 힘이 들면 들수록 형님을 미워하고 멀리했다. 형님 은 아버지처럼 학교 문 앞에도 가보질 못했다. 하지만 혼자서 천자문을 익히고, 한글과 수학을 공부했다. 아버지를 닮아 머리가 꽤 좋았던 것이다.

그가 서울에서 대학을 다니는 동안 어머니는 일주일이 멀다하고 하숙집 대문을 들어섰다. 보따리를 머리에 인 채. 어느 때는 새벽녘에 하숙방 문을 드르륵 열고 들어설 때도 있었다. 그럴 때 어머니 눈은 다른 때보다 훨씬 더 번득이고 있었다. 어머니는 불안했던 것이다. 그 옛날 누구처럼 당신 아들도 혹여 방탕한 생활을 할까봐.

어머니 뜻을 거역하고 뭔가를 한다는 것은 애초부터 있을 수 없는 일이었다. 형은 거역할 수 있어도 근태는 그럴 수 없었다. 근태는 싫으면 똑 부러지게 싫다고 대답하는 형이 부러울 때가 많았다. 형은 자기가 입기 싫은 옷이면 절대 입지 않았다. 그렇지만 근태는 어머니가 입으라고 챙겨 놓은 옷이면 아무 소리없이 입었다.

마음에 두고 있는 여자가 왜 없었을까. 근태는 팔촌 여동생 친구를 마음에 품고 있었다. 얼굴이 동그랗고 웃으면 보조개가 살짝 패이는 그 여자와 한 세상을 같이 한다면 어깨 위의 짐짝 같은 가족들도 모두 보듬을 수 있을 것 같았다. 근태는 그 여자와 결혼하고 싶다고 어머니한테 털어놓았다. 작은아들 일이라면 뭐든지 들어주는 어머니라 당연히 환영할 줄 알았다.

그런데 아니었다.

"얼굴에 푸른 기운이 있어. 그러면 서방 잡아먹는 팔자야."

그게 이유였다.

그 여자와 헤어지기도 전에 결혼 날짜가 잡혔다. 어머니가 고른 여자였다. 고등학교까지 졸업한 선비 집안의 셋째딸이었다. 어머니는 아주 오래 전에 먼 지방까지 손을 놓아 며느릿감을 봐두었던 것이다.

결혼한 뒤, 복잡하기 짝이 없는 집안을 제일 먼저 파악한 아내는 망연자실했다. 어떻게 알았는지 그가 좋아했던 여자에 대해서도 꿰뚫고 있었다.

"서울에서 대학까지 나왔다는 사실 때문에 제 친정 부모님은 당신 집안에 대해 아무것도 의심하지 않았어요. 어머니가 근동에도 좋은 며느릿감이 많은데 왜 그 먼 곳까지 찾아와 저를 며느리로 달라고 했는지도 말이에요."

그러면서 덧붙였다.

"당신이 좋아했던 그 여자는 당연히 며느릿감이 될 수 없었겠어요. 우선 당신 집안에 대해 시시콜콜 다 알고 있으니까요. 어머니는 빳빳하게 풀먹인 광목 같은 분이에요. 능력이 닿는 한 당신의 하얗고 빳빳한 옷감을 유지하기 위해 최선을 다할 분이죠."

아내는 이성적이었다. 실수란 있을 수 없었다. 하다못해 슬퍼하고 속상해 하는 것도 시간을 정해 놓고 그 만큼씩만 속상해 하고 슬퍼했다. 사람마다 다가올 수 있는 거리감이 반드시 정해져 있었다. 너는 이 만큼, 너는 저 만큼, 너는 여기까지……

어른들한테 지적 받을 잘못도 저지르지 않았고 대소간의 일도 소홀함이 없었다.

그렇듯 아내는 자신이 정한 룰을 절대 어기는 법이 없었다.

"내가 정한 룰에 나를 짜 맞추지 않는다면 나는 불행한 여자가 되고 말아요. 나는 불행한 여자가 될 수는 없어요. 당신 집안으로 시집 왔다는 것만으로도 남에게 충분히 불행한 여자 대접을 받게 되어 있어요. 그것만으로도 충분해요. 내 스스로 불행한 꼴을 더 보일 수는 없어요."

어머니가 당신의 초라한 삶을 빳빳하게 풀먹인 광목으로 만들기 위해 최선을 다했던 것처럼 아내 또한 자신의 삶을 높고 두터운 담벼락으로 에워쌌던 것이다. 그 담 안을 기웃거릴 수 있는 사람은 아무도 없었다. 가시철망이 우뚝우뚝 박힌 그 성안에서 아내는 성주처럼 살았다. 불행한 성주로.

그리고 어머니가 작은아들한테 모든 것을 걸었던 것처럼 그녀도 자식들에게 자신의 삶을 투자했던 것이다.

결혼한 뒤, 그를 가장 난감하게 한 것은 아내의 그런 성격이 아니었다.

큰아들 명식이 태어났을 때였다.

아버지가 된다는 것이, 한 생명을 보호하고 이끌어줘야 한다는 것이 너무도 두렵기만 했다. 아버지란 무엇인지, 아는 것이 없었다. 배운 적이 없었으므로.

내 아들이 잘못되면 나도 아버지처럼 목을 매야 될지 모른다는 엉뚱한 상념까지 끼어들었다.

그런 두려움은 둘째 명현이 태어나고 막내 명하가 태어났을 때도 지독한 악몽처럼 그를 괴롭혔다. 아무것도 모르는 아이한테 주소 적힌 쪽지 하나 달랑 쥐어 주고 아주 먼 길을 떠나게 하는 것처럼 입 안이 바짝바짝 타들어가고는 했다.

그런 두려움 때문이었을 것이다. 근태는 자식들 앞에서 한 번도 자신을 내세울 수가 없었다. 마치 나쁜 병균이 아이들한테 전염이라도 되면 어쩌나 조심하는 사람처럼 한 발짝 물러서서 자식들을 바라봐야만 했다.

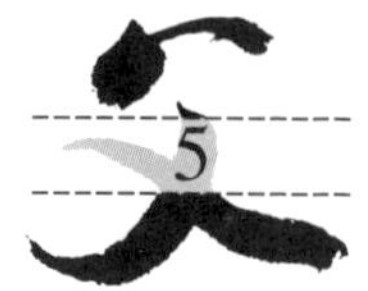

아버지의 죽음, 어머니의 불행, 형님의 불행, 그 어느 것도 그를 자유롭게 놔주질 않았다.

재롱을 부리는 아이들을 보면서도 근태는 아버지를 생각했고, 어머니와 형님을 떠올렸다. 그런 난감한 생각과 제아무리 작별을 하려고 해도 마음대로 되질 않았다. 여전히 전쟁터에 나가는 병사처럼 뻣뻣하게 굳은 모습으로 눈앞에 것들과 마주해야만 했다. 조금만 긴장을 풀고 조금만 나약한 모습을 보이면 적은 당장이라도 달려들어 숨통을 끊어 놓고 말리라는 상념에 휩싸인 채.

조카 때문에 20년 넘게 다녔던 회사에서 쫓겨나다시피 그만 두고 친구인 김병호가 운영하던 출판사를 덜컥 인수하게 된 것도 순전히 적에게 방심한 모습을 보였다가 당한 일이었다.

어머니가 쫓겨난 회사 사장집을 다섯 번이나 찾아가 우리 아들 다시 회사에 나올 수 있게 해달라고 손이 발이 되도록 빌었다던가.

"나는 최부장 집안이 그렇게 복잡한 줄은 미처 몰랐네. 형님 자식들까지 책임지지 않으면 안 되는 그 입장은 이해하겠지만 내가 해줄 수 있는 것은 여기까지가 전부야."

사장은 다시는 어머니가 집에까지 찾아오는 일은 없도록 해달라는 뜻을 그런 말로 일축했다.

현장 경비를 큰 조카 명훈이한테 맡겼던 것이 화근이었다. 모두들 퇴근한 뒤에 명훈이는 현장의 자재를 밖으로 빼내 술값으로 탕진했다.

그 사실을 들통낸 사람은 작은 조카 명철이었다. 정말 꿈에도 생각 못한 일이었다. 야채 장사를 하겠다며 트럭을 사 달라고 한 명철의 부탁을 거절한 며칠 뒤, 본사에서 급히 호출을 했다.

평소에 호형호제하던 민부장은 난감한 표정으로 서류 한 장을 그 앞에 던져 놓았다. 그동안 명훈이가 빼낸 자재 목록이었다.

"책임을 지고 물러나지 않으면 안 될 상황이에요. 아니면 그 많은 돈을 다 물어내야 될 판입니다."

근태는 민부장 말에 따랐다. 한번도 운명을 이기려고 했거나 거역하려고 했던 적은 없었다. 항상 쇠사슬에 발목이 묶인 죄인처럼 질질 끌려 온 삶이었다. 화도 나지 않았고 절망도 느껴지지 않았다.

오히려 그런 불행이 왜 그렇게 늦게 왔을까, 의아할 지경이 었다.

당장 생활이 염려스럽지 않은 것은 아니지만 그래도 천천히, 느긋하게 뭔가 새로운 일을 시작하려고 했었다. 어차피 정년을 맞이하기란 하늘의 별따기라는 것이 오랜 속설이었고, 그렇다면 하루라도 빨리 내 일을 할 수 있게 되었으니 잘된 일이라고 위안을 삼기도 했다.

그런데 어머니가 사장집으로 다섯 번이나 찾아갔다는 것이다. 둘째 아들 일이라면 그보다 더한 일도 할 수 있는 어머니였다.

어머니를 빨리 체념하도록 하려면 서둘러 다른 일을 시작해야 했다. 그게 출판사였다.

그렇다고 마지못해 시작한 일은 아니었다. 출판사는 꼭 한 번 해보고 싶은 일이었다. 기회가 닿는다면 업보처럼 이어 온 집안 이야기를 소설로 써서 세상에 내놓을 수도 있겠다는 유치한 희망까지 품었으니까.

그러나 출판사는 또 새로운 전쟁터일 뿐이었다. 까딱 잘못하면 언제 지뢰 뇌관이 터질지 모르는 무서운 전쟁터.

출판사를 인수한 뒤, 근태는 우연히 낡은 수첩에서 메모 한 장을 찾아낸 적이 있었다. '참전 일기'라고 쓰여진 글씨가 또

렷했다.

'적은 용감한 군인을 두려워한다. 적은 겁먹은 나를 노린다.'

'월남인들에게 평화와 자유를 선물로 주고 돌아가자.'

'승리냐! 죽음이냐!'

비장함으로 똘똘 뭉쳐진 글씨들이었다.

밀림 속에서 귀청을 오래낼 듯한 박격포 소리를 들으며 언제 도착할지 모르는 지원병을 기다릴 때도, 적에게 쫓겨 늪에 빠져 거머리 떼가 온 몸을 뒤덮을 때도 그 문구를 떠올리며 희망을 잃지 않았었다.

출판을 시작한 얼마 동안은 그 각오로 견딘다면 뭐는 못 이기랴, 하는 뱃심으로 버텼었다. 하지만 그 뱃심이 무너지기까지는 그다지 긴 시간이 필요하지 않았다.

"잠깐만요."

건물 안으로 들어서는데 누가 불렀다. 건물을 관리하는 김씨였다.

"본사에서 성화가 이만저만이 아닙니다. 월세가 한 달만 밀려도 야단인데 벌써 세 달이나 밀렸으니. 어떻게 좀 안 될까요?"

안 그래도 밀린 월세가 미안해서 김씨 얼굴을 피한답시고 서둘러 출근을 했는데 제대로 마주쳤다.

"미안합니다. 수금이 도대체 형편 없어서."

근태는 말꼬리를 흐렸다.

"본사에다 요즘 출판사가 엉망인 것 알잖느냐고 아는 소리를 해봤자 소용이 없어요. 엉망이면 지금이라도 나가게 해야되지 않느냐면서."

김씨가 오히려 미안한 표정이었다. 대기업 회장 기사로 있다가 몇 년 전에 명퇴를 당하고 이곳 경비원으로 왔다는 김씨는 그를 잘 이해했다. 더러 본사에다 대고 늦은 월세 변명도해주고 그러는 모양이었다.

"조만간 얼마라도 갚겠습니다. 미안합니다."

"경기가 풀려서 그런지 사무실 구하겠다고 돌아다니는 사람들이 많아요. 이 건물이 낡기는 했어도 근방에서는 가장 싸고 자리가 좋으니까 더 그래요. 하긴 아무리 싸다고 해도 변두리보다야 비싸지만."

"정 해결이 어려우면 어떤 식으로든 방법을 취하겠습니다. 며칠만 기회를 주십시오."

"기운 내십시오. 언젠가는 다 해결되겠지요."

뒤에서 걸걸한 김씨 음성이 들려왔다.

지금 꼬여 있는 일들이 다 해결되기를 바라진 않는다. 그건 지나친 욕심이다. 새끼줄처럼 배배 꼬여 있는 허다한 일들이 어떻게 한꺼번에 다 풀리겠는가. 당장 반 년이 넘도록 들어오지 않는 하늘서점의 미수금이라도 들어온다면 좋을 일이었다. 다 들어와도 돈 천만원 정도에 불과하겠지만 그 정도면 급한 대로 밀린 임대료를 해결하고 제작처의 급한 불도 다소나마 끌 수 있을 것이다.

계단을 오르는 발걸음이 점점 더 무거워졌다. 오늘이 봉급날이다. 직원들 봉급은 또 어떻게 해결할 것인가.

어디 그뿐이랴. 거래처의 지불이 형편 없어지면서 당장이라도 쫓아올 것처럼 야단들이었다. 지난 달 종이 외상값을 갚지 못하면 간신히 준비한 신간을 그냥 썩혀야 할 것이다. 소설 원고료도 내일까지 마련하지 못하면 앞서 건넨 선금까지 다 날릴 판이었다.

3층으로 오르는 동안 근태는 거대한 공룡이 입을 쩌억 벌리고 다가오는 듯한 상념을 떨쳐버릴 수가 없었다.

뒷덜미가 뻣뻣했다. 술이 내장에 썩은 물처럼 고여 있는 것 같았다.

"이제 나오세요?"

굵직한 목소리에 놀라 뒤를 돌아다 보았다.

큰 조카 명훈이다.

"하늘서점에 들렀다가 오는 길이에요. 낮에 가면 만날 수가 없어서 새벽 같이 쫓아갔다 왔습니다."

"그래, 오늘 수금은?"

다급한 마음에 근태는 서둘러 물었다.

"오늘 입금이 안 되면 정말 각오하라는 말만 남겼습니다."

그 말을 다 믿는 것은 아니지만 물에 떠내려가는 사람 심정으로 명훈이 말에 희망을 걸었다.

"너무 걱정하지 마세요, 작은아버지."

명훈이는 사장님이라는 말 대신 작은아버지라고 불렀다.

핏줄이란 게 그렇게 지독한 것일까. 출판사를 인수한 뒤 정말 곤경에 처해 있을 때 명훈이가 찾아왔었다. 건설회사를 그만 둔 뒤 처음이었다.

"지난 날을 속죄하는 기분으로 지금부터 작은아버지 돕고 싶습니다. 예전에 약국 영업을 해봤기 때문에 잘 해낼 수 있을 겁니다. 출판사 영업하고 약국 영업이 비슷한 점이 많다고 하더군요."

명훈이는 고개를 제대로 들지 못했다. 자라면서 무던히 속도 많이 썩힌 조카였다. 사고를 칠 때마다 몸이 불편한 형님과 형수 대신 학교에 불려간 사람은 언제나 근태였다. 패싸움을 하거나 여학생을 스토커하다가 걸리거나 아이들을 선동해 단체로 결석을 하게 하거나, 헤아릴 수 없이 많은 사고를 치면서 근태를 힘겹게 했던 조카였다.

그런데도 밉지가 않았다. 아니 미워해서는 안 될 일이었다. 정상적이지 못하는 형님 내외한테 녀석이 기둥이고 희망이어서만은 아니었다. 다만 명훈이가 잘 되어야 근태 자신이 질곡 같은 현실에서 다소나마 벗어날 수 있었다. 형님 내외, 그리고 어머니까지 명훈이가 잘 되어야 떠넘길 수 있는 짐이었다. 몽땅은 아니더라도 근태의 짐을 조금이라도 덜어줄 수 있는 사람이 바로 명훈이었던 것이다.

하지만 출판사로 끌어 들인 것은 그런 욕심에서만은 아니었다.

정말 누군가가 필요했다. 수족처럼 움직여 줄 누군가가.

좋은 책만 낸다고 해서 될 일이 아니었다. 작은 출판사일수록 유능한 영업자가 필요했다. 큰 출판사라면 영업이 별반 필요 없지만 작은 출판사는 몸품을 팔아서라도 내 책이 소비자 눈에 띄도록 해야만 했다.

스스로 찾아와 영업을 하겠다고 했을 때, 걱정이 아주 없는 것은 아니었지만 간혹 사고 치는 것만 뺀다면 그런대로 착실한 성품이라는 것을 알기 때문에 근태는 서슴없이 명훈이를 받아들였던 것이다.

책상 위에 보온병 한 개가 놓여 있었다. 그리고 메모도 있었다.

'술을 너무 많이 드셨는데 괜찮으세요? 꿀물입니다. 그리고 점심때, 별다른 약속이 없거든 들리실래요? 저도 해장국을 먹어야 될 것 같은데 혼자 먹는 것보다 선생님하고 같이 먹으면 좋겠네요.'

안혜숙이었다. 그녀는 근태가 술을 많이 마신 다음 날이면 어김없이 꿀물을 보내고는 했다. 하루가 멀다 하고 찾아가 신세를 지는 것도 미안할 일인데, 이런 자상함이 오히려 더 부담스럽기만 했다.

그녀는 시조 시인이었다.

사십 초반에 풍을 맞아 산송장처럼 누워 지내던 남편이 세상을 뜬 뒤, 식당을 시작했다고 했다.

"어려서부터 홍어를 참 좋아했어요. 아무리 밥맛이 없더라도 홍어만 보면 얼른 밥 한 공기를 뚝딱 해치울 정도였으니까요. 숨 끊어진 남편 앞에서도 왜 홍어를 생각하고 있었는지 모르겠어요. 아마 그때는 어떻게 사나, 그런 고민 때문이었을 거예요. 다행히 시동생이 목포 어시장에서 홍어 도매를 하고 있었거든요. 장사를 하는 것은 겁날 일이지만, 내가 좋아하는 홍어는 실컷 먹을 수 있겠구나, 그런 생각을 하니까 당장 식당을 하고 싶어지는 거예요."

그녀는 그런 말을 하면서 호호, 밝게 웃었다. 오십이 훨씬 넘어 육십을 코앞에 두고 있는 여자가 저렇게 맑은 웃음을 지을 수도 있구나, 신기하게 생각했던 일이 지금껏 새로웠다.

사무실 바로 앞에 있는 목포집을 처음 찾아갔을 때, 근태는 무슨 막걸리 집 정도로만 알았었다. 그런데 갖은 양념을 곁들인 홍어 맛이 정말 일품이었다. 그 뒤, 입맛이 없거나 귀한 손님이 오면 종종 찾게 되었고, 그러다 보니 이런저런 이야기도 나누며 가까워졌다.

그리고 언제부턴가 그녀는 안주 값을 받지 않았다. 일행 중

다른 사람이 술값을 내면 받았지만, 근태가 돈을 내밀면 소주 값만 챙기는 것이 고작이었다.

"나중에 선생님 출판사 잘 되면 제 시조집이나 한 권 내주세요. 그래서 지금부터 저축하는 거예요. 안 팔리는 책 내달라고 하면 미안하니까 제 돈으로 내야 되는데, 저도 그런 목돈은 없거든요."

그녀는 항상 그렇게 말하고는 했다.

그리고 퇴근 시간이 되면 일부러 식당 밖에 나와 서 있고는 했다.

"혹시 선생님이 다른 데로 가버리실까봐 보초 서고 있었어요. 그런데 왜 이제서야 오세요?"

그러면서 근태와 찾아 온 손님을 식당 안으로 떠다밀었다. 그러다 보니 출판사를 찾아 온 손님들도 당연히 목포집으로 가 술을 마시는 줄 알고 있었다.

어쨌든 없는 돈에 거의 공짜나 진배없이 술을 마시는 것은 고마울 일이지만, 이래저래 근태 입장에서는 여간 부담스러운 것이 아니었다. 갚을 수 없는 큰 빚을 지고 있다는 생각을 떨쳐버릴 수가 없었다.

명훈이와 함께 창고에 가서 그동안 쌓아 놓은 반품을 다 풀고, 파기 시킬 책을 한 쪽으로 다 모아 놓느라 오전 내내 사무실을 비웠다.

주문을 받아 내보내는 책보다 돌아오는 반품이 훨씬 더 많았다.

근태는 산더미처럼 쌓여 있는 책을 한동안 넋놓고 바라보았다. 돈으로 계산하면 적은 재산이 아니었다. 서점에 깔려 있는 책까지 합친다면 거래처의 밀린 돈은 물론이고 연 걸리듯 걸려 있는 금융 빚도 갚고 남을 금액이었다. 다 팔려 나갔을 때 가능한 일이었다. 만일 그 반대라면 재고로 쌓아두거나 돈 몇 만원 받고 파지로 팔아 넘겨야 했다.

책상에 앉아 제작처한테 시달림을 받는 것보다 차라리 창고에서 땀이라도 흘리면 나을 것 같았는데, 결국 마음만 더 무거워지고 말았다.

"그만 하세요. 그러다 병 나세요. 나머지는 제가 이번 일요일에 와서 마저 끝내 놓을게요."

명훈이는 자꾸만 근태를 밀어냈다. 식은땀을 흘리며 일을 하는 모습이 안타까웠던 모양이었다.

명훈 말대로 손을 놓고 창고를 나섰다. 어딜 가나 신명 날 일이 한 가지도 없었다. 어깻죽지 힘 빠지는 일만 사방팔방 덫처럼 놓여 있었다.

사무실에 들어 와 땀도 식히기 전에 김병호가 불쑥 문을 열고 들어섰다.

그가 들어서자 명훈이가 벌떡 일어나 밖으로 나가버렸다. 인사도 생략한 채로였다.

"지금 수금 때문에 당하고 있던 중이었어."

"신경 쓸 것 없어. 뻔뻔하다 싶겠지. 자네 조카 아닌가. 작은아버지를 이 궁지에 몰아넣고 무슨 낯짝으로 들어서느냐는 뜻 아니겠어?"

김은 소파에 털썩 주저앉으며 주머니부터 뒤졌다. 그러다 빈웃음을 허, 날렸다.

"버릇이 무섭기는 무서워. 담배 끊은 지가 언젠데, 예전에 이 자리에 앉으면 제일 먼저 담배부터 찾았는데 그 버릇이 그냥 남아 있네."

"한 갑 사 와?"

"아니, 그럴 것 없어. 담뱃값도 아껴야 될 상황에 무슨."

김은 버릇처럼 죽는 소리부터 앞세웠다.

습관이기도 하겠지만 전부 엄살이 아니라는 것쯤 근태도 알고 있었다. 훨씬 늘어난 하얀 머리카락, 축 늘어진 얼굴, 후줄근해진 옷차림, 그것만 보더라도 김의 궁한 삶을 눈치챌 수 있었다.

"어제 우리 언제 헤어진 거야?"

근태가 묻자 김이 놀라는 표정을 지었다.

"허어, 이 사람 좀 봐. 아니 그깟 소주 세 병에 맥주 몇 컵 마셨다고 그렇게 기억이 없단 말이야? 하긴 필름 끊어질 만도 해. 안주 한 점 안 먹고 소주를 벌컥벌컥 마셨으니. 요즘 통 안주는 안 먹고 술만 마시는 것 같애. 그리고 꼭 이차로 생맥주 마시자고 조르고."

“술 마시면 워낙 안주에 관심이 없기는 하지만 요즘은 더 그래. 안주를 입에 대면 처음부터 속이 울렁거리는 것 같애. 술을 한참 먹어야 속이 가라앉아.”

“허허, 아침에 일어나서 운동 좀 하고 그래. 나는 새벽같이 약수터에 다녀오니까 끄떡없잖아.”

“그만 마셔야 되겠어. 사람 꼴이 엉망이야. 그렇지 않아도 엉망으로 구겨졌는데.”

말은 그렇게 했지만 지켜지지 않을 약속이었다. 술을 마시지 않겠다는 약속은 관두더라도 줄여야겠다는 약속이라도 해야 될 것 같았다.

“돈 못 벌어 온다고 자네 아내가 무시해?”

김이 농담처럼 물어왔다. 그러고는 혼자 한숨을 푸욱 내쉬었다.

“우리 자식들이 나한테 그러더군. 아버지가 우리한테 해준 것이 뭐 있냐고. 언제 돈 한 번 제대로 벌어 온 적 있냐면서. 할머니 빚잔치 하느라 출판사 날렸다고 하겠지만 따지고 보면 그 출판사 모두 할머니 돈으로 그만큼 꾸린 것 아니냐고 따지더군. 평생 어디에 내놓을 만한 지위 한 번 차지한 적 있느냐고 몰아세울 때는 콱 죽고 싶다는 생각밖에 안 들더군. 정말 가슴에서 피눈물이 쏟아지는 기분이었어.”

어머니가 장사를 했다고는 하지만, 셋이나 되는 동생들 뒷바라지 하느라 김은 친구들에게 술 한 번 제대로 산 적이 없었다. 그리고 항상 낡은 옷이나 신발만 신고 다녔다.

"옷을 사도 내 차지가 안 돼. 동생 셋이서 서로 입고 나가려고 아우성이거든. 제일 먼저 일어난 사람이 입고 달아나면 그만이야. 옷이건 신발이건 항상 제일 낡은 것이 내 차지야. 어디 옷이나 신발뿐이겠어. 먹는 것도 동생들한테 양보하느라 늘 부족했지. 나는 배부르다면서 안 먹는 척하다가 다 먹고 남으면 버리기 아깝다는 듯이 먹고는 했어."

그러면서도 자신이 불행하다고 생각할 줄을 모르던 사람이었다. 동생 셋 모두 결혼시켜 없는 돈에 살림까지 내주면서도 불평 한 마디 할 줄 몰랐다. 하지만 동생들은 어쩌다 가끔씩 얼굴을 내밀고 용돈 몇 푼 쥐어주면 할 도리 다 하는 줄 알고 있었다.

동생들은 그렇다 하더라고 자식들한테까지 못난 아비 소리 들은 것은 못내 서운한 모양이었다.

"자식 키워 소용없다지만 그런 소리까지 들을 줄은 정말 몰랐어."

술을 마시면 소년처럼 즐거워하고 신나하는 김이었다. 우스갯소리는 물론이고 분위기도 잘 이끌었다. 친한 사람 앞에서는 마냥 소년 같은 김이지만 집안에서는 돈 한 푼 못 벌어오는 무능한 가장일 뿐이었다.

건설 회사를 그만 둔 그 무렵에 김병호가 술 한 잔 하자며 근태를 불렀다. 처음에는 위로 술 한 잔 사겠다는 뜻인가, 생각했었다. 하지만 만나 보니 그게 아니었다.

"돈이 급하네. 어머니가 빚 보증을 섰는데, 그만 사고가 났어. 까딱 잘못했다가는 집도 절도 다 날리겠어. 자네가 좀 도와줘."

사정을 하는 김의 얼굴은 다른 때보다 훨씬 지쳐 보였다.

"일이 잘못되면 자네한테 출판사를 넘기겠네. 그런대로 굴러가는 회사니까 손해는 아닐 거야. 물론 그런 일이 있어서는 안 되겠지만."

식당을 하면서 불쌍한 사람이 오면 밥은 물론이고 잠까지 재워 보내야 직성이 풀리는 어머니 때문에 김의 불만은 이만저만이 아니었다.

"일찌감치 과부 신세가 되어 자식 넷이나 키우느라 등허리가 휘청휘청하셨을 텐데도 왜 그렇게 퍼 주는 걸 좋아하시는지 모르겠어. 밥 사 먹으러 오는 사람보다 공밥 얻어 먹으려고 오는 사람이 더 많다니까."

하지만 김의 어머니는 아들 불평 따위는 안중에도 없어 보였다.

"이 장사해서 자식 넷 버젓하게 키웠으면 충분히 고마울 일이야. 내가 이렇게 퍼 준다고 속상하겠지만 그것도 다 너희들 잘 되라고 하는 짓이야."

그런 김의 어머니를 보면서 근태는 어머니를 생각했다. 어머니는 절대 남에게 손해 끼치는 일은 하지 않았다. 그리고 손해 받을 일도 하지 않았다. 하다못해 노인정에 놀러 갔다가도 누군가 먹을 것을 해들고 오면 그냥 몸을 일으켜 집으로 돌아오고는 했다.

"내가 해준 것이 없는데 왜 그걸 얻어 먹냐. 뭣하러 그걸 얻어 먹어?"

그랬다. 그러니까 어머니는 내가 준 것이 없다면 받아서도 안 된다고 여기는 성격이었다. 까닭없이 남을 주는 것도 안 될 일이었지만 이유없이 남의 것을 공것으로 받는 일은 더더욱 있을 수 없었다.

다른 사람은 별난 노인으로 볼 테지만, 근태는 어머니를 이해했다. 혼자 손으로 자식 둘을 키우면서 싸워야 했던 불행과 가난, 조선 땅에서 낳고 자랐다면 거의 겪어야 했을 불행이고 가난이었다고 해도 어머니가 맞닥뜨린 그것들은 더 맵고 독한 것들이었다.

그렇게 혹독한 불행 앞에서 어머니는 얼마든지 비굴해질 수 있었다. 누구에겐가 아쉬운 소리를 하고, 손을 벌리고, 구걸을 하고.

그러나 어머니는 그러지 않았다. 비록 없어서 남을 못 줄망정 누구에게 손 벌려 쌀 한 톨 구걸하지 않았다. 사흘 굶어도 배 고프단 소리하지 않았고 숨 끊어지게 아파도 돈 한 푼 구걸하지 않았다.

"한 번 손 벌리기 시작하면 정말 죽는 날까지 거지처럼 살 것만 같았다. 그러기는 죽어도 싫었어."

정말로 어머니는 제일 싫어하는 말이 '거지'라는 말이었다. 삼남매가 장난삼아 "이 거지야!" 하고 소리만 질러도 몹시 야단을 쳤다.

"왜 오빠가 거지야! 왜 동생이 거지야! 거지가 무슨 자랑이야! 거지한테 거지라고 해도 못 쓰는 거여!"

그러면서 야단을 쳤다.

한달 후에 돈을 받기로 하고 김에게 퇴직금을 돌려주었다. 하지만 돈은 돌아오지 않았다.

"어머니가 빚 보증을 선 것이 한 건이 아니야. 세 건이나 돼. 금액이야 처음에 터진 것보다는 작지만 그래도 우리 형편에는 버거운 금액이지. 잘못했다가는 어머니 저 연세에 쇠고랑 차겠어. 내가 피땀 흘려 일군 출판사네. 내가 자네 빚을 갚을 방법은 그걸 주는 것밖에 없어."

김은 핏발이 선 눈을 자꾸만 피했다. 그렇게 해서 출판사가 근태 몫이 되고 말았다.

김은 집을 정리해 빚잔치를 한 뒤, 행방을 감추었다.

막상 출판사를 떠맡고 보니 김의 말과는 상황이 너무도 달랐다.

나중에 알았지만 사방에서 끌어 온 선수금 액수가 꽤 컸다.

"김사장님은 계략적으로 선수금을 끌어 온 것입니다."

명훈이가 들어오기 전 영업부를 맡고 있던 오부장의 말이었다.

모두 엎질러진 물이었다. 주워 담을 수는 없더라도 어떤 방법으로든 살아날 수 있는 방법을 찾아야 했다.

나라 전체가 휘청거리던 그 무렵, 기다린 것처럼 서점들이 줄줄이 부도를 내고, 받아 놓았던 어음들이 전부 휴지조각이 되면서부터 출판사는 그야말로 풍전등화 격이 되고 말았다.

그래도 근태는 희망을 버리지 않았다.

이 진수렁 같은 길만 빠져나가면 마른 길이 반드시 나타날 것이라고 굳게 믿었다. 열심히 살았던 세월이었다. 덤까지 바라는 것도 아니었고, 다만 뿌린 만큼은 거둘 수 있다는 세상의 이치를 믿었던 것이다.

그런데 행방을 감췄던 김이 출판사에 나타난 것은 3년 전이었다.

나이보다 훨씬 늙어버린 얼굴, 초라한 옷차림, 축 처진 어깨, 점심 한 끼 얻어 먹으면서도 연신 미안하다는 말을 앞세우는 김을 보면서 근태는 소리없이 한숨을 내쉬었다.

"미안하게 됐네. 너무도 괴로워서 모든 것으로부터 다 벗어나고 싶었어. 내 나이가 몇인데 이제와서 새로 시작해야 된다니, 기가 막히더구만. 생각하면 어머니가 원망스럽기만 하더구만. 살고 싶은 생각이 추호도 들지 않았어. 그냥 죽고만 싶더군. 여기저기 떠돌아다니면서 살았지. 다행히 애들이야 제 앞 감당은 할 수 있을 만큼 자랐고. 그런데 어머니가 이상하다는 연락을 받고 다시 돌아왔네."

김의 어머니는 치매를 앓고 있었다.

"지금 생각해보니 어머니는 남에게 퍼주고, 인심 쓰고 하면서 살아야 되는 분이었어. 그런데 그걸 못하게 되니까 삶의 의욕을 잃으신 거지. 전화기가 냉동실 안에 들어가 있질 않나, 신문지로 꼭꼭 싼 무가 장롱 속에 들어가 있질 않나. 증세가 점점 심해지고 있다네."

김은 주머니에서 뭔가를 끄집어냈다. 보험 계약서였다.

그의 아내가 보험 설계사로 나섰다는 말을 듣기는 했지만 이런 상황에 보험을 들라고 찾아온 김이 어이가 없다 못해 배신감까지 들었다.

"당장 죽더라도 가족들은 먹고 살게 해야 되잖겠어. 어디 아프면 병원비 나올 구멍은 있어야 할 것이고. 능력 있을 때 그런 보험 하나 못 들어둔 것이 한이 되네."

아내한테 보험 한 건이라도 끌어 와야 체면이 서겠다고 생각해 찾아온 걸음일 것이다.

"조금 큰 서점 한 군데 수금 안 한다고 생각하고 뚝 떼서 투자해. 나중에 돈 생기면 시작한다고 별러 봤자 소용없어. 우리 나이에 나아질 일이 뭐가 있겠냐고."

"그럴 형편이 전혀 안 돼. 시간을 두고 생각해 보겠네."

화가 머리 꼭대기까지 치밀었지만 꾹 눌러 참았다. 저 비굴함도 사람이 하는 짓이 아니라, 나이가 시키는 짓일 것이다.

"눈 딱 감고 들어 놔. 나보다 자네가 더 이런 보험이라도 챙겨놔야 될 처지 아닌가? 아직 대학도 안 들어간 딸내미에 부양해야 되는 식솔이 대체 몇이야? 그동안 형님네 살림까지 도맡아 하느라 저축해 놓은 것도 별반 없을 것 아냐?"

김이 그의 팔을 세게 붙들었다.

"우리 나이에 믿을 것은 두 가지밖에 없어. 건강하고 돈. 어차피 자네나 나나 저축하고는 거리가 멀고 그렇다면……."

"글쎄, 다음에 다시 생각하자니까!"

근태는 단호하게 대답하며 몸을 일으키고 말았다.

저축? 근태는 혼자 코웃음을 치고 말았다.

워낙 알뜰한 아내 덕분에 다섯 식구 살 만한 집은 장만이 됐지만 저축은 언감생신 꿈도 못 꿀 일이었다. 삼십 년 넘게 형님네 살림까지 도맡아 살아야 했다. 두 조카 학비는 물론이고 병원 입원을 취미처럼 해대는 형님 병원비, 이런저런 핑계를 내세워 손을 내미는 형님한테 갖다 받치는 돈도 만만치 않았다.

이제는 두 조카 학비 부담은 덜었지만 형님은 얼마 전에도 선산을 단장해야 된다며 5백만 원을 요구했다. 다는 못해 주더라도 하다못해 3백만 원이라도 다음날까지는 내려 보내야 될 일이었다. 그것도 아내 몰래. 건설 회사에 다닐 때는 현장 근무 수당도 있었고, 아내 몰래 과외를 해서 돈을 벌어 형님 집에 보낼 수 있었지만 지금은 아니었다.

근태는 그날 돌아가는 김의 주머니에 십만 원을 넣어주었다. 그에 대한 원망 따위는 없었다.

그 뒤로 김은 크고 작은 일을 앞세워 자주 회사에 나타나고는 했다. 그렇게 나타나 술을 얻어 먹고 느즈막히 집으로 돌아가고는 했다. 김이 할 수 있는 일이란 게 그렇게 알고 지낸 사람을 찾아가 궁색을 떨며 한 끼 식사나 술을 얻어먹는 것이 전부인지도 몰랐다.

"예전에 공무원이던 한 친구가 이런 말을 하더군. 자기는 퇴직을 하더라도 절대 파고다 공원에는 가지 않겠다고. 친구들하고 등산 다니고 여행 다니고 맛있는 음식 찾아다니면서 즐겁게 살 거라고. 그런데 오늘 여기 오기 전에 파고다 공원엘 갔는데 거기서 그 친구를 만났어. 여기 어쩐 일이냐고 안 물었지. 친구들하고 등산 다니는 것도 하루 이틀이고, 여행 다니고, 맛있는 음식 찾아다니는 것도 하루 이틀이고. 도리 없이 파고다 공원으로 발길이 닿았을 테니까."

김은 요즘 종종 파고다 공원에 들러 노인들과 함께 시간을 죽이는 눈치였다.

"어머니 증세가 점점 심해지셔. 저녁에 집에 들어가면 괜히 내 눈치를 살피시지. 잘못을 크게 저지른 꼬마처럼 씨익 웃으면서 애교도 피우고, 내가 조금만 표정이 나빠도 눈치를 슬슬 보고."

근태는 어머니가 떠올랐다. 아직도 아흔 넘은 노인이라는 생각이 조금도 들지 않을 정도로 정신도 맑고 기억력도 남달랐다. 이상하게도 그런 어머니를 볼 때마다 조바심이 일고는 했다. 늙어가는 형님이나 형수 앞에서는 눈치가 보일 지경이었다. 노인이라면 노인답게 아프기도 하고 정신이 가물가물하기도 하는 것이 차라리 낫다 싶었다.

"출판사가 많이 힘들지?"

김은 책상 위에 놓인 주문장을 흘깃 보며 물어왔다.

근태는 대답 대신 고개를 잠깐 끄덕였다. 힘들기로 치자면 아무 직업도 없는 김이 더할 테지만 솔직히 난파 직전인 출판사를 끌고 가야 하는 자신보다는 김이 훨씬 홀가분해 보였다.

"이 출판사도 잘만 이끌었으면 그런대로 할만 했을 텐데. 그래도 효자 상품이 아주 없는 것은 아니었잖아."

김은 슬쩍 눈치를 살피며 그렇게 말했다.

"중년들을 겨냥해서 퇴직한 후의 인생 설계를 돕는 책을 한번 내면 좋을 거야. 샐러리맨들의 한결 같은 불안이 나이 들어서 일손 놓고 뭘 하고 살면 좋을까, 그런 것 아니겠어?"

"한 잔 술 먹기도 힘들텐데 책 사 볼 여유나 있겠어?"

"그렇지 않아. 내가 일손 놓고 보니까 능력 있을 때 뭐든 준비하라는 말이 실감나더라니까."

바둑이든 장기든 훈수를 두는 사람이 훨씬 수를 넓게 볼 수 있는 법이다. 울타리 너머에서 집 안을 보면 집 안을 전부 볼 수 있지만 방 안에 갇힌 사람은 방 안밖에 볼 수가 없다.

"그런 비슷한 책은 이미 시중에 깔려 있어. 새로운 기획 아니면 덤비지도 말아야 해."

말은 그렇게 했지만 꼭 그래서만은 아니었다. 자신이 없었다. 이걸 하면 잘 될까, 저걸 하면 잘 될까, 책상에 앉으면 자나깨나 그 궁리지만 뭔가를 선뜻 붙잡고 나설 용기나 배짱은 점점 사라지고 있었다.

문이 열리고 우체부가 들어섰다.

"최근태씨가 누구죠? 빠른 우편입니다."

우체부는 근태 이름을 불렀다. 근태가 뭐라고 말하기도 전에 김이 얼른 편지를 받아들고 발신인 이름을 확인했다.

"최명현? 자네 둘째 아들 아냐?"

그 말에 근태는 잠깐 긴장한 채 편지를 받아들었다.

오늘 아침에 부대로 돌아간 애가 왜 편지를 썼을까.

거기까지 생각하다 말고 근태는 혼자 웃음을 흘렸다. 아마 인사 못하고 갔다는 사과 편지일 것이다. 그리고 술 좀 조금만 마시라는 건강 당부를 곁들였을 것이고.

삼남매 중에서 가장 성격이 활달한 아들이었다. 야단을 맞아도 그때뿐이고 금방 돌아서서 엄마, 아빠, 하면서 재롱을 피우고는 했다. 부부 싸움이라도 한 것 같으면 어떻게든 풀어놓으려고 애를 썼다.

그래서였을 것이다. 명현이 군인이 되겠다고 했을 때, 근태는 이상하게 아주 오랫동안 마음이 무거웠다. 그리고 소중한 보물 하나를 잃어버리는 것만 같은 허전함에 시달려야 했다.

"그 놈이 제일 부모 생각을 많이 한다면서? 인물 잘 생겼지, 씩씩한 대장부지, 인간성 좋지, 어쨌든 자식 농사 하나는 아주 잘 지었어."

김의 칭찬이 싫지는 않았다.

"나보다 제 엄마한테 더 자상한 녀석이야."

근태는 그렇게 말해 놓고 잠깐 생각에 잠겼다. 어디에선가 명현이가 아내 이야기를 한 것 같았다. 뭐라고 했는지는 기억 나지 않지만, 분명히 제 엄마에 대한 이야기를 했었고, 근태 가 몹시 언짢아 했던 것도 같다. 하지만 기억은 아물아물 떠 오르려다 이내 사라진다. 꼭 기억해내야 될 일이 있는 것 같 은데 마음대로 되질 않는다.

그만 두자. 근태는 떠오르지 않는 기억을 이내 포기한다. 술에 취해 했던 행동을 기억해냈자 후회밖에는 없었다. 술에 취해서 한 행동치고 칭찬받고 자랑할 만한 것이 한 가지도 없 었기 때문이었다. 어쩌다 끊어진 필름을 잇듯 간신히 기억을 떠올리기도 하고, 우연히 기억해내기도 하지만 모두 누가 알 까 낯 뜨거운 것들 투성이었다. 그래서 본능적일 수도 있겠지 만 어느 순간부터는 끊어진 필름을 굳이 잇대려고 노력하지 않았다.

아내한테 제일 많이 미안했다. 처음에는 술에 취해 부린 횡 포를 낱낱이 따지고 잔소리를 하기도 했지만 아내는 요즘 아예 입을 다물고 있었다. 일종의 포기일 터였다.

도리가 없었다. 하루 빨리 술을 끊는 수밖에는. 하지만 아직은 아니었다. 모르는 사람들은 오죽 못났으면 술에 의지하며 사느냐고 할 테지만 하루하루의 스트레스를 그렇게라도 풀지 않으면 견딜 수가 없었다. 핑계 같지만, 세상이 술을 마시게 했다.

아침에 출근할 때는 마음 속으로 수없이 다짐하고는 했다. 오늘은 절대 술을 마시지 말아야겠다고. 하지만 그 다짐은 한나절도 지키기 힘겨웠다. 힘센 장수 같은 업무에 하루를 시달리고 나면 맨 정신을 한 채 집으로 돌아가기란 결코 쉬운 일이 아니었다. 그 무거운 짐짝 같은 스트레스를 어떻게든 풀 수 있는 방법이 필요했다. 그게 술이었다.

"혼자서만 사회 생활 해요?"

아내는 종종 그렇게 따지고는 했다.

"다른 집 남자들도 당신처럼 그렇게 술에 찌들어가면서 회사 생활 해요? 나는 세상을 잘 모르지만 친정 동생들은 술 한 방울 입에 대지 않고 직장 생활 하던데 그 애들은 무슨 방법으로 스트레스를 풀죠?"

그렇게 다그칠 때마다 근태는 할 말을 잃었다. 설명할 말이 없어서가 아니었다.

어떻게 사람이 다 같을 수 있을까. 아무리 큰 일을 당해도 눈 하나 끔쩍하지 않는 사람이 있는가 하면, 별일 아닌데도 스트레스를 주체 못하는 소심한 성격도 있게 마련이었다. 타고난 성격까지 나무랄 수야 없는 노릇 아닌가.

거기다 근태는 오랜 세월 동안 큰 조직 속에서 일했던 몸이었다. 그러다 어느 날 갑자기 울타리 밖으로 쫓겨나 세상살이에 적응하기 시작했던 것이다. 회사, 집, 현장, 그렇게밖에 모르던 사람이 느닷없이 세상 밖으로 내몰린 것이었다. 다른 사람은 일찌감치 시작하고 끝낸 숙제를 오십이 훨씬 넘어서야 시작한 꼴이 아닌가.

"자네도 아내한테 잘해. 잘할 수 있을 때 잘하란 뜻이야. 힘없고 능력 떨어진 뒤에 잘하려고 하면 오히려 꼴만 사나워져. 오갈 데 없으니까 알랑방귀 뀌는 것만 같고."

김은 신문 한 쪽을 손가락으로 통통 튕겨보였다.

'남자는 아내가 있어야 오래 살고, 여자는 남편이 없어야 오래 산다'

일본 대학 연구팀이 추적하고 조사한 내용이라고 적혀 있었다.

"남자는 부인이 없을 경우 사망률이 80퍼센트나 높고, 반대로 여성의 경우에는 오히려 남편이 있는 경우의 사망률이 남편 없는 경우의 사망률보다 55퍼센트 더 높아 여성의 경우에는 남편이 없는 쪽이 더 장수하는 것으로 조사됐다. 아내가 없을 경우, 남성의 경우 1년 이내에 병원에 입원을 한 적이 있다, 당뇨병 치료를 받는다, 흡연을 한다 등 사망률을 높이는 원인으로 작용했지만 여성의 경우는 오직 한 가지 남편이 있다는 사실만으로 의미있는 사망률 상승의 원인으로 조사됐다."

김이 신문 내용을 소리내어 읽었다. 따져 물을 필요도 없이, 모두 맞는 말이었다. 정말 지구상의 남자들은 누군가를 의지하고 기대지 않으면 살 수 없는 영원한 포유동물이 분명했다.

근태는 편지를 주머니에 넣는다. 김 앞에서 읽었다가는 자기도 읽겠다고 설칠 것이다. 자식이 오랜만에 보낸 편지였다. 사관 학교에 들어간 뒤, 몇 번 보내 왔던 편지 말고는 이번이 처음일 것이다.

"안 뜯어 봐?"

김이 물었다.

"자네, 아내 숭배하고 살라는 말 다 들은 후에."

"나이 먹고 힘 떨어지면 그래도 기댈 데라고는 아내밖에 없어. 젊어서야 넘치는 혈기로 너 없으면 내가 못 살 줄 아느냐고 객기도 부렸지만 늙어보니까 그게 아니야. 아내는 역시 나를 위해서 세상에 태어난 사람이라는 걸 느껴. 못되게 굴 때도. 허허, 죽을 날이 가까워지나. 요즘 아내한테 미안하다는 생각만 하면 가슴이 아파."

근태는 웃지 않았다. 잠깐 아내 얼굴을 떠올렸을 뿐이었다.

세상의 아내들이란 태어날 때부터 말탄 왕자님을 꿈꿨던

것은 아닐까, 생각한 적이 있었다. 결혼조차도 남편에게 기대어 행복하게 살기 위한 수단쯤으로 여기는 듯 싶었다. 그렇게 말탄 왕자님을 꿈꾼 여자일수록 남자가 능력이 없다는 것을 깨닫는 순간 차갑게 변하는 것이다. 그리고 자신의 불행을 무슨 무기처럼 휘두르며 살게 마련이다.

방문하겠다는 연락도 없었는데, 대광 제지의 박부장이 들어섰다.

"전화를 해도 통 안 계시던데, 저를 기다린 것은 아니지요?"

박부장은 볼멘 소리부터 한다. 며칠 동안 전화를 피한 것은 사실이었다. 구차스럽게 미안하다는 말을 하는 것도 한두 번이었다.

"김사장님도 만나게 되고. 오길 잘한 것 같군요."

박부장은 김을 흘깃 보며 뼈 있는 소리를 내뱉었다.

의도적이 아니었다 하더라도 김은 출판사를 근태에게 넘길 무렵 거의 몇 달간 제작처 지불을 정지한 상태였다. 결국 근태가 그런 빚까지 모두 떠맡아야만 했다.

"사장님께서 최후 통첩을 전달하라고 해서 이렇게 왔습니다. 저번 달 말로 끊어준 자가 어음 금액을 갚지 않으면 곧바로 어떤 조치든 취하겠다고 하십니다."

"……."

"자가 어음이 은행 어음보다 더 무서운 건 아시죠? 문방구에서 아무나 살 수 있다고 만만히 볼 게 절대 아니거든요. 평생 쫓아다녀요.”

“…….”

“이 놈의 바닥은 알다가도 모르겠다니까. 아직도 문방구 어음이 버젓이 굴러다니느냐고. 신용이라고는 몽땅 무너져내린 한국 땅에서.”

박부장은 누구랄 것도 없이 화를 냈다.

“출판이 지식의 보고? 죽은 송장이 다 웃을 일이지. 백날 좋은 책 만들면 뭐해. 누가 사 줘야 말이지. 말초 신경이나 자극하고 한 번 읽고 던져버릴 책들이나 팔리는 세상이니.”

“그렇지만도 않아. 그래도 좋은 책 내면 팔린다고.”

김이 한마디 거들었지만 박부장은 들은 척도 하지 않았다.

“정말 무슨 대책 없습니까? 우리 사장님 성질났다 하면 항우도 못 이깁니다. 아시잖아요?”

박부장은 근태의 경솔함을 나무라고 있었다. 그쪽에서는 당연히 경솔했다고 나무랄 일이겠지만 근태 입장에서는 아니었다. 약속 기일까지 일이 안 풀린다면 출판사 문을 닫아야될지도 모른다는 절박한 심정으로 정한 날짜들이었다.

하지만 여전히 문을 닫지 않았고, 돈도 풀리지 않은 상태였다. 앞으로도 그런 부도 어음 같은 약속은 계속될 수밖에 없을 터였다.

“지나가는 협박으로 들으셨다가는 오산입니다. 제가 알아

요. 우리 사장님 봐주다가도 마지막에 도달하면 어떤 손해라
도 감수하고 행동으로 옮길 분이에요.”

누구보다 이 출판사를 어떻게 인수했는지 잘 알고 있는 사
람이었다. 그동안 이리저리 퍽 많이 봐 준 편이었다. 신간을
찍어야 되는데 종이가 없어 쩔쩔 맬 때도 마지막입니다, 하면
서 기회를 주는 것도 늘 박부장이었다.

부장이 거래처에 지불 문제 때문에 직접 움직이는 경우는
드물었다. 아랫 사람을 보낼 수도 있을 텐데 굳이 박부장이
나타난 까닭도 근태는 잘 알고 있었다. 젊은 사람에게 혹시라
도 근태가 못 볼 꼴을 당할까봐 염려스러웠던 것이다.

처음에는 그런 동정심이 부담스럽기만 했다. 이제는 아니
었다. 유일한 희망처럼 그런 동정심이라도 끊이지 않기를 바
랐다. 그러다 일이 풀리면 열 배로 갚으면 된다는 마음으로
미안함을 대신하고는 했다.

“아무리 출판사가 힘들어도 두 아들만 생각하면 든든하시
겠어요.”

박부장이 갑자기 화제를 바꾸었다.

“두 아들 생각하면 밥 안 먹어도 든든할 걸. 죽는 소리하는
것도 몽땅 엄살로 들린다니까.”

김이 근태 대신 목청까지 가다듬으며 신명을 냈다.

“농사 중에 가장 큰 농사가 자식 농사라는데, 아들을 둘씩
이나 그렇게 출세시켰으니 얼마나 좋으세요?”

"이제 커 가는 애들인데 무슨……."

말은 그렇게 했지만 근태는 자식 칭찬이 조금도 싫지 않았다. 그래, 그렇게 든든한 아들이 둘이나 있었지. 그리고 애교 많은 딸도 있고. 갑자기 마음이 부자가 된 기분이었다.

"우리 동네에 말단 공무원 하면서 자식 둘을 몽땅 서울대에 보낸 사람이 있어. 그 사람이 나타나면 모두 공손히 안녕하세요? 하고 인사를 해요. 그런데 자식들이 몽땅 망나니로 빠진 떼부자가 지나가면 고개 한 번 까딱하고는 그만이에요. 내가 최사장님이라면 이깟 출판사 당장 문 닫아도 아깝지 않겠네. 안 그래요?"

박부장의 계속되는 칭찬에 근태는 속없이 벌어지는 입을 간신히 다물었다.

"나가시죠. 술 한 잔 하시게. 외상 받으러 왔는데 갑자기 배가 아프네. 술이라도 한 잔 마셔야 속이 풀리겠어요. 우리 자식들 생각하면 속이 부글부글 끓어요. 일할 맛도 안 나고, 밥 먹을 맛도 안 난다니까."

박부장이 먼저 벌떡 일어난다. 있는 돈, 없는 돈, 다 써서 비싼 과외까지 시켰지만 재수 끝에 간신히 지방 전문대에 들어간 큰아들 때문에 박부장은 자식 이야기만 나오면 얼굴이 일그러지고는 했다.

"김사장님도 같이 가시죠?"

박부장의 시원스런 말에 김도 못 이기는 척 일어섰다.

근태는 벽시계를 보았다. 명훈한테서 아무런 연락이 없는 것으로 보아 오늘도 하늘서점 수금은 물 건너간 것 같았다.

명훈한테 전화를 걸려고 송수화기를 드는데 벨이 울렸다.

"점심때 왜 안 오셨어요?"

안혜숙이었다.

"바빴습니다. 죄송합니다."

근태는 정중하게 사과를 했다.

근태는 오늘 점심을 먹지 않았다. 어제 마신 술이 아직도 깨지 않아 여전히 속이 울렁거렸다. 그럴 때는 물만 마셔도 토악질이 쏟아지고는 했다. 다행히 그녀가 보내준 꿀물을 두어 잔 마신 뒤부터는 속이 가라앉았지만 그래도 밥 생각은 나지 않았다.

그리고 오늘은 절대 그녀 집에 들리지 않을 작정이었다. 술을 줄이든지, 그만 마시든지 하려면 우선 그녀 집부터 가지 말아야 될 것 같았다. 없는 돈에 다른 곳에 가서 술 마실 생각까지는 하지 않을 것이다. 그리고 더 이상 신세를 져서는 안 될 일이었다.

나이가 참 사람을 비겁하게 만드는 모양이었다. 예전 같으면 남의 것이면 콩 한 톨도 공짜는 싫었는데, 이제는 한 톨 주면 두 톨 주기를 은근히 바라질 않는가. 결국 삶의 성공 여부는 늙어 남에게 동정을 받는 쪽이냐, 덕을 베푸느냐로 가늠할 수밖에 없었다. 아흔이 넘어서도 여전히 남의 신세는 절대 지지 않으려는 어머니의 성격은 그런 면에서 존경받기에 충분했다.

"많이 바쁘셨어요?"

그녀는 쉽게 전화를 끊지 않을 듯했다.

"예, 창고에 있었습니다."

"아, 예. 지금은 바쁜 일 다 끝나셨죠? 어서 오세요."

그녀는 그렇게 말하고는 먼저 전화를 끊었다. 난감했다.

"이팔청춘도 아니고, 뺄 것 뭐 있어? 가자구."

안혜숙의 전화임을 눈치 챈 김이 먼저 선수를 쳤다.

"목포집 말입니까? 실은 그 집 홍어에다 소주 한 잔이 그리워서 저도 일부러 왔습니다."

박부장도 근태를 부추겼다.

역시 예감대로 그녀는 식당 앞에 서서 기다리고 있었다.

"마치 직장 갔다 돌아오는 신랑 기다리는 모습 같습니다."

박부장이 그녀를 보자마자 대뜸 장난끼 섞인 말을 던졌다. 그것도 미안했다. 그녀 얼굴에 먹칠이라도 하는 것 같아 근태는 혼자 쩔쩔맸다.

"오늘은 옷이 정말 잘 어울립니다."

근태가 얼른 말을 바꾸었다. 엷은 분홍빛이 감도는 개량 한복에 하얀 앞치마를 하고 있는 그녀 모습은 다른 날보다 훨씬 밝아 보였다.

"이 나이가 돼도 간혹 반란을 꿈꾸거든요."

그녀는 차가운 물수건부터 꺼내 왔다.

"철부지 애들처럼 밖에 나가서 딴 짓을 할 자신은 없고 그냥 옷이라도 새롭게 꾸미면 그럭저럭 만족스러워져요."

"아직도 반란을 꿈꿀 수 있다는 것은 한창이라는 뜻 아닙니까?"

"더 늙으면 그런 생각조차 안 들 거예요. 그래서 마음껏 즐기고 있는 중입니다."

안혜숙은 그렇게 말하고 활짝 웃었다. 무엇이 그녀를 저토록 밝고 명랑하게 살도록 이끌어주는 것일까.

행복과는 거리가 먼 삶을 살고 있는 사람이었다. 젊어서부터 병약한 남편 뒷치닥거리에 시달리느라 다리 한 번 못 펴고 살았다고 했다. 거기에 극성맞기 이를 데 없는 시누이, 하루가 멀다하고 사고를 치는 시동생들을 키우고 결혼까지 시켰다고 했다.

하지만 그녀는 언제나 웃는 얼굴이었고, 밝은 얼굴로 사람들을 대하고는 했다.

"사람은 행복도 배우는 거라고 생각했어요. 태어나 걸음마를 배우고 말을 배우는 것처럼 행복도 배우는 거라구요. 만약 세상이 나한테 행복을 한아름 안겨줘도 행복을 배우지 않으면 절대 내 것이 없을 것 같더군요. 그래서 밤새워 시험 공부하듯 행복도 배웠어요. 그렇게라도 배우지 않으면 저는 영영 행복을 모르고 살 수도 있는 환경이었으니까요. 저는 저를 낳아 주신 부모님 얼굴도 몰라요. 아버지가 저를 낳은 뒤 곧바로 돌아가셨고, 어머니도 그 다음 해 돌아가셨거든요. 고모가 저를 거둬주셨는데, 그 집 자식들이 얼마나 저를 구박했는지 몰라요. 너는 콩쥐야. 그러니까 일만 해야 돼, 그러면서 괴롭혔어요. 그 말을 들을 때마다 그래, 나는 콩쥐다. 콩쥐는 나중에 왕비가 되니까 그때까지는 아무리 힘들어도 참아야 된다, 대신 너희들은 후회하면서 눈물을 흘리게 될 것이다. 그러면서 견뎠죠. 그런 생각을 하니까 불행하다는 생각은 들지 않더군요. 언젠가는 나를 행복하게 해 줄 왕자님이 나타날 거라고 생각하면 오히려 그런 환경이 고마울 지경이었어요."

그러다 한 남자를 만났지만, 그 남자는 결코 그녀를 왕비로 만들어주질 못했다. 남자는 병약한 몸만큼이나 신경도 날카로웠고, 그녀는 시집 식구들의 시집살이보다 남편 뒷바라지에 온 신경을 다 쏟아야만 했다.

거기다 살만해졌을 때, 남자는 풍으로 쓰러졌고, 거의 식물인간처럼 살다가 세상을 떠났다.

"제가 외출했다가 조금만 늦게 와도 몹시 화를 냈어요. 말을 못 하니까 밥도 안 먹고, 옆에 놓아둔 종을 마구 흔들어 시끄럽게 하고, 그래도 안 통하면 아기처럼 울기까지 하더군요. 그런데 참 이상했어요. 저는 그 남자 곁에서 참 행복하게 살았다는 생각을 한 번도 버린 적이 없었거든요. 오늘은 약간 힘들 뿐이다, 내일이 되면 나는 다시 행복해진다, 그런 생각을 하다 보면 슬프거나 우울한 생각은 조금도 들지 않았어요. 거짓말처럼 들리죠?"

그리고 그녀는 말했었다.

"어쩌면 일찌감치 행복을 공부하고, 예습하지 않았다면 정말 못 견뎌냈을 거예요. 그런데 생각해 보면 불행을 너무도 무서워하고 두려워한 나머지 그걸 피하고 싶어서 애써 행복한 척한 것은 아닐까, 그런 생각이 들기도 해요."

참 건강한 정신을 지닌 사람이었다. 그녀는 언제나 훨씬 세상을 더 많이 살고, 더 깊이 산 사람처럼 보여지고는 했다.

열 평도 미처 안 되는 작은 식당이었다.

그렇지만 그녀의 환한 표정 탓인지 식당은 언제나 넓고 풍성해 보이기까지 했다.

부엌으로 들어갔던 그녀가 커다란 냄비를 들고 나타났다. 보글보글 끓는 복지리였다.

"시동생이 홍어 보내면서 몇 마리 보냈어요. 집에서는 먹을 사람도 없고, 오시면 같이 먹으려고 미리 끓여 놨어요."

그녀는 휴대용 가스레인지에 불을 당겼다. 미나리를 듬뿍 넣어 끓인 찌개는 냄새가 향긋했다.

"얼큰한 것보다는 개운한 맛이 나을 것 같아서 지리로 끓였어요."

그녀는 야채와 국물을 작은 대접에 담아주며 근태를 보았다. 냄새는 좋은데 먹고 싶다는 생각은 들지 않았다.

"이거야말로 천국일세. 천국이 따로 없어. 예쁜 안여사 있지, 맛있는 음식 있지, 술 있지, 세상 살맛 나네."

김이 술잔에 술을 가득 채우며 허풍을 떨었다.

"정말 딱이야, 딱! 국물 맛이 끝내주는데!"

박부장이 국물을 먼저 한 수저 뜨고는 감탄을 했다.

근태는 우선 술부터 한 잔 들이켰다. 그래야 다시금 울렁거리기 시작한 속을 다스릴 수 있을 것 같았다.

"선생님!"

안혜숙이 눈을 커다랗게 뜨고 근태를 불렀다.

"그렇게 술부터 부으시면 어떻게 해요."

그녀는 바닥까지 비워진 근태 술잔을 얼른 치웠다.

"오늘은 안 되겠어요. 어느 정도 안주를 들고 나면 술잔 돌려 드릴게요."

"어허, 이거야 원. 안여사 내 술잔도 비었는데, 왜 안 치워 주나?"

박부장이 너스레를 떨었다.

"좋아요. 세 분 모두 오늘은 이거 다 잡수시고, 맛있게 밥까지 비벼 드신 후에 술을 드세요."

안혜숙이 술잔을 모두 치우려고 했다.

"우리 이러지 맙시다. 퇴근 시간 되면 술 한 잔 걸치는 맛에 사는데, 안여사가 이러면 정말 섭하지. 안 그래?"

"집에 가면 마누라가 반갑게 맞아주길 해, 자식들이 살갑

게 대해 주길 해, 돈 없고 능력 없는 설움을 술로라도 달래야
될 것 아녀."

김이 잔을 빼앗는 척하면서 그녀의 손을 살짝 잡았다 놓는
다. 그러나 그 순간 당혹스러워한 것은 그녀보다 근태가 더
했다. 예리한 송곳에 가슴을 찔린 듯한 통증이 아주 빠르게
스쳐갔다. 아주 오랫동안 잊고 살았던 상처를 그렇게 건드린
것 같은 기분이기까지 했다.

근태는 때마침 들어서는 손님들 쪽으로 건너가는 그녀 뒷
모습을 한동안 바라보았다. 그러면서 아주 오랜 옛날의 그녀
를 보고 있는 듯한 착각에 빠져들었다. 이제는 이름만 기억하
고 있는 그녀를.

조순아…….

이름만큼이나 온순했던 여자.

어쩌자고 안혜숙 저 여자에게서 그녀를 발견했는지 정말
모를 일이었다.

초등학교 일학년 때였지요.

"세상에서 제일 무서운 것이 뭐죠?"

선생님이 그렇게 물었어요. 아이들이 서로 손을 들고 발표를 하겠다며 아우성을 피웠습니다.

물론 저도 번쩍 손을 들었지요. 그러다가 슬그머니 손을 내리고 말았습니다. 그리고 고개를 반쯤 숙이고 앉아 있었지요. 그렇게 고개를 숙이고 있으면 선생님이 못 볼 것이라고 믿었거든요.

왜 그랬냐구요? 선생님의 질문을 듣는 순간 제 머릿속으로 아주 빠르게 아빠 얼굴이 스쳐갔거든요. 마치 발 빠른 다람쥐보다 더 빠르게 말이에요. 그래서 손을 내리고 말았던 것이지요. 아무도 제 말을 이해할 수 없을 거라는 생각 때문이었습니다. 선생님까지두요.

"저는 귀신이 제일 무서워요."

"저는 흡혈귀가 제일 무서워요."

"저는 호랑이요."

아이들 대답은 모두 바보 같았습니다. 귀신도 본 적이 없고, 흡혈귀도 본 적이 없고, 고작해야 호랑이는 보았겠지만 우리 안에 갇힌 호랑이가 뭐가 무서워요. 그런데 애들은 모두 멍텅구리 같은 대답만 했습니다.

"그럼 명식이는 뭐가 무섭지?"

갑자기 선생님이 제 이름을 불렀습니다.

"저는 아빠가 제일 무서워요."

저는 너무 놀란 나머지 벌떡 일어나 그렇게 대답하고 말았지요.

교실은 갑자기 웃음바다가 되고 말았습니다. 아이들은 책상을 치거나 짝꿍을 때리면서 큰 소리로 웃어대기 시작했습니다.

저는 아이들이 모두 미웠습니다. 평소에 제가 좋아했던 민아까지 아이들과 함께 웃고 있었습니다.

그 애를 다시는 좋아하지 않겠다고 순간적으로 맹세할 정도로 저는 화가 났습니다.

두 주먹을 꽉 쥐고 씩씩거리며 아이들을 노려보았습니다. 두 눈에 눈물이 그렁그렁해진 채 말입니다. 아빠도 아시죠? 제가 그럴 때면 무지 화가 났을 때라는 것을요.

그러면서 선생님을 쳐다보았습니다. 선생님은 제 편이라고 믿었을까요. 그런데 아니었어요. 칠판 앞의 선생님도 하하하 소리내어 웃고 있었습니다. 안경 너머의 작은 눈이 더 작아져 있었습니다.

"왜 아빠가 제일 무섭지? 아빠가 때려?"

선생님은 또 바보처럼 그렇게 물었습니다. 저는 대답하지 않았습니다. 그런 바보 같은 물음에 대답할 필요는 없으니까요. 절대로요!

"오라, 명식이 아빠는 건설회사에 다닌다고 했지? 그래, 아빠를 어쩌다 한 번씩만 보니까 무섭다고 생각할 수도 있겠다. 다음에 아빠 오시면 아빠 같이 놀아주세요, 그래. 알았지?"

선생님이 말을 바꾸었지만 저는 여전히 씩씩거리기만 했습니다.

그러다 으앙! 하고 울음을 터뜨려버렸습니다.

"왜 우니? 누가 뭐랬는데?"

선생님이 놀라 저를 달랬지만 터진 울음보를 멈추지 않았습니다. 아빠가 어쩌다 한 번씩 집에 오는 것은 사실입니다. 그래서 속상해 죽겠는데 선생님이 그렇게 말하니까 저도 모르게 울음이 터진 것이지요.

저는 그 날, 집으로 돌아올 때까지 훌쩍훌쩍 울었습니다. 계속 울 일만 생겼거든요. 우리 반 경식이가 제 신발주머니로 축구를 해서 속상했고, 민아가 너네 아빠 정말 무서워? 하고 눈을 빛내며 물었기 때문에 화가 났고, 손도 안 들었는데 선생님이 두 번씩이나 저한테 질문을 했기 때문에 화가 났고. 막 화날 일만 있었습니다.

그렇지만 그딴 일은 잠깐 씩씩거리고 말 일이었습니다. 아무리 제 별명이 울보라고 해도 그딴 일로 계속 울 필요는 없었습니다.

셋째 시간이었습니다. 우리는 받아쓰기 시험을 보았습니다. 저는 받아쓰기가 제일 싫었습니다.

왜냐하면 다른 애들은 100점도 맞고 90점도 맞지만 저는 항상 30점을 못 넘거든요.

다른 애들은 유치원을 다녔기 때문에 거의 한글을 깨우치고 학교에 들어갔지만 저는 아니었습니다. 엄마가 집에서 기역, 니은, 디귿을 열심히 가르쳐 주었지만 어려운 글씨는 잘 못 썼습니다. 장독은 장똑이라고 쓰고, 미끄럼틀은 미크러틀, 친구를 칭구라고 쓰고, 그런 식으로밖에 쓸 줄 몰랐습니다.

그러던 어느 날, 아빠는 제 시험지를 보고는 이렇게 말했습니다.

"다음에 시험 봐서 50점을 넘으면 야구 방망이를 사 주고, 50점을 못 넘으면 회초리로 맞을 거야. 너 야구 방망이 갖고 싶다고 했지?"

"예……."

저는 간신히 대답했습니다. 아빠는 키도 크고 목소리도 크기 때문에 아빠 앞에 앉으면 괜히 졸아들거든요.

저는 정말 야구 방망이를 갖고 싶었습니다. 그래서 친구들한테 뻐기고 싶었습니다. 다른 친구들은 비싼 야구 방망이도 있고, 축구공도 있는데 저는 그딴 것이 한 가지도 없었습니다. 언젠가 이모가 생일 선물로 야구 방망이와 글러브, 공까지 사 주었지만 사촌형들이 가져가 버렸습니다. 형들이 내 것 훔쳐 갔다고 울어도 소용없습니다. 할머니, 아빠, 엄마, 모두 큰집에 가서는 구슬 한 개도 함부로 못 갖고 오게 합니다. 그런데 형들이 우리 집에 와서 제 물건을 함부로 가져갔다고 울면 엄마는 저를 몹시 야단치고는 했습니다.

"다른 사람도 아니고 형들이 가져갔는데, 뭐가 아까워?"

그러면서 등짝을 세게 때리기도 합니다. 그러면 저는 엄마한테 죄없이 맞은 것이 억울해서 더 울고 싶지만 그때만은 울음을 뚝 그칩니다. 계속 울면 엄마가 속상하니까요.

그런데 아빠가 다시 야구 방망이를 사 준다고 한 것이지요. 물론 시험을 잘 봐야 하지만요.

저는 정말 야구 방망이를 갖고 싶었습니다. 회초리로 맞는 것도 무서웠지만, 그보다 야구 방망이를 갖고 싶은 마음이 백 배 천 배, 더 강했습니다. 며칠 동안 잠들기 전에 이불 속에 누워 하나님께 기도를 했습니다. 아침에 일어나서도 얼른 무릎을 꿇고 하나님을 찾았구요.

"야구 방망이 좀 갖게 해주세요. 하나님은 귀가 어둡지 않지요? 오래 사셔서 우리 할머니처럼 보청기를 끼어야 말을 알아듣는 것은 아니지요? 제발 야구 방망이 한 개만 갖게 해 주세요. 딱 한 개만요."

그런데 하나님은 귀가 많이 어두웠나 봅니다. 아니면 제 기도 소리가 너무 작아서 하나님 귀에 들어가지 않았을지도 모르구요.

그날도 다른 애들은 100점도 맞고, 90점도 맞았는데 저는 40점이었습니다.

"너 바보야? 그딴 쉬운 글씨도 틀려?"

제 짝꿍 수철이가 놀렸습니다. 그 애는 100점 맞았거든요. 그 애는 한 개만 틀려도 엄마한테 손바닥 한 대씩을 맞는다고 했습니다. 그리고 100점을 맞으면 아이스크림을 한 개씩 먹을 수 있다고 했습니다.

저는 너무 속상했습니다. 글씨가 두 개 틀린 것도 아니고 딱 한 자씩인데 틀렸다고 해버리니까요. 동그라미, 작대기로만 점수를 주는 것이 아니라 네모도 있고, 세모도 있으면 참 좋겠다는 생각을 했지요.

집으로 돌아오는데 괜히 심술이 났습니다. 그러면서 또 눈물이 쏟아지고 말았습니다. 그래서 엉엉 엉엉, 큰 소리로 울면서 집으로 왔습니다.

그 날은 아빠가 왜 집에 있었는지 모르겠어요. 아마 맡았던 현장 일이 끝나서 다음 현장으로 떠날 때까지 며칠 집에 있었을 것입니다.

"받아쓰기 시험 봤지?"

아빠는 시무룩해서 들어오는 저를 보고 물었습니다. 그렇게 묻는 아빠 얼굴을 똑바로 볼 수가 없었습니다.

"예……."

저는 또 잔뜩 졸아서 간신히 대답을 했지요. 그리고 가방 속에 있는 시험지를 꺼내 놓았습니다.

"몇 점이냐?"

"40점이요."

"몇 점 받으면 야구 방망이를 사 준다고 했지?"

"50점……."

"40점이면 어떻게 하기로 했지?"

"회초리 맞아요."

"그럼 눈을 감고 있어라."

저는 아빠가 회초리를 가지러 간다고 생각하고 눈을 꾹 감았습니다.

"하나님은 정말 나빠. 다시는 기도하나 봐."

저는 눈을 감은 채로 투덜거렸습니다. 딱 한 번만 50점 맞으면 회초리도 안 맞고 야구 방망이도 갖을 수 있는데, 바보 같은 하나님…….

종아리가 벌써 아픈 것 같았습니다. 아빠는 힘이 셉니다. 그래서 아빠가 때리는 회초리는 정말 많이 아플 것입니다. 아빠는 한 번도 저를 때리지 않았지만 아빠한테 매를 맞으면 많이 아플 것이라고 생각했습니다. 저번에 실수로 아빠 주먹에 얼굴을 맞았는데 볼이 퉁퉁 부었을 정도였으니까요.

"됐다, 눈 떠라."

굵직한 아빠 목소리가 들려왔습니다. 저는 일어나서 종아리를 걷으라는 소리로 들었습니다. 그래서 벌떡 일어나 바지를 걷었습니다.

'조금만 아프게 해주세요, 하나님. 다음에는 꼭 50점 맞을게요. 오늘은 조금만 아프게 해주세요.'

저는 다시는 기도 따위는 하지 않겠다고 다짐하고서는 저도 모르게 그렇게 기도했습니다.

"눈 떠."

아빠가 다시 말했습니다. 화난 음성 같았습니다. 저는 슬그머니 눈을 떴습니다. 그리고 아빠 손을 보았습니다.

"와아!"

저는 갑자기 소리를 지르고 말았습니다. 글쎄, 아빠 손에는 튼튼하게 생긴 야구 방망이가 들려 있질 않겠어요. 제 짝꿍 수철이가 갖고 있는 것보다 훨씬 더 멋지고 튼튼해 보이는 야구 방망이었습니다.

"다음에는 꼭 50점 맞도록 하자."

아빠는 제 손에 야구 방망이를 들려주었습니다. 저는 다시 눈물을 글썽이고 말았습니다. 그 순간만은 울보라고 누가 놀려도 조금도 창피하지 않았을 것입니다. 무섭기만 한 아빠가 하나님도 못 들어 준 소원을 들어줬는데 왜 안 기쁘겠어요.

"아빠, 고맙습니다!"

저는 눈물을 글썽이며 꾸벅 절을 했습니다. 아빠가 말없이 고개를 끄덕였습니다.

"이 야구 방망이는 제가 가져도 돼죠?"

"그럼."

"명훈이 형아랑 명철이 형아한테 주라고 안 할 거죠?"

"……."

아빠는 아무 대답도 하지 않았습니다.

"형아들이 몰래 가져가지 못하게 꼭꼭 숨겨 놓을 거예요."

저는 의기양양하게 떠들었습니다. 그리고 싸인펜으로 야구 방망이에 커다란 글씨로 제 이름을 적었습니다. 아무도 못 훔쳐가게 말입니다. 그리고 잃어버렸어도 금방 찾을 수 있도록 말이지요.

"아빠, 고맙습니다."

저는 다시 큰 소리로 인사를 했지요.

"아빠가 야구 방망이 사 준 게 그렇게 좋으냐?"

할머니가 옆에서 물었습니다. 저는 얼른 할머니를 보았습니다.

"이 야구 방망이는 형들한테 안 뺏겨도 된다고 했어요, 아빠가. 진짜 진짜 제 야구 방망이에요."

저는 아주 씩씩하게 대답했습니다.

할머니랑 아빠는 아무 말도 하지 않았습니다.

그 날 밤, 저는 일기에 또박또박 적었습니다.

　‘우리 아빠는 안 무서다. 무지 조타. 나한테 야구 방망이
를 사줬다.

　내일은 학교에 가서 우리 아빠가 사 준 야구 방망이로 야
구를 하꺼다.’

그렇게 적고 야구 방망이를 품에 안은 채 잠이 들었습니다.

뭔가 아주 부드럽고 포근한 것이 몸에 닿는 것을 느낀다.

근태는 그 부드럽고 따뜻한 기운에 온몸을 맡긴다. 어린 시절, 추위에 꽁꽁 언 몸을 하고 방으로 뛰어들어와 아랫목에 널찍하게 펼쳐져 있는 솜 이불 속에 두 다리를 쭉 뻗었던 것처럼.

그러다 번쩍 눈을 뜬다. 어떤 낯섦 때문이었다.

반대편 벽에 등을 기대 앉아 책을 보는 안혜숙이 보였다.

"어, 어떻게 된 겁니까?"

근태는 어리둥절한 표정으로 물었다.

"그건 제가 물어 볼 말이에요. 10시쯤 세 분이 모두 나갔는데, 12시가 다 됐는데 선생님이 들어오셨어요."

너무도 조용했다. 새벽이 다 된 것 같았다.

"새벽 2시예요."

　그녀의 말에 근태는 다시 한번 난감해 했다. 어머니가 걱정스러웠다. 어머니는 새벽에 잠이 깨면 우선 신발이 놓인 현관부터 살피고는 했다. 그래서 한 사람이라도 안 들어 왔으면 뜬눈으로 날을 새고는 한다.

　"백부장하고 김사장은요?"

　"왜 다시 오셨냐고 물었더니 생맥주 한 잔 했다는 말만 하셨어요."

　"다른 말은 없었구요?"

　근태는 무슨 실수라도 한 것만 같아 조심스럽게 물었다.

　"아뇨. 그냥 쓰러져서 주무셨어요. 정신없이."

　"……"

　"굉장히 기분 우울해 하셨는데, 무슨 일이라도……"

　그녀가 말꼬리를 흐렸다.

　"없었어요. 정말 큰 실례를 저질렀습니다."

　근태는 다시 한 번 사과를 하고 몸을 일으켰다.

　"선생님?"

　그녀가 붙들 듯 근태를 불렀다.

　"지금 이 상황에 선생님께 어떤 부탁을 하는 것은 무리죠?"

　"하세요. 뭐든."

　근태는 짧게 대꾸한다.

　"저한테 환한 표정을 보여줄 수 없을까 싶어서요……"

“…….”

근태는 다시 말문을 잃었다. 살면서 누구에게도 환한 표정을 보여준 적이 없었던 것 같았다. 식구들은 물론이고 친구들한테도. 늘 어두운 표정이었고 뭔가에 쫓겨 불안해 하는 표정만을 보였던 것 같다.

“남들처럼 즐거우면 그냥 목청 드러내고 하하 웃고, 화나면 어린아이처럼 마구 화도 내고, 좋으면 마냥 좋다고 손뼉 치며 좋아하고, 그러면서 살았으면 좋겠어요.”

“좋지요, 그렇게 살 수 있다면. 그런데 말입니다. 저는 그런 것을 배우지 못했어요. 목청 드러내고 하하 웃으면 그 웃는 소리에 하늘이 화들짝 깨어날까 두려웠고, 화난다고 벌컥 화내면 더 나쁜 일이 생길까봐 무서웠고, 좋다고 마냥 좋아하면 그만큼 더 힘든 일이 생길까봐 겁이 났고…… 그랬습니다.”

“세상은 겁내는 사람을 더 만만하게 본다는데요. 자신만만하게 보이면 함부로 못하지만 조금 겁내하는 것 같은 표정을 보이는 사람이 있으면 얼씨구, 하면서 더 심술을 부린댔어요.”

“세상한테 덜 혼난 사람은 얼마든지 그런 말을 하겠지요.”

“세상한테 많이 혼났어요?”

“세상이 하도 무서워서 오기로 그래, 덤벼봐라. 덤빌테면 덤벼! 그러면서 호기를 부린 적이 있었어요. 아마 젊어서였을 것입니다. 나이를 먹다 보니까 다시 옛날로 돌아가요. 겁쟁이가 되어 가요."

"제가 옆에서 세상이 선생님을 무섭게 하려고 하면 절대 못하게 막을 방법이 없을까요?"

그 말에 근태는 그녀를 보았다. 주름살이 잔잔하게 앉은 그녀의 얼굴은 화장기가 없는데도 몹시 깨끗해 보였다.

"세상에서 가장 큰 바보가 누군지 아세요?"

"모릅니다."

"미리 걱정하는 것이래요. 닥쳤을 때 해도 조금도 늦지 않고, 부족하지 않는데도 미리 미리 걱정하는 사람을 가장 바보라고 한대요."

그녀는 명랑하게 떠들었다. 그리고 얼른 덧붙였다.

"공연한 소릴 했어요. 어젯밤에 선생님이 너무 힘들어 하고 우울해 하셨거든요."

그렇게 말하면서 그녀는 근태가 나서기 좋도록 문을 열었다. 차가운 밤 바람이 와락 달려들었다.

"아참, 선생님?"

그녀가 다시 그를 불렀다.

"조순아가 누군지 물어도 돼요?"

"……."

근태는 놀라 우뚝 걸음을 멈추었다.

"많이 사랑했던 사람인가요?"

“…….”

아무 대답도 할 수 없었다.

“어제 오서서 그 분 이야기를 많이 했어요.”

기억 속에서도 가물가물한 사람을 어쩌자고 털어났을까.

“그분도 저처럼 키도 작고 통통했나 봐요. 저한테 많이 닮았다고 하셨거든요.”

그녀는 그렇게 말하고 잠깐 고개를 숙여 잘 가라는 인사를 했다.

근태는 대답도 제대로 하지 못하고 등을 돌렸다.

그녀가 아무리 격의 없이 대해 준다고 해도 그렇지, 어떻게 오늘 같은 실수를 한단 말인가. 뒤통수가 후끈거렸다.

택시를 타고 집으로 가면서 근태는 어젯밤의 일을 차분히 생각해봤다. 그러다 주머니 속을 뒤적거렸다. 편지가 그대로 있었다.

근태는 봉투가 뜯긴 편지를 물끄러미 내려다 보다가 안주머니 깊숙이 넣었다.

명훈의 편지를 뜯어 본 것은 소주 한 병이 거의 비워질 무렵이었을 것이다.

안혜숙 성화에 못 이겨 복지리에 밥까지 먹어서인지 술맛이 별로 나질 않았다. 다른 손님들도 많은데 시시때때 안혜숙을 불러대는 박부장과 김이 부담스러워 슬그머니 밖으로 나왔었다.

근태는 밖에 내놓은 의자에 앉아 봉투를 뜯었다. 아무도 몰래 아들이 쓴 편지를 읽고 있다는 사실이 그런대로 기분을 좋게 했다. 역시 자식은 이래서 좋은 모양이었다. 고맙다는 말 한 마디, 고생했다는 말 한 마디만 들어도 부모는 천하를 얻은 기분에 빠져들고는 하는 것이다.

편지는 모두 넉 장이었다.

질서정연하게 쓰여진 큼직큼직한 글씨들을 보면서 근태는 혼자 웃음을 흘렸다.

역시 자상한 아들이었다. 근태가 돋보기 신세를 지지 않아도 볼 수 있도록 글씨 크기까지 신경 쓴 명훈이의 마음 씀씀이가 여간 대견하질 않았다.

'저는 이 편지를 역 앞에 있는 커피숍에서 씁니다.'

편지는 그렇게 시작되고 있었다.

하지만 근태는 절반도 다 읽지 못하고 의자에 털썩 주저앉고 말았다.

명현은 마음 속에 담아두었던 서운함을 무섭게 쏟아놓고 있었다.

마음 속에 있는 말을 이제는 똑바로 털어놓겠습니다. 그래야 아버지는 이제라도 무엇을 잘못하고 있고, 무엇을 잃은 채 살고 있는지 정확히 파악할 수 있을 테니까요.

아버지를 보면 응석받이 어린애 같다는 생각이 들고는 했습니다. 아무도 알아주지 않는 것이 두려워 무조건 떼를 쓰고 울어대는 응석받이 말입니다. 자식이 돼서 버릇없이 그런 말을 할 수밖에 없는 제 자신도 부끄럽고 싫습니다. 하지만 이렇게라도 하지 않으면 아버지는 왜 외로울 수밖에 없었으며 왜 힘들게 살 수밖에 없었는지를 깨닫지 못하실 것입니다. 그래요, 아버지가 깨닫지 못하는 것은 별로 걱정되지 않습니다. 이제와서 고칠 수 있는 습관이란 별로 없을지도 모르니까요. 그렇지만 저는 어머니가 더는 불쌍해서 못 보겠습니다. 저는 어머니만 생각하면 마음 속으로 새까만 먹구름이 드리워지는 기분이 되고는 합니다. 평생을 아버지의 대물림 같은 불행을 같이 견디면서, 거기다 아버지의 무관심과 무책임까지 떠맡아야 했던 분입니다. 만일 우리가 아버지의 자식으로만 태어났다면 어떻게 됐을까, 문득 생각하면 소름이 끼칩니다. 우린 분명히 아버지가 무슨 훈장처럼 껴안고 사는 불행의 구덩이에 헌 신발처럼 던져서 살고 있었을 것입니다. 아버지가 그렇게 살았듯 말입니다.

어머니는 아버지의 그 먹장 같은 불행의 기운이 우리 삼남매한테 눈곱만큼도 다가오지 못하도록 온 힘으로 막으신 분입니다. 세상에 많은 어머니가 계시지만 우리 어머니처럼 자식을 위해 모든 것을 다 바친 분은 드물 것입니다. 어머니는 행복이란 것을 아예 다 버리고, 다만 우리들만을 보호하느라 온 생을 다 바쳤습니다. 시장에서 생선 좌판을 벌이고 사는 사람이라고 다 불행하지는 않을 것입니다. 그리고 돈 많고, 권력, 명예가 많다고 해서 다 행복한 사람은 아닐 것입니다. 그렇지만 우리 어머니는 자식을 빼고는 행복이란 것을 한번도 느끼지 못하고 산 분입니다. 어쩌면 이 상태로 계속 간다면 어머니는 눈을 감는 날까지 행복을 모를지 모릅니다. 아버지 때문에 말입니다.

아버지는 한 번이라도 어머니가 무엇을 힘들어 하고, 견디기 힘들어 하는지 생각해 보셨어요? 네, 아버지는 아버지 당신 응석만 떠느라 어머니가 가슴으로 통곡하는 소리를 한 번도 귀담아 듣지 못했을 것입니다.

저는 며칠 동안 집에 와 있으면서 우리 어머니가 얼마나 가엾고, 불쌍한 분인가를 다시 한 번 깨달았습니다.

어떻게 어머니를 그렇게 함부로 대하실 수가 있지요? 어떻게 어머니한테 그렇게 함부로 술주정을 할 수가 있느냔 말이에요. 아버지는 참 편한 세상살이 공식을 갖고 있더군요. 술에 취해 어머니를 괴롭혔으면서도 아침이면 간밤에 당신이 무슨 짓을 했는지 전혀 인식하지 않으니 말입니다. 정말 비겁하십니다. 그렇게 어머니한테 함부로 하시고 술기운으로 모든 핑계를 돌리시니 말입니다. 아니, 참 편리한 공식을 갖고 계십니다. 내가 잘못한 것이 아니라, 술이 실수한 거야, 그렇게 떠넘기실 수 있으니 말입니다.

여지껏 어머니는 아버지의 그 술주정을 말 한마디 하지 않고 견뎌냈던 것입니다. 아버지가 그 술버릇을 고치지 않는다면 앞으로도 어머니는 계속 그런 인고의 세월을 살 수밖에 없겠지요.

하지만 저는 더 이상 그런 아버지를 용서하지 않을 것입니다. 아버지도 부모이지만, 어머니도 부모입니다. 제가 보기에도 아버지가 분명히 잘못하고 있는데, 어머니를 불행하도록 내팽개칠 수가 없습니다.

제발 부탁입니다. 그만 어머니를 괴롭히세요. 그 긴 세월을 붙박이처럼 살아온 분입니다. 다른 여자들은 자식 다 키워 놓고 마음껏 놀러다니고 자유롭게 살고 있지만, 어머니는 어떻게 살고 있는지 한 번이라도 생각해 보셨나요? 앞으로도 아버지가 계속 이런 식으로밖에 살 수 없다면 어머니는 죽는 날까지 불행하게 살 것입니다.

제발 부탁입니다. 어머니를 그만 괴롭히세요. 정말 술이 취해서 집에 들어와서 어머니를 괴롭힐 것 같으면 차라리 들어오지 마세요. 그게 어머니를 도와주는 것입니다.

나머지를 다 읽으려고 눈을 부릅떴지만 편지에 쓰여진 글씨들은 작은 벌레처럼 이리저리 도망을 다닐 뿐이었다.

편지 중간 부분에 잉크가 번져 있었다. 눈물 자국일 것이다. 제 어미가 가엾어서 흘린 눈물일 것이다.

그 편지를 다시 주머니에 넣고 식당 안으로 들어갔고, 그리고 말없이 술을 마셨던 것이다.

술이 취해서 집에 들어오려거든 아예 들어오지 말라고 한 말이 너무 가슴을 아프게 했다. 그리고 슬프고 서운했다. 자식들 앞에 두고 힘들다는 말도 한 적 없고, 견디기 어렵다는 말도 한 적 없었다. 그런 말은 아비로서 절대 해서는 안 될 것 같아서였다.

돈 열심히 벌어다 주면, 그것이 아비로서 해야 될 가장 큰 몫이려니 했었다. 그런데 지금 세상에서 가장 믿었던 자식이 아비를 증오한다고 한 것이다. 용서하지 않겠다고 한 것이다.

"그래, 용서하지 마라. 나도 용서하지 않을 것이다."

근태는 술잔을 비우며 그렇게 중얼거렸었다.

안혜숙의 집을 나와 집으로 향하는 발걸음이 천근 만근 무거웠다. 명현 부탁을 들어 준 셈이었다. 술이 많이 취했거든 집에 들어가지 말라고 했던 부탁을.

열쇠로 현관 문을 열고 들어서던 근태는 주춤, 그 자리에 멈춰 서고 말았다. 아내가 거실에 앉아 있었다.

아직은 날이 밝기 전이었다. 아내는 밤새 잠을 설친 듯 몹시 피곤한 얼굴이었다.

"술 마시고 그냥 잠들어 버렸어. 기다린 거야?"

이 시간까지 벌을 세웠구나, 생각하니까 우선 미안했다. 그리고 명현 말대로 아내한테 너무 잘못한 것이 많을지 모른다는 생각도 들었다. 그리고 남편이라고 걱정하며 기다려 준 아내가 고마운 것도 사실이었다. 마음 한구석에서 기쁨 같은 것이 슬슬 솟구쳤다.

"명하가, 명하가 안 들어 왔어요."

"뭐라고?"

아내의 말에 근태는 놀라 큰 소리로 물었다.

"아니, 애가 안 들어왔는데 찾아보지도 않고 있었단 말이야?"

"당신은 이 시간까지 뭐하다 왔는데요?"

아내가 차갑게 물었다. 자식이 집에 들어오지도 않았는데 아버지라는 사람은 술집에서 술에 취해 잠들었더냐고 묻고 있었다.

핸드폰을 꺼놨기 때문에 연락도 할 수 없었을 것이다. 그래도 공연히 화가 났다. 명현 말대로 모든 것을 다 척척 알아서 해내는 아내라면 자식이 간밤에 외박을 하는 불상사는 만들지 말았어야 했다.

"학원은 갔었어?"

"아뇨."

"학원도 안 가고 집에 있었던 애가 사라졌단 말이야?"

"저녁때 잠깐 슈퍼에 갔다 왔는데 그 사이에 말도 없이 나갔어요."

근태는 서둘러 명하 방으로 들어가 보았다. 이상한 점은 눈에 띄지 않았다. 학원에 가지 않은 것은 분명했다. 책이 가득 든 가방은 그대로 책상 위에 팽개쳐져 있었다. 미술 학원 가방도 그냥 있었다.

이름도 모르는 배우, 가수들의 브로마이드가 벽 한 쪽을 가득 채우고 있었다.

"이게 공부하는 학생 방이야?"

근태는 책상 서랍을 열어보았다. 화장품이 가득했다.

어려서부터 남들 앞에서 유난히 노래하고 춤추는 것을 좋아한 아이였다. 옷도 자기 좋은 옷만 골라 입었지 싫은 옷은 거들떠도 보지 않았다. 심지어는 마음에 들지 않은 옷을 입혀 놓으면 학교도 안 간다며 떼를 쓰고는 했다.

아내도 그렇고 근태 자신도 애교라고는 모르는데, 그 애만은 달랐다. 첫 대면이라도 싹싹하게 굴어 사람들의 귀여움을 독차지하고는 했다.

그런데 작년 대학에 실패한 뒤, 가수가 되겠다며 공부는 뒷전으로 밀쳐 놓고 가수들 공연장으로 도망칠 궁리만 하는 눈치였다.

"좋아하는 것하고 잘하는 건 얘기가 달라. 축구 좋아한다고 다 축구 선수 되는 건 아니잖아?"

"싫어하는 사람이 축구 선수 되고 가수 되는 것도 아니잖아. 좋아하니까 되는 거야. 엄마는 내가 엄마처럼 집에서 살림이나 하고 살았으면 좋겠어? 가창력만 뛰어나면 기획 회사에서 전속 가수 하자고 돈 싸 들고 온대.”

명하는 한 번도 아내한테 지지 않았다. 그래도 억울하면 엉엉 울기까지 했다. 어려서도 별로 울음이 없던 아이였다. 그러던 애가 제 꿈을 나무랄 때는 경기하듯 굴었다.

한 번은 집이 떠나가라 대성통곡을 하며 운 적도 있었다. 그리고 사흘인가를 아무 것도 먹지 못한 채 끙끙 앓기까지 했었다.

무엇이 그 애를 노래와 춤에 미치게 했을까. 당혹스럽기만 했다.

그리고 간신히 몸을 추스린 명하는 소리없이 집을 빠져나갔다. 근태는 말없이 그 애 뒤를 따라가보았다.

명하는 공원으로 가고 있었다. 추운 날씨였고, 공원은 비어 있었다.

명하는 공원 한가운데 있는 커다란 거울 앞에서 걸음을 멈추었다.

그 날, 근태는 나무 뒤에 있는 벤치에 앉아 명하를 오랫동안 바라보았다. 그 애는 추운 날씨에도 불구하고 얇은 티셔츠 차림으로 노래를 부르며 몸을 흔들었다. 귀에는 이어폰이 꽂혀 있었다.

달빛을 받으며 노래하고 춤을 추는 명하 모습이 너무도 간절해 보였다. 어떤 일에든 의욕을 보이지 않는 성격이었다. 공부도 별로였고, 운동도 싫어했다. 그렇다고 친구들과 어울려 잘 돌아다니는 성격도 아니었다. 그런데 노래와 춤에 넋을 빼앗기고 있었다.

하지만 근태가 보기에 명하 노래 솜씨는 뛰어난 편은 못 되었다. 그게 마음을 무겁게 했다. 꿈이란, 희망이란 하늘의 별과 같은 것이었다.

뭔가 마음에 두고 있다는 것은 재능이 있어서라고 했지만, 재능이 있다고 해서 다 이룰 수 있는 일은 아니었다. 얼마나 많은 사람들이 꿈을 버리고 좌절에 빠지는가.

땀에 흠뻑 젖은 채 집으로 돌아온 명하는 침대에 쓰러지기 무섭게 죽은 듯이 잠이 들었다. 잠든 명하를 보면서 근태는 착찹한 심정을 가눌 수가 없었다.

가능한 일이라면 그 애가 원하는 방향으로 가도록 도와 주고 싶었다. 울 안에 갇힌 짐승처럼 살게 하기는 싫었다. 제 꿈을 펼치고 새처럼 세상을 훨훨 날며 살게 하고 싶었다. 그럴 수만 있다면.

하지만 가수라니. 그 바닥이 어떤지 자세히는 알 수 없지만 결코 정상적인 곳은 아니라는 선입견을 버릴 수는 없었다. 더구나 끼 많은 사람들이 모이는 곳 아닌가. 그런 곳에 천방지축인 명하를 들여보낼 수는 없는 일이었다.

어머니 방문이 열리는 기척이 난다.

"이제 들어온 거여?"

화장실을 가려고 눈을 뜨신 모양이다.

"예, 어머니. 이제 들어왔어요."

근태는 얼른 일어나 화장실 문을 열고 불을 켠다. 그리고 어머니가 다시 화장실 문을 나설 때까지 그 앞을 지킨다.

"어여 들어가 자. 피곤하잖어."

화장실에서 나온 어머니는 손짓을 하며 당신 방 쪽으로 들어간다. 벽을 짚고 더듬더듬 걷는 걸음걸이가 불안하다. 요 며칠 전부터 다리를 자꾸만 주무르시던데 관절이 또 말썽인가 보다.

"다리가 많이 아프세요?"

근태는 어머니가 눕기 편하게 베개를 똑바로 해놓는다.

"젊어서 너무 쪼그려 앉아 일만 하셔서 무릎이 아픈 거예요."

근태는 헝클어진 어머니 머리카락을 가지런히 쓰다듬으며 큰 소리로 말한다. 어머니 다리가 너무도 앙상하다. 어제 다르고 오늘 다를 정도로 살집이 줄어드는 것만 같다. 마음이 무겁다.

젊어 고생은 사서도 한다는 말은 거짓말이다. 그것은 어느 정도껏의 고생을 말할 따름이다. 즐길 수 있을 만큼의 먹고 살기 위해서 죽지 않고 살아 남기 위해 기를 쓰고 한 고생은 몸의 골병으로 남을 뿐이다.

"저한테 출판사 넘긴 그 친구 아시죠? 그 친구 어머니가 치매로 고생하신다고 하네요."

"나이가 몇인데?"

"어머니보다 한참 아래일 거예요."

근태는 떠들면서도 현관에 귀를 묻는다. 무슨 소리가 들렸던 것 같은데, 명하는 아닌 것 같다. 현관을 거쳐 마루로 들어가는 아내 발자국 소리가 들려온다. 입 안이 바짝바짝 타들어가는 기분이다.

"긴 병에 효자 없다는데, 그 어머니도 젊어 고생고생 하신 모양이던데 호강하는 셈치고 서둘러 가셔야 되겠구나."

"친구들이 어머니 건강하다고 모두 부러워해요."

어머니는 소리없이 빙그레 웃음을 짓는다.

살면서 어머니 입에서 아프다는 말을 들은 기억이 없었다. 어머니는 아무리 아파도 아프다는 말을 하지 않았다. 정 아프면 이불을 둘러쓰고 누울 망정 나 아프다, 그런 말을 할 줄 모르셨다.

"엄살을 떨면 들어줄 사람이 있어야 허지. 아무리 아프다고 해도 들어줄 사람이 없는데 무슨 재미로 아프다고 징징거려. 아프다고 말할 수 있는 사람은 그래도 복 있는 사람이지."

언젠가 어머니는 그렇게 말했다.

어쩌면 어머니는 돌아가시는 날까지 치매 따위는 걸리지 않을 것이다. 잠들 듯 편안히 눈을 감으실 것이다. 다만 뼈에 붙은 살이 조금씩 조금씩 말라 앙상하게 뼈만 남았을 때 그때서야 눈을 감으실 것이다.

느낌이었다. 그렇게 돌아가시리라는.

어머니는 이내 쌕쌕 고운 숨소리를 내며 잠들었다.

"당신이 어머니한테 쏟는 정성은 참 대단해요. 그 정성을 애들한테 조금만이라도 나눠 줬으면 참 좋았을 거예요."

어머니 방에서 나오는 근태를 보며 아내가 날카롭게 쏘아 붙였다.

근태는 아무 대꾸도 하지 않는다.

아내는 애들을 들먹였지만 그 속에 숨겨진 뜻은 그것만이 아니었다. 가정에 충실하지 못했던 근태 자신을 나무라고 있는 것이다.

하지만 무엇을 잘못하고 살았단 말인가. 죽을 힘을 다해 돈을 벌고 일을 한 죄밖에는 없어 보였다. 그래도 억울하다는 말조차 할 수 없었다. 할 말은 너무도 많은데, 할 수 있는 말은 한 마디도 없었다.

"하늘 아래 당신 같은 효자는 다시 없을 거예요. 지금 애가 안 들어와서 속이 바짝바짝 타들어가는데 어떻게……."

어머니 일로 더 이상 아내와 말싸움을 하기 싫었다. 이제는 그만 따져도 될 문제였다. 아흔이 넘은 분이셨다. 이제 살 날이 얼마나 남았으랴. 그런 어머니를 위해 자식이 할 수 있는 일은 아주 작았다. 작지만 안타까운 일투성이었다. 어디 모시고 나가 구경을 시켜드릴 수도 없고, 맛있는 음식점으로 모시고 나갈 수도 없고. 그저 집안에 갇혀 사시는 분한테 아침 저녁 말 몇 마디 건네는 것밖에는 할 것이 없었다. 늙어가는 부모 앞에서 자식이 해줄 수 있는 일이 너무도 없다는 사실이 늘 근태 마음을 아프게 했다.

근태는 소파에 주저앉는다. 그러다 현관이 잘 내다보이는 쪽으로 옮겨 앉는다. 명하가 들어오면 조금이라도 빨리 볼 수 있는 자리였다.

안절부절 못하는 아내의 발자국 소리가 머리를 더 어지럽게 한다.

목이 탔다. 그는 부엌으로 들어가 냉장고 문을 열고 물병을 꺼냈다. 그리고 선 채로 벌컥벌컥 마셔댔다.

험한 생각만 자꾸만 머리를 스쳤다.

친구들과 어울려 술집에서 시간 가는 줄 모르고 놀지도 몰랐다. 텔레비전이나 신문에서 보았던 청소년들의 비행이나 나쁜 일들이 정신을 어지럽혔다.

혼자서라면 사고를 못 칠 아이지만, 그래도 모를 일이었다. 그 또래 애들은 함께 어울리면 흥에 겨워 무슨 일이든 할 수 있었다.

"친구들한테 연락은 해 봤어?"

그는 무뚝뚝하게 물었다. 아내 탓만 같았다. 아침에 그런 식으로 애를 궁지에 몰지만 않았어도 이런 일은 없었을 것 아닌가.

"도대체 집에서 뭘 하고 있는 거야? 그리고 어머니 모시고 병원은 다녀온 거야?"

근태는 마음에도 없는 화를 벌컥 내고 만다.

"다리가 아프신 모양인데, 병원 모시고 가는 일이 그렇게 힘들어?"

아내가 어이없는 표정을 짓고 근태를 보았다.

"당신은 안 늙을 줄 알어? 어머니 성격에 어디 아파도 아프다는 말씀을 하시는 분이냐고. 알아서 모시고 다녀와야 될 것아냐!"

"지금 이 상황에도 어머니 걱정부터 해요? 낮에 아무리 병원 가시자고 해도 막무가내였어요. 어머니 고집 몰라서 그래요? 하늘 같은 아들이 업고 가기 전에는 절대 병원 안 가실 분인거 몰라서 그러냐구요?"

"당신이 눈치 주니까 그렇지! 내일 당장 모시고 다녀와!"

"당신은 이렇게 하는 것이 효도라고 생각해요? 이렇게 내 감정 아무렇게나 건들어 놓으면 어머니한테 갔던 정도 되돌아 와요. 언제까지 당신 어머니라고만 생각할 거죠? 내 어머니도 돼요. 당신보다 더 정 많이 든 사람이 어머니라구요! 어머니 돌아가시면 당신보다 내가 더 울지 몰라요. 나 힘들 때 그래도 내 편 되어 준 사람은 어머니밖에 없었으니까. 나한테 에미야 미안하다, 미안해, 그런 말이라도 해준 사람이 어머니니까. 당신은 언제 나한테 그런 비슷한 말이라도 해줬어요?"

아내 목소리가 젖어 있다.

"자식이 이 시간이 돼도 안 들어와서 애간장이 다 녹는데, 아버지라는 사람이 그렇게밖에 못하겠어요?"

"그만 해. 명하가 안 들어와서 공연히 화가 나서 그런 거야."

근태는 더 이상 아내와 입싸움을 하기 싫어 입을 다물었다.

"걱정이 되긴 되나 보군요?"

아내 말이 다시 그의 신경을 날카롭게 긁는다. 나도 아비라고 버럭 화라도 내고 싶었지만 근태는 치밀어 오르는 화를 꾹 눌러 참는다. 자식이 다 늦은 시간까지 돌아오지 않은데 마음 편할 아비가 세상에 어디 있단 말인가.

"나는 당신이 애들 아버지인가 의심할 때가 있을 정도예요."

"그럼 내 자식이 아니면 당신이 밖에서 낳아 데리고 온 자식이야!"

근태는 다시 억지 소리를 하고 만다.

"뭐라구요? 지금 그걸 말이라고 해요?"

"말 같잖은 소리는 당신이 했어. 아버지인가 의심이 든다면서?"

"당신이 집안을 이렇게 어지럽게 만들지만 않았어도 명하가 그렇게 되진 않았어요. 수험생 있는 집 가장이 하루도 빠짐없이 술에 취해 들어와 집안을 온통 흔들어 놓는데 무슨 공부할 맛이 나겠냐구요."

모든 것은 다 때가 있게 마련이었따. 자식들을 야단치고 칭찬할 수 있는 것도 때가 있고, 자식들과 친해지는 것도 때가 있었다.

그러나 근태는 그 때라는 것을 모두 놓쳐버렸다고 생각하고 있었다. 누가 그렇게 하라고 시킨 것이 아니라 세월이 그렇게 만들어 버렸다.

그만 하고 싶은데 아내는 멈출 기미가 안 보인다. 아내는 그가 한번도 자식 문제에 관해 관심을 쏟지 않는다고 여겼다. 자식들한테 벌어지는 크고 작은 문제는 언제든 자신의 몫이라고.

하지만 아내는 모르고 있었다. 자식이 늦게 들어올 때 아내는 걱정하는 말을 수없이 되뇌지만, 남편은 말없이 온 신경을 현관에 쏟고 있다는 것을 말이다.

현관문 열리는 기척에 근태는 퍼뜩 고개를 든다. 좀전에 밖으로 나간 아내였다. 아내 뒤를 살펴 보았지만 명하는 보이지 않는다.

근태는 앉은 채로 눈을 감는다. 그리고 자신도 모르게 기도를 했다.

제발 돌아오게 해주세요. 아무 일 없게 해주세요. 제 딸을 돌려보내주기만 하신다면 절대 은혜 안 잊겠습니다. 술 마시고, 늦게 들어온 벌로 제 딸을 돌려보내주지 않는다면 술도 끊고 일찍 들어오겠습니다.

근태는 누구랄 것도 없이 매달리듯 마음 속으로 기도를 되뇌었다. 정말 명하가 아무 탈없이 돌아오기만 한다면 그깟 약속쯤은 얼마든지 지킬 수 있을 것 같았다.

간혹 아내가 기도하는 소리를 들을 때가 있었다. 염주를 돌리며 뭔가를 열심히 기도하는 소리였다. 하지만 근태는 한 번도 누구 앞에서 기도를 한 적이 없었다.

그렇지만 아내가 없는 자리에서, 아무도 없는 곳에서 수도 없이 하나님을 찾고, 부처님을 찾았었다. 어느 때는 화장실에 앉아 우물거리듯 기도를 할 때도 있었다.

그 순간만은 어떤 신이든 자신의 기도 소리를 듣게 된다면 반드시 소원을 들어주리라고 굳게 믿고 있었다. 그렇게라도 기도를 하지 않으면 일이 더 엉망이 되고 힘들게 될 것 같아 무섭고 두렵기만 했었다.

너무 많이, 여러 번 기도를 했었다. 아무도 몰래. 근태가 찾는 신도 이제 지쳤을지 몰랐다. 그 숱한 기도 소리에 귀 멀고 입이 부르텄을 것이다.

전화벨이 울린 것은 그때였다. 근태보다 아내가 더 빨랐다.

"명하니?"

아내는 빠르게 물었다. 근태는 마른 침을 삼키며 아내의 다음 말을 기다렸다.

"응, 명식이구나. 네가 이 시간에 웬일이냐?"

아내는 금방 맥이 풀리는 표정을 지었다. 하지만 이내 목청을 돋우며 소리를 질렀다.

"뭐라고? 명하가 거기 있어? 그럼 왜 이제서야 전화를 하는 거야?"

어둔 밤길에서 헤매지 않고 제 오빠를 찾아갔다니, 안도의 한숨이 터져나왔다. 신이 기도 소리를 들어줬다는 사실이 고맙기만 했다.

근태는 자리에서 일어나 방으로 들어갔다.

"명식이가 일찍 데려다 주겠대요. 회사에서 늦게까지 일하고 돌아왔는데 명하가 있더래요. 내가 알아서 야단칠 테니까……."

아내 목소리가 많이 부드러워져 있었다.

"알았어. 알아서 해."

그동안 참고 견뎠던 피곤이 한꺼번에 쏟아졌다. 가슴도 다시 아파왔다. 긴장감이 풀리면서 통증까지 한꺼번에 터지는 모양이었다.

근태는 옷을 입은 채로 요 위로 푹 쓰러진다. 아내는 가만히 근태를 내려다본다. 발도 안 씻고 양치질도 안 하고 잘 작정이냐고 차갑게 묻고 있는 것이다. 술 마시고 들어 와 그냥 이부자리에 눕는 것을 아내는 제일 싫어했다. 안 그래도 근태 곁에 가까이 오지 않으려 하는 사람이 그 핑계를 삼아 더 멀어지고는 했다.

그러나 따지고 보면 근태도 마찬가지였다. 술을 마시지 않고서는 집에 들어올 수가 없었다. 근태 몫으로 한 뼘의 자리도 남아 있지 않는 집으로 말이다. 만일 어머니만 안 계셨다면 벌써 집을 떠났을지도 몰랐다.

미란은 명하 방으로 들어 와 조용히 문을 닫는다.

미란은 침대에 걸터앉으며 핀으로 묶은 머리카락을 푼다. 어느새 자랐는지 머리카락이 어깨를 덮는다.

거실에서 잘 때는 마음대로 머리조차 풀지 못한 채 불편한 잠을 자야 했다. 새벽잠이 없는 시어머니보다 먼저 깨어나 간밤의 흔적을 감쪽같이 없애려면 도리가 없었다.

미란은 해가 설핏 서산으로 넘어가려는 모습만 봐도 가슴이 답답했다.

남편 때문이었다. 하루도 빠짐없이 술을 마시고 들어오는 남편에게서 맡아야 하는 술 냄새, 구운 고기 냄새, 발 냄새, 땀 냄새, 그런 것들은 늘 미란 가슴을 조이고는 했다.

결혼 생활 35년.

미란은 한 번도 남편과의 백년해로를 생각한 적이 없었다.

기회만 닿는다면 언제든지 헤어질 수 있다는 생각만을 하며 살았다. 그런 희망이라도 품지 않았다면 견뎌낼 수 없는 세월이었다.

큰집 식구들의 횡포도 참을 수 없는 일이었다. 어째서 그들은 남편에게 무작정 희생만을 요구하는지 정말 알 수 없었다. 감기에 걸려 병원에 갈 일만 생겨도 남편을 찾았다.

언젠가 명식이 유행성 뇌막염에 걸려 병원에 입원해 있을 때, 남편은 사흘 만에 나타났었다.

"형님이 독감에 걸려서 열이 펄펄 끓었어. 병원에서 폐렴으로 이어질지 모른다고 해서 며칠 동안 뜬눈으로 샜어."

초췌한 몰골로 나타난 남편은 변명처럼 그렇게 말했다. 그런 남편을 보면서 미란은 얼굴도 본 적이 없는 시아버지를 떠올렸었다. 형님을 공부시키기 위해 모든 것을 다 포기하고 결국 당신 아들까지 불구로 만들고, 스스로 목숨을 끊었다는 시아버지의 망령이 되살아나 남편을 조절하고 있는 듯만 싶었다. 한기가 돌만큼 끔찍한 망령이었다.

남편은 어머니, 형님, 형수, 조카, 그 사람들을 보호하고 보살피기 위해 세상에 존재하는 사람이었다. 그리고 죽는 날까지 그들을 보호하는 일만으로도 벅찬 사람이었다. 남편에게 가족이란 아내와 자식이 아니라 어머니, 형님, 형수, 조카, 그들이었다.

아내와 자식은 울타리 너머의 사람들이었다. 귀찮다거나

책임지기 싫다거나, 그런 것은 아닐 터였다. 다만 어떤 작은 책임, 부담감도 원하지 않을 따름이었다.

아침에 눈 뜰 때, 그리고 잠자리에 들 때, 미란은 스스로를 늘 타이르고는 했다.

“따지지 말자. 아무 걱정하지 말자. 그냥 가 보자. 가고 보자.”

그렇게 스스로를 타이르면서 살아낸 세월이었다.

시어머니의 불행은 얼마든지 가엾게 여길 수 있었다.

여자 몸으로 성치 않은 큰자식과 가난을 등에 업고 그 험한 세상을 견뎌낸 것도 대단한 일인데 맨몸으로 작은아들을 버젓이 서울까지 유학 보낼 수 있기란 결코 쉬운 일이 아니었을 것이다.

하지만 수족 불편한 시아주버니, 말 못하는 큰동서, 말썽만 부려대는 두 조카, 그 모두를 남편과 자신이 책임져야 되는지 지금도 이해할 수 없었다. 왜 남편이 그 모든 것으로부터 한 치도 벗어나지 못하고 허우적대며 그 긴 세월을 살았어야 했는지를.

어차피 가정은 남편과 아내 두 사람이 지켜야 할 성이다. 누구 한 사람만 소홀히 해도 그 성은 금방 무너지고 말 터였다. 세상의 그 어떤 상황에서도 반드시 지켜져야 하고 지켜내야 하는 것이 가정이었다.

“내 형님이야. 그리고 내 형수고. 어머니는 나를 낳고 기르신 분이야. 당신은 부모도 없고, 형제도 없어?"

미란이 먼저 가정을 생각할 수 없겠느냐고 따졌을 때, 남편은 눈에 핏발을 세우며 그렇게 말했었다. 왜 미란 자신이 효도 모르고 형제 우애도 모르는 경우없는 여자 취급을 받아야 하는지 너무도 억울했다.

간혹 남편과 한지붕에서 산 세월이 얼마나 될까, 따져볼 때가 있었다. 사우디에 나가 있을 때는 빼고, 건설회사를 쫓겨나기 전까지 남편은 서울이 아닌 지방 쪽 현장만을 도맡았다. 두어 달에 한 번, 혹은 명절이나 시어머니 생일, 그 정도밖에 남편을 볼 수가 없었다.

처음에는 회사에서 발령을 먼 지방 쪽으로 내는줄 알았다. 하지만 아니었다. 남편이 지방 발령을 자청했던 것이다.

남편이 왜 그렇게 한사코 먼 곳으로 떠나려 했는지 이해 못할 일은 아니었다.

가족으로부터 조금이라도 멀어지고 싶었을 것이고, 그렇게 지방 현장을 맡아야 봉급을 한 푼이라도 더 받을 수 있었던 것이다. 가족이 옆에 있으면 아무래도 큰집 식구들한테 소홀하게 될지도 모른다는 생각도 했을 것이다.

연락없이 현장으로 찾아갔을 때마다 남편은 자리에 없었다. 일이 많아서 집에 올 수 없다는 사람이었다. 그런 사람이 늘 자리를 비우고 있었다. 처음에는 여자가 있을까, 의심하기도 했었다.

하지만 아니었다. 다 늦어 피곤한 몸을 이끌고 들어 온 남편 손에는 항상 잉크가 묻어 있었다. 남편은 그곳에서 중고등 학생 과외를 봐주느라 주말에도 집에 올 수 없었던 것이다.

소꿉장난하듯 금슬 좋게 사시는 친정 부모 밑에서 자라는 동안 미란은 꽃밭 같은 가정을 늘 꿈꾸고는 했었다.

사랑, 따뜻함, 넉넉함, 그런 예쁜 것들로 가득한 꽃밭 같은 그런 가정을.

하지만 그 꿈은 세월이 지날수록 조금씩 부식이 되어 나중에는 흔적도 없이 사라져버렸다.

너덜너덜한 걸레처럼 초라해지는 것이 견딜 수가 없었다. 초라해지지 않기, 불행하게 보이지 말기, 미란은 그 생각을 버린 적이 없었다.

아이들 옷도 싸구려 시장 바닥 옷은 절대 입히지 않았다. 철 지난 뒤면 좋은 옷을 얼마든지 싸게 살 수 있었다. 언니 아이들 옷을 얻어다 입히더라도 그냥 입히지 않고 바짓단이든 레이스든 조금이라도 새 것처럼 꾸며 입혔다. 아이들이 남에게 뒤떨어지지 않게 학원을 보냈고, 남보다 일찍 피아노를 들여 놓고, 그릇 하나라도 디자인, 값을 꼼꼼하게 따져 사고, 철 따라 식탁보며 커튼도 새 것으로 갈고는 했다.

남편 봉급 무렵이면 큰집에서는 어김없이 한 가지 일이 터지고는 했다. 담장이 무너졌거나, 선산에 일이 생겼거나, 누군가 병원에 입원을 했거나, 등록금이 나왔거나…….

하지만 미란은 남편이 가져다 준 돈 절반은 저축하며 살 수 있었다. 아이들 머리도 직접 깎았고, 식탁보나 커튼도 동대문 시장에 나가 천을 끊어다 만들었고, 무료 요리 강습을 쫓아다니며 요리를 배우고 무료 꽃꽂이 강습을 찾아다니며 꽃꽂이를 배웠다.

모르는 사람들은 미란의 솜씨를 칭찬했지만 결코 그게 아니었다. 반항이었다. 한사코 초라한 나락으로 내몰려 하는 세상과 남편에 대한.

남편이 견뎌내는 삶의 방식을 아이들이 조금도 배워서는 안 되었다. 아이들은 미란 자식이었다. 비록 남편의 성씨를 따랐지만 엄연히 미란 뱃속으로 낳아 미란 손으로 키운 자식들이었다. 그렇다면 미란 혼자서 애써 가꾼 꽃밭에서 곱고 예쁘게 자라야 할 꽃들이었고, 세상에서 제일 귀한 열매를 맺어야 했다.

애들은 모두 제 아버지를 존경하고, 무서워했다. 그것도 모두 미란의 뜻대로였다.

언젠가 명현이 학원비를 몰래 써버린 적이 있었다. 한 달도 아닌 두 달씩이나 그랬는데도 감쪽같이 몰랐던 것이다. 내가 키운 자식이 그랬다는 사실이 너무도 믿기지 않았다.

미란은 아무 말도 하지 않았고, 그 다음 날 조용히 명현을 불렀다.

"아빠가 아시면 어떻게 될 것 같니? 아빠는 회사에서 큰 일을 하셔야 해. 너도 봤지? 아빠가 지은 빌딩이랑, 아파트. 아빠가 아니면 아무도 그 일을 하지 못해. 그렇게 큰일을 하는 분인데 네가 그런 엄청난 짓을 했다는 것을 알면 얼마나 실망하실까?"

그 말이 끝나기도 전에 명현은 눈물을 뚝뚝 흘리며 무릎을 꿇었다.

"엄마, 아빠한테 말 안하면 안 돼? 다시는 안 그럴게. 아빠한테는 비밀로 해줘, 응? 아빠 화나면 무섭단 말야. 엄마, 다시는 안 그럴게. 제발 아빠한테 말하지 마, 응?"

아이는 두 손을 싹싹 비비며 매달렸다.

애초부터 그 문제를 남편에게 털어놓을 생각은 추호도 없었다. 남편에게조차도 자식의 흠을 잡히기 싫은 것이 솔직한 심정이었으니까.

남편 눈으로 아이들의 잘못을 직접 보았다고 해도 마찬가지였다.

"내가 알아서 야단칠게요. 애들이 당신을 워낙 무서워해요. 어쩌다 한 번씩 보는 아빤데 거리감 느끼게 해서 좋을 일이 뭐 있겠어요."

그런 식으로 남편을 가로막고는 했다. 덕분에 아이들은 제 아버지를 세상에서 가장 존경하면서도 무서운 사람으로 여기며 잘 자라 주었고, 명식은 서울대에, 그리고 명현은 육군사관학교에 당당히 합격을 해 미란을 기쁘게 해주었다.

하지만 건설회사를 그만 둔 뒤, 남편에 대한 아이들의 믿음과 존경은 아주 빠르게 무너지고 말았다.

결국 아이들은 현실에 존재하는 아버지를 무서워하고 존경했던 것이 아니라 미란이 만들어 놓은 아버지를 존경하고 무서워하며 자랐던 것이다. 그리고 막상 같은 울타리에서 지내는 시간이 길어지면서 아이들은 남편에게서 너무도 많은 실망과 절망을 확인하고 만 셈이었다.

술이 머리꼭대기까지 올라 와야 술자리에서 일어나는 것이며, 술에 취해 까닭도 없이 아무에게나 시비를 걸어 싸움을 한다거나, 밤늦게 들어와서 집 안을 온통 헤집어 놓으며 소란을 피운다거나, 자신에게 피해만 준 김사장을 도와 주고 싶어 한다거나, 모두 이해할 수 없는 것들뿐이었다. 정말이지 가정이 무엇이며 가장의 역할이 얼마나 중요하며 어떻게 해야 옳은지 기역, 니은도 안 배운 사람 같았다. 아무리 아버지 얼굴조차 모른 채 자랐고, 불행 속에서 허덕이며 살았다고 한다지만 어떻게 가정을 꾸려가는데 필요한 것을 한 가지도 갖추고 있지 않은지 이해할 수가 없었다.

그래, 돈 버느라, 식구들 먹여 살리느라 마소처럼 일만 하느라 그랬다고 말할 수 있었다. 하지만 세상의 모든 남자들이 살아가는 방법은 거의 대동소이했다. 아침에 출근하고, 저녁이면 퇴근하고, 일요일이면 놀러가자고 졸라대는 마누라, 자식들에게 시달리면서도 밀린 잠을 자고, 술 마실 일 있으면 마시고 들어와 아내에게 갖은 잔소리를 다 들으면서 다시는 안 그러겠다고 헛맹세를 하고⋯⋯. 아내 또한 그 맹세가 말짱 거짓말이라는 걸 알면서도 또 다시 속아 주고⋯⋯.

하지만 다른 집 남자들과 남편은 분명히 달랐다. 남편은 세상을 믿지 않고 있었다. 그리고 세상뿐만 아니라 어느 누구도 믿지 않았다. 다만 자신이 해야 될 도리만 죽어라 지킬 따름이었다. 그렇게 죽어라 도리를 지키다 보면 얻어지는 것도 있고, 잃은 것도 있을 것이라는 아주 간단한 논리가 있을 뿐이었다. 적어도 미란이 보는 남편은 그랬다.

싸움터에 나갔다 빈손으로 돌아오는 자는 바보일 뿐이었다. 하찮은 전리품이라도 챙겨 돌아오게 마련이었다. 하지만 남편은 삶이라는 전쟁터에서 잃은 것들에 전전긍긍하고, 그 전쟁의 대가로 치러야 할 후한을 가장 두려워하곤 했다. 그런 성격이라서 집에 돌아오면 더 함부로 행동한다는 것을 모르는 바는 아니었다.

남편은 미란이 무엇을 싫어하고 무엇을 힘겨워하는지 알려고도 하지 않았다. 자신의 울타리 안에서 자신의 고독이나 절망, 불행만을 책임지느라 옆눈질 한 번 할 줄 모르는 사람이었다.

엉망으로 술에 취해서 해보인 행동을 그 이튿날 기억조차 못할 때면 미란은 벌어진 입을 다물지 못했다.

"내가 언제 그랬어? 정신 멀쩡한 사람 정신병자 만들 거야?"

남편은 자신이 아무것도 기억하지 못한다는 것을 인정하기보다는 다른 때보다 더 큰 소리로 미란 입을 막고는 했다.

그런대로 성적이 상위권에 들었던 명하 실력이 곤두박질치기 시작한 것도 모두 남편 탓이라고 미란은 믿었다. 감수성이 예민한 아이였다. 그래도 착한 성품이었고, 고집이 세기는 해도 조리있게 설명하면 금방 고개를 끄덕이며 미란 뜻에 따라 주고는 했다.

그러던 애가 어느 날부터인가 엇나가기 시작했던 것이다. 함부로 말대꾸를 하고, 학원에 간다면서 가수들 공연장을 찾아가고, 학원비로 화장품이나 옷을 사 버리고.

남편의 술주정이 심해질수록 명하의 반항도 점점 강해졌다. 당연히 성적은 최하위로 떨어졌고 좀처럼 공부에 대한 흥미를 느끼질 못했다.

"공부하면 뭐해. 나 하고 싶은 일 하면서 살 거야. 엄마처럼 안 살아. 공부 잘해 봤자 아빠 같은 남편 만나면 꽝이잖아. 내 능력 키워서 나 혼자 힘으로 당당하게 살 거야."

"그래, 엄마처럼 안 살려면 더 열심히 공부하고, 더 악착같이 좋은 대학 가야 될 것 아냐!"

"공부만 장땡은 아니잖아! 세상에는 잘 사는 방법이 널렸어. 공부 잘해 봤자 선생님 아니면 교수 아냐? 나는 선생님도 싫고 교수도 싫어. 오빠들은 공부도 잘 하고 엄마한테 착한 아들이었으니까 나 하나는 나쁜 딸 돼도 억울할 건 없잖아. 엄마가 아무리 막아도 나는 나 하고 싶은 대로 할 거야. 난 엄마처럼 바보 맹꽁이처럼은 절대 안 살거란 말야!"

어디서 제 엄마의 절망을 읽었을까. 명하는 눈물 범벅이 된 채 대들었다. 엄마처럼은 절대 살지 않는다고.

처음에는 억울하다는 생각에 명하를 더 심하게 다그쳤다. 모든 것 다 팽개치고 자식들만을 위해 살았던 세월이었다. 그렇다면 세 자식 모두 보란 듯이 잘 풀려야 옳았다. 남들 다 부러워하게 대학에 척척 합격하고, 좋은 직장 얻고, 좋은 배필 얻어 잘 살아야 했다.

하지만 요즘은 될 수 있으면 명하와 부딪치지 않으려고 애를 썼다. 건들면 건들수록 더 심하게 반항하는 아이였다. 그렇다면 시간을 두고 기다릴 일이었다. 어차피 미란 혼자 해결할 일이었다.

기본 실력은 그런대로 탄탄한 편이니까 삼수, 사수를 시켜서라도 대한민국 최고 미술 대학에 입학시킬 작정이었다. 어차피 미술이란 게 연륜이 붙으면 붙을수록 기본기도 탄탄해지는 것 아닌가.

안방에서 무슨 소리가 들려왔다. 토하는 소리 같았다.

꿀물을 타 들고 안방문을 열었지만 문이 잠겨 있었다. 남편은 문을 잠그고 안방 화장실로 들어간 모양이었다. 미란은 문을 두드리려다 그만 두었다. 남편은 문을 열지 않을 것이다.

가슴이 답답했다. 미란 자신도 선뜻 안방문을 열고 들어 갈 엄두를 못 내는 것처럼 남편 또한 문을 활짝 열고 미란을 받아줄 마음이 없었다. 어쩌면 어느 날 그 마음이 사라진 것이 아니라, 처음부터 없었을지 몰랐다. 결혼 첫 날부터.

그래도 미란은 물러서지 않고 남편이 다시 문을 열 때까지 그 자리를 지켰다. 아직도 토하는 소리가 심하게 들려왔다.

불쌍한 사람. 아내가 바로 옆에 있는데도 다가올 줄 모르는 사람이었다. 만일 시어머니가 저 세상으로 떠나면 남편은 홀홀단신 외롭게 될 것이다. 아내, 자식이 있다지만 시어머니 자리를 대신해 줄 사람은 한 명도 없었다.

양복 저고리가 마루 바닥에 떨어져 있었다.

미란은 저고리를 집어 올렸다. 낯선 냄새가 맡아졌다. 섬유 린스 냄새 같기도 하고, 향수 냄새 같기도 했다.

어젯밤, 남편은 돌아오지 않았다. 술에 취해 술집에서 잠이 들었다고 했던가. 명하 때문에 아무 경황없이 흘려 들었지만 남편은 그 말을 하면서 몹시 당혹스러워했었다.

지금 생각해 보니 그렇게 말하는 남편에게서 문득 낯선 여자를 느꼈던 것 같았다.

안혜숙이라고 했던가. 출판사 옆에 있는 식당 주인이 남편에게 퍽 자상하게 군다는 말은 명훈에게서 들었었다. 술값도 받지 않고 극진히 대접한다고 했던가. 명훈이 그 말을 한 것은 깡술을 마시는 것은 아니니까 너무 걱정하지 말라는 뜻이었지만 미란이 듣기에는 몹시 거북했었다. 마치 그 여자가 남편에게 많이 기대고 있는 것은 아닌가, 남편 또한 하루도 빠짐없이 술을 마시는 까닭이 그 여자 때문은 아닌가, 의혹을 품었었다.

열두 살 때였어요.

겨울 방학을 하고, 곧바로 크리스마스가 되었지요.

"우리 모두 모여서 산타 클로스 할아버지 기다리는 게 어때?"

한 친구가 그렇게 말했지요.

"좋아. 좋아. 그럼 어디서 모여 놀까?"

우리들은 단번에 의견을 모았습니다.

모두 모여 즐겁게 고요한 방, 거룩한 밤, 캐럴 송을 부르면서 놀고 싶었던 것이지요.

"그럼 우리 집에서 놀자. 우리 식구 모두 시골에 가기로 했는데 나는 안 가겠다고 고집 피우면 돼."

우리 또래의 가장 대장 격인 정길이가 나섰습니다

"좋았어! 그럼 5시에 모두 운동장으로 모여. 모여서 같이 가자."

모두들 큰 소리로 외쳤지요.

"정길이 집에 가서 놀 사람!"

누군가 묻자 모두들 손을 번쩍 쳐들었습니다. 그 자리에 모인 아이들 거의가 손을 들었습니다. 저는 얼른 은희를 살폈습니다. 그 애가 손을 안 들면 어쩌나, 걱정하면서 말이지요.

다행히 은희는 조금 망설이다 손을 쳐들었습니다.

"그럼 자기가 먹을 과자랑 좋아하는 친구한테 줄 선물을 한 가지씩 들고 오기다!"

저는 씩씩하게 말했습니다. 그렇게 말하면서 은희한테 무슨 선물을 줄까, 벌써 가슴이 설레였습니다.

저는 은희가 좋았습니다. 잠들기 전에 기도를 할 정도로 말이에요.

"얼른 자라게 해주세요. 그래서 은희랑 결혼하게 해주세요. 결혼해서 행복하게 살도록 해주세요. 제발 은희가 제 각시가 되게 해주세요."

은희는 우리 반 부반장이었습니다. 원래는 반장이 될 수도 있었는데 그 애 엄마가 시장에서 순대 장사를 하기 때문에 수길이한테 반장 자리를 양보했다는 말도 있었습니다. 아무래도 반장이 되면 엄마가 학교에 신경을 써야 되는데, 그 애 엄마는 장사를 하느라 한 번도 학교에 올 수가 없었거든요.

저는 그런 은희가 너무 좋았습니다. 그 애를 좋아하는 남자

애는 저 말고도 많았습니다. 그 중에서도 현수가 은희를 가장 좋아했습니다.

집으로 돌아온 저는 그 애한테 무슨 선물을 살까, 고민할 필요도 없었습니다. 선물은 이미 준비해 놓았으니까요. 저는 그 애를 위해 돼지 저금통을 털어 수채화 물감과 고흐라는 화가의 화집을 샀습니다. 그 애는 그림을 아주 잘 그렸거든요. 그래서 학교에서 무슨 미술 그리기 대회가 있으면 언제나 그 애가 상을 휩쓸고는 했습니다.

저는 고흐가 얼마나 유명하고 대단한 화가인지는 몰랐지만 아무튼 자기 귀까지 자른 뒤 그 모습을 그림으로 남겼을 만큼 그림을 사랑한 사람이라는 것은 알고 있었습니다.

은희가 세상에서 가장 훌륭한 화가가 되는 것을 꼭 보고 싶었습니다. 그러면 저는 세상에서 가장 유명한 화가의 신랑이 되는 것이지요.

제가 미술학원을 열심히 다닌 것도 순전히 은희 때문이었습니다. 그림을 잘 그려서 은희와 함께 그림 대회를 나가고 싶었던 것입니다.

은희가 잘하는 것을 나도 잘 하고 있다는 뿌듯함 때문에 하루도 거르지 않고 학원을 나가고는 했습니다.

물감을 포장하고, 저는 안방으로 건너갔습니다.

마침 집에는 아빠가 있었습니다. 저는 아빠는 걱정하지 않았습니다. 엄마가 반대할지 모른다고 은근히 걱정을 했을 뿐이지요.

"엄마, 정길이 알지? 그 애 집에서 놀기로 했어. 산타 할아버지 힘드니까 그 애 집으로 와서 우리한테 한꺼번에 선물 주면 편하잖아."

저는 명랑하게 떠들었습니다. 정길이는 공부도 잘하고, 인기도 좋았습니다. 부모님들은 그 애랑 논다고 하면 모두 안심을 했습니다.

"정길이 부모님은 시골에 가고 할머니가 계실거래. 우리 반에서 친한 애들 다 모여서 놀아도 되냐고 하니까 그 애 부모님이 좋다고 했대. 못 믿겠으면 엄마가 그 애 집에 지금 전화해 봐."

저는 전화기까지 엄마 앞으로 갖다 놓으며 말했습니다.

"몇 명이나 모이는데?"

"음, 열다섯 명쯤 돼."

저는 엄마가 허락을 했다고 믿었습니다. 그런데 신문을 보고 있던 아빠가 갑자기 얼굴을 들고 저를 보았습니다.

"안 돼!"

얼마나 단호한 목소리였는지 저는 깜짝 놀라고 말았지요. 아빠는 제가 조르는 일은 절대 거절하지 않았습니다. 그런데 아빠가 안 된다고 한 것입니다.

"우리 친구들 모두 모이기로 했단 말예요, 아빠!"

저는 용기를 내어 아빠를 졸랐습니다. 아빠는 무서운 분이었지만 그래도 엄마하고 달리 제 생각을 잘 알고 있다고 믿었으니까요.

"거기 안 가면 친구들한테 왕따 당할지도 몰라요."

"그깟 일로 왕따시킬 놈들이면 아예 놀지도 말어. 절대 안 되니까 그런 줄 알어."

"친구들이 다 모인다고 하잖아요."

엄마가 거들었지만 아빠는 들은 척도 하지 않았습니다.

"요즘처럼 험한 세상에 어떻게 애들끼리 모여 놀게 놔둔단 말이야. 정신이 있어, 없어? 절대 안 돼."

"약속했는데 어떻게 해요. 애들이 저를 기다리고 있단 말예요."

저는 울상이 되어 아빠를 졸랐습니다. 다른 날 같으면 벌써 제가 포기했을 것입니다. 아빠가 무서워서라도 말이지요. 그렇지만 그 날은 달랐습니다. 만약 제가 안 간다면 은희가 무슨 생각을 할까요?

"그럼 놀다가 집으로 전화해. 엄마가 데리러 갈 테니까. 절대 거기서 자는 것은 안 돼"

엄마가 아빠 눈치를 살피며 그렇게 말했습니다.

"미쳤어! 어디 자식을 이 밤중에 밖으로 내보낸다는 거야! 당신, 정신이 있는 사람이야, 없는 사람이야?"

아빠가 갑자기 고함을 질렀습니다.

"혼자 노는 것도 아니고 여럿이 모여서 논다잖아요. 그리고 내가 데리러 갈 건데 뭐가 문제죠?"

엄마가 물러서지 않고 제 편을 들었습니다.

"그러다 쟤 잘못되기라도 하면 책임질 거야? 책임질 자신 있냐고?"

"제가 저 애를 잘못되라고 밖으로 내몰기라도 한단 말인가요?"

엄마 목소리는 여전히 조용했지만 다른 때와 달리 조금 떨리고 있었습니다.

"애가 간다고 해도 못 가게 막아야지, 가라고 등을 떠다미는 엄마가 어딨어? 요즘 세상이 얼마나 험한지 몰라서 그러는 거야!"

아빠는 보던 신문을 확 구겨 던지며 소리쳤습니다.

엄마가 무슨 말인가를 하려다 저를 보고는 입을 다물었습니다.

그 순간 저는 아빠한테는 무슨 말을 해도 통하지 않을 것이라는 것을 깨달았습니다.

아빠는 가끔씩만 집에 있었습니다. 우리 식구와 많은 이야기를 할 시간이 없었습니다. 무슨 이야기든지 맞다, 틀리다, 그런 식으로 결론을 내면 끝이었습니다. 한 집에서 계속 같이 산다면 아침 저녁으로 얼굴을 대할 수 있으니까 많은 이야기를 할 수 있고, 그러면 듣기 싫은 이야기도 들어 줄 수 있고, 이해도 할 수 있을 것입니다. 그렇지만 아빠는 너무도 바쁘고 여유가 없었습니다. 시간이 있어도 할머니와 이야기를 나누는 시간이 길기 때문에 우리와 놀아줄 시간이 없는 것이지요.

그런 것을 알기 때문에 저도 아빠와 말이 안 통한다는 것을 일찌감치 깨달았던 것입니다. 말은 안 통해도 무작정 안된다고 하기보다는 입을 다물 때가 더 많았는데 그 날은 그것도 아니었습니다.

"산타 할아버지가 너한테 스케이트를 선물로 줄지도 모르잖아. 그런데 그 애 집에 가 버리면 그냥 갖고 갈지도 몰라."

밖으로 저를 데리고 나온 엄마가 조용히 타일렀습니다.

엄마도 제가 이제는 산타 할아버지를 믿을 만큼 어리지 않다는 것을 모르지는 않았을 것입니다.

"엄마도 거짓말쟁이야. 산타 할아버지 따위는 없어!"

저는 괜히 엄마한테 화를 냈지만 정길이 집에 갈 수 있을지 모른다는 기대는 이미 포기한 상태였습니다.

그렇게 울다 잠이 들고 말았습니다.

이튿날 잠에서 깨어나 보니 빨간 스케이트 한 켤레, 까만 스케이트 두 켤레가 우리들 머리맡에 놓여 있었습니다.

빨간 것은 명하 것이었고, 까만 것은 제 것과 명현이 것이었습니다.

저는 그 선물을 누가 갖다 놓았는지 다 알고 있었습니다. 아빠가 사 왔을 것입니다. 아빠는 어쩌면 그 선물을 직접 저한테 주고 싶어서 정길이 집에 못 가게 했을지도 몰랐습니다.

두 동생은 스케이트를 보고 몹시 좋아했지만 저는 거들떠도 안 봤습니다. 산타 할아버지도 아니면서 가짜 산타 할아버지 흉내를 낸 아빠도 싫었고, 그걸 믿게 하는 엄마도 싫었습니다.

아빠는 벌써 떠나고 없었구요. 엄마는 말없이 저를 보기만 했습니다.

"산타 할아버지, 고맙습니다!"

"고맙습니다!"

항상 남이 쓰던 헌 것만을 물려 받고 자랐던 두 동생은 새 스케이트를 껴안고 어쩔 줄을 몰라했습니다.

한참 동안 그 모습을 보고 있던 할머니가 입을 열었습니다.

"그 스깨또 산타 할아버지가 준 거 아녀. 아빠가 어제 사 왔어."

할머니는 스케이트라는 발음 대신에 스깨또라고 힘주어 말했습니다. 저는 기어코 할머니가 그 말씀을 하리라는 것을 알고 있었습니다. 할머니는 항상 아빠 편입니다. 아빠가 힘들여 번 돈으로 산 스케이트를 얼굴도 모르는 산타 할아버지가 산 것처럼 하게 할 수는 없다고 믿을 테니까요.

"아냐, 산타 할아버지가 샀어!"

"할머니가 봤어!"

두 동생은 할머니한테 대들었습니다. 하지만 할머니도 포기하지 않았습니다.

"아빠가 힘들어서 번 돈으로 산 스깨또여. 그걸 왜 딴 사람이 샀다고 허는 거여? 어젯밤에 아빠가 커다란 상자에 들고 들어와서 나만 살짝 보여 준 거여. 아주 비싸게 산 것이래여. 늬들 것만 산 것이 아니라 명훈이 것이랑 명철이 것도 샀대여. 다음에 갸들 오면 물어보면 될 것 아녀."

"할머니 나뻐!"

"할머니는 거짓말쟁이야!"

아직도 산타 할아버지가 있다고 굳게 믿는 두 동생은 울기까지 했습니다.

"그려, 그려. 할미가 잘못 알았어."

결국 할머니는 울어대는 두 동생 앞에서 못 이기는 척 손을 들었습니다. 하지만 동생들에게 그 선물은 분명히 아빠가 사다 준 것이라는 것을 충분히 확인시킨 뒤였습니다.

저는 산타가 세상에 있건 없건 상관없었습니다. 아빠한테 느낀 실망이나 분노에 비하면 아무것도 아니었으니까요.

제 생각대로 은희와 현수는 눈에 띄게 가까워졌습니다.

나란히 걸어가거나 뛰어다니면서 노는 두 아이를 보면서 저는 혼자 주먹을 쥐고 씩씩거렸습니다. 억울했거든요.

아빠 때문에 세상에서 가장 소중한 것을 잃어버렸다는 생각을 떨칠 수가 없었습니다. 다시는 은희와 친하게 지낼 수 없다는 것을 생각하면 저절로 눈물이 흐르고는 했습니다.

아마 죽음을 생각한 것은 그때가 처음일 것입니다. 내가 죽

어버리면 차가워진 내 몸을 붙들고 통곡할 아빠를 꼭 보고 싶
다는 생각까지 했습니다.

명식은 날카로운 전화벨 소리에 잠에서 깨어난다.

"명하는?"

어머니다.

"자요."

명식은 잠든 명하를 잠깐 일별하고 전자 시계를 확인한다. 6시다. 괜히 짜증이 울컥 솟구친다.

회사 일 때문에 사흘 동안 거의 잠을 자지 못했다.

어제서야 간신히 틈을 내서 집으로 돌아온 것인데 명하가 와 있었다.

무슨 일 때문에 왔을까 걱정이 되면서도 푹 쉬기는 다 틀렸다는 생각이 미간을 찡그리게 했다. 누가 옆에 있으면 선잠을 자는 버릇이 먼저 염려스러웠던 것이다. 그리고 잠깐 눈을 붙였다가 아침 일찍부터 써야 될 원고도 꽤 됐다. 하루에 원고지 세 장 정도는 무슨 일이 있어도 쓰자고 다짐했지만 결코 쉬운 일이 아니었다. 회사 일이며 공부에 치여 컴퓨터 앞에 앉는 일도 쉽지 않았다.

명식은 잠든 명하를 깨우려고 몇 번 흔들었지만 이내 포기하고 말았다. 술냄새가 아주 심하게 풍겼다.

참 예민한 성격인 것 같은데 잠잘 때 보면 누가 업어가도 모를 정도로 깊은 잠에 빠지고는 했다.

어머니한테 전화를 걸어 별일 없다고, 우울해서 이리 왔댄다고 대충 둘러댔었는데, 어머니는 날이 밝기 바쁘게 전화를 해 온 것이다.

"어젯밤에 다른 말은 없었니?"

"앞으로 잘하겠대요."

어떤 문제점이 있을 경우 어머니는 절대 그냥 넘어가는 성격이 아니었다. 반드시 짚고 넘어가고 해결해야만 넘어가는 성격이었다. 그런 어머니한테 명하가 술에 잔뜩 취해 들어왔더라고 말해서 득될 것이 한 가지도 없었다.

"정말이니?"

어머니 목소리에 금방 힘이 느껴진다.

"앞으로는 공부도 열심히 하고, 부모님 말씀도 잘 듣겠다네요."

"정말이니?"

어머니는 계속 같은 말만 되묻고 있다. 부모들은 참 단순하다. 자식이 아무리 잘못을 했어도 다음에 잘할게요, 그 한마디면 그만이다.

작년, 올해, 명하 때문에 어머니 얼굴에는 주름이 많이 늘었다. 육십이라는 나이가 믿기지 않을 정도로 맑간 피부였는데, 지금은 거뭇거뭇 기미까지 앉아 있었다.

"아버지는요?"

"주무셔."

"어제도 술 많이 하셨어요?"

"아니. 별로."

어머니는 아버지에 대한 이야기는 절대 길게 하지 않는다. 항상 단정할 만큼 짧다.

"회사는요?"

출판사 사정을 모르는 것은 아니었다. 하지만 명식은 어머니와 나눌 대화가 생각나지 않아 그렇게 물었다.

얼른 전화를 끊고 다시 잠들고 싶은 생각만 굴뚝 같았다. 한번 잠에서 깨어나면 좀처럼 잠을 이루지 못하는 편인데 오늘도 그랬다가는 하루 종일 힘이 들 것이다. 원고지 칸 수 메우는 것은 관두더라도 잠이라도 푹 자고 싶었다.

"괜찮으셔. 조금씩 나아진다고 하시더라. 명하 깨면 얼른 집으로 데려 와. 아침 먹여서 학원 보내야 하니까."

어머니는 먼저 전화를 끊는다. 눈치가 빠른 분이었다. 출판사 사정을 물었을 때, 전화를 얼른 끊고 싶어하는 명식 마음을 읽었나 보다.

출판사 사정이 좋을 리가 없었다. 모두들 죽는다고 아우성이었다.

"여기가 끝 아니겠어? 바닥 쳤으니까 솟구치는 일만 남았겠지."

출판 쪽에 있는 사람들의 한결 같은 말이었다. 그렇지만 선배들 말을 들으면 그 말은 출판인들의 오래된 말 버릇과도 같다고 했다. 그만큼 터널 끝이 보이지 않으니까 내뱉은 하소연이겠지만, 그런 말을 들을 때마다 명식은 마음이 무거웠다.

다른 사람은 어떨지 몰라도 아버지는 사업가 능력이 없는 분이었다. 아주 오랜 세월 동안 조직에 몸 담았던 분이 아닌가. 그런 분이 어느 날 갑자기 출판사를 하겠다고 했을 때, 명식은 자신의 귀를 의심했었다. 융통성도 없고, 남에게 아쉬운 소리 한 번 할 줄 모르는 분이 아닌가. 그런데 출판사를 하겠다는 것이었다.

"다른 사람도 다 하는 사업을 나라고 못할까."

명식이 다시 생각해 보는 것이 어떠냐고 넌지시 묻자 아버지는 다소 상기된 표정으로 그렇게 말했었다. 명식은 그 표정이 마음에 걸렸었다. 돌다리도 두드리고 건너는 양반이 아닌가. 그런데 어쩌자고 공룡 아가리 같은 세상으로 뛰어들겠다는 것인가.

더 이상 막지 못했던 것은 아버지의 들뜬 표정 때문이었다.

살면서 아버지가 당신 스스로 선택한 일에 그렇듯 열정을 보인 것은 처음이었다. 마치 첫사랑에 빠진 사람 같았다. 뒤늦게 찾아온, 아버지의 새로운 출발을 그럴수만 있다면 축하해 주고 싶다는 것이 솔직한 심정이었다.

하지만 역시 예감은 좋은 일보다 나쁜 일에 더 적중하는 법이었다. 아버지를 오랫동안 짓이겨 왔던 세상은 여전히 그 맛을 못 버리고 아무 힘도 능력도 없는 아버지를 제멋대로 짓이기고 있었다. 여전히.

보지 않아도 지금 아버지는 간신히 숨을 내쉬며 견디고 있을 터였다. 명훈 형 말에 의하면 출판사가 아주 곤경에 빠져 있는 듯했다. 아버지의 퇴직금은 날아간지 오래고, 아파트를 담보 삼아 융자까지 빼 쓴 모양이었다.

"까딱 잘못했다가는 아파트까지 날아갈지 모른다. 작은아버지 성격에 호락호락 당하지는 않겠지만 그 양반도 이제 늙었어. 힘도 없고, 세상은 여전히 힘들고. 언제까지 버틸지 모르겠다."

간혹 명식을 찾아온 형은 한숨을 푹 내쉬며 그런 말을 하고는 했다.

"모두 내 탓이다. 내가 딴 짓만 안 했어도……"

형이 그렇게 말해도 명식은 그 말을 진심으로 귀담아 듣지 않았다. 오래된 습관이었다. 어쩌면 집안에서 큰집 식구들 이야기를 곧이 곧대로 듣는 사람은 아버지밖에 없을 것이다. 언젠가 군대에 갔던 명철 형이 휴가를 나왔다며 집에 들른 적이 있었다.

떠나던 날, 형 대신 할머니가 어머니, 아버지를 붙들고 사정을 했다.

"글쎄, 쟈가 군대에서 총을 잃어버렸단다. 그 총 안 물어내면 벌금 문대여. 어쩌면 좋겠냐."

할머니는 한숨을 쉬었다. 어머니는 아무 말 하지 않았다.

하지만 명식이 듣기에도 그 말은 거짓말 같았다. 군대가 어떤 곳인가. 사병이 총을 잃어버렸다고 하면 그것은 벌금 물고 말 일이 아니었다. 부대 이야기였다. 그러면 따질 필요없이 영창 갈 일이었다. 그런데 형은 총을 잃어버렸다고 거짓말을 한 것이다.

"얼마면 되냐?"

한참 동안 가만히 앉아 있던 아버지가 물었다. 그때서야 할머니는 구겨진 얼굴을 펴고 형 대신 말을 거들었다.

"십이만 원이래. 그거면 매도 안 맞고 벌금도 안 문대여."

어떤 계산법으로 총 한 자루 값이 십이만 원인지 알 수 없었다.

"얼른 갖다 막어라. 다시는 총 잃어버리지 말고."

아버지는 바보처럼 돈을 내주었다. 글쎄, 정말 총을 잃어버렸다고 믿었을까. 명식은 지금도 그 사실이 궁금했다.

그처럼 아버지는 큰집 식구들이 하는 말이라면 무조건 믿었다. 하지만 명식은 과연 명훈 형이 정신을 차리고 아버지를 돕고 있을까, 의심하고는 했다. 자라면서 한 번도 정직이라는 것을 보여주지 않았던 사람이 아닌가. 그런 사람이 느닷없이 변했다고 하면 누가 믿겠는가.

"네 형이다. 내가 죽으면 너희들한테 아버지 노릇을 할 사람이 그 형이야. 안 믿는다고 생각하면 영원히 못 믿을 것이 사람이야. 믿어 주면 그 사람이 아무리 나빠도 사람 구실을 하게 마련이다. 그 형을 의심하는 것은 바로 네 아버지를 의심하는 것이다."

아버지는 명식 마음을 다 알기라도 하는 것처럼 말하고는 했다.

아무리 그래도 명식은 그 형에 대한 의혹을 풀 수가 없었다. 어쩌면 의혹이 아니라 피해의식일지도 몰랐다. 아버지를 평생 동안 구덩이에 처박히게 한 사람들이라는. 그리고 아버지가 없으면 명식 자신에게도 피해를 입힐지 모른다는.

명식은 침대 밑으로 떨어져 있는 이불을 끌어다 명하 몸을 덮어주었다. 추운지 명하는 몸을 새우처럼 잔뜩 웅크렸다.

다시 눈을 감았지만, 잠이 저만치 달아나 버렸다.

그렇지 않아도 오늘은 민경이와 함께 아버지를 만나러 갈 예정이었다. 민경이를 어머니보다 아버지한테 먼저 보이고 싶어서였다. 물론 두 분 다 계실 때 집으로 갈 수도 있었지만 이상하게 아버지 먼저 만난 뒤에 어머니와 만나고 싶었다. 솔직히 아직도 민경이와 결혼을 하겠다는 마음이 결정된 것은 아니었다. 과연 결혼을 해도 괜찮겠는가, 그런 생각만 계속 머릿속을 어지럽혔다.

민경이는 명랑하고 구김살 없는 여자였다. 약간 동그란 얼굴에 커다란 키, 그리고 시원시원한 성격, 누구든 칭찬을 했지만 명식은 그녀와의 결혼에 대해서는 아무런 확신도 없었다. 그렇다고 사랑하지 않는 것은 아니었다.

민경을 만난 것은 고등학교 동창 모임에서였다.

민경은 명식의 동창인 수영이 사촌이었다.

"내가 중학교 일학년 때였어. 남자 고등학교 쪽으로 놀러를 갔는데, 엄청 잘생긴 오빠가 딱 보이는 거야. 그 오빠는 친구들하고 축구를 하고 있었는데, 자살골을 넣고도 조금도 미안해 하지 않는 거 있지. 그때 내가 마음 속으로 딱 찜했다는 거 아냐. 나중에 저 오빠 꼭 내 것으로 만들어야지. 그래서 아주 오래 오래 잘 써먹어야지, 그랬었어."

어느 정도 가까워졌을 때 민경은 서슴없이 그렇게 말했다. 그랬던 것처럼 두 사람 관계가 빠르게 가까워질 수 있었던 것도 모두 민경 덕분이었다. 그 애는 절대 전화 오기를 기다리지 않았다. 명식이 전화하겠다고 약속해 놓고서 깜빡 잊었어도 투정을 부리지 않았다.

"바빴지? 그럴 줄 알았어. 내가 안 챙기면 나만 손해겠더라구. 오빠 목소리 한 번이라도 더 들으려면 자존심 챙길 일이 아니잖아. 씩씩한 오빠 목소리를 들으면 이상하게 안 풀리던 일도 척척 풀리거든."

그런 식이었다.

"정말 사랑하는 사람한테는 자존심 세우는 것 아니랬어. 오빠, 풍선에다 쉬지 않고 열심히 바람 넣으면 어떻게 되지? 터지잖아. 자존심이 그런 거래. 적당히 넣으면 말랑말랑 갖고 놀기 딱 좋지만 너무 많이 넣으면 빵 터져버리는 거야."

부지런히 종알거리는 민경이를 보면 명식은 빙그레 웃음이 나오고는 했다. 참 편한 여자였다.

군대를 다녀오고, 대전 대덕단지에서 근무를 하는 동안에도 민경은 항상 명식 곁을 떠나지 않았다.

"나더러 일년만 기다리라고 해. 일년만 기다렸다가 오빠 색시 되라고 말해 줘. 그리고 내년 내 생일 때는 선물로 결혼하자고 말을 해줘."

작년 생일 때, 무슨 선물을 받고 싶냐고 물었을 때 민경은 그렇게 대답했다. 그리고 일년이 지났다.

하지만 명식은 민경에게 결혼해 달라는 프로포즈를 아직 하지 않았다. 확신이 서질 않아서였다. 행복할 수 있을지 자신이 없었다.

부모님을 보면서 행복이 무엇인가, 간혹 혼자 생각하고는 했었다.

언제였던가. 집에서 반상회를 한 적이 있었다. 주로 아주머니들이 참석했고, 어머니는 솜씨를 발휘해 여러 가지 음식을 장만해 내놓았다.

"아니, 어쩜 솜씨가 이렇게 얌전할까. 저 꽃꽂이 좀 봐. 꽃이 큰 소리로 웃는 것 같네. 기분이 좋아서."

아주머니들은 간단하게 반상회를 끝낸 뒤 집 안 여기저기를 둘러보고 만져보느라 더 바빴다.

어머니 성격으로 보아 마실을 다니지도 않았을 것이고 당연히 다른 사람들을 집으로 불러 들이지고 않았을 것이다. 할머니 때문이기도 하겠지만 외가 식구들도 집에 잘 불러들이지 않는 어머니였다.

모처럼 만에 집안 구경을 하면서 아주머니들은 끝없이 어머니 솜씨를 칭찬했다.

집 안을 치장하는 소품 하나도 어머니 손을 거치지 않는 것이 없었기 때문에 당연한 일이었을 것이다.

"명식 어머니처럼 행복하게 산다면 우리 딸들 걱정없이 시집 보내겠어. 명식 아빠만큼 아내를 행복하게 해줄 남자가 또 어디 없을까?"

웃자고 하는 말은 아니었을 것이다.

눈에 보이는 것만으로도 어머니는 세상에서 가장 풍족하고 행복한 여자였을 테니까.

명식은 그 말을 방에서 들었다. 그 말이 왜 그렇게 마음을 아프게 했는지 모를 일이었다.

어려서는 어머니가 행복한 줄 알았었다. 적어도 아버지가 건설회사를 그만 두기 전까지만 해도 어머니가 그렇게 불행한 여자인지는 꿈에도 몰랐었다. 자식에 대한 욕심이 남달라 세 자식 모두에게 많은 것을 요구한 것 정도로만 여기며 자랐던 것이다. 한 번도 당신의 불행을 엿보인 적이 없었고, 어쩌다 아버지가 집에 오면 자는 아이들까지 깨워서 인사를 시키고는 했다.

한번은 명식이와 아버지 베개로 장난을 치다 몹시 혼나기도 했었다.

"아버지 수족이나 다를 바 없는데 어떻게 그 베개로 장난을 쳐!"

어머니는 그 날 두 시간 넘게 무릎을 꿇리고 벌을 세웠다.

할머니나 아버지 먼저 수저를 들거나 두 분 식사가 안 끝났는데도 먼저 일어났을 때도 불호령이 떨어졌다.

그랬기 때문에 삼남매는 아버지한테 매 한 대 안 맞고 자랐으면서도 세상에서 가장 무서운 사람이 아버지인 줄 알고 자랐었다.

생각해 보면, 아버지와 어머니는 한 번도 다정한 모습을 보여주지 않았다. 늘 저만치 떨어져서 타인처럼 자신들이 해야 될 몫만을 책임지며 살았을 뿐이었다. 아버지와 어머니 사이에는 너무도 깊고 넓은 강이 흐르고 있었다. 두 사람은 그 강을 도저히 건널 수 없는 운명을 갖고 있었다. 아버지가 젊어지고 사는 멍에 때문에.

출판사를 인수한 뒤, 아버지는 하루도 빠짐없이 술에 취해 들어왔다. 벌써 다 자란 탓도 있지만, 아버지가 하루 빨리 서울 현장으로 돌아와 한 집에서 잠자고 한 집에서 밥 먹으면서 살았으면 좋겠다고 했던 생각은 흔적도 없이 사라져 버렸다.

할머니한테 아버지는 나무랄 데 없는 효자 아들이었다. 할머니를 위해 세상에 존재하는 사람 같았다. 아무리 술에 취했어도 이튿날이면 어김없이 할머니 옆에 앉아 텔레비전에 나오는 내용을 자세히 설명하는 것으로 하루를 시작했다.

덕분에 할머니는 야구 선수, 축구 선수, 아나운서, 텔런트, 가수들의 이름을 거의 다 알고 있을 정도였다. 하다못해 운동 선수들의 몸값이 얼마인지까지도 다 알고 있을 정도였다.

할머니와 아버지는 어찌 보면 둘도 없는 다정한 친구 같았다. 아무리 귀찮은 일이라도 마다하질 않았다.

그럴수록 어머니와 할머니 사이는 불편한 관계가 될 수밖에 없었다. 아버지는 어머니가 조금만 할머니한테 소홀한 점이 발견되면 불호령을 내리고는 했다.

언젠가 어머니가 외출해서 늦게 들어온 적이 있었다. 늦을 수밖에 없는 사정이 있었다. 그래도 저녁을 짓기에는 그렇게 늦은 시간은 아니었다. 하지만 아버지는 어머니가 침봉에 꽂아 놓은 꽃을 모조리 뽑아 쓰레기통에 던져버리고, 액자로 만들려고 마악 시작한 십자수도 몽땅 망가뜨려 버렸다. 왜 그래야 되는지, 정말 이해할 수가 없었다.

그렇게 하는 것이 효도라고 믿는 것일까. 명식은 아버지에 대한 실망감을 오랫동안 지울 수가 없었다.

아무리 잠을 청하려 해도 소용없었다. 명식은 벌떡 몸을 일으켰다. 명하를 깨워서 집으로 데려가야 할 것이다.

하지만 선뜻 깨우지 못하고 잠든 명하를 건너다 보았다.

도무지 무서운 것이 없는 아이였다. 할머니, 어머니, 아버지, 모두 명하 고집 앞에서는 속수무책이고는 했다.

저렇게 고집이 세고, 주장이 강한 아이는 달리 다뤄야 한다. 강하게 밀어 부치기보다는 살살 타이르거나 타협이 가장 좋은 방법이다.

그런데 집안 식구 모두 명하를 강하게 내몰기만 했다. 하다 못해 할머니까지 명하를 못마땅해 하고는 했다.

"제 아빠도 자라면서 저렇게 고집 피우는 꼴을 못 봤는데, 무슨 고집이 저럴까. 여자 고집이 세면 팔자도 사나워."

"아빠가 어떻게 돈을 버는데 비싼 학원비 내고 대학도 못 가."

할머니는 아무리 손자라도 당신 자식인 아버지를 힘들게 하는 명하가 미운 것이다. 할머니와 아버지의 동앗줄 같은 관계를 알고 있기는 하지만 대놓고 명하를 미워하는 할머니를 볼 때마다 마음이 무거웠다.

대학을 실패하고, 명하는 더욱 설 자리가 없어졌다. 학원을 밥 먹듯이 빼먹고, 틈만 나면 가수들 공연장을 찾아다니고는 했다.

명식이 보기에 명하 그림 실력은 뛰어난 것 같지 않았다. 그런데도 어머니는 명하가 고등학교에 입학하자마자 미술 학원으로 내몰았다.

"기초만 익히면서 공부 실력을 쌓다가 3학년 때 바짝 그림에 대들면 된대."

반항기 많은 명하가 어머니 뜻을 고분고분 따라줄 리가 없었다.

어머니가 명하를 포기하지 않을수록 명하는 엇길로 빠질 것이다.

어디서 잘못되었을까. 무엇이 잘못인가. 명식은 스스로에게 물었다.

식구 모두 엉망이었다. 모두들 부초처럼 세상을 둥둥 떠돌고 있었다. 누구 하나 자리를 잡고 살고 있지 않았다. 하다못해 아버지까지도.

모두 아버지 탓이었다. 아버지가 누군가. 가장이었다. 의도적이건 아니건 아버지의 불안정한 삶은 고스란히 식구들을 희생시키고 있었다.

오랫동안 병중에 있는 아버지를 둔 친구가 있었다. 하지만 그 친구는 항상 명랑하고 긍정적이었다. 그리고 세상을 믿었다. 아버지가 평생을 청소부로 살았지만 그 친구는 세상에서 가장 존경하는 사람이 누구냐고 물었을 때 당당히 "우리 아버지!"하고 대답했었다.

자식들은 그런 아버지를 원했다. 세상을 따뜻하게 볼 수 있는 눈을 길러 주고 무슨 일이든 겁내지 않고 당당하게 정면대결 할 줄 아는 씩씩함을 보여주는 그런 아버지를.

하지만 명식을 비롯한 명현, 명하, 모두 세상을 두려워하고 있었다. 모두 아버지의 영향이라는 것을 부인할 수 없었다. 어머니가 할 수 있는 일은 아버지가 할 수 있는 일과는 사뭇 달랐다.

아버지는 자식들에게 세상을 사는 방법을 가르쳐 주지 않았다. 가르쳐 준 것이 다 뭔가. 세상을 두렵고 무섭게 살아가는 모습만 보여주었을 뿐이었다. 작은 새처럼 푸들푸들 떨면서 살아가는 모습만.

어째서 세상이 단순 명료하지 못하고 거미줄처럼 복잡할 수밖에 없으며 어째서 행복하지 못하고 불행할 수밖에 없는 것인지, 명식은 늘 숨이 막혔다.

"집으로 데려다 줄 테니까 얼른 일어나!"

명식은 이불을 확 젖혔다. 그래도 명하는 꿈쩍도 하지 않았다. 그때서야 명식은 목소리를 낮춘다.

"명하야, 얼른 일어나. 오빠랑 나가자. 너 혼자 집에 들어가면 야단맞을지도 모르잖아. 그러니까 오빠가 같이 가 줄게. 가서 네가 야단맞을 것 같으면 막아줄게. 응?"

“싫어. 갈 거면 오빠 혼자 가. 나 집에 절대 안 가!”

명하는 쏘아붙이고는 이불을 끌어다 머리꼭대기까지 뒤집어 쓴다.

사랑스런 동생이었다. 나이 차이가 많아서인지 유난히 정이 가는 동생이었다. 애기 때는 등에 업고 자장자장, 자장가까지 불러주며 재우고는 했었다.

하지만 명식 자신이 명하를 도와줄 일이 한 가지도 없었다. 여전히 어머니는 명하의 대학 진학 꿈을 저버리지 않을 것이고, 명하는 반항하듯 제멋대로 굴 것이다.

차라리 하고 싶으면 하고, 말고 싶으면 말라는 식으로 무관심하게 대하면 명하는 악착같이 그림에 매달릴지도 모를 일이었다.

누구에게 지기 싫어하는 성격이기 때문에 무슨 일이건 한번 재미를 붙이면 밤잠 안 자고 매달리는 아이가 아닌가.

“오빠는 항상 명하 편이야. 오빠는 나중에 결혼하면 우리 명하 같은 딸 낳아서 아주 아주 잘 키울 거야. 고집도 세고, 반항심도 강하지만 세상에서 제일 귀여운 아가씨니까.”

“피, 그딴 새빨간 거짓말을 믿을 줄 알아?”

명하는 입을 불쑥 내밀며 자리에서 일어난다. 그래도 기분은 나쁘지 않나 보다.

“정말이야. 우리 명하는 진주 같은 아이거든. 다른 사람들이 진주 같은 아가씨를 몰라 보니까 우리 명하가 지금 힘들어

하는 거야. 부모님은 다른 사람들이 하루라도 빨리 우리 명하가 값비싼 진주라는 것을 알아 주었으면 해서 열심히 공부하라고 하는 거고."

"내가 무슨 어린애야? 그딴 말에 감격할 것 같애?"

"네가 집에 안 간다고 고집 피우면 엄마나 아버지가 여기까지 오실 거야. 그러는 것보다 차라리 오빠랑 집으로 들어가는 게 좋을 것 같은데. 네 생각은 어때?"

"좋아. 오늘은 봐줄게."

명하는 일어나 갈 차비를 했다.

"임마, 그래도 아가씨가 세수를 해야 될 것 아냐?"

"집에 들렀다 가려면 시간이 많이 걸릴 텐데. 빈 속으로 출근하면 안 되잖아. 오빠도 집에 가서 아침 먹고 가."

"어이구, 고마우셔라. 우리 명하 장점이 바로 이런 거라니까."

명식은 얼른 점퍼를 챙겨든다. 잘 삐지는 막둥이지만 어찌 보면 삼남매 중에서 가장 속이 깊은 아이가 명하였다.

"임마, 아가씨가 그렇게 술 취해서 헤롱거리고 다니면 늑대들이 가만두겠어? 무슨 술을 그렇게 많이 마셨길래 술 냄새 때문에 오빠가 잠을 다 설쳤잖아."

"잠 설친 사람이 그렇게 코를 곯아? 장가 가면 문제 좀 있겠더라. 그렇게 코 고는 남자를 좋아할 여자는 없거든. 무식해 보이지 않아?"

"염려 마라. 사랑으로 모두 극복할 일이니까."

"사랑?"

명하가 갑자기 눈을 동그랗게 뜨고 명식을 보았다.

"왜? 나는 사랑하면 안 되냐?"

"사랑이 상대방의 단점이나 싫은 점까지 다 녹여주는 거라고 믿어?"

그 애는 누나처럼 물었다. 명식은 잠깐 말을 잃었다.

"나도 연애나 할까? 그럼 공부 못하고 할 줄 아는 것도 별로 없는 내 단점도 빛나 보인다고 해줄 거 아냐. 나를 좋아하는 사람이 말이야."

"임마, 아직은 사랑에 목숨 걸 때 아니다. 사랑도 때가 있고, 공부도 때가 있어. 근데 왜 온 거냐?"

"왜? 귀찮아?"

"귀찮은 건 아니고, 조금 눈치는 보이지. 오빠도 사생활이란 게 있잖냐. 들키고 싶지 않은 사생활!"

명식은 흩어져 있는 속옷이며 양말 따위를 발로 걷어차 보였다.

"이런 구질구질한 모습을 우리 예쁜이한테 보이고 싶진 않거든."

"오빠 능청 많이 늘었다."

명하가 곱게 눈을 흘겼다.

"엄마가 걱정 많이 하던데, 무슨 일이냐?"

무슨 일인지 궁금했지만 명식은 말을 아꼈다.

"오빠, 대학 꼭 가야 해?"

명하가 심각한 얼굴로 물었다.

"……."

"아무 의욕도 없는데, 대학에 가서 뭐해? 배우고 싶은 공부도 없는데."

"……."

"나는 엄마처럼 구질구질하게 살기 싫어. 오빠도 아빠처럼 구질구질하게 안 살려고 나왔잖아."

"……."

명식은 말없이 명하 말을 들어주었다. 이럴 때 어떤 말도 필요없으리라. 어차피 명하 스스로 빠져나와야 할 터널이었다. 그 터널을 빠져나가지 못하면 빛은 없다.

"엄마나 아빠처럼 공부해서 남 주냐고 하지 마. 그 소리가 가장 지긋지긋해. 공부해서 엄마 호강시켜 달라고 하면 어떻게 해보겠어."

"오빠는 우리 명하를 믿는다. 어떤 상황이든. 알지?"

명식은 그렇게 말하고 명하 어깨를 팔로 감싼다.

"피, 누가 오빠 아니랄까봐 교과서 같은 소리만 골라서 하고 있어."

명하가 입을 삐죽였다.

그래도 기분은 많이 나아진 것 같았다.

“후유, 정말 집에 가기 싫다.”

명하가 다시 침대에 털썩 주저 앉았다.

명식은 그런 명하를 재촉하지 못하고 바라보기만 했다.

명식은 집에만 있으면 숨이 턱까지 차오르고는 했다. 언제 터질지 모르는 폭탄 하나가 집 안에 설치되어 있는 것만 같았다. 그러면서도 한발짝도 벗어나질 못했다. 겁에 잔뜩 질린 아이처럼 눈을 크게 뜨고 꼼짝 못하고는 했다.

집을 나와 오피스텔로 옮겨 온 것도 명식의 의지가 아니라 어머니 뜻이었다. 어머니는 명식을 집에서 내보내는 것이 보호해 주는 것이라 여긴 것이다. 큰자식이라서 짊어져야 되는 짐을 그렇게 하지 않으면 덜어내지 못한다고 여긴 것이다.

하지만 명하는 정면대결을 하는 성격이었다. 조금도 피하려 들지 않고 오히려 더 세게 덤비고는 했다. 결국 그렇게 해서 다치는 사람은 자신밖에 없다는 것을 알면서도 조금도 피하려 들지 않았다.

반면 명현은 좀처럼 속내를 드러내지 않는 성격이었다. 어떤 식으로든 놓여진 분위기에 자신을 맞추려고 노력했다.

명현은 부모님이 싸워도 눈 하나 끔쩍하지 않았다. 얼음처럼 차가워진 두 분 가운데로 들어가 너스레를 떨며 분위기를 맞추려 들었다.

“엄마는 아직도 소녀라니까. 아버지가 화 좀 냈다고 그렇게 삐지시면 어떻게 해요. 아버지는 엄마 비위 하나 못 맞추시면 어떻게 해요? 나는 아버지랑 엄마가 싸우는 걸 보면 애들 싸움이 생각난다니까."

꽃을 사들고 와서 어머니 기분을 풀어주려고도 하고, 일부러 아버지를 찾아가 아버지 기분을 풀어주려고 애쓰기도 하는 것 같았다.

덕분에 명현이 집에 있을 때 집안이 그래도 평화로운 편이었다. 밖에서는 과묵하고 조용하기만 한 그애의 어디에 그런 명랑함이 숨어 있는지 신기할 지경이었다. 조용하던 집안이 그 애만 들어서면 와글와글 시끄러워지고는 했다.

하지만 그 애는 고등학교 2학년 때, 진로를 육군사관학교로 정했다.

그리고 얼마든지 좋은 대학을 들어갈 수 있는 실력인데도 불구하고 육군사관학교를 선택했다.

"씩씩해지고 용감해져서 가정의 평화와 안정을 책임질 작정이야."

왜 굳이 군인의 길을 선택하냐고 묻자 그 애는 그렇게 대답했다.

그런 줄로만 알았었다. 그 애가 집을 탈출하는 방법으로 육군사관학교를 선택한 것이라는 것을 눈치채기 전까지는.

나중에서야 명현이 집에서의 탈출을 아주 오래 전부터 준비해 왔다는 것을 알았다.

그 애는 앞으로도 절대 부모님 곁으로 돌아오지 않을 것이다. 항상 멀찍이 떨어져서 살 것이다.

다 가엾고 불쌍했다. 할머니, 아버지, 어머니, 명현, 명하, 어느 누구도 가엾지 않은 사람이 없었다. 운명적으로 커다란 덫에 치여 사는 사람들이었다. 어디서 무엇이 잘못되었는가를 따질 필요도 없었다. 할아버지는 자살을 했고, 할아버지를 그렇게 만든 큰할아버지도 벌써 저 세상으로 떠난지 오래였다. 그런데도 유전인자 같은 불행은 가족 모두를 올가미처럼 옭아매고 있는 것이다.

"나 여기 살면 안 될까? 밥도 해주고, 빨래도 해주면서. 안 될까?"

명하는 차에 오르기 전 지나가는 말처럼 물었다.

"그러고 싶니? 그러면 공부 잘 될 것 같애?"

"……."

"나는 괜찮으니까 너 편할대로 해."

"아냐, 그냥 해본 소리야. 방도 하나인데, 내가 와 있으면 오빠 불편해. 그냥 견뎌볼래."

열린 창 틈으로 들어오는 아침 바람이 차갑다. 그래, 견디면서 살아야 했다. 지금 명하는 가장 힘든 고비를 견뎌내고 있는 것이다.

"많이 힘드냐? 가수 하겠다고 설치더니, 요즘은 조용한 것 같다?"

명식은 조심스럽게 물었.

“…….”

“네 판단에 자신을 가져. 남이 뭐라고 하건 네가 옳다고 믿었거든 결코 물러서지 말어.”

“그럼 오빠는 내가 가수 되겠다고 해도 반대 안 해?”

“먼저 묻자. 너는 네 선택이 옳다고 믿니?”

“…… 아니. 예전에는 그 꿈 아니면 죽을 것 같았어. 그 꿈만 이룰 수 있으면 죽어도 좋다고 생각했어. …… 그런데 지금은 아니야.”

뜻밖이었다. 명식은 아직도 명하가 연예인 꿈을 버리지 않은 줄 알았었다. 그래서 공부도 소홀히 하고 라이브 무대나 공연장을 쫓아다니느라 정신을 못 차리는 줄로만 알았었다.

“차라리 그 꿈에 매달리면서 살았을 때가 행복했어. 목표가 뚜렷했으니까. 그런데 요즘에는 엄마랑 아빠 말대로 내 길이 아닌 것 같애.”

“왜 그런 생각을 했니?”

“모르겠어. 오래된 일인데, 엄마랑 아빠가 절대 연예인은 안 된다고 나를 막 야단친 적이 있었어. 축구 좋아한다고 다 축구 선수 되냐면서. 그 말 듣고 다리 비비적거리며 막 울었어. 그리고 내 성질에 못 이겨서 며칠 동안 끙끙 앓았고. 그리고 밤중에 혼자 공원에 가서 죽어라 노래하고 춤추면서 많이 생각했었어. 정말 내 길이 아닌가 보다…….”

“…….”

연예인 길을 포기했다는 것이 다행스러운 일만은 아니었다. 명하가 포기한 것은 연예인이 아니라 미래일지 몰랐다. 그게 걱정스러웠다.

"참 이상해. 내가 아무리 좋아하는 일이라도 엄마랑 아빠가 초 치는 소리 한 마디만 하면 금방 포기를 하게 돼. 착하지도 않으면서 그래. 다른 사람이 그런 말 하면 한 귀로 듣고, 한 귀로 흘리면서 꼭 그래."

명식은 말없이 고개를 끄덕였다.

그렇게 말하는 명하 심정이 오죽할까, 얼굴을 똑바로 쳐다볼 수가 없었다. 아직 사춘기 소녀처럼 투정이나 부리고 있다고 나무랄 일만은 아니었다.

"임마, 남 탓하지 마. 제일 비겁한 사람이 내 잘못도 남의 탓으로 돌리는 거야. 모두 네 판단으로 내려진 결정이야. 그래, 판단이 틀렸다는 결론이 내려졌으면 깨끗하게 포기해. 이왕이면 공개적으로 네 생각이 틀렸다고 인정하고 변화를 모색하는 거야."

명식은 명하 어깨를 툭툭 쳐주고 시동을 걸었다. 많이 추운가 보다. 명하 어깨가 떨리고 있었다.

차 안이 빨리 데워지면 명하가 덜 추울 텐데, 낡은 자동차는 시동부터 말썽이었다.

"다시 잘 생각해 봐. 진실로 네가 하고 싶은 일이 있을 거야. 정말로 관심을 가진 분야의 일을 찾아 봐. 그리고 그 일은 반드시 만족스러운 것이어야 해. 네가 하고 싶어지는 일을 하면 되는 거야. 물론 그 일을 하면서도 지루해질 때도 있어. 그렇지만 다른 사람에게 도움이 되고 내가 만족감을 느낄 수 있는 일이라면 그깟 지루함 정도는 얼마든지 물리칠 수 있어. 그게 세상 사는 맛이야."

명식은 차 안이 따뜻해지기를 기다리며 명하 뺨을 두 손으로 가만히 어루만져 주었다.

"정말 재미있게 할 수 있는 일이 생겼으면 좋겠어. 공부만 빼고."

명하가 활짝 웃어보였다. 입술 끝에 쓸쓸함이 묻어 있었다.

"네 자신한테 무엇이 되고 싶니? 하고 수없이 물어 봐. 그럼 네 가슴에서 대답이 들려올 거야. 그 대답을 들었거든 열심히 노력하면 돼."

"얼만큼?"

"네 옆자리에 앉아 있는 사람보다 더 열심히! 그것으로 충분해."

"내 옆자리에 앉아 있는 사람보다 더 열심히?"

명하는 가만히 고개를 끄덕였다.

"그리고 솔직하고 명쾌하게! 네 성격이라면 충분히 해낼 수 있어."

"그런 말들을 좀더 어려서 들었다면 좋았을 거야. 그리고 오빠가 아니라 아빠나 엄마가 들려줬음 더 좋았을 거고. 있지, 나는 이제서야 세상을 보는 눈을 뜨기 시작하는 것 같애. 다른 애들은 벌써 커다랗게 눈을 뜨고 세상을 향해 날아갈 준비를 끝냈는데 나는 이제서야 실눈을 간신히 뜬 것 같다고. 무서워."

꿈이 없는 아이. 명식은 가슴이 답답했다. 무엇이 명하 가슴에 꿈 하나 제대로 심어지지 못하게 했을까.

가수가 되겠다고 울부짖었던 것은 가슴에 그렇게라도 꿈 하나를 심어 놓고 싶어서였을까.

꿈은 믿음, 사랑, 신뢰, 그런 것들을 거름 삼아 자라는 것이 아닐까. 반대로 절망, 미움, 슬픔, 불행, 그런 것들은 꿈의 뿌리를 조금씩 죽여가는 독이 아닐까.

"참 이상해. 멀쩡하게 잘 하던 것도 엄마나 아빠가 그거 해라, 그러면 손도 대기 싫어져."

명식은 그러면 못 쓴다는 뜻으며 명하 머리에 꿀밤 한 대를 먹였다.

명하 반항은 아버지 때문인지도 몰랐다. 할머니 일로 아버지한테 죄없이 당한 어머니 앞에서 명하는 울면서 대들고는 했었다.

"엄마는 바보야? 왜 맨날 당해? 엄마도 당당하게 할 말 다 하고 살어. 엄마가 이 집 하녀야? 하녀였냐고!"

남자보다 여자가 훨씬 감성적이고 예민하다는 것은 알고 있었지만 명하가 어머니의 불행한 삶을 그렇게 민감하게 받아들이고 있으리라고는 생각도 못했었다. 늘 철없고 속없는 막내로만 알았던 것이다.

"시험 끝나면 오빠랑 어디 여행 갈까? 오빠가 아주 근사한 데 알아뒀어. 우리 명하 시험 끝나면 데리고 가려고."

명식은 어떻게 하면 명하 기분을 풀어줄 수 있을까, 생각해 보았다.

"어딘데?"

"해금강. 바다 한가운데 금강산이라는 뜻이야. 구미 당기지 않냐?"

"민경 언니랑?"

명하가 대뜸 민경을 입에 올린다.

"천만에. 이 오빠가 우리 명하만 위해서 마음 속에 저축해 둔 곳인데 다른 사람을 데려갈 수야 없지."

명식은 코를 찡긋해 보인다.

"그러지 마."

명하가 단호하게 말한다.

"언니한테 잘해. 아빠처럼 살지 말고. 오빠도 아빠처럼 언니 불행하게 하면 아무리 내 오빠라도 용서하지 않을 거야."

"……"

부모들은 부모라는 사실 하나로 자식을 함부로 대할 때가 많다. 자식이니까, 부모니까 그래도 된다는 생각 때문일까. 자신들은 험한 말을 함부로 입에 담고, 보여서는 안 될 행동을 서슴없이 보였으면서 무엇이 잘못되었고, 무엇이 잘못인지 전혀 눈치채지 못한다.

부모들은 자식 때문에 가슴에 상처를 별로 입지 않는 편이다. 큰 잘못을 저질렀어도 시간이 지나면 애정과 사랑이 그 잘못을 모두 잊게 한다. 하지만 자식들은 아니다. 부모 때문에 입은 상처는 오래오래 기억하게 마련이다. 자식에게 부모는 영원히 꺼지지 않는 빛이므로. 빛을 잃어버리면 어느 누구도 살아갈 수 없다.

"너 그 언니 싫어한다면서?"

"지금도 싫어."

"왜 싫은데?"

"내 오빠 빼앗아 가는 것 같아서."

"……."

너무 많은 것을 잃고 산 사람은 자기의 무언가가 또 떠나는 것을 참 못견뎌한다.

"나는 세상에서 오빠가 제일 좋거든. 근데 그 언니랑 결혼하면 오빠도 빼앗기잖아."

"……."

"근데 오빠가 민경 언니랑 행복하게 산다면 내가 양보할 수 있어. 오빠도 행복하게 살 권리가 있으니까."

"임마, 너도 좋은 사람 만나게 돼."

"나는 자신 없어. 아빠 엄마같이 살면 어떻게 해. 무서워서 싫어."

"······."

명식은 잠깐 명하 얼굴을 건너다 본다. 통통하던 양볼이 수척해 보인다. 저 애를 어떻게 잡아줄 수 있을까. 신경 한 번 쓰지 않은 것이 못내 미안하기만 하다. 집을 떠나던 날부터 될 수 있으면 집 생각을 하지 않으려고 애썼다. 될 수 있으면 집으로 발길도 돌리지 않으려 애썼다. 회사 일에 쫓기면서 대학원까지 등록할 필요는 없었다. 하지만 그렇게라도 여유 시간을 없애야만 식구들로부터 벗어날 수 있을 것 같았다.

명하는 더 이상 아무 말 하지 않았다. 눈을 감은 채로 앉아 있었다.

많이 힘든 거냐? 뭐가 힘들지? 오빠가 어떻게 도와줄까? 뭐가 필요해? 조금만 견디면 안 되겠니?

명식은 명하한테 필요한 말을 해주고 싶었지만 할 말이 없었다. 마음만 답답할 따름이다.

집 앞에서 차를 세운 명식은 지갑을 꺼냈다.

"용돈 줄려고?"

명하는 모처럼 만에 활짝 웃는다.

"그래, 짜식, 이제서야 웃는구나."

"용돈 준다는데 싫어할 애가 어딨어?"

"얼마나 줄까?"

"많이 줄수록 신나지."

“네가 꺼내 가. 갖고 싶은 만큼만.”

명식은 지갑을 통째로 명하 손에 쥐어 준다. 명하는 지갑을 열어보고 혀를 낼름해 보인다.

“에계, 겨우 이 정도로 꺼내 가래? 나는 꽤 있는 줄 알았잖아. 민경 언니랑 저녁 한 끼 먹으면 텅 비겠네.”

“우리 명하가 돈 다 가져 갔으니까 대신 밥값 내라고 하면 되지.”

“헤헤, 그렇구나.”

명하는 이만 원을 챙긴다. 웃는 모습이 참 천진스럽다.

“더 가져도 돼. 책도 사 보고 그래.”

“공부 못하는 사람이 사 볼 책이 어딨어. 책이라면 지긋지긋해.”

명하한테 공부에 대한 말을 하지 않길 잘했다. 명현이 군인의 길을 선택하는 것으로 집을 벗어난 것처럼, 그리고 명식 자신이 오피스텔을 얻어 집을 탈출한 것처럼 저 애도 대학에 들어갔다면 조금이라도 자유로울 수 있을까.

“오빠, 집에 들어가기 싫으면 그냥 가. 혼자 들어갈게. 바쁘다면서.”

“그래도 되겠니?”

명식은 시계를 살핀다. 아닌게 아니라 시간이 많이 지체되었다. 서둘러야 회사에 늦지 않을 것 같았다. 그것보다도 집에 들어가고 싶다는 생각이 추호도 들지 않았다.

"엄마한테는 내가 말 잘 할게."

"그래, 그래주면 고맙고. 지금은 그냥 가야 되겠다."

"알았어. 얼른 가. 아참, 오빠?"

명하가 빠르게 명식을 불렀다.

"오빠가 있어서 고마워. 명현 오빠도 같이 있었다면 좋았
을 거야."

"……."

"그 오빠하고 많이 싸우고 자랐지만 사실은 큰오빠보다 더
좋아했거든. 그런 말도 있잖아. 싸우면서 정든다고."

"보고 싶니?"

"…… 응. 많이."

명하는 말꼬리를 흐렸다. 어느새 눈시울이 젖어 있었다.

"……."

"우리 가족은 왜 한 번도 같이 모여 살았다는 생각이 안 들
까. 늘 헤어져 살면서 서로를 그리워하는 것만 같애."

"……."

차가운 바람이 명하의 창백한 얼굴을 쓰다듬고 멀어졌다.
명하 뒤쪽으로 노란 은행잎이 나풀나풀 떨어지고 있었다.

막내답게 가족 모두에게 재롱을 떨고 애교를 부리고, 애정
을 받으며 자라야 될 성격이었다. 그게 가장 명하답게 사는
방법이었다. 그렇게 산다면 한없이 명랑하고 발랄하게 살아
갈 수 있었다. 하지만 지금 명하는 어느 누구에게도 애교 섞

인 말 한 마디 못 건네고 병든 새처럼 살아가고 있는 것이다.

"우리 집도 다른 집처럼 행복하게 살았으면 좋겠어. 친구들이 자기 엄마랑 아빠 이야기할 때 나는 제일 부러워. 흉을 보고 미워하는 소리를 해도 부러워."

"…….

명식은 팔을 뻗어 명하를 가만히 안아주었다.

"나는 벙어리처럼 한 마디도 할 말이 없거든."

'미안하구나. 정말 미안하구나…….'

명식은 명하를 가만히 다독여주며 속엣말로 중얼거렸다.

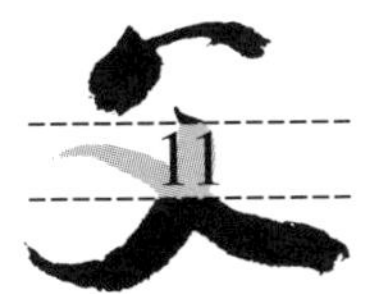

오빠 자동차가 멀어지고 있었다.

명하는 멀어지는 자동차 꽁무니를 바라보다 몸을 돌렸다.

아침 바람이 차가웠다. 점퍼 자락을 여며도 차가운 바람은 가슴 저 밑바닥까지 맹렬하게 파고드는 것만 같았다.

어제 친구를 만나 마실 줄도 모르는 술을 꽤 마셨다. 아직도 속이 쓰린 것 같다.

명하는 고개를 들고 아파트를 올려다 보았다. 똑같은 크기와 모양의 유리창들이 잇대어져 있지만, 1층, 2층, 굳이 헤아리지 않더라도 명하는 자신의 집을 쉽게 찾아낼 수 있었다. 가장 어두운 곳, 가장 무거운 곳, 웃음 대신 미움만 가득한 곳……

"우리 집이 그래……."

명하는 누구에게 말하듯 가만히 중얼거렸다. 창문은 굳게 닫혀 있었다.

바람이 차가워서이겠지만, 저 굳게 닫힌 창문은 영원히 열릴 것 같지 않았다. 시원한 바람 한 줄기 집 안으로 파고들 수 없을 것 같았다.

명하는 한동안 집을 올려다 보다 공원 쪽으로 천천히 걸음을 옮겼다.

흔들흔들, 텅 빈 그네가 바람을 타고 있었다.

명하는 그네에 몸을 실었다. 삐그덕거리는 그네 소리가 유난히 슬프게 들려온다.

학생들이 책가방을 들고 부지런히 학교로 향하는 모습이 보였다. 명하는 멀어지는 아이들 모습을 멀거니 바라보았다.

어젯밤, 친구들은 모두 결혼에 대해 한 마디씩 했었다. 친구들은 한결같이 빨리 결혼하고 싶다고 했다.

"얼른 결혼하면 좋잖아. 부모님 간섭도 안 받고. 결혼해서 가장 좋은 점은 내가 주인이 된다는 것 아니니?"

"나는 신랑하고 매일 출근하고 싶어. 먼저 퇴근한 사람이 회사에 가서 기다렸다가 손 잡고 돌아오면 얼마나 근사할까?"

"나는 친구 같은 남자를 고를 거야. 그래서 싸울 때는 싸우더라도 친구처럼 서로 의지하면서 살면 정말 행복할 것 같애."

친구들은 모두 행복한 결혼을 꿈꾸었다. 그렇지만 명하는 아니었다.

결혼을 생각하면 언제나 아버지와 엄마가 떠올랐다. 별일 아닌 일에 화를 내는 아버지와 벌레처럼 살아가는 엄마를.

"똥은 똥끼리 뭉쳐."

아빠는 화가 나면 늘 그렇게 말했다. 똥은 똥끼리 뭉친다고. 그럴 경우 명하 자신은 두말 할 나위 없는 똥이 되었다. 왜냐하면 그래야 아빠한테 복수를 할 수 있으므로.

부모님이 하라는 것이라면 밥 먹는 것도 그만 둘 것 같았다. 철저하게 반항하면서 두 사람이 무엇을 잘못했는지 깨닫게 해주고 싶었다.

원하는 방향과는 전혀 다른 방향으로 나아가 두 사람이 무엇을 잘못하고 있는지를 알게 해주고 싶은 것이다.

언젠가 엄마하고 몹시 심하게 말다툼을 벌인 적이 있었다.

"엄마나 아빠는 너무도 당연한 진실 한 가지를 쉽게 잊고 살았어. 그게 뭔지 알어? 누군가 사랑을 원하다면 사랑을 주는 거야. 어린 나도 다 아는 진실인데 왜 엄마 아빠는 눈곱만큼도 몰라?"

너무도 간절하게 내뱉은 말이었다.

"엄마나 아빠가 너한테 뭘 소홀하게 했지? 어떻게 더 해야 되는데?"

엄마 대답이 그랬다.

"그래, 엄마나 아빠는 참 진지하게 살았어. 엄마 아빠 삶만

진지하게 산 것이 아니라 자식들까지 진지하게 대했어. 우린 진지한 부모를 원하지 않아. 좀 모자라도 다정하고, 친구 같은 부모를 원해.”

“복에 겨운 소리 계속 할 거야?”

아무리 말해도 소용없었다. 엄마는 엄마 삶에 지쳐 있었고, 아빠는 아빠 삶에 지쳐 있을 뿐이었다.

“아빠!”

느닷없이 꼬마 목소리가 들려왔다.

대여섯 살쯤 되는 꼬마가 키가 껑충한 아빠 뒤를 쫓아오면서 부르는 소리였다. 아빠 되는 남자는 걸음을 멈추고 아이를 번쩍 안아들었다.

“에헤헤.”

아이는 아빠 팔에 안겨 뽀뽀를 받으면서 간지럽다며 웃었다. 웃음소리가 퍽 맑았다.

한 번이라도 큰 소리로 아빠를 불러 본 적이 있었던가. 웃고 떠들다가도 아빠 기척이 들리면 숨을 죽이고 발소리를 죽인 것밖에는 기억이 없었다.

발 밑으로 검은 빛의 씨앗 한 개가 떨어져 있었다. 명하는 고개를 숙이고 씨앗을 주웠다. 해바라기 씨 같았다. 햇씨앗은 아닌 것 같았다.

문득 여름에 헤어진 금호가 떠올랐다. 학원에 다니다 사귄 아이였다.

하루는 그 애가 씨앗 봉지 한 개를 들고 나타났다. 그리고 말했다.

"우리 이 씨앗 심자. 그러면 가을에 꽃도 피고 열매도 맺을 거야. 그러면 우리도 좋은 점수 얻어서 좋은 대학에 갈 수 있을지 몰라."

퍽 자상한 성품이었고, 남자답지 않게 차분한 아이였다.

"재작년에 시골에 갔을 때, 우리 할머니가 따 준 씨앗이야. 이 씨앗 뿌려서 꽃도 많이 피게 하고 씨앗도 많이 열리게 하면 내가 꼭 좋은 대학에 갈 수 있을 거라고 말했는데, 깜박 잊고 있었어."

금호는 그 씨앗을 안 뿌렸기 때문에 좋은 대학에 못 들어가고 재수를 하는 것처럼 말했다.

하지만 명하는 씨앗을 한참 동안 들여다 보며 고개를 가로저었다.

"너는 그 씨앗을 뿌리면 싹이 돋을 것 같애?"

"야, 씨앗인데 당연히 싹이 나지. 안 그래?"

"재작년 씨앗이라면서? 이렇게 까맣게 죽었는데 싹이 나겠어?"

"너는 싹이 안 난다고 생각해?"

금호는 심각하게 물었다. 정말 그 씨앗을 뿌리지 않으면 영영 대학에 못 가기리도 하는 것처럼 불안한 표정까지 지었다.

"바보야, 이 씨앗은 죽었어. 작년 봄에 뿌렸어야 될 씨앗을 일년을 넘기고 여름이 다 됐는데, 싹이 날 것 같애?"

"그럼 너는 싹이 안 난다고 생각하냐고?"

그 애는 더 이상 웃지 않았다. 명하는 심각한 그 애 표정을 보면서 가만히 고개를 끄덕였다.

그리고 자신에게 물어 보았다. 씨앗에서 싹이 돋을까, 안 돋을까.

가슴 속에서 들려오는 소리는 여전히 아니, 였다.

"내가 너라면 그렇게 말하지 않아. 먼저 씨앗을 뿌려보자고 했을 거야. 싹이 돋지 않으면 그때 포기해도 늦지 않아."

너무도 단호한 그 애 표정 때문에 명하는 아무 말도 할 수 없었다.

무슨 일 때문에 그 애와 헤어졌는지는 기억에 없었다. 그 애가 그 씨앗을 화단에 뿌렸는지 어쨌는지도 모른다. 하지만 9월이 다 되어 가던 그 무렵, 그 애는 다른 학원으로 옮겨 가 버렸다. 한 마디 말도 없이.

그 뒤, 명하도 그 학원에 다니기 싫었지만 거기 말고 다른 데로 옮겨 간다고 해도 달라질 것은 한 가지도 없었다.

묵은 씨앗에서는 싹이 절대 돋지 않는다는 생각을 버리기 전에는 아무 희망도 없을 것 같았다.

시험이 며칠 남지 않았다. 쉬는 시간도 아껴 공부에 매달리는 아이들을 보면 머릿속이 텅 비어버리는 기분이다. 그렇게 죽기 살기로 공부하는 아이들을 이길 자신도 없었다. 그리고 부모님이 원하는 것이기 때문에 공부를 더 하기 싫었다.

두 오빠는 자신들의 삶을 개척해 부모님으로부터 탈출을 했다. 명하는 그럴 마음이 없었다. 부모님 앞에서 끝까지 버티고 싶었다. 부모님이 자식한테 어떤 잘못을 저지르고 있는지 깨달을 수 있는 날까지.

엄마는 항상 아버지를 타인처럼 대했다. 어려서는 엄마가 아버지를 몹시 어려워하고 무서워한다고 생각했다. 그런데 그건 위선이었다.

엄마는 자식들 앞에서 철저하게 자신을 위장시킨 것이다. 조금도 사랑하지 않고, 조금도 존경하지 않으면서. 진실이 들어 있지 않은 행동은 금방 다른 사람 눈에 들킬 일이었다.

오늘은 학원에 가야 될 것이다. 명하는 놀이터를 빠져나오다 우뚝 걸음을 멈추었다. 아버지가 경비실 앞을 걸어나오고 있었다.

아버지는 까만 양복을 입었다. 명하는 한번도 아버지가 양복 아닌 옷을 입고 출근하는 모습을 본 적이 없다.

물론 엄마가 입고 갈 옷을 깔끔하게 챙겨 놓기 때문이기도 하지만 언제나 완벽한 양복 차림을 하고 출근하는 아버지를 보면 더 숨이 막힌다.

어쩌면 아버지는 관 속에 들어갈 때도 양복 차림에 넥타이를 매고 있을 것이다. 왜 그 양복이 완전 무장한 군복 차림으로 보이는지 모를 일이었다.

명하는 아버지가 완전히 멀어질 때까지 그 자리를 벗어나
지 않는다. 아버지의 커다란 키가 오늘 따라 유난히 더 껑충
해 보였다.

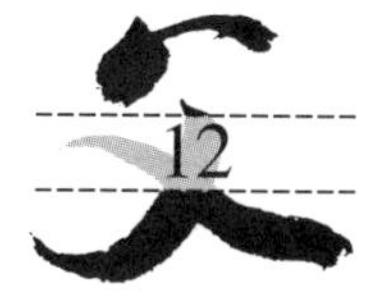

문방구 어음이기는 해도, 다행히 하늘서점에서 수금을 해 주었다.

그렇지만 경리과 직원을 통해 어음깡을 할 곳을 알아보느라 식은땀이 흐를 지경이었다.

"요즘 누가 문방구 어음을 깡해 주겠어요. 은행도 어음도 믿지 못할 세상인데."

모두들 그렇게 대답하며 고개를 저었다. 당연한 일이었다. 한때 소매서점이든 도매서점이든 회사 설립 목적이, 적당할 때 부도를 내자는 속셈 아닌가 싶을 때가 있었다. 그러면 쪽박 차고 거리에 나앉는 일은 없었다. 소매서점이건 도매서점이건 다시 시작하고 싶으면 다른 사람 명의로 얼마든지 다시 시작할 수 있었다.

한 번 부도를 냈다고 해서 책을 안 줄 수도 없는 노릇이었다. 부처님 손바닥처럼 좁은 것이 이 바닥이었다. 출판사 숫자는 많고 서점은 많이 줄었다. 한 권이라도 더 팔자면 도리가 없었다. 상도덕이 무너진 세상 아닌가.

오후 늦게 명훈이가 어음을 현금으로 바꿔왔다. 수수료를 터무니없이 많이 떼기는 했지만 밀린 봉급과 한달치 월세를 해결할 수 있었다.

"적은 봉급으로 살자면 네 댁이 이만저만 고생스럽질 않겠구나."

근태는 명훈 봉급에 십만 원을 더 챙기며 미안한 속내를 털어놓았다.

"저는 다음에 주셔도 되는데요. 건물 월세부터 해결하세요."

명훈은 한사코 거절을 했다. 근태 입장에서는 다른 사람보다 제일 먼저 챙겨줘야 될 사람이 명훈이었다.

결혼해서 이제 겨우 돌을 넘긴 쌍둥이를 키우자면 여간 생활비가 많이 들어가지 않을 것이다. 거기다 언제부턴가 근태가 형님 집에 보내던 생활비를 많이 줄인 뒤, 명훈이가 얼마간 보태는 것 같았다.

영업을 하자면 잔돈은 물론이고 간혹 술값도 필요할 것이다. 서점에 있는 관리자와 인맥을 쌓아놓자면 도리가 없었다.

"당구장에 가서 내기 게임해서 벌어 쓰면 돼요."

명훈이는 그렇게 말하고는 했다. 운동이라면 뭐든지 잘 하는 편이라 잠깐씩 당구장에 들러 내기 당구를 해서 접대비 등은 벌어 쓰는 것 같았다.

"그래, 언젠가는 좋은 날이 있을 거다."

근태는 명훈이한테 고작 그 말을 들려줄 따름이었다. 형편이 풀린다면 제일 먼저 목돈을 만들어줘야 될 사람이 명훈이었다. 그래서 네 식구 살 만한 작은 아파트라도 장만할 수 있도록 도와주어야 했다.

명훈 안사람도 쌍둥이를 키우면서 부업을 하는 것 같았다. 구슬 꿰는 일을 한다던가. 하루 종일 눈이 시리도록 구슬을 꿰도 반찬 값 정도밖에 못 버는 것 같았다. 근태가 건네주는 봉급으로 네 식구가 살기는 너무도 힘들 것이다. 그래도 명훈은 한 번도 싫은 내색을 하지 않았다.

"작은아버지 고생시키는 것도 모두 제 책임이잖아요. 너무 부담 갖지 마세요. 돈 많이 벌게 되면 저도 그때는 당당하게 챙겨가겠습니다."

오히려 그런 말로 항상 근태를 안심시키고는 했다. 그래도 핏줄이었다. 설령 예전에야 어떤 짓을 했건 가장 힘들 때 옆에서 힘이 되어 주는 명훈이가 그렇게 고마울 수가 없었다. 그래도 집에 들어가서 아내한테 명훈 칭찬을 대놓고 할 수가 없었다. 아내는 명훈이가 어떤 짓을 했는지 아직도 잊지 못하고 있었다.

어머니도 마찬가지였다. 손주 자식이기 때문에 찾아오면

반기는 것이지, 마음 속으로는 여간 미워하질 않았다.

오늘도 김이 찾아왔다. 고개를 푹 숙인 채 사무실 문을 열고 들어선 김은 소파에 털썩 주저앉으며 후우, 깊은 한숨부터 쉬었다.

"어머니를 치매 전문 병원으로 보낼까 했는데 안 되겠어."

김은 다시 주머니를 뒤지다말고 혼자 쓴웃음을 지었다.

"어떻게 그걸 알았는지 밥도 안 잡수시고 울기만 하셔. 나 안 갈거야, 안 갈거야. 징징 울면서. 아내는 못 살겠다고 아우성이고……"

김의 목소리에 물기가 묻어 있다.

"다시는 말썽도 안 부리고, 먹을 것도 안 달라고 한다면서 내 다리를 붙들고 우셨어. 세상 살맛이 없어. 하루에도 수십 번 죽고 싶다는 생각밖에 안 들다가도 어머니를 보면 악착같이 더 살아야 된다고 다짐을 하지. 우리 어머니 흙 한 삽이라도 더 떠서 곱게 무덤 만들어 줄 사람이 나 말고 있어야 말이지."

근태는 손수 커피를 타다 김 앞에 내려놓는다. 충분히 이해할 수 있었다. 발바닥이 부르트도록 사람을 찾아다니며 한 건이라도 보험 실적을 올리려 애쓰는 아내 눈치 보는 일도 쉽지 않을 것이다.

"어머니도 그렇고 나도 아내나 자식들한테 짐만 되고 사는 것 같아서 못 견디겠어. 후유, 어쩌다 이 지경이 됐는지……."

김은 계속 한숨을 내쉬었다.

"가만히 생각해 보니 참 우습게 세상을 살았어. 나이 열 셋
에 전쟁 터져서 죽을 고생하고, 한참 놀면서 자라야 할 나이
에 부모님 따라 일터에 나가 죽어라 돈 벌기 시작하는 것부터
배웠고, 어디 그뿐인가. 언제 죽을지 모르는 월남 전쟁에 나
가면서도 얼마나 고마워했는데. 돈을 벌어 오기만 하면 당장
영웅 대접을 받을 것처럼 요란했잖아. 월남 한 번 다녀오면
세상 영웅은 다 될 것 같은 분위기였으니까. 돈도 벌고, 사람
대접도 받을 수 있을 것처럼. 살가죽 홀랑 벗겨놓을 것처럼
뜨거운 사막으로 돈을 벌러 갈 때는 또 어땠고. 그렇게 남의
나라에 가서 돈을 벌어와야 잘 살 것 같았잖아. 그래야 사람
답게 살 수 있는 것 같았잖아. 그래도 그때가 좋았어. 돈이라
도 벌어오니까 그랬겠지만 그래도 이렇게 무능한 인간 대접
은 받지 않았으니까. 흐흐……."

김이 씁쓸하게 웃었다.

"씨받이 알어? 우리가 꼭 씨받이 같어. 자네도 그렇고 나도
그렇고. 세상이 원했든 내가 자청했든 죽어라 씨받이 노릇한
죄밖에 없는데 이제는 세상이고 자식이고 모두 귀찮다고 하
는구만."

"……."

씨받이라, 근태는 속엣말로 중얼거렸다. 씁쓸하기는 마찬

가지였다. 순진한 것이 아니라 멍청해서 남이 잘한다고 박수쳐주고, 어깨 다독여 주니까 죽기 살기로 일하면서 살아온 삶들이었다. 그렇게 열심히 돈 벌고 일하고 나면 사람 대접해줄 줄 알고 살았던 세월이었다.

억울했다. 아니 분했다. 나 못난 탓이라고 스스로를 자책하기에는 너무도 슬펐다.

씨받이였지, 우리가. 근태는 허허, 혼자 웃었다.

"자식 낳아준 집에서도 내쫓기고, 몸 빌려주고 돈 벌어서 곤궁한 살림 펴게 해 준 집에서도 내쫓기고. 그렇지?"

김이 근태를 보며 물었다.

"그래, 그렇지."

둘은 마주 보며 웃었다.

아침에 명하가 들어오는 것을 못 보고 출근했다. 명식이 데려온다고 했으니까 기다렸다가 얼굴이라도 보고 나와도 늦지 않았다. 그렇지만 근태는 서둘러 집을 나섰다.

명현 편지가 자꾸만 생각나 견딜 수가 없었다. 이래저래 누구의 얼굴도 보기 싫었다. 하다못해 어머니도.

자식한테 칭찬을 아끼지 말라고 했지만, 그것은 다른 집 이야기였다. 근태 성격으로는 아이들이 제아무리 칭찬 받을 짓을 해도 머리 한 번 쓰다듬어 주질 못했다. 아주 오래 전부터 그랬던 것처럼 말없이 고개 한 번 끄덕여 주는 것이 전부였다. 아버지 노릇이란 태어날 때부터 본능적으로 알고 있는 것이 아니었다. 학습을 하듯 배우고 익혀야 될 것이 더 많았다.

사철나무는 그냥 내버려둬도 사시사철 푸르고 아름다웠다. 하지만 그 나무를 가위질하고 다듬어 주는 것은 더 예쁘고 풍성하게 자라라는 뜻이 된다. 자식이 그랬다.

자식 귀엽고 사랑스러운 것을 왜 모를까. 하지만 근태는 그 자식을 모나지 않게 다듬어 주고 가위질해 주는 방법을 아직도 모르고 있었다. 한 번도 배운 적이 없었으니까. 아니, 배울 틈도 없었으니까.

그런데 자식들은 아비를 원망하고 있는 것이다. 한없이 못나고 부족하기만 한 아비를. 그래, 그 애들이 원한다면 이제부터라도 아비 노릇을 배워야 할 일이었다. 세상을 처음 배우는 아이처럼 더듬더듬 기역, 니은부터라도 배워야 할 일이었다. 하지만 마음이 답답했다.

핸드폰이 울린다. 근태는 조심스럽게 핸드폰을 열었다.

"명하가……."

아내였다. 목소리가 몹시 떨리고 있다.

"명하가 왜?"

"명하가 집을 나갔어요."

"뭐?"

근태는 머릿속이 하얗게 비어지는 것을 느끼며 핸드폰을 움켜쥐었다.

"어쩌면 좋아, 우리 명하……."

“언제야?”

근태는 될 수 있으면 목소리를 죽인다. 김이 의아한 눈빛으로 이쪽을 보고 있다. 이런 상황에서도 자식 흠을 남에게 들키고 싶지 않았다.

“은행에 나갔다 왔더니 그 사이에…….”

“무슨 소릴 하는 거야? 은행은 왜 가? 어머니는?”

근태는 버럭 화를 내고 만다.

아내가 아무 잘못이 없다는 것을 모르지는 않는다. 그렇지만 명하가 집을 나갈 수 있는 기회를 준 것이 아내인 것만 같았다. 어머니도 집에 계셨을텐데.

“지금 어머니 걱정할 때예요? 지금 당신 딸이 집을 나갔다는데, 어머니 걱정이나 하고 있을 때냐구요!”

어머니라도 집에 계셨을 것 아니냐는 뜻인데 아내는 달리 받아들인 모양이었다.

“시험 날짜가 며칠이나 남았다고. 당신 어떻게 할 거야?”

“…….”

아내는 대답하지 않는다.

“어머니한테는 말하지 마.”

근태는 그렇게 말하고는 먼저 전화를 끊는다.

앞에 앉은 김이 눈을 동그랗게 뜨고 물어 온다.

“명하한테 무슨 일 생겼어? 대체 무슨 일이야?”

“별일 아니야. 잠깐 제 엄마 속을 썩힌 것 같애.”

근태는 아무렇게나 대답한다.

"딸내미가 속 좀 썩혔다고 자네 아내가 전화할 사람이야?"

"둘이 자주 싸워. 별일 아닌 것 같고. 그러다 말겠지."

"시험이 며칠 안 남았다는 말은 무슨 뜻이고?"

"거참, 쓸데없이 묻는다. 아무 일 아니라고 했잖아."

근태는 짐짓 화를 내고는 고개를 돌린다. 머릿속이 어지럽다. 어떻게 해야 되는지 도무지 갈피를 잡을 수가 없다.

수능이 얼마 남지 않았다. 이번 시험도 망치면 영영 대학에 못 가고 말 것이다. 아내 말대로 애가 집을 나간 마당에 수능 걱정이 무슨 소용이랴. 그래도 시험을 망치면 어떻게 하나, 그 걱정이 가장 우선이다.

'내 딸이야. 내 자식인데 무슨 일이 있겠어. 절대 나쁜 일은 일어나지 않아. 명하는 절대 나쁜 길로 빠지지 않아. 잘 될 거야.'

근태는 메아리처럼 들려오는 마음의 소리에 적이 안심을 한다. 아무리 힘들어도 운명에 순응하며 살아 온 삶이었다. 그렇게 숨 죽이며 살았는데, 무슨 잘못을 저질렀다고 세상이 내 딸을 망치게 할 것인가. 또 아내가 누군가. 오로지 자식만을 위해서 산 사람이었다. 딸이 집을 나가 나쁜 길로 빠져들게 키울 사람은 절대 아니었다.

아내를 믿었다. 하늘은, 세상은 아내를 봐서라도 명하를 절대 나쁘게 만들지는 않을 것이다. 그런 생각들이 근태 마음을 한결 편안하게 다독거려 주었다.

근태는 핸드폰을 들고 밖으로 나간다. 계단 앞에서 여행사 남자 직원 몇 명이 담배를 피우고 있다. 담배 연기가 복도에 가득하다.

근태는 계단을 내려가 화장실로 들어간다. 볼일이 있어서가 아니었다. 죄인처럼, 마치 큰 잘못이라도 저지른 사람처럼 아무도 없는 데를 찾아간 것이었다. 그렇지만 노크를 하기도 전에 화장실 안에서 흠흠, 남자 기척이 들려왔다. 다시 쫓기듯이 화장실을 나서고 만다.

마음 편하게 전화할 곳조차 없다는 처참한 기분을 떨칠 수가 없었다.

건물 밖으로 나서니 차가운 물방울이 먼저 얼굴을 때렸다. 비가 오고 있었다. 땅이 푹 젖어 있는 것으로 보아 한참 내린 모양이었다. 하늘이 낮게 내려 앉아 있었다. 금방 그칠 비는 아니었다. 비가 온다는 사실이 마음을 더 무겁게 했다. 비를 맞으며 떨고 있을 명하 모습이 눈앞을 어지럽혔다.

울고 있다가 전화를 받았는지 아내 목소리가 푹 젖어 있다.

"어디 찾아 볼 데 있으면 찾아 봐. 별일 없을 거야."

"찾아 볼 데 있었으면 당신한테 전화도 하지 않았을 거예요."

그럴 것이다. 자식들한테 생긴 어지간한 일은 아내 스스로 해결했다. 근태가 알았을 때는 거의 다 해결이 됐거나 아니면 이미 해결이 끝난 뒤였다. 모르는 사람들은 근태를 위하는 아내의 깊은 마음을 칭찬할 테지만 근태 자신은 정반대의 심정이었다. 아비가 기본적으로 해야 되는 일까지 아내가 가로막는 것만 같았던 것이다. 그래서 자식들이 뭔가 잘못되면 근태는 아내한테 대놓고 싫은 소리를 했던 것이다.

"자식을 어떻게 키운 거야?"

"도대체 뭘 보고 배웠길래 그따위로 천방지축이야?"

"집에서 새는 쪽박은 밖에서도 새게 마련이야. 당신, 걔들 잘못되면 책임질 거야?"

"집에서 뭘 하고 있었길래 애들이 그 지경이 되는 것도 몰랐어!"

그런 식으로 아내를 몰아세웠다.

"어젯밤에 명식이한테서 잤다고 안 했어?"

근태는 목소리를 누그러뜨리고 묻는다.

"아침에 아파트 앞까지 큰애 차 타고 온 것 같애요.'"

"명식이한테 확인한 거야?"

"아니요. 아직 안 했어요. 편지에 그렇게 써 놓고 나갔어요."

"그 애가 갈만한 데는 다 수소문 해 봐. 멀리는 못 갔을 테니까."

근태는 그렇게 말하고는 전화를 끊는다. 그리고 건물 처마 끝에 선 채 듣는 비를 그대로 맞는다.

청소년 시절, 근태도 수없이 집을 나가는 상상을 하고는 했었다. 삶에 찌들어 사는 어머니를 볼 때마다, 도무지 희망의 싹이라고는 보이지 않는 미래를 생각할 때마다 근태는 집을 뛰쳐나가고 싶은 충동에 휩싸이고는 했다. 그러나 그 가출이란 자살을 의미했다. 단순하게 집을 나가 멍에처럼 이어져 온 집안의 불행을 떨쳐내겠다는 것이 아니라 이 세상에서 영영 사라져 버리고 싶다는 욕망이었다.

하지만 그런 욕망을 한 번도 행동으로 옮긴 적도 없었고 밖으로 표현한 적도 없었다. 그런 것은 근태와는 상관없는 세상의 일이었다. 몸으로 불행과 맞서 싸워야 되는 근태와는 전혀 상관없는 호강에 겨운 사람들의 배부른 욕망이었다.

"왜 그러고 계세요?"

누가 부르는 소리가 들린다. 근태는 소리를 좇아 고개를 든다. 우산을 받쳐든 안혜순이 커다란 눈으로 근태를 바라보고 있다.

그는 선뜻 대답하지 못하고 엉거주춤 한쪽으로 물러선다. 외출했다 돌아오는지 그녀 손에는 핸드백이 들려 있다.

"왜 비를 맞으면서 전화를 하세요?"

그녀가 근태에게 우산을 씌워주며 손수건을 내민다. 근태는 거절하지 않는다. 그는 잠시 손수건을 손에 들고 서 있다가 입을 열었다.

"어젯밤에는 실례가 많았습니다."

"속은 괜찮으세요?"

그녀는 딴청을 부리는 사람처럼 입가에 미소를 지으며 물어온다. 근태는 고개를 끄덕여 대답을 대신한다. 참 많이 미안할 일인데 왜 이 여자 앞에서는 그런 실수마저도 괜찮다는 생각이 드는지 모를 일이다.

빗방울이 더 굵어지고 있었고, 건물마다 불이 켜지기 시작했다.

"오시면 술만 드시는 것 같아서 오세요, 소리도 못하겠어요."

그녀는 조심스럽게 말을 끄집어낸다. 오늘도 들를 거냐고 묻고 있는 것이다.

"딸 애가 집을 나갔어요."

근태는 자신도 모르게 그런 말을 내뱉고 만다. 죄인처럼 다른 사람 눈을 피해 비오는 거리까지 나와 전화를 걸었는데, 그녀 앞에서는 입술이 저절로 움직여지고 있었다.

그녀가 놀란 눈으로 근태를 바라본다.

"공부 못한다고 혼내줬거든요. 내가 어떻게 네 공부 뒷바라지 하는 줄 아느냐고 혼내줬거든요."

목소리가 떨렸다.

"선생님……."

그녀가 근태 팔을 가만히 잡아끌었다. 근태는 그녀가 이끄는 대로 식당 안으로 들어갔다. 빗발이 더 굵어지고 있었다.

의자에 앉아 넋놓고 창 밖을 내다보고 있는 사이, 그녀는
뜨거운 차를 끓여 내왔다.

"저 참 나쁜 아버지죠?"

근태는 찻잔을 두 손으로 움켜쥐며 고개를 떨군다.

"자식 문제는 항상 저와는 상관없다고 생각하고 살았어요.
아내가 책임질 일이라구요. 아내가 자식 문제에 개입할 틈도
주지 않고 혼자 알아서 했으니까 잘못도 혼자 책임져야 된다
구요."

그녀가 가만히 근태 손을 잡는다. 따뜻했다. 화장기 없는
그녀 얼굴이 말없이 그를 응시하고 있었다.

"선생님 옆에 항상 제가 있다고 말하면 안 될까요?"

그녀가 조심스럽게 물었다. 근태는 그녀를 바라보았다.

"그런 말을 하면 선생님이 부담스러울까요? 하지만 하고
싶어요. 선생님 옆에 항상 제가 있다구요. 기운내세요. 아무
일 없을 거예요."

조용하고 편안한 음성이었다.

중학교에 다닐 때였어요.

그때도 아버지는 진주 어딘가에 있는 현장에 나가 있었습니다. 그곳은 다른 현장보다 더 먼 곳이어서 아버지는 정말 두 달에 한 번씩 집에 들르고는 했지요. 엄마는 더 이상 우리를 데리고 아버지가 계시는 현장까지 가지 않았습니다. 할머니 몸이 많이 약해지기도 했지만 우리 셋을 데리고 그 먼 곳까지 가기란 결코 쉬운 일이 아니었지요. 또 우리도 부모님을 따라 어딘가를 가는 것보다 친구들과 어울려 노는 것을 더 좋아할 만큼 자라 있었습니다.

여름이었습니다. 방학이 시작되었고, 저는 몇몇 친구들과 함께 여행을 떠나고 싶었습니다. 바다로 말이지요.

하지만 엄마는 허락을 하지 않았습니다. 위험하다는 것이었지요.

"세상이 얼마나 험한데 늬들끼리 여행을 간다는 거야. 아버지가 아시면 얼마나 혼나려고 까불어."

엄마는 또 아버지를 들먹였습니다. 하지만 저는 아버지가 더 이상 무섭지 않았습니다. 아버지는 너무 멀리에 가 있었고 엄마는 아버지가 돌아온다고 해도 제가 혼날 것이 뻔한 일을 만들지는 않을 테니까요.

저는 엄마를 설득하는 일을 포기했습니다. 대신 편지 한 장만을 남겨 놓고 집을 나섰지요.

'엄마, 저는 집을 나가기로 했습니다. 제 말은 한 번도 들어주지 않는 엄마를 이해할 수가 없어요.'

그런 식의 편지를 남겨 놓고 말이지요. 정말로 집을 나가려 했던 것은 아니었습니다. 돌아와서 혼날 것을 미리 염려해 그런 꾀를 썼던 것이지요. 며칠 있다가 지친 것 같은 몰골을 하고 돌아오면 엄마는 분명히 저를 용서하리라고 믿었거든요. 집을 나갔던 자식이 돌아온 것만 고마워 식구들이 철철 눈물을 뿌리던 영화를 본따려 했던 것입니다.

일주일 정도 예정된 여행이었습니다. 우리는 모두 동해로 떠나는 버스에 몸을 실었습니다. 모두 다섯 명이었습니다. 그중에서 부모님의 허락을 못 받은 아이는 저 하나였습니다. 다른 애들은 모두 부모님 허락을 받았지요. 또래끼리 가는 여행이라 조금씩은 걱정하기는 해도 친구끼리 여행도 좋은 경험이라고 믿어준 친구 부모님들이 너무 존경스러웠습니다. 그런 부모님을 둔 친구들이 정말 부러웠던 것이지요.

안 돼, 그런 말이 떨어지면 두 번 다시 타협조차 할 수 없는 우리 집 분위기. 저는 그렇게 대화가 통하지 않는 집 분위기가 싫었습니다.

부모는 돈을 벌어 자식을 가르치기만 하면 되고, 자식은 공부를 잘하는 것으로 그 은혜를 대신하는 것쯤으로 여겨지는 우리 집 분위기에 질식할 지경이었습니다.

처음으로 찾아간 동해는 참으로 신비스러웠습니다. 저는 그 날까지 그런 곳엘 한 번도 가본 적이 없었지요. 아니, 우리 집 식구 모두 집을 떠나 어디론가 여행을 간 적이 없었던 것이지요. 고작 시골 큰집엘 가거나 아버지 현장엘 가 보는 것이 전부였을 것입니다.

일주일 동안 저는 집을 떠나서 맛볼 수 있는 행복이 무엇인지 잘 알았습니다. 자유가 있었고, 낭만이 있었고, 그리고 여유가 있었습니다. 정신적인 여유 말입니다. 쌀이 떨어져도 걱정할 일은 없었습니다. 집으로 돌아가려는 피서객을 찾아가 남은 쌀을 부탁하면 되었으니까요.

병이 난 친구 한 명이 먼저 집으로 돌아갔습니다. 그리고 그 다음 날, 다른 친구들의 부모님들이 약속이라도 한 것처럼 한꺼번에 그곳을 찾아왔습니다. 우리 부모님만 빼놓고 말입니다. 친구 부모님들은 돌아오겠다고 약속한 날보다 더 늦어졌기 때문에 걱정이 되어 쫓아왔던 것이지요.

친구들이 같이 돌아가자고 했지만 저는 그럴 수가 없었습니다. 혼자서만 버림받았다는 처절한 기분 때문이었지요.

그곳에서 혼자 보름을 더 보냈습니다.

텐트 안에서 잠을 자거나 바다로 나가 수영을 하거나 조개 따위를 주우면서 하루를 보냈습니다. 아니, 저를 찾으러 올 부모님을 기다렸던 것이지요.

하지만 그 여름 방학이 다 끝나도록 부모님은 끝내 저를 찾으러 오지 않았습니다.

견딜 수 없는 고독이 저를 집으로 내몰았습니다. 그리고 대문을 들어선 저를 제일 먼저 맞이한 사람은 아버지였구요.

아버지는 저를 보자마자 대뜸 따귀부터 때렸습니다.

"정신이 있는 자식이야, 없는 자식이야! 네가 제정신이야!"

아버지는 그렇게만 말했습니다. 마치 지금 전쟁 중인데, 나라가 위급한 지경에 놓였는데 그따위로 유유자적하고 있어도 되느냐는 식으로 비장한 표정이기까지 했습니다. 용서받을 수 없는 짓을 한 것처럼 절대 용서하지 않겠다는 표정이었습니다.

"아버지는 여유가 없어. 알겠어? 여유가 없다구! 네가 이 따위로 행동하는 것을 받아줄 여유가 없단 말이다!"

아버지는 두 주먹을 불끈 쥐고 몸을 떨어가며 소리를 질렀습니다. 핏발이 선 두 눈동자, 덜덜 떨리는 턱……

잘못 본 것이 아니라면 아버지는 분명 떨고 있었습니다. 아버지처럼 호랑이 같은 사람이 왜 떨고 있었는지는 모르겠습니다. 오히려 엄마는 차분했습니다.

"제발 이러지 마라, 제발……."

나중에 아버지는 신음처럼 그렇게 말했습니다.

저는 아버지한테 아무 말도 하지 않았습니다. 제가 무슨 말을 하든 아버지의 세상과는 연결될 수 있는 통화 장치가 없다는 것을 알고 있었으니까요. 아버지는 철저하게 아버지의 세계에 살 수 있었고, 저는 저대로 아버지와는 하등 상관없는 세상에 살고 있었으니까요.

"네가 이러면 정말 무섭다."

아버지는 매달리듯 말했습니다. 무섭다고 말입니다. 저는 그 말을 귓등으로 흘러 들었습니다. 그 말은 제게 한 말이 아니라는 것을 저도 알고 있었습니다. 아버지는 아버지의 삶이 두려웠던 것입니다. 어떤 것이든 정면 대결하기보다는 무서워서 피하고만 싶었던 것이지요.

그러면서 저는 아버지가 살았던 세월이 제 발목까지 붙들고 있다는 무서운 생각을 했습니다. 세월이 다르고 세상이 달라졌어도 아버지는 여전히 당신 발목을 붙들고 있는 덫에서 못 벗어나고 있었고 저 또한 아버지의 그 지독한 덫 언저리에 맴돌고 있었을 뿐이라고.

"수원에 있다고 했어요."

학교까지 찾아가 만난 명하 친구 수아는 그렇게 대답했다. 고등학교 때는 단짝이었지만 명하가 대학에 실패한 뒤로 둘은 어쩌다 한 번씩 연락을 주고 받는 것 같았다.

"수원에 왜 갔냐고 했더니 그냥이라고만 대답했어요."

한껏 멋을 부린 수아 모습이 어엿한 아가씨였다.

"그런데 왜 집을 나갔죠? 시험도 며칠 남지 않았는데."

수아는 명하가 집을 나간 사실을 모르는 눈치 같았다.

급한 마음에 제일 친한 친구를 찾아나서기는 했지만 공연한 짓을 했다는 생각이 저절로 들었다. 그렇지 않아도 대학에 실패했다는 사실 때문에 친구들과 연락조차 잘 않고 지내는 명하였다.

교정은 가을 익는 냄새가 가득했다. 밝고 건강한 젊은이들의 웃음이 여기저기에서 들려왔다. 그 속에 명하만 빠져 있다는 생각 때문에 교정을 나서는 내내 마음이 무거웠다.

수원에 왜 갔을까. 아무리 생각해도 알 수가 없었다. 수원에 친구가 있다는 말을 들은 적도 없었다. 수원에서 가까운 큰집을 떠올려 보았지만 명하가 그곳에 갔을 리는 만무였다. 명절 때도 가기 싫다고 하는 애가 제 발로 큰집을 찾아갔을 까닭이 없었다.

벌써 사흘째였다. 첫날은 뜬눈으로 밤을 새며 명하 전화를 기다린 것이 전부였고, 둘쨋날은 경찰서에 연락을 하고, 명하가 갈 만한 곳을 수소문해서 찾아가 본 것이 전부였다. 모두 아내가 한 일이었고, 근태는 바위처럼 꿈쩍도 하지 않았다. 아니, 아내가 보기에는 그랬을 것이다. 하지만 근태는 아침 일찍 집을 나와 명하가 갈 만한 곳을 샅샅이 뒤지고 다녔다. 옛날 다녔던 고등학교, 방송국은 물론이고 가수들의 라이브 공연이 있는 곳이면 어디든 찾아다녔다.

아내는 꿈쩍도 하지 않을 것 같은 근태를 몹시 원망하는 눈치였다. 그런 아내가 너무 서운했다. 마음의 벽이 높다고는 해도 남편이었다. 그리고 아비였다.

그런데 아내는 근태 마음을 조금도 알아주지 않았다.

"찾아서 뭐해? 절대 찾아나서지 마!"

근태는 안절부절 못하는 아내한테 항상 그렇게 소리치고는 했다. 본심은 아니었다. 전화 벨만 울려도 후닥닥 달려가 받고 싶은 심정이었지만 아무런 내색도 하지 못한 채로였다.

명하는 핸드폰까지 책상에 놓고 나갔다. 자면서까지 손에서 놓지 않던 핸드폰을 왜 놓고 나갔는지, 그게 근태를 더 암담하게 했다.

혹시라도 무슨 단서가 있을세라 근태는 버스 정류장 앞 벤치에 앉아 명하가 남긴 편지를 다시 한 번 읽어 보았다.

'오빠가 집 앞까지 데려다 주었어요. 집을 나가야 되겠다고 생각한 것은 출근하는 아빠 모습을 보면서였어요. 이상하게 가슴이 터질 것 같았거든요. 아빠의 지친 어깨가 왜 그렇게 슬퍼 보였는지 모르겠어요. 아빠나 엄마는 내가 공부 잘해서 좋은 대학에 들어가면 행복해 하시겠지만 저는 정말 그럴 자신이 없습니다.'

거기까지 읽다 말고 근태는 편지를 접는다. 아무런 낌새도 느낄 수 없었다. 다만 늘어나지 않는 공부 실력에 지쳐 있었고 그 나이면 느낄 수 있는 절망감이 있을 뿐이었다. 하지만 아비의 지친 어깨를 왜 슬프게 바라보았을까…….

아내한테는 명하를 찾으러 나간다는 말을 하지 않았다. 여느 날처럼 회사에 출근하는 것처럼 집을 나섰던 것이다.

어머니한테는 명하가 기숙사 학원으로 들어간 것으로 해두었다. 어머니가 명하 가출을 알게 된다면 일만 더 복잡해질 것이 분명했다. 당신이 찾아나서겠다고 하실지도 모를 일이었다.

명훈이 고등학교 다닐 때 몇몇 친구들과 가출을 한 적이 있었다. 어머니는 대구에 있다는 말 한 마디만 듣고는 혼자 명훈을 찾아나섰다. 그리고 며칠 뒤 그 애를 앞세우고 집으로 돌아왔다. 그 뒤에 명훈은 다시 집을 나갔지만 어머니는 마치 이웃 동네에 놀러 간 아이를 찾아오기라도 한 것처럼 어김없이 명훈을 집으로 데려오고는 했다. 그랬던 것처럼 어머니는 명하의 가출 사실을 알게 되면 절대 가만히 있지 않을 것이다. 자손 일이라면 언제라도 목숨을 내놓을 분이었다.

수원역은 몹시 복잡했다. 마침 전철과 기차가 동시에 도착한 바람에 미어져 나온 사람들이 광장을 가득 채웠다.

"애들이 가장 많이 모이는 곳이 어딜까요?"

근태는 그곳의 역무원을 붙들고 대뜸 그렇게 물었다.

"여기 역전 부근에 많이 몰려 있어요. 남문하고 북문도 많이 가지요. 거기에 술집이 많이 있거든요."

젊은 역무원은 시원스럽게 대답해 주었다.

근태는 그 말을 들으면서 명하가 술을 마실 줄 알았던가, 생각해 보았다. 요즘 애들은 수학여행을 갈 때조차 소줏병을 갖고 간다는 말을 들은 적이 있었다. 하지만 다른 애들은 어떤지 몰라도 명하만은 아닐 것 같았다. 아직도 학교와 집밖에는 모를 것이라는 생각이 들었다.

근태는 다시 아득한 기분에 빠져들고 말았다. 명하에 대해 아는 것이 한 가지도 없었다. 그동안 알려고도 하지 않았고,

알 필요도 느끼지 않고 살았었다. 무엇을 좋아하며 어떤 음식을 즐겨 먹으며 컴퓨터 게임 같은 것에 관심이 많은지, 그런 것조차 모르고 있었다.

근태는 지하도를 건넜다. 현란한 불빛 밑에서 수없이 많은 사람들이 오고 갔지만 어느 쪽으로 가야 명하를 찾을 수 있을지 아득하기만 했다. 그렇다고 아무나 붙잡고 명하 사진을 내밀 수도 없는 노릇이었다.

대여섯 명의 청년들이 왁자하게 웃으며 걸어가고 있었다. 근태는 무조건 그들 뒤를 쫓아갔다. 이내 시끄러운 음악이 들리고, 청년들은 골목에 있는 지하 술집으로 들어갔다.

귀청을 울리는 음악과 자욱한 담배 연기가 한꺼번에 쏟아져 나왔다. 근태는 문 앞에 선 채 망연자실 실내를 살폈다. 아무도 근태를 눈여겨보지 않았지만 마치 큰 잘못을 저지른 사람처럼 얼굴이 화끈거렸다.

근태는 태연한 걸음으로 실내를 한바퀴 돌았다. 아무도 근태한테 말을 건네지 않았다. 테이블을 가득 채우고 있는 수많은 젊은이들.

한 번도 관심을 준 적도 없었고 관심을 갖을 필요조차 느끼지 않았던 그들 세계에서 근태는 외계인 같은 기분을 떨쳐버릴 수가 없었다. 어쩌면 자식들한테도 근태 자신은 외계인에 불과했을지 몰랐다.

술과 담배에 찌들어 있는 그런 곳에 명하가 와 있으리라는 생각을 한 것부터가 미안했다. 아직 명하는 어린 학생이었다. 언젠가 그 애도 저런 세계에 눈길을 돌릴지 모르겠지만 아직은 아니었다.

"왜 오셨어요?"

한 청년이 의심의 눈초리를 보내왔다. 무슨 단속이라도 나온 것쯤으로 보았을까, 청년은 조금 겁먹은 표정까지 짓고 있었다.

"사람을…… 찾으러 왔어요. 우리 딸인데……."

근태는 어설프게 대답하고 말았다. 그리고 주머니를 뒤져 명하 사진을 꺼내 보였다.

"혹시 이렇게 생긴 아가씨 본 적 없어요?"

"여긴 오지 않았는데요."

청년은 흘낏 사진을 들여다보고는 고개를 저었다.

"아니, 어제 오늘 본 적이 없었는지……."

"없어요."

"무슨 일이죠?"

주인인 듯한 여자가 카운터에 앉아 이쪽을 향해 소리쳤다. 근태는 얼른 그 쪽으로 다가갔다.

"우리 딸인데, 집을 나갔어요. 도움 받을 수 있는 방법이 없을까요?"

근태는 다시 사진을 내밀며 도움을 청했다. 사십대쯤으로 보이는 여자는 명하 사진을 오랫동안 들여다 보았다.

“우리 집은 거의 단골 손님이에요. 그래서 낯선 손님이 오면 기억을 하는 편인데 이런 아가씨는 기억에 없네요.”

여자는 친절하게 대답해 주었다.

“간혹 집 나간 자식을 찾아오는 부모님들이 계시지만 이런 방법으로는 못 찾아요.”

“그럼……. 어떻게 하지요?”

“수원 바닥은 좁아요. 사진이 이것밖에 없나요?”

“한 장 더 있습니다.”

“그럼 이 사진을 제가 갖고 있을게요. 두 시간 후에 다시 와 보세요. 지금은 바쁘니까 못 알아 보겠고, 조금 있다가 나름대로 알아볼게요.”

“아, 예…….”

근태는 여자의 친절에 어쩔 줄 몰라한다.

밖으로 나온 근태는 시계를 보았다. 8시였다. 두 시간이면 남문에 있는 술집들을 돌아볼 수 있었다. 오락실도 찾아가 볼 생각이었다.

집을 나온 아이가 얌전하게 방 안에만 앉아 있지는 않을 것이다. 해방됐다는 생각보다는 불안감 때문에 또래들이 모인 곳을 찾을 것이다.

명식이가 돈을 조금 준 것 같기는 하지만 명하 수중에 그렇게 많은 돈이 있는 것 같지는 않았다.

남문은 그래도 역전 부근보다는 덜 복잡했다. 시장 앞으로 많은 술집들이 모여 있기는 했지만 한적한 편이었다. 오락실도 여럿 있었다. 하지만 명하는 어디에도 없었다. 기대도 하지 않은 걸음이었지만 마지막 술집을 나오면서 근태는 후들거리는 걸음을 간신히 붙들었다.

핸드폰이 울렸다. 근태는 허겁지겁 전화를 받았다.

"저예요."

아내였다. 기운이 하나도 없는 목소리였다. 아직 명하한테서는 아무런 연락도 없는 눈치였다.

"명현이한테 연락해요?"

아내는 지친 음성으로 물어왔다. 전방에 가 있는 녀석한테 무슨 연락을 한단 말인가. 설령 연락을 한다한들 무슨 도움이 된다고. 근태는 며칠 전 보내 온 명현이 편지를 떠올렸다. 서운한 감정은 그대로였다. 못난 소가지 자랑이라고 할지 몰라도 그 애 도움은 받고 싶지 않았다.

"가만히 있어. 공연히 소란 피워서 좋을 것 없으니까."

"그렇다고 가만히 앉아 있기만 해요?"

"그럼 제 발로 집 나간 자식을 어디서 찾아내? 계집애가 집을 나갔으면 성한 몸으로 돌아올 것 같애?"

절대 그럴 마음이 없는데도 근태는 화부터 내고 말았다.

아내가 안쓰러웠다. 아들 자식도 아니고 딸 자식이 가출을 했는데 그 속이 오죽할까 싶었다. 아내는 다른 때와 달리 몹시 힘들어 하고 있었다. 지푸라기리도 잡고 싶은 심정일 터였다. 그런데도 걱정하지 말라는 말이 선뜻 나오질 않았다.

"어떻게 그렇게 태연할 수가 있죠? 딸 자식이 잘못되면 무슨 좋은 일이라도 생겨요? 찾아 볼 생각 한 번 안 하고 지금 술집에서 술을 마실 수 있어요?"

아내 목소리가 날카로웠다. 아마 커다랗게 들려오는 음악 소리가 핸드폰으로 흘러들어간 모양이었다.

"이런 상황에서도 술이 들어갈 수 있다니, 정말 놀라운 사람이네요."

아내는 차갑게 말하고는 먼저 전화를 끊었다.

마지막 희망처럼 잔뜩 기대를 하고 역전 쪽 술집으로 돌아왔지만 아무것도 얻어낼 수 없었다. 여자는 명하 사진을 건네주었다.

"이 부근에 있는 룸싸롱 같은 데로 흘러갔나 알아봤는데 아니래요. 여기 주먹 세계에 있는 사람들한테 수소문하면 쉽게 알 수 있거든요."

그 말이 근태를 몹시 당혹스럽게 만들었다. 명하가 그런 곳으로 흘러갔으리라고는 추호도 생각한 적이 없었다.

"우리 애는 절대 그런 데는 안 갑니다!"

근태는 울컷 치솟은 화를 참지 못하고 버럭 고함을 지르고 말았다.

"아저씨!"

여자가 어이없는 표정으로 근태를 보았다.

“룸싸롱이라니요! 개 눈에는 뭣밖에 안 보인다더니, 예끼 여보슈!”

근태는 명하 사진을 뺏듯이 하고는 등을 돌렸다.

“정말 웃기는 아저씨네. 부모가 오죽 못났으면 딸 자식이 집을 나갈까. 같이 자식 키우는 부모 심정으로 도와 주려고 했더니만, 어디다 대고 큰 소리야!”

여자의 앙칼진 목소리가 계단 끝까지 쫓아왔다.

얼굴이 화끈거렸다. 명하한테 마치 몹쓸 짓을 한 것만 같았다. 아직은 순진한 아이였다. 술집에서 웃음을 팔고 몸을 파는 짓 따위를 할 만큼 배짱이 좋은 아이도 아니었다. 그런데도 무의식 중에라도 그런 상상을 했던 것만 같아 마음이 무거웠다. 아비가 돼서 자식을 그렇게 믿지 못하고 있었던가, 가슴이 터질 것만 같았다.

다시 핸드폰이 울렸다.

“아버지, 저예요.”

명현이었다.

“웬일이냐?”

근태는 차분하게 물었다. 아직도 화가 안 풀렸다는 것도 들키기 싫었고 명하가 집을 나갔다는 것도 알리기 싫었다. 같은 피를 나눈 남매지간이라도 못난 자식의 흠은 덮어 주고 싶은 것이 부모 마음이었다.

“명하 제가 데려 왔어요.”

"……."

근태는 말문을 잃고 말았다.

"오늘 오후에 저한테 왔는데 명하가 집에 안 들어가겠다고 해서 설득하느라 연락은 못했습니다."

부모가 얼마나 걱정을 하고 있을까, 모를 만큼 어린 나이도 아닌데 이제서야 연락을 해 온 명현이 너무 야속했다.

"오늘 아침에 집에서 나왔다고 해서 그런 줄 알았어요. 학원에 간다고 하고서 저한테 왔다고 했거든요."

"알았다."

"저는 그냥 부대로 돌아갑니다. 외박 신청을 하지 않았거든요."

"알았다."

"명하 너무 혼내지 마세요."

"알았다."

"혼내면 다시 퉁그러질지 몰라요."

"……."

명현은 끝까지 차분한 음성을 잃지 않았다. 오히려 말소리가 흔들린 것은 근태였다. 그 애는 명하가 집을 나간 것을 근태 탓으로 돌리고 있을 것이다.

아무리 그래도 변명 한 마디 할 수 없는 자신의 처지가 너무도 한심하기만 했다. 입을 열어 나는 잘못한 것 없다고 자신있게 말할 용기도 없었다. 그래, 잘못은 많았다. 하지만 그 잘못을 어떻게 해야 더 이상 반복하지 않고 살 수 있는지 방법을 알지 못했다. 곰살맞게 저 깊은 속내를 들어내는 것도 힘든 일이었고 어떻게 해야 가족들 틈 속으로 들어갈 수 있는지 그 방법도 알 수 없었다.

서울로 가는 마지막 전철이 끊긴 뒤 역전은 많이 한적해졌다. 역전 주변을 에워싸고 있는 현란한 네온사인도 졸린 눈으로 꿈벅이고 있는 듯만 싶었다.

근태는 편의점에 들어가 소주 한 병을 샀다. 그리고 광장에 놓인 의자에 앉아 아주 오랫동안 소줏병을 기울였다.

라면 박스며 신문지 따위를 바닥에 깔고 잠을 청하기 시작하는 사람들이 한둘 눈에 띄었다. 의자를 차지하고 누운 사람도 있었다.

"형씨, 여긴 내 자리요."

누군가 뒤에서 근태 어깨를 톡톡 쳤다. 머리카락이 더부룩한 남자 한 명이 근태를 내려다보고 있었다. 둔할 만큼 두꺼운 점퍼를 걸치고 있었고 몸에서 심한 악취가 풍겼다.

"미안합니다."

근태는 서둘러 그 자리를 피해 다른 곳으로 몸을 옮겼다.

꼼짝도 하기 싫었다. 그렇다고 집으로 돌아가고 싶다는 생각도 들지 않았다. 삼일 동안 졸였던 가슴이 한꺼번에 풀리면서 온몸의 신경줄이 그대로 끊겨나가는 것만 같았다.

다시 핸드폰이 울렸다. 안혜숙 그녀였다.

“궁금해서요. 이런 일 궁금해 하는 것 싫어하실 수도 있겠지만 선생님이 너무 걱정스러워서 가만히 있을 수가 없네요.”

그녀는 조심스럽게 물어 왔다.

“괜찮습니다. 애가 돌아왔거든요.”

“어머, 다행이에요. 말은 못하고, 누구한테 대놓고 물어 볼 수도 없고, 얼마나 가슴 졸였는지 몰라요.”

금방 그녀의 밝은 음성이 귀청을 울린다. 어쨌든 반가웠다. 이런 아득한 상황에서 누군가 자신을 챙겨 주고 신경 써 준다는 사실만으로도 눈물겹게 고마웠다.

“그럼 저한테 연락 좀 해주시지 그러셨어요.”

그녀가 나무라는 소리를 했다.

“좀전에 들어왔거든요.”

“아, 그랬구나. 지금 댁이세요?”

“아, 예.”

생각 같아서는 지금이라도 그녀 집에 가 술 한 잔을 먹고 싶었지만 근태는 그렇게 대답했다.

“그럼 푹 쉬세요.”

그녀는 여전히 명랑한 음성으로 말하고는 전화를 끊었다.

그녀 전화가 한결 마음을 편하게 해주었다. 근태는 마지막 남은 술을 입 안으로 털어넣고 자리에서 일어났다.

미란은 남편이 명하를 야단치지 말기를 간절하게 원했다.

처음도 아니고 벌써 두 번째였다. 물론 멀리 간 것도 아니고 두 번 모두 제 오빠들을 찾아갔기는 했지만 어쨌든 두 번씩이나 집을 나간 명하를 야단치기보다는 다독이는 것이 상책이었다.

하지만 2시 넘어 집에 들어 온 남편은 다짜고짜 명하부터 찾았다. 남편 몸에서는 심하게 술 냄새가 풍겼다.

"이 시간까지 술 마시다 들어온 사람이 무슨 자격으로 개를 나무라죠? 아무리 자식이라도 함부로 할 자격은 없어요."

미란은 남편을 노려보면서 말했다. 자식이 집을 나갔는데도 남편은 사흘 동안 조금도 다름없이 행동했다. 일찍 출근을 하고, 저녁 늦게서야 술 냄새를 풍기며 돌아왔다. 조금도 격정하는 눈치를 보이지 않았다. 아비지였다. 최소한의 격정이라도 하는 것이 도리가 아닌가. 하지만 남편은 어머니한테 명하 일이 알려지는 것만 걱정할 따름이었다.

"어머니 아시면 안 돼. 절대 비밀로 해."

그런 말만 되풀이 하고는 했다. 어머니 걱정밖에 할 줄 모르는 남편한테 아무 말도 하기 싫었다.

가족이라면 함께 의논하고 함께 힘을 모아야 어려운 일도 쉽게 해결할 수 있는 법이었다. 가족이란 게 그렇듯 힘들 때 힘들다고 말할 수 있고, 기쁠 때 기쁘다고 마음껏 떠들어도 되는 것이 가족이었다.

그렇게 실망만 안겨주는 남편이었는데도 미란은 지푸라기를 붙드는 심정으로 삼일 동안 매달렸다. 살림밖에 모르는 자신보다는 그래도 남편이 나서야 될 것 같아서였다. 하지만 남편은 끝까지 미란을 실망시키고 말았다. 그런데 이제와서 명하를 혼낼 생각만 하고 있는 것이다.

"당신은 자식한테 야단치고 혼내는 것밖에 할 줄 모르는 사람이에요. 언제 한 번 애들이 힘들 때 의논 상대가 돼 준 적 있어요? 언제 한 번 애들이 아버지를 필요로 할 때 곁에 있어 준 적이 있었냐구요?"

미란은 울면서 따졌다.

"내가 키운 내 자식이에요. 만일 명하 머리카락 한 올만 건드려도 용서하지 않을 거예요. 만일 명하가 또 집을 나가면 그건 순전히 당신 탓이에요. 용서하지 않을 거예요."

미란은 낮은 소리로 말했다.

"명하는 내가 알아서 해요. 건들지 말아요."

힘주어 말하며 두 팔을 벌리고 명하 방문을 막아섰다.

"이런다고 잘못 돼 가는 자식이 정신을 차릴 것 같애!"

"우리 집에서 당신보다 더 잘못 돼 가는 사람이 있어요? 그래도 나는 당신을 믿었어요. 적어도 오늘 하루는 명하를 찾아 나설 거라고 생각했다구요. 그런데 겨우 음악 소리 요란한 술집에 앉아서 술이나 마시고 있었어요. 그런 사람이 무슨 자격으로 명하를 야단치죠?"

"……."

남편은 아무 대답하지 않고 미란을 노려보았다. 눈 속의 실핏줄이 터질 것처럼 빨갛게 충혈되어 있었다.

시어머니 방문이 열린 것은 그 순간이었다. 그때서야 남편은 명하 방문 앞을 벗어났다.

"늦었어요, 어머니."

남편은 변함없는 목소리로 인사를 했다. 미란은 성큼성큼 시어머니 앞으로 걸어가는 남편 뒷모습을 바라보며 가슴을 쓸어내렸다.

"왜 그렇게 늦었어?"

"회사 일이 바빴어요."

두 사람의 주고 받는 말이 마치 먼 나라의 이야기처럼 들려온다.

미란은 한 번도 저 두 사람 사이에 끼어든 적이 없었다. 아니, 끼어들 수가 없었다. 그들은 아주 담벼락이 높은 성안에서 오순도순 정답게 살아가고 있었다. 미란은 언제나 그 담장 밖의 사람일 따름이었다. 미란만이 아니라 아이들도 마찬가지였다.

명하가 사흘 만에 돌아왔는데 시어머니 표정은 변함이 없었다. 물론 기숙사가 있는 학원에 들어간 것으로 말해두기는 했지만 그래도 얼굴이 많이 상한 명하를 보면서 아무 것도 눈치채지 못하는 시어머니의 무신경이 어이없을 뿐이었다. 만일 남편이 어딘가에 갔다가 그렇게 상한 모습으로 돌아왔다면 어땠을까. 시어머니는 필경 눈물을 흘리며 아들을 안쓰러워했을 것이다.

"공부 열심히 혀. 아버지가 뼈 빠지게 돈 벌어서 학원비 대는 거여. 자식이니까 아버지는 당연히 고생해서 학비 대고 먹여 살려야 된다고 생각허지 말어. 부모는 죄인이 아니여. 공부 잘해서 훌륭한 사람 되설랑 아버지한테 갚어야 되는 거여."

명하한테 고작 한다는 소리가 그랬다.

그러면서도 술 마시고 다 늦은 시간에 들어오는 아들 걱정은 이만저만이 아니었다.

"병원에 가세요, 어머니. 병원에 가서 주사 한 방 맞으면 아프지도 않을 텐데 왜 사서 고생이세요?"

“병원에서는 공짜로 주사 줘?”

시어머니 방에서 두 사람의 목소리가 들려왔다. 남편은 세상에 둘도 없는 효자였다. 어머니 앞에서 인상 한 번 쓴 적이 없었고 어머니 말이라면 팥으로 메주를 쑨다고 해도 고개를 끄덕였다. 그런 사람이 어째서 자식 문제 앞에서는 그렇게 무책임할 수 있는지 이해할 수가 없었다.

미란은 명하 방으로 들어간 뒤 방문을 잠갔다. 명하는 침대에 웅크리고 앉아 있었다.

“엄마, 난 시집 빨리 갈 거야. 아빠 같은 사람만 아니면 누구라도 상관없어. 빨리 시집 가서 아빠한테서 벗어날 거야.”

명하는 어둠 속에서 혼잣말처럼 내뱉었다. 미란은 명하 앞으로 다가가 손으로 얼굴을 받쳤다.

“그런 말하면 나쁜 사람이야. 아빠도 힘들어.”

“엄마의 그런 위선도 끔찍해. 아빠한테 조금도 애정이 없으면서 마치 세상에서 제일 존경하는 남편 대하듯 하는 것도 역겹다구!”

“명하야! 아빠가 너 때문에 얼마나 걱정했는지 알어?”

“딸 자식 걱정하는 사람이 이 시간까지 술 마시다 돌아 와? 나 왜 돌아왔는지 알어? 엄마 불쌍해서 돌아왔어. 아빠한테 엄마가 얼마나 당할까 생각하니까 엄마가 불쌍해서 돌아왔다구!”

명하는 그렇게 말하고는 무릎에 고개를 묻고 울음을 터뜨렸다.

"그따위 소리 한 번만 더 했다가는 정말 혼날 줄 알어!"

"엄마도 싫어. 왜 자식한테 동정이나 받고 살아? 당당하게 사는 모습을 못 보여주고 가엾고 불쌍하다는 생각을 하게 하면서 사느냐구!"

"명하야!"

"내 친구 엄마들처럼 에어로빅 학원도 다니고 여행도 다니면서 살어. 왜 집안에 처박혀서 아빠하고 할머니 눈치만 보면서 살지 말고!"

"……."

미란은 할 말을 잃고 말았다. 자식한테 그런 초라한 모습이나 보이고 살리라고는 꿈에도 생각 못 한 일이었다. 초라한 삶이 싫어서 옷 한 가지도 함부로 입은 적이 없었다. 남편이나 아이들한테 초췌한 몰골을 보이기 싫어 아침에 눈을 뜨면 제일 먼저 머리부터 매만지고 가볍게 화장을 했다. 화장하는 것이 좋아서가 아니라 유난히 핏기가 없는 얼굴로 식구들을 대하기가 싫어서였다.

그런데 불쌍하고 가엾단다.

"나는 엄마를 보면 가슴이 터질 것 같애. 꼭 바퀴벌레 같단 말이야!"

"네가 뭔데 엄마를 함부로 동정해!"

잘못은 자기가 저질렀으면서도 그 탓을 부모에게 돌리는

철없는 자식. 그래서 어른 노릇이 어렵다고 하질 않았던가.

행복이란 어떤 모험을 하고 경험을 해서 얻어지는 것이 아니었다. 행복을 생각하는 그 사람의 자세였다. 자신을 비참하게 만들 수 있는 것이 자기 자신이었고, 강하고 행복하게 만드는 것도 자기 자신이었다.

미란은 남편이나 시어머니의 불행 때문에 자신의 삶까지 불행하게 만들 수 없다는 오기로 살아왔다. 얼마든지 비참하고 불행할 수밖에 없는 삶이었지만, 행복하지는 않더라도 불행하지도 않다고 스스로 위안하며 살아왔던 것이다. 그런데 어린 자식이 제 에미를 가엾다고 말하고 있었다. 불쌍하다고 말하고 있었다. 그게 더 견딜 수가 없었다.

명하는 금방 시무룩해진 표정으로 미란 무릎을 베고 모로 누웠다.

"엄마, 미안해. 엄마, 미안해……."

명하는 흐느끼는 목소리로 간신히 말을 이었다.

"그렇게 미안해할 거면서 뭐하게 집을 나가? 집 나가는 게 무슨 자랑인 줄 알어?"

"첫날은 독서실에서 자고, 둘쨋날은 찜질방에서 잤어."

"집보다 더 편했겠구나. 야단치는 엄마도 없고, 술 먹고 소리치는 아빠도 없고."

나무라면서도 미란은 적이 안심을 했다. 착한 아이였다. 사흘 동안 온갖 못된 생각은 다 하고 있었는데 이틀 동안 독서

실이며 찜질방에서 보냈다고 하니 저절로 안도의 한숨이 나
왔다.

"그만 자자. 내일 아침에 일어나서 아빠한테 잘못했다고
빌어."

"싫어. 나는 아빠한테 잘못한 일이 없어."

"……."

미란은 다시 말문을 잃고 말았다. 자식한테 이렇게밖에 대
접을 받지 못하는 남편이 가여웠다. 아무리 타고난 성품이 그
렇다 하더라고 나이 먹어서 그렇게 자식들한테까지 따돌림을
당하고 외롭게 살 수밖에 없는 남편이 인간적으로 너무 딱할
따름이었다.

"앞으로는 아빠 말은 절대 안 들을 거야."

명하는 다시 한 번 힘주어 말했다. 이유없는 반항이었다.
저 또래면 내 탓보다는 네 탓이 더 많을 때이기는 했다. 그렇
지만 하필이면 그 탓의 책임 전가가 남편인가 싶어서 마음이
무겁기만 했다.

"그따위 소리 했다가는 정말 혼날 줄 알어!"

미란은 명하 등짝을 세게 때려주었다.

"몰라, 몰라 몰라!"

명하는 몸부림치듯 소리쳤다.

많이 피곤했던 모양이었다. 미란 무릎을 베고 누운 명하는
이내 쌕쌕 고른 숨을 몰아쉬며 잠이 들었다.

미란은 침대 밑에 요와 이불을 깔고 자리에 누웠다. 술냄새
나 풀풀 풍기는 남편 곁에 가고 싶지가 않았다. 그리고 술 취
한 정신으로 불쑥 명하 방에 들어올지도 모를 일이었다. 어떤
식으로든 남편이 명하를 혼내게 해서는 안 되었다.

16

손가락 하나 까딱할 기운이 없었다.

온몸이 소금에 절여 놓은 것처럼 축 늘어져 아무리 애를 써도 주체할 수가 없었다. 꿈 속에서 또 아버지를 만났던 것 같다. 아버지는 여전히 무표정한 얼굴이었고 근태를 향해 아무런 말도 하지 않았다.

"제발 무슨 말이든 하세요, 아버지……."

근태는 꿈 속에서조차 간절하게 매달렸다. 그렇지만 아버지는 말없이 근태를 바라보다가 안개처럼 사라지기를 거듭할 따름이었다. 따라오라고, 어서 오라고 손을 까불었던 것도 같았다. 허겁지겁 아버지 뒤를 쫓았지만 아버지 모습은 어느새 저 멀리까지 밀려나 있었다.

근태는 가슴의 통증을 느끼며 눈을 떴다. 가슴에 뭔가 무거운 것을 올려놓기라도 한 것처럼 숨을 쉴 수가 없었다. 새우처럼 등을 둥글게 말며 가쁜 호흡을 가다듬었다.

가슴을 조여오면서 짓누르는 듯한 통증은 한동안 계속되었다. 그리고 가슴 중앙에서 턱과 목과 팔목까지 통증이 퍼져나가는 것 같았다.

배도 아픈 것 같았다. 오늘은 설사였다. 사흘 동안 먹은 것이 별로 없는데도 뱃속이 꼬이면서 무섭게 설사가 쏟아졌다.

"어디 편찮으세요?"

식은땀을 흘렸던 모양이다. 사무실로 들어서자 명훈이가 걱정하는 표정으로 물어왔다.

"오늘 수금 사정은 어떨 것 같애?"

근태는 괜찮다는 대답 대신에 수금 사정을 물었다. 오늘 수금 상황에 따라 동화책 일러스트를 맡길 수가 있었다. 진작 원고를 받아놨지만 자금 사정이 좋지 않아 차일피일 일을 미뤘던 것이다. 작가 쪽에서는 이번 달까지 일을 진행하지 않으면 다른 출판사로 옮겨 가겠다는 엄포를 일찌감치 해 둔 터였다. 그러면 계약금까지 떼이고 말 형편이었다.

"우리도 외국 번역물이나 출판할까 봐요. 국내 아동책은 제작비 무서워서 책을 낼 수가 있어야죠."

근태 마음을 읽었는지 명훈은 볼멘 소리를 한다.

엄청난 제작비는 그렇다고 치더라도 자금 회전이 너무도 늦는 것이 아동물이었다. 선금을 주지 않으면 일을 진행할 수 없는 경우가 허다한데도 막상 출판사로 회수되는 자금은 몹시 작았다. 그뿐인가. 일반 단행본에 비해 서점의 공급률은 터무니없이 낮았다.

아닌 말로 돈이 많은 부자이거나, 팔 수 있는 땅이 있거나 기막힌 기획물과 영업력이 없다면 아동물은 언감생신 꿈도 꾸어서는 안 될 일이었다. 그런데도 아동물에 관심을 쏟는 것은 시장이 가장 안정적이라는 사실 때문이었다.

"앞으로 우리 같은 작은 출판사는 점점 힘들어질 것 같아요. 요즘 젊은 엄마들이 모두 브랜드 세대잖아요. 내 아이한테는 운동화 한 켤레, 옷 한 벌도 메이커 제품이 아니면 절대 입히지도 신기지도 않겠다고 하는 세대들이 가장 큰 소비층인데 우리처럼 아직 자리 기반이 약한 출판사는 많이 힘들어질 거예요. 이미 인지도가 검증된 출판사라면 어 여기서 또 책 나왔네, 하면서 검토하지도 않고 살 테지만 우리처럼 작은 출판사 책은 우선 내용을 훑어보는 시간을 필요로 한다는 거죠. 그럼 바쁘기 짝이 없는 사람들이 언제 검토하고 판단 내려서 책을 사겠어요. 일단 50퍼센트는 점수 깎고 들어가는 수밖에."

명훈이는 나름대로 소견을 늘어놓았다. 맞는 말이었다. 앞으로는 큰 출판사는 어떤 기획물도 판로에 별 문제가 없겠지만 작은 출판사는 더 많은 노력과 땀을 흘리지 않으면 살아남을 수가 없었다.

아동물에 관한 한 외국 번역물이 훨씬 출판에 유리하다는 것쯤 삼척동자도 다 알 만한 사실이었다. 그림값, 작가 섭외, 디자인, 어느 것 한 가지도 만만한 것이 없었다. 아동 문학의 토양이 갖춰지지도 않은 것이 현실이다보니 아동 작가들의 몸값이 천정부지였다. 일러스트도 마찬가지였다. 웬만큼 그림을 그리는 작가라면 이미 일년 정도 계약이 다 되어 있는 상태였다. 그만큼 능력있는 작가가 부족하다는 뜻이었다.

"바보나 아동물 출판에 덤비지, 똑똑한 사람은 절대 덤비지 않아."

누군가 우스갯소리를 했지만 그것이 현실이었다.

"오늘 어음을 받거든 동대문에 나가서 그대로 깡을 해와야겠다. 그림값을 선금으로 줘야 될 테니까."

사업하는 사람이 어음 할인을 하는 것 정도야 보통 있는 일일 것이다. 그렇지만 수금으로 간신히 받아낸 어음을 금고에 넣을 틈도 없이 그대로 할인해야 하는 기분이란 여간 씁쓸하지가 않았다. 그야말로 재주는 곰이 넘고 돈은 누가 버는 식이었다.

그래도 자금 회전률이 원만하면 참으로 고마울 일이었다. 하루 하루 줄타기 하듯 해야 되는 생활이 늘 목을 조이고는 했다.

인간이란 게 힘겹고 고달픈 생활에 이골이 나다 보면 어지간한 일에는 눈 하나 끔쩍하지 않을 수 있었다. 그런 만큼 아주 작은 일에도 깜짝 깜짝 놀라기도 하고 별 것 아닌 일에도 감격하기 일쑤였다.

회사 일을 대충 정리한 뒤 근태는 일찌감치 퇴근을 했다.

가을 햇살에 눈이 부셨다. 아침 저녁에는 쌀쌀했지만 대낮에는 따사로운 햇빛이 몸과 마음을 넉넉하게 해주고는 했다.

밖에서 명하를 만날 생각이었다. 엊그제 명하가 집에 돌아왔던 날, 근태는 마음먹고 딸과 이야기를 나눌 작정이었다. 무엇이 문제며 무슨 생각을 하는지 터 놓고 이야기를 나누다 보면 해결책이 나오리라 여겼던 것이다. 하지만 아내는 완강하게 명하와 근태 사이를 막아섰다.

“나는 당신을 믿었어요. 적어도 오늘 하루는 명하를 찾아나설 거라고 생각했다구요. 그런데 겨우 음악 소리 요란한 술집에 앉아서 술이나 마시고 있었어요. 그런 사람이 무슨 자격으로 명하를 야단치죠?”

아내는 근태에게 아무런 자격도 없다고 몰아세웠다.

아내들은 정말 모르는 사실이 있었다. 남편이 말을 안 하는 것은 아내의 말이 딱 맞기 때문에 할 말을 잊은 것이라고 믿는다. 아니었다. 너무도 어이가 없을 때, 마치 억지 쓰는 아이와 말대꾸를 하는 것이 바보스럽게 여겨질 때와 마찬가지로 입을 다무는 경우가 허다했다.

아내는 근태가 그 시간까지 어딘가에서 술을 마시다 들어온 것이라고 믿었다. 상관은 없었다. 명하가 무사히 집으로 돌아왔다는 것만 고마울 따름이었다.

그런 기분으로 명하 방으로 들어가 뭐가 문제냐? 물으면서 따끔하게 야단도 치고, 따뜻하게 껴안아 줄 작정이었다. 그렇게 해서 그 애와 근태 사이에 장벽이 있다면 차근차근 무너뜨릴 수 있기를 바랐다.

하지만 두 팔로 명하 방을 가로막고 서는 아내한테서 근태는 도저히 건널 수 없는 강을 보았었다. 열심히 살았고, 남에게 손가락질 받지 않게 살려고 기를 쓴 것밖에는 없는데 이제는 무능력하고 무책임한 가장 대접밖에 받을 수가 없다는 사실이 슬플 뿐이었다.

가장 노릇을 하기 싫어 하지 않은 것이 아니라 할 기회가 없었다고 하면 뭐라고 할 것인가. 입장을 바꾸면 얼마든지 이해할 수 있는 일인데도 아내는 한 치도 근태의 마음을 헤아리려 하지 않고 있었다.

근태는 골목에 세워진 차 유리에 얼굴을 비춰 보았다. 주름살이 앉은 얼굴 하나가 겸연쩍은 표정으로 유리 속을 들여다보고 있었다.

커피숍 쇼윈도에도 슬쩍 자신의 모습을 비춰 보았다. 약간 마르기는 했지만 단정한 양복 차림의 모습이 그런대로 보기 좋았다.

명하한테 핸드폰을 할까 하다가 그만 두었다. 몇 시에 끝나냐? 뭐 먹고 싶으냐? 어떤 말을 건네야 될지 미처 생각이 나지 않았다. 그러고 보니 명하는 물론이고 명식, 명현이 다녔던 학교를 한 번도 찾아가 본 적이 없었다. 그 흔한 운동회에도 참석을 하지 못했다.

그랬는데 불쑥 학원으로 찾아간다고 생각하니 어딘지 모르게 어색하고 남의 옷을 빌려 입은 것처럼 쑥쓰럽기까지 했다.

근태는 용기를 냈다. 이제라도 자식들하고의 거리감을 좁히는 것이 무엇보다 중요할 터였다.

명하가 다니는 학원은 강남에 있었다. 전철을 타고 가서 삼성역에서 내린 다음 택시나 버스로 갈아타야 했다. 명하가 그 학원에 등록을 한 뒤 언젠가 한 번은 찾아갈 생각으로 알아둔 것이었다.

날씨가 화창했다. 시월의 따뜻한 볕이 기분좋게 내리쬐고 있었다.

근태는 학원 앞에서 핸드폰을 꺼냈다. 수업 시간일 수도 있었다. 그럼 음성 메모를 남겨서 쉬는 시간에 전화를 하라고 이르면 될 일이었다. 가슴이 두근거렸다. 못난 아비가 그동안 딸한테 아무런 관심도 쏟지 않다가 이제서야 정신을 차린 것만 같아 여간 미안하지가 않았다.

근태는 힘주어 번호 단추를 눌렀다. 그리고 마른 침을 꿀꺽 삼키며 명하와 연결되면 무슨 말을 할 것인가 우물우물 연습을 했다.

아빠다. 학원 앞에 와 있다.

제일 먼저 그렇게 말할 작정이었다. 그러면 명하는 반가워서 환호성을 지를 것이다. 아니, 엊그제 잘못한 일이 있으니까 환호성까지는 못 지를 것이고 함박웃음을 지으며 웬일이세요? 물어 올 것이다. 그러면 아빠하고 데이트 할래? 하고 물을 것이다. 한 번도 그런 살가운 말을 건넨 적이 없기는 하지만 자식인데 뭐가 쑥스러우랴.

한참 동안 벨이 울렸지만 명하는 받지 않았다. 음성 메모로 넘어가겠구나, 하고 생각할 즈음에 여보세요, 하는 맑은 음성이 들려왔다. 근태는 핸드폰을 더 바짝 움켜쥐었다. 그리고 목에 힘을 주고 입을 열었다.

"나다."

그렇게 말하려던 것이 절대 아닌데 무뚝뚝하게 내뱉고 말았다.

"……."

명하는 아무 대답도 하지 않았다. 전화로 이렇게 대화를 나눈 적이 별로 없기 때문에 낯선 남자 음성이 그 애를 긴장시킨 모양이었다.

"어디냐?"

왜 이러는지 모를 일이었다. 입 밖으로 나가는 소리란 여전히 무뚝뚝하고 바위처럼 무겁기만 했다. 전화 연결이 되면 하려고 마음 속으로 준비해 둔 말은 한 마디도 나오지 않았다.

"……."

명하는 여전히 아무 대꾸도 없었다. 그때서야 근태는 명하가 일부러 말을 않고 있을지 모른다는 생각을 했다.

"어디냐고?"

제아무리 부드럽게 말을 하려고 해도 입 밖으로 튀어나가는 말은 근태가 듣기에도 자연스럽지가 않았다.

"감시하시는 거예요?"

차가운 목소리가 툭 튀어나왔다.

"학원이에요. 학원에 전화해서 저 출석했냐고 물어보면 되잖아요."

명하는 아주 빠르게 쏘아부쳤다. 아마 학원에 출석을 했는지 안 했는지 감시하느라 전화를 한 것이라고 여기는 것 같았다. 아무리 대화가 없이 살았다지만 이건 너무 뜻밖이었다.

"몇시에 끝나는 거냐?"

근태 목소리도 딱딱하게 나갈 수밖에 없었다.

"오늘 보충이 있어서 아주 늦게 끝나요."

명하는 여전히 차갑게 대꾸했다.

"좀 만나자."

"하실 말씀 있으시면 집에서 하세요. 끊을게요. 수업 시작했어요."

"명하야!"

근태가 명하 이름을 미처 다 부르기도 전에 소리없이 전화가 끊겼다. 끊기고 나서야 근태는 명하한테 학원 앞에 와 있다는 말을 하지 않았다는 것을 깨달았다. 만약에 그 사실을 알았다면 명하는 절대 그렇게 버릇없이 나오지 않았을 것이다. 왜 그 말을 안했을까?

근태는 다시 번호 단추를 누르며 흠흠, 목소리를 가다듬었다. 자식은 부모에게 자존심을 세울 수도 있지만 부모는 그럴 필요가 없었다. 자식은 내 살점이었다. 내 영혼이었다. 그런데 자존심이 무슨 소용이랴.

하지만 근태는 이내 실망하고 말았다.

"전화기가 꺼져 있어 소리샘으로 연결 중입니다."

경직된 여자 음성이 천둥 번개처럼 귀청을 울렸다. 여보세요, 하는 명하의 맑은 목소리 대신에 거침없이 툭 튀어나오는 그 소리에 근태는 허겁지겁 핸드폰을 닫았다.

비웃음 같은 쓴웃음이 실실 터졌다.

거리에는 아직도 성긴 햇살이 가득했다. 경쾌한 걸음걸이의 젊은이들이 한 무리 지나가고 과일을 가득 실은 리어카를 끌고 중년 남자 한 명이 지나갔다. 젊은이들은 약간 두꺼운 점퍼 차림이었지만 중년 남자는 반팔 티셔츠 차림이면서도 땀을 흘리고 있었다.

아무 생각없이 지하도로 내려가면서 근태는 자신의 실수를 인정했다. 명하한테 먼저 전화를 하지 않고 무작정 학원까지 찾아온 것, 전화 연결이 됐을 때 학원 앞이라고 말하지 않고 어디냐? 하고 감시하는 듯한 질문을 던진 것, 그리고 한참 공부해야 되는 시간에 학원에 찾아온 것, 아직껏 명하가 몇시에 학원이 끝나는지 아무것도 모르고 있다는 것, 정말 너무 많았다. 그렇다면 명하가 화를 내는 것은 당연했고, 근태가 그냥 돌아갈 수밖에 없는 것도 당연했다.

그렇게 생각하고 나니까 마음이 한결 가벼웠다. 아직도 기회는 남아 있었다. 다시 시간을 내서 오늘의 실수를 솔직히 인정하고 이야기를 나누면 명하도 마음을 열 것이다. 아비가 돼서 자식이 놓인 상황을 까맣게 모르고 있었던 것에 대한 무심함도 사과해야 될 것이다. 그러면 명하는 자신이 무엇을 잘못했으며 아비가 절대 감시나 하자고 학원까지 오지 않았다는 사실을 깨닫고 눈물을 흘릴 것이다.

그러면 될 일이었다. 아직도 그런 오해를 풀 수 있는 기회는 얼마든지 있다는 사실이 근태를 터무니없이 기분좋게 해주었다.

집으로 돌아갈까 생각했지만 너무 일찍 귀가해도 어머니는 신경을 쓰실 것이다. 근태는 다시 회사로 돌아오고 말았다.

그런데 사무실 문을 열고 들어서기 바쁘게 책상 위의 전화가 울었다. 중요한 일을 놓고 외출을 했던 사람처럼 근태는 서둘러 책상 위에 놓인 송수화기를 집어들었다.

"아버지, 저예요."

명식이었다.

"어, 그래, 그래."

근태는 다소 밝은 음성으로 대답했다. 자식이 다 내 곁에 있다는 생각을 하니까 여간 든든하질 않았다.

"지금 회사 근처거든요."

명식은 조심스럽게 말했다.

"회사 근처? 어디?"

"회사 앞에 서 있어요."

"그럼 들어와라."

근태는 편안하게 대답했다. 괜히 웃음이 나왔다. 자신은 명하를 만나러 강남까지 갔다가 되돌아 왔는데, 명식은 자신을 만나러 회사까지 왔다는 것이다.

"들어갈 수가 없거든요. 혼자가 아니에요."

"무슨 소리냐?"

근태가 물었지만 명식은 잠깐 대답을 망설였다. 근태는 순간적으로 명식이 여자를 데리고 왔다는 것을 깨달았다. 여자가 있다는 말을 들어 본 적은 없지만 그 애 성격으로 보아 남자 친구를 회사까지 데려오지는 않을 것이다.

"여자 친구하고 같이 왔구나?"

근태가 먼저 아는 체를 했다. 여기까지 데려왔다면 여자 친구가 아니라 애인일 것이다. 하지만 애인이라는 발음이 선뜻 나오지 않았다. 아직도 근태 눈에는 명식이 어린애로밖에 여겨지지 않아서일까.

"……예. 아버지 시간 괜찮으시겠어요?"

매사가 조심스러운 아이였다. 여기까지 여자를 데려오도록 얼마나 많은 시간이 걸렸을까. 그런 소심한 명식의 성격이 늘 거슬렸지만 어쨌든 여기까지 여자를 데려왔다면 결코 간단한 일은 아닐 터였다.

"술 한 잔 할까?"

근태는 불쑥 그렇게 묻고 말았다. 커피숍에 들어가 착 가라앉은 분위기보다는 차라리 술 한 잔 앞에 놓고 이야기를 나누면 훨씬 분위기가 좋을 것 같다는 생각이었다.

"술이요?"

명식이 물었다. 썩 내키지는 않지만 크게 싫은 것도 아닌 말투였다.

"회사 앞에 목포집이라고 있어. 그 집 홍어 맛이 기가 막히단다."

근태는 하지 않아도 될 말까지 주워담았다. 처음 보는 아가씨와 홍어집에 마주 앉아 술잔을 기울이는 것이 어떤 그림으로 보여질지 미처 생각도 못한 채 불쑥 튀어나온 말이었다.

"그럴게요. 거기서 기다릴게요."

명식은 그렇게 말하고 먼저 전화를 끊었다.

전화 한 통 없이 찾아와서 할 이야기가 있다고 하면 이렇게 당혹스러운 기분이 되는구나, 그렇게 생각하면서 다시 한 번 명하를 이해했다. 그 애는 정신이 불안정했다. 뒤처진 공부도 그렇고 며칠 남지 않은 시험도 그 애를 몹시 힘들게 할 것이다. 그런데 아비가 전화 한 통 없이 불쑥 찾아가 할 이야기가 있다고 했으니 얼마나 당혹스러웠을까.

그런 저런 생각들이 근태를 퍽 편안하게 해주었다.

다시 거울 앞에 서서 옷이며 얼굴을 살폈다. 아침에 새로 입은 와이셔츠도 그렇고 새로 드라이 크리닝을 한 양복도 말끔해 보였다.

계단을 내려가는 동안 근태는 공연히 떨리는 가슴을 심호흡으로 가다듬었다. 아내는 한 번도 명식이 애인에 대해 말한 적이 없었다. 말이 없이 살기는 해도 집안의 크고 작은 일들은 그래도 들려주는 편인데 명식한테 애인이 있다는 말은 듣지 못했다.

명식은 아내한테 애인을 인사시키기 전에 근태를 먼저 찾아온 것이다. 근태가 허락해 주기를 바라면서. 그리고 집에 들어 가 아내와 어머니한테 오늘의 일을 이야기하면서 결혼을 서둘러 주길 바랄 것이다.

"짜식……."

근태는 혼자 웃음을 흘렸다.

목포집 앞에 작은 이젤이 놓여 있었다. 그리고 이젤 위에는 손바닥만한 칠판이 세워져 있었다.

'홍탁삼합이 당신을 행복하게 해줄 겁니다.'

하얀 분필로 그렇게 쓰여 있었다.

"허허……."

근태는 소리내어 웃었다. 좁은 골목에서 작은 이젤과 칠판 위의 얌전한 글씨는 가을과 참 잘 어울린다는 생각을 했던 것이다. 만일 저 글씨가 여름이나 겨울에 쓰여져 있었다면 전혀 어울릴 것 같지 않았다.

문을 열고 들어서자 그녀가 환하게 웃으며 근태를 반겼다.

"어머, 선생님. 아까 회사로 전화를 걸었더니 나가셨다고 해서 얼마나 걱정했다구요. 선생님 드리려고 물 좋은 장어를 준비해 두었거든요. 오늘도 안 오시면 핸드폰이라도 해볼까, 하던 중이었어요. 어제 하루 못 보았는데 오랫동안 못 뵌 것 같은 기분인 거 있죠."

그녀는 거리낌없이 말했다. 명식과 긴 머리의 아가씨가 이쪽을 보고 있었다.

근태는 몹시 당혹스러워하며 문을 닫았다. 그 바람에 문 앞에 놓여 있던 의자가 뒤로 넘어지고 말았다.

"우리 아들입니다."

근태는 서둘러 명식 쪽으로 눈길을 던졌다. 그 사이 명식과 아가씨는 자리에서 일어나 있었다.

"어머, 어쩜 좋아. 제가 실수했어요."

그녀는 금방 빨개진 얼굴로 어쩔 줄을 몰라했다.

"우리 아들이랑 안 여사가 준비한 물 좋은 장어나 먹어 봅시다."

근태는 아무렇지 않게 말해 주고 명식 옆으로 다가갔다.

"인사드려, 우리 아버지셔."

명식 말에 아가씨가 얌전하게 고개를 숙였다.

"오민경이에요."

명식은 조금 망설이는 목소리로 아가씨를 소개했다.

"잘 왔어요. 앉아요. 술 좋아하느냐고 묻지도 않고 이리로 오라고 해서 미안해요. 이 집은 내가 제일 많이 드나드는 단골집이에요. 솔직히 이 근방에서는 이 집밖에 몰라요. 통 다른 집은 가질 않은 편이라서."

"괜찮아요, 아버님. 조용한 커피숍보다는 이런 데가 훨씬 마음에 들어요. 저도 술은 조금 하거든요."

아가씨는 서글서글했다. 그렇게 말하는 사이 명식은 어쩔 줄을 몰라하는 표정이 역력했다. 그게 근태 마음에 들지 않았다. 자기가 사랑하는 여자 앞에서 좀더 당당한 모습을 보여주면 좀 좋을까. 아버지, 애 예쁘죠? 아버지한테 술 한 잔 사달라고 하면서 며느리 자격이 있나 없나 봐달랠려고 왔어요, 그런다거나 애가 좀 철이 없지만 아버지가 이해하세요. 지 맘에 드는 사람이면 더 천방지축으로 노는 애거든요, 하면서 명랑하게 분위기를 돋울 수도 있는 일이었다.

"잘 왔어요. 이 집 간판이 목포집인 것만 빼고는 꽤 분위기가 좋아요. 음식 맛도 좋고, 집 주인 인심도 넉넉하고."

"그럴 것 같애요. 실은 저도 홍어를 무지 좋아하거든요. 친구들은 삭힌 홍어를 먹으면 입 천정이 벗겨진다고 아우성인데 저는 아무렇지도 않아요. 톡 쏘는 맛을 느낄 때면 머릿속이 다 시원해지는 것 같거든요. 입맛 없으면 삭힌 홍어밖에 안 떠올라요. 명식씨는 싫어하지만."

아가씨는 막힘없이 떠들었다. 그게 좋았다. 근태 자신이 워낙 굳어 있는 표정이기 때문에 누구든지 쉽게 다가오질 못했다. 그런데도 아가씨는 자주 본 사람처럼 편안하게 근태를 대하고 있었다. 순간적으로 이 정도라면 며느릿감으로는 손색이 없겠다는 생각부터 들었다.

"저 녀석이 워낙 입맛이 까다로워요."

"어머, 말씀 낮추세요."

"처음 보는 사람한테는 나이가 어려도 선뜻 말을 못 내리는 것이 내 버릇이에요. 저절로 해결될 테니까 나한테 시간을 좀 줘요."

근태도 편안하게 대답했다. 그래도 명식은 여전히 굳은 표정으로 앉아 있었다.

"내가 큰 실수를 했어요. 선생님 자제분인지도 모르고 함부로 떠들었으니 어쩌면 좋죠?"

물컵을 가져 온 안혜숙이 사과를 했다. 근태는 아무 말도 할 수 없었다. 괜히 큰 비밀 하나를 두 사람에게 들킨 것 같은 낭패감이 일었다.

"제가 실수한 죗값으로 맛있는 안주를 내 올게요. 제가 알아서 안주 만들어도 괜찮겠죠? 아까 들으니까 아가씨도 홍어를 좋아하는 것 같던데. 괜찮아요?"

그녀는 명식이한테 묻고 있었다. 그때서야 명식은 고개를 들고 아 좋습니다, 서둘러 대답했다.

그녀는 우선 싱싱한 문어를 데쳐 내왔다.

"먼저 들고 계세요. 다른 안주 나올 때까지."

김이 모락모락 나는 문어는 보기에도 먹음직스러웠다.

근태는 앞에 앉은 두 사람에게 술은 뭘로 하냐고 물었다.

"명식씨는 소주밖에 안 마시던데요. 아버님도 그러세요?"

스스럼없이 아버님이라고 부르는 아가씨의 붙임성이 전혀 어색하지 않았다.

"아버님도 소주만 드시는 편인데, 좋아하는 술도 유전인가 봐요. 하지만 오늘은 특별한 날이니까 약초로 담근 술을 드세요."

안혜숙은 약초로 담근 술을 내놓았다. 소주보다 값이 몇 곱절 비싼 술이었다.

"저는 소주 주세요."

명식이 얼른 나섰다.

근태는 명식이 술을 마시던가, 혼자 생각하며 쓴웃음을 지었다. .

술 한 병이 다 비워지도록 아가씨와 근태가 주로 말을 주고받았고, 명식은 말없이 술잔만 기울였다.

스물 아홉, 조부모까지 모시고 사는 형제 많은 집안의 막내 딸이었다. 적당한 키에 모나지 않게 동글동글한 이목구비가 귀염성 있어 보이고 선하면서도 당차 보이는 눈매가 나이보다 훨씬 어려 보였다.

"저는 부모님보다 할아버지, 할머니를 더 좋아하면서 자랐어요. 엄마가 야단치면 할아버지랑 할머니한테 엄마 좀 쫓아내라고 떼를 쓰기도 했다니까요. 어려서는 할머니가 제 친엄마라고 생각했을 정도였어요. 그래서 엄마를 찌찌야, 그러면서 불렀다니까요."

아가씨는 참 솔직했다. 그리고 말하는 도중 간간이 애교 넘치는 말투를 써서 상대방을 기분 좋게 해주고는 했다.

이야기를 나누면서 근태는 아가씨가 처음 보는 사람 앞에서 왜 그렇게 스스럼없이 행동할 수 있는지 이해했다. 어른 밑에서 자란 사람은 어른을 잘 이해했다. 그래서 어떤 말을 하면 어른이 좋아하는지 너무도 잘 알고 있는 것이다.

근태는 거기까지 생각하다 말고 잠깐 우울해지고 말았다. 할머니 밑에서 자랐는데도 삼남매는 붙임성이 별로 없는 편이었다. 어쩌다 어려운 자리에 앉으면 그야말로 꿔다 놓은 보릿자루 같은 꼴이었다. 뭔가에 잔뜩 주눅이 들은 듯한 표정으로 자리를 지키고 있는 삼남매를 보면 너무 기를 죽이고 키웠구나, 하는 생각이 저절로 들 지경이었다.

"결혼할 거냐?"

근태는 명식의 빈 술잔에 술을 채우며 불쑥 물었다. 평상시와 조금도 다를 바 없는 말투로 물었다. 아무래도 그런 문제로 찾아왔으려니 미리 짐작하고 던진 질문이었다.

"먼저 아버지께 소개하고 싶었어요."

명식은 결혼할 거냐고 묻는 말에 그렇게 대답했다. 근태가 싫다고 하면 결혼을 하지 않을 수도 있다는 말로 들리지는 않았다. 아직 마음이 정해지지 않았다는 뜻으로 여겨졌다. 마음이 정해지지 않았지만 근태 하기 나름으로 결혼을 할 수도 있고, 안 할 수도 있다는 뜻 같았다.

"무슨 대답이 그러냐?"

"실은 명식씨는 아직 결혼할 수 없다고 해요. 그런데 제가 하자고 우겨요. 제 나이가 벌써 스물 아홉이거든요. 서른 살이 되면 웨딩 드레스 입어도 폼도 안 날 것 같거든요. 제 소원이 서른이 되기 전에 웨딩 드레스를 입는 것이에요."

아가씨가 얼른 명식 대신 대답했다. 하지만 순식간에 굳은 분위기를 녹이지는 못했다.

"실은…… 반반이에요."

명식은 뜸을 들이듯 말했다. 그 말 하자고 온 것은 아닐 것이다. 흘끗 고개를 돌린 근태의 눈 속으로 명식의 어둔 표정이 그대로 비춰졌다.

아가씨는 탁자를 내려다보며 조용히 술잔을 만지작거렸다. 기분이 언짢아 보이지는 않았다. 매사가 조심성 많고 소심하기까지 한 명식의 성격에 이미 단련이 된 모양이었다.

"자신이 없거든요."

"무슨 자신 말이냐?"

"행복할 자신 말예요."

명식 입에서 뜻밖의 대답이 흘러나왔다. 명식 옆에는 소줏병 두 개가 놓여 있었다. 한 개는 비어 있었고, 한 개는 절반쯤 채워져 있었다.

그러고 보니 근태와 아가씨가 이야기를 주고받는 사이 명식은 말없이 술잔만 비워내고 있었다. 한번도 술 마신 모습을 본 적이 없었다. 어쩌면 술에 약한 체질일지도 몰랐다. 그렇지만 술기운을 빌려서라도 말을 하자고 했다면 벌써 취할 수도 있는 양을 마신 것이다.

좀전에 안혜숙이 홍어, 김치, 돼지고기, 초고추장을 갖다 놓았지만 테이블 위에는 문어가 담긴 접시만 조금 비어 있을 뿐 거의 그대로였다.

"아버지한테 물어볼 게 있었거든요."

명식이 고개를 들고 근태를 보았다.

약간 붉어진 얼굴이었다.

"제가 결혼하면 행복하게 살 수 있겠는지를……."

"명식씨?"

아가씨가 명식 말을 막았지만 명식은 말을 멈추지 않았다.

"저도 결혼하면 다른 사람들처럼 행복이란 걸 느끼면서 살 수 있겠느냐고 여쭤보고 싶었어요."

근태는 반쯤 빈 술잔을 가만히 비워냈다. 저 애가 무슨 말을 하고 있는지 근태는 잘 알고 있었다.

아버지, 어머니처럼 살 수밖에 없는 것이 결혼 생활이라면 절대 하지 않겠습니다.

결혼해서 아버지가 그런 것처럼 저도 민경이를 불행하게 만들면 어떻게 하죠?

근태는 눈을 굳게 감고 이어질 명식의 말을 기다렸다.

"세상이 참 재미없어요. 너무 재미가 없어서 결혼해야 되겠다는 생각도 했어요. 그러면 재미있는 일이 생길 수도 있을지 모르잖아요."

"명식씨, 그만해요."

아가씨가 명식을 막았다. 몹시 당황하는 표정이었다. 전혀 생각하지 못한 일이었을 것이다. 아버지를 만나러 간다는 말에 결혼 승낙을 받으러 만나는 것쯤으로 따라나선 걸음일 것이다. 하지만 근태는 명식이 아직 아무런 마음의 준비도 갖고 있질 않다는 것을 눈치챘다.

"참 싫어요. 이렇게 술 기운이나 빌려야 아버지한테 하고 싶은 말을 할 수 있으니. 여기 오면서 저 굉장히 걱정했어요. 아버지 회사까지 찾아와서 무슨 이야기를 나눈 적이 한 번도 없거든요. 저는 아버지만 생각하면 가슴이 터질 것 같아서 용기를 못 냈어요. 아세요? 아버지만 생각하면 여기 가슴이 뻐엉 터져버릴 것만 같은 제 심정을 말이에요."

명식이 고개도 들지 않은 채 끝까지 말을 이었다.

아가씨가 화장실에 가는 척하면서 자리를 피했다.

"하고 싶은 말이 많은 모양이구나. 네 말대로 술 기운을 빌려서라도 속에 담긴 말이 있거든 다 풀어내라."

정말로 저 애 가슴에 응어리로 남아 있는 말이 있다면 다 들어줄 각오였다. 문득 명식이 불쌍하다는 생각이 들어서였다. 빈틈없는 아내와 무섭기만 한 근태 사이에서 명식은 또 다른 희생양이 되어 있었을지도 몰랐다. 근태 자신이 아버지, 어머니, 형의 희생양이 되었던 것처럼.

겁이 많은 아이였다. 책을 많이 읽어서인지 하지 않아도 될 걱정까지 사서 하는 편이었고, 같은 밥상머리에서 밥을 먹으면 수저를 놓을 때까지 후루룩 소리 한 번 내지 않을 만큼 조심스러운 성격이었다.

아내는 명식이 근태 때문에 가끔 호흡 곤란까지 겪는다고 했다. 스트레스를 너무 받아서 그렇다면서.

"사내 자식을 그렇게 약하게 키워서 뭐해!"

근태는 항상 그렇게 야단치고는 했다. 맏자식이었다. 그리고 사내자식이었다.

호랑이도 제 자식은 강하게 키우기 위해 일부러 낭떠러지에서 떨어뜨린다고 하질 않던가. 근태 자신이야 유전인자처럼 이어 받은 집안의 불행에서 한 치도 못 벗어나고 허덕이며 살아야 했지만 그렇게 살면서도 고생이라고 생각하지 않았던 것은 적어도 내 자식만큼은 나처럼 살지 않게 하겠다는 각오

탓이었다. 그건 희망이었다. 겪어야 될 불행의 양이 정해져 있다면 근태 혼자서 다 겪어버리겠다는 생각이었다. 그래서 자식들은 어디에 내놓아도 당당하고 굳세게 세상과 맞서 살기를 바랐던 것이다. 그래서 명식에게 더 강한 성격을 원했던 것이다.

깨물어서 안 아픈 손가락 없다는 말은, 하기 좋은 소리였다. 자식마다 바라보는 눈길이 다르고, 원하는 바가 달랐다. 부모한테 맏자식은 유달랐다. 늘 곁에 두고 싶어지고, 힘들면 의지하고 싶어지는 것이 맏자식이었다. 다른 자식들에게는 부모로서 해야 되는 의무를 철저히 지켜야 된다고 생각해도 맏자식만은 아니었다. 내가 힘들면 같이 나누고 힘든 부분을 조금이라도 나눠 갖기를 원하게 하는 것이 맏자식이었다.

근태가 명식에게 원했던 것도 그랬다. 그런데 아내는 근태 때문에 명식이 스트레스를 받아 호흡 곤란까지 겪는다는 것이었다. 어쩌면 명식이 오피스텔을 얻어 분가하겠다고 했을 때 완강하게 반대하지 않았던 것은 아내의 말이 정말이라면 큰일이다 싶은 노파심이 없잖아 있었을 것이다. 강하게 키우자고 모진 소리도 많이 하고, 엄하게 다루었던 것인데 그런 근태 행동이 명식에게 독이 되었다면 차라리 멀찌감치 떨어져 사는 것이 더 좋을지 모른다는 체념이었다.

그런데 지금 명식은 그런 근태를 원망하고 있는 것이다. 언제 아버지 노릇을 제대로 한 적이 있느냐고.

다른 날도 아니고 결혼할지도 모를 아가씨를 데리고 온 자리에서 난감하게 행동하는 명식을 근태는 속수무책으로 바라보아야 했다.

"하고 싶은 말 있으면 하라구요? 후훗, 없어요. 없습니다, 아버지."

명식은 신음처럼 중얼거렸다. 없어요, 아버지.

왜 명식 가슴에 바위처럼 얹혀져 있는 무게가 근태 가슴으로 고스란히 옮아지는 것만 같은지, 근태는 다시 술잔을 기울였다.

"어차피 아버지랑 저는 오래 전에 화석이 됐어요. 화석 말이에요. 아니, 미라가 됐다고 하는 편이 맞겠네요. 같은 사람이면서도 말 한마디 건넬 방법이 없는 미라……."

"미라……."

근태는 속엣말처럼 중얼거렸다. 어디서부터 잘못되었을까. 근태는 눈을 굳게 감은 채로 술잔을 다시 비워냈다. 학원 앞까지 찾아갔지만 만나려고도 하지 않았던 명하가 떠올랐다.

나는 자식들한테 무엇인가, 그런 생각이 저절로 들었다.

앞에 놓인 짐 책임지느라 어디 한눈 한 번 못 팔고 살았었다. 세상이 무서웠다. 그래도 든든했던 것은 자식들이었다. 아무리 세상이 힘들어도 내 자식들이 버젓하게 나를 지켜주고 있다는 든든함. 화나면 화난다고 혼내 주고, 잘못했으면 잘못했다고 혼내 주고, 공부 못하면 어떻게 돈 벌어 학비 대는 줄 알기나 하느냐고 화내고……. 그랬었다. 그러면서도 자식들은 이해하리라 믿었다.

아직은 어려서 모른다 하더라도 철이 들면 왜 아비가 그렇게 했는지 다 이해해 주리라 믿었다.

아가씨가 다시 자리로 돌아왔지만 한번 망가진 분위기는 좀처럼 회복되지 않았다.

안혜숙은 될 수 있으면 이쪽으로 눈길을 두지 않으려고 애를 쓰고 있었다. 빈 테이블이 하나도 없었고 그녀는 혼자서 손님들 뒤치닥거리를 하느라 바쁘게 움직이고 있었다. 하지만 근태는 간혹 그녀가 근심어린 눈길을 이쪽에 던지는 것을 놓치지 않았다.

9시가 조금 넘어서야 밖으로 나왔다. 바람이 차가웠다. 어디선가 낙엽 마르는 냄새가 맡아졌다. 문득 거리에 낙엽이 가득 쌓여 있다면 좋겠다는 생각을 했다. 바람이 불면 후, 불어 날리는 낙엽을 밟으면서 어디론가 가고 싶다는 생각을 했다. 정해진 길을 가는 것이 아니라 낙엽이 날아가는 방향으로 그렇게 흔적없이 사라졌으면 좋겠다는 생각을 했다.

어깨가 뻐근했다.

술잔을 기울일 때는 미처 느끼지 못했는데 밖으로 나서자 몸 안에 고였던 술 기운이 한꺼번에 쏟아지는 것 같았다. 근태는 휘청거리지 않으려고 무던히 노력했다. 아가씨가 아니라 명식한테 흔들리는 모습을 보이기 싫어서였다.

그래, 아비가 그렇게 못마땅했더란 말이냐. 너라고 다 내 마음에 들었을 줄 아느냐. 나도 네가 못마땅할 때가 많았다. 벼락 떨어지는 소리만 들려도 금붕어눈을 하며 얼굴이 하얗게 변하는 꼴도 보기 싫었고, 동생들이 잘못한 일로도 혼자 전전긍긍하며 부모 눈치부터 살피던 못난 꼴도 보기 싫었고, 공부조차도 자기 자신이 아니라 마치 부모 위해서 더 기를 쓰고 한 것처럼 보여지는 꼴도 보기 싫었고…….

어디 그 뿐인가. 주머니가 텅텅 비었어도 돈 달라는 말 한마디 할 줄 모르던 그 꼴도 보기 싫었다.

하지만 모두 그것으로 그만이었다. 그걸 가슴에 담고 있지는 않았었다. 가슴을 활짝 열어 가슴 한복판에 놓인 자식들 모습이란 든든함과 흐뭇함이 전부였다. 그런데 명식은 어느 한 가지도 잊지 않은 채 수첩에 꼬박꼬박 적듯 근태의 일거수 일투족을 가슴에 적어 놨던 것이다.

절대로 지워지지 않을 기록이 될 것이다. 근태는 그걸 알았다. 자신이 집안의 불행을 한시도 잊지 못하고 멍에처럼 을러메고 살았던 것처럼 명식도 그렇게 살 것이다.

정말 가슴이 터질 것 같았다.

그 숱한 불행을 송두리째 껴안고 살면서도 아, 비명 한 번 지르지 못했었다. 아무리 힘겨워도 혼자서 숨어 눈물을 뿌릴망정 흔들리는 모습을 들키지 않고 살았었다. 그런데 그런데…….

아비 노릇을 한다는 것이 이렇게 힘든 것일까. 근태는 차가운 바람을 향해 크게 심호흡을 해보았다.

"너무 신경 쓰지 마세요. 명식씨가 다른 때는 안 그래요. 오늘은 많이 착잡했나 봐요. 저희 오빠도 결혼 허락 받으러 올케 집에 갔을 때 괜히 투정 부렸대요. 남자들은 다 그러나 봐요, 아버님."

아가씨는 끝까지 근태를 안심시키려 애를 썼다. 근태는 그런 행동이 더 부담스러웠다. 마치 집안의 큰 흉을 남에게 고스란히 들킨 것만 같아 얼굴이 다 화끈거렸다.

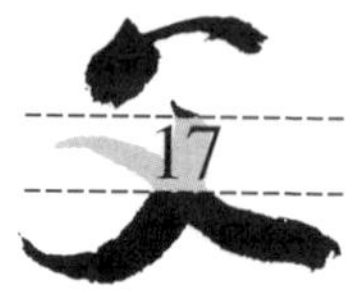

17

“왜 그래, 명식씨?”

아버지를 태운 버스가 멀어진 뒤 민경은 따지듯 물었다. 명식은 멀어지는 버스 꽁무니만을 바라보며 대답하지 않았다.

“술 취했어?”

술은 취하지 않았다. 취할 턱이 없었다. 취할 만큼 마신 것도 아니었고 설령 취할 만큼 마셨다고 해도 분위기로 보아 결코 술주정할 자리는 아니었다. 명식도 그 정도는 알고 있었다. 그런데 모를 일이었다. 투정처럼, 떼부리는 아이처럼 아버지한테 함부로 하고 말았던 것이다.

아버지는 민경을 맘에 들어 하는 것 같았다. 그게 명식 화를 돋우고 말았다. 당신이 자식한테 어떻게 했는데 며느릿감을 보고 그렇게 기뻐할 수 있느냐는 오기였다. 아버지한테 그럴 자격이 있다고 생각하느냐고 따지고 싶었다.

모를 일이었다, 왜 그랬는지. 아버지가 가슴 설레는 소년처럼 그 자리에 나타났을 때, 명식은 순간적으로 늘 바위 같기만 하던 아버지와 음지의 화초 같은 어머니를 동시에 떠올렸었다.

배신감이었다. 아버지는 항상 무섭고, 근엄하고, 권위적인 인상만을 풍긴 사람이었다. 보통의 사람이 느낄 수 있는 행복, 감격, 기쁨, 즐거움, 그런 것과는 하등 관계가 없는 사람이라고 명식은 생각했었다.

그런데 아버지는 여느 아버지처럼 민경 앞에서 몹시 들뜬 표정이었고 행복한 표정이기까지 했었다.

항상 그랬던 것처럼 바위 같은 표정으로 두 사람을 맞이했다면 명식 또한 의례적으로, 예의를 다해 아버지를 대했을 것이다. 그런데 아니었다. 어려서부터 한 번도 부려보지 못한 응석을 그 자리에서 부린 것이다. 그래, 응석이었다. 철부지 같은 응석을 부린 것이다.

그리고 또 있었다. 그 여자, 그 식당의 주인되는 여자. 작은 키에 개량 한복이 유난히 잘 어울려 보였던 그 여자 앞에서 아버지는 왜 그렇게 편안해 보였을까.

그 여자도 마찬가지였다. 바위 같은 아버지를 어떻게 소년처럼 만들어 놓을 수 있을까. 아버지도 그 여자도 너무 서로를 편하게 대하고 있었다고 명식은 기억했다. 그 순간에도 명식은 어머니를 생각했었다.

"원래 아버지 앞에서 그렇게 못된 아들이야?"

민경의 물음에 명식은 흐흥, 코웃음을 치고 말았다.

"그래, 그게 내 본 모습이야. 아니지. 오늘은 너 때문에 엄청 교양 있게 행동한 거야. 그보다 더 망나니거든."

명식은 일부러 불량 청년처럼 거들먹거리며 떠들었다.

"취했어?"

민경이 다시 물었다. 그래, 취했지. 명식은 속으로 대답했다. 오늘은 철저하게 취객처럼 굴자. 맨 정신이 아니라 몹시 술에 취한 사람처럼 굴자. 그래서 내일이면 오늘의 일은 까맣게 잊자. 아니, 잊은 것처럼 굴자.

명식은 피식 웃음을 흘렸다.

"오늘 명식씨한테 무지 실망한 거 알어? 술을 얼마나 마셨다고 그렇게 실수를 해? 아버지가 어떻게 생각하겠어? 정말 나하고 결혼할 마음이 있었다면 취하더라도 정신 바짝 차리고 있었어야 하는 것 아냐? 그러다 아버님이 나 미워해서 결혼 절대 못 한다고 하시면 어떻게 해?"

맞는 말이었다. 적어도 다른 사람의 입장에서 본다면 민경 말이 천번 만번 맞는 말이었다. 하지만 민경은 모르고 있었다. 명식이 얼마나 아버지한테 응석을 부리고 싶어하는지.

결혼을 해야 되겠다는 생각을 하면서부터 왜 그렇게 아버지를 줄기차게 생각했는지 모를 일이었다. 아버지를 사랑해서도 아니었고, 아버지를 동정해서도 아니었다. 그냥, 그냥 어떤 어둠처럼 아버지 얼굴이 눈앞에서 한시도 떠나지 않았었다.

"내가 원래 그런 놈이거든. 너 몰라서 그래. 내가 우리 부모님한테 얼마나 망나니 같은지 알어? 심지어는 살림살이까지 팍팍 때려 부술 정도라니까. 오죽하면 우리 할머니가 나 성질나면 천하에 불상놈이라고 야단하실까."

명식은 몸을 흔들어가며 떠들어댔다.

그녀가 말없이 명식을 건너다 보았다.

"내가 말 안한 게 있는데, 고등학교 때 말 한 마디 없이 집을 나간 적도 있었어. 가출도 아니면서 정말 가출한 것처럼 그랬어. 아버지가 무서우니까 괜히 연극한 거야. 부모들은 집 나갔던 자식이 돌아오기만 해도 감지덕지하잖아. 근데……."

왜 이렇게 말이 끊기는 것일까. 말이 입 밖으로 튀어나오지 못하고 자꾸만 가슴으로 파고들었다. 가슴으로 파고 들어 이미 피멍이 든 상처를 함부로 후벼 파고 있었다. 정말 가슴이 아파서 견딜 수가 없었다.

명식은 크게 심호흡을 하고 가슴을 폈다.

"결혼해서 실망하는 것보다는 일찌감치 실망하는 것이 낫잖아. 이거 모두 다 너 위해서야. 여자들은 결혼을 무슨 환상의 세계쯤으로 생각하는 것 같은데 절대 아니거든. 한 남자와 같은 공간에서 지지고 볶으면서 사는 것이 결혼이야."

"……."

"우리 부모님 정말 불행하게 살았어. 아버지는 할아버지가 부채로 남겨 놓은 불행을 책임지느라 이날까지 와하하 웃음 한 번 크게 웃은 적 없었고 우리 엄마는 그런 아버지와 할머니 옆에서 바퀴벌레처럼 살았고. 우리 형제들은 어땠는지 알어?"

정말 술 취한 것 같았다. 가슴을 후벼 판 말들은 그제서야 힘을 얻은 것처럼 함부로 튀어나오고 있었다.

"네가 현명한 여자였으면 좋겠다. 오늘 내가 아버지한테 해보인 행동이 얼마나 배은망덕하고 못된 짓이었는지 기억했으면 좋겠다……."

명식은 기어이 말끝을 흐리고 말았다. 말없이 명식을 건너다 보던 아버지의 쓸쓸한 표정이 커다랗게 눈앞을 가로막고 있었다.

"우리 아버지, 그렇게 주정부렸다고 해서 꿈쩍할 양반이 아니거든."

그게 슬퍼, 명식은 그렇게 말하고 싶었다. 강한 모습만 보여줄 것이 아니라 아버지도 다른 집 아버지처럼 어느 한 구석 빈틈이 있는 인간임을 보여주길 바랐다.

"아버지가 꿈쩍 하나 안 하나 실험했어?"

"그래, 실험했어. 다른 때는 용기 없어서 못하겠고, 네가 옆에 있으니까 용기내서 실험했어. 우리 아버지도 가슴이 있는 사람인가 아닌가 실험했어."

“……”

“우리 아버지는 할머니밖에 모르는 사람이야. 아마 아버지하고 할머니는 전생에 몹시 사랑한 연인 관계였을지도 몰라. 심장이라도 떼어주고 싶을 정도로 사랑했던. 그런데 헤어져서 지금 이승에서 저렇게 만나 살고 있을 거야. 아버지는 할머니한테만 가슴을 열어 주고 살거든.”

쓴웃음이 터졌다.

그녀가 명식 손을 잡았다. 따뜻한 손이었다. 명식은 슬그머니 손을 빼냈다.

그녀 손에 잡혀 있으면 자신이 지금 눈물을 흘리고 있다는 것을 들킬 것만 같았다. 다행히 어둠 속이었다.

그녀가 다시 명식 손을 세게 붙들었다. 절대 놓지 않겠다는 듯이.

“왜 그렇게 자학해?”

“……”

그녀의 물음이 명식 눈에서 더 뜨거운 눈물을 쏟게 했다.

“그렇게 자학하면 마음이 편안해?”

“……”

“그치만 다시는 그러지 마. 그러면 명식씨 가슴이 아픈 게 아니라 아버지 가슴이 더 아플 거야.”

“임마, 우리 아버지는 절대 그럴 사람이 아니라니까!”

“명식씨도 아버지가 돼 보고 그런 말해. 명식씨도 아버님처럼 자식 셋을 낳아 다 기른 뒤에 그런 말을 해. 정말 가슴이 아픈가 안 아픈가."

"잘난 척하지 마라."

명식은 무뚝뚝하게 내뱉었다. 그녀 입에서 아버지에 대한 이야기가 계속 나오는 것이 괜히 불편했다.

자신이 아무리 버릇없이 굴었다고 하더라도 그녀가 그런 말을 하는 것은 싫었다.

버스에 힘겹게 오르던 아버지 뒷모습이 떠올랐다. 택시를 타고 가라고 했지만 아버지는 한사코 손을 내저었다.

"여기서 집에까지 가는 버스가 없는 것도 아니고, 기름 한 방울 안 나오는 나라에서 쓸데없이 자동차 굴러 가게 할 일 없다."

그러면서 간신히 잡아 놓은 택시를 물리쳤다. 큰 키에 몸집까지 큰 분이 저만치 앞서 선 버스를 타기 위해 바삐 뛰어 가던 뒷모습을 보면서 명식은 다시 한 번 화가 났었다. 평생을 당신을 위해서는 돈 한 푼 낭비하지 않는 분이었다.

"종 부리면 가마 타고 싶어지는 것이 사람 심리다."

더 늦기 전에 운전면허를 따서 자동차를 끌고 다니는 것이 어떠냐고 언젠가 물었을 때, 아버지는 단호하게 거절했었다.

"아직 두 다리 멀쩡하겠다, 얼마든지 쉽게 이용할 수 있는 버스에, 지하철에 절대 그럴 일 없다."

완고한 아버지 때문에 명식은 자동차를 살 때도 여러 날 고민하지 않을 수가 없었다.

은행잎 하나가 얼굴을 때리고 바닥으로 떨어졌다.

"아버지도 이해하실 거야. 명식씨가 왜 그랬는지."

"……."

"하지만 두 번 다시 아버지 앞에서 그렇게 자학하는 모습 보이지 마. 물론 내 앞에서도."

자동차 한 대가 헤드라이트를 비추며 앞을 지나갔다. 명식은 고개를 돌렸다. 눈물을 그녀에게 절대 보이기 싫었다.

명식은 잘 알고 있었다. 부모님이 돌아가신 뒤, 어머니보다 아버지를 훨씬 더 많이 보고 싶어하리라는 것을. 그리고 힘든 일을 만났을 때, 훨씬 더 아버지를 그리워하리라는 것을. 그리고 이 세상 누구보다 우리 아버지는 가장 훌륭한 분이었다고 기억하리라는 것을.

그런데도 아버지가 용서되지 않는 까닭이 무엇일까.

"나는 명식씨가 어떤 행동을 하든 이유를 모르면서도 다 알 것 같애. 그러니까 내가 실망해서 정 떼고 떠나게 하려는 거면 그만해. 아무리 그래도 나는 명식씨 옆에서 한 발짝도 안 떠나니까. 알았지?"

그녀는 그렇게 말하고 명식을 두 팔로 안았다. 그리고 따뜻한 품으로 명식을 안아주었다.

눈물이 사람을 무너지게 만들었다. 그녀 품에 안겨 한없이 울고 싶었다. 명식은 가만히 그녀를 밀어냈다. 하지만 그녀는 명식을 놓아주지 않았다. 오히려 더 바짝 붙어 섰다.

"명식씨가 우리 부모님 만나러 간 자리에서 나도 그래볼까? 괜히 투정부리고 심술부리면서 부모님 속상하게 할까? 그럼 명식씨는 나한테 뭐라고 할 거야? 너 오민경! 그따위로밖에 못 하겠어? 그렇게 버릇없는 여자를 나는 아내로 절대 맞아들일 수가 없어! 그러면서 소리치겠지?"

그녀가 명랑하게 떠들었다. 명식이 힘들고 어려운 일에 빠져 있을수록 그녀는 명랑했다. 참으로 복잡하고 까다로운 일에 빠져 있을 때도 민경은 얼마든지 있을 수 있는 일을 당하고 있는 것처럼 행동했다.

그게 명식을 더 힘들게 하는 것도 사실이었다. 절대로 빠져나갈 수 없는 올가미에 사정없이 걸려든 것만 같은 조급함까지 일었다.

"근데, 이상하지? 나는 오늘 명식씨를 보면서 왜 그렇게 귀여웠을까. 괜히 투정부리는 애 같았거든. 어이구 이놈아, 언제 철 들래? 그런 생각이 저절로 드는 거야. 다른 때는 괜히 무게 잡고 폼만 잡았던 사람이 아버지 앞에서 그런 모습을 보이니까 정말 마음이 놓이는 거야. 실은 여지껏 명식씨 무게 잡는 모습이 제일 싫었거든. 지가 무슨 조선시대 사람도 아니면서 괜히 남자 폼만 잡고 있는 것 같잖아. 요즘 젊은 사람들처럼 좀 헤프기도 하고 넉살도 있었으면 좋겠는데 실은 한 번도 그런 모습을 본 적이 없거든. 그래서 점수를 별로 많이 못

췄었어. 데리고 살면서 내가 고쳐 주자, 그런 생각으로 결혼 결심한 거야, 나. 근데 오늘 보니까 내가 괜한 걱정한 거 있지.”

그녀는 밝게 소리내어 웃었다. 그녀의 웃음소리가 명식 마음을 한결 가볍게 해주었다. 그래, 이 여자면 살면서 힘들고 고달픈 일에 처한 경우에도 의지하면 잘 견뎌낼 수 있겠지. 이 여자라면 어머니처럼 불행하게 살지 않겠지, 그런 생각까지 들었다.

“흠, 내일은 나 혼자 아버님 회사 찾아와서 맛있는 점심 사 달라고 해야 되겠어. 나 따라올 생각하지 마. 잘못했다가는 처녀귀신 되겠어. 나 혼자서라도 아버님께 점수 따놓지 않으면.”

명식은 걸음을 우뚝 멈추었다. 그녀가 말갛게 명식을 올려다보았다. 명식은 와락 그녀를 껴안았다.

“……”

“……”

그녀는 말없이 명식 품에 안겼다. 그리고 두 팔을 뻗어 가만히 명식을 안았다.

작은 공원 앞이었다. 서너 명의 남녀가 앉아 이야기를 하고 있을 뿐, 가을 밤의 공원은 참으로 조용했다.

명식은 그녀의 뺨을 치켜들었다. 그리고 그녀의 작은 입술에 입술을 포개었다. 작고 부드러운 그녀 입술이 가늘게 떨고 있었다.

"사랑해."

명식은 신음처럼 중얼거렸다.

"……."

그녀는 대답하지 않았다. 다만 더 세게 명식을 안았다.

어디선가 풀벌레 우는 소리가 들려왔다. 어쩌면 멀리서 들려오는 음악 소리인지도 모를 일이었다.

명식은 오래 오래 그녀를 껴안고 서 있었다. 댓잎처럼 파들파들 떨리던 가슴이 차츰 가라앉기 시작했다.

하루가 다르게 날씨가 차가워지고 있었다.

얼마 후면 가을비가 내릴 것이고, 그런 다음에는 바람결이 더 차가워질 것이다. 그리고 낙엽들이 가득 길거리를 채우고 나뭇가지는 앙상한 모습으로 서 있으리라.

근태는 잠깐 걸음을 멈추고 은행나무를 올려다 보았다. 노란 물빛이 금방이라도 똑, 얼굴 위로 떨어질 것 같았다.

발밑으로 동그란 열매가 많이 떨어져 있었다. 근태는 허리를 굽혀 열매 하나를 주웠다. 은행이었다. 껍질이 마른 은행을 발밑에 놓고 가만히 비벼 보았다. 하얗고 깨끗한 알맹이가 드러났다.

근태는 아주 어린 시절 그 귀한 은행을 조금 깨어 화롯불에 구워 먹었던 일을 기억해 냈다. 아주 먼 나라의 이야기 같은 기억이었다. 근태 자신에게도 그런 봄날 같은 어린 시절이 있었다는 사실조차 믿기지 않았다. 늘 삶에 찌들고 가난과 불행에 찌들어 사느라 그런 황금 같은 시절이 옆에 와 있었어도 미처 챙기지도 못하고 보냈던 것만 같았다.

강원도의 겨울은 더 빠르게 달려올 것이다. 근태는 바바리코트 앞자락을 여며 머리카락을 제멋대로 헝클어대는 바람을 막았다.

명현이 근무지가 강원도로 바뀐 것조차 까맣게 모르고 있었다. 충청도에 있는 부대로 먼저 찾아갔다가 거기서 열흘 전에 강원도로 근무지가 바뀌었다는 것을 알았던 것이다.

"자원해서 강원도로 가셨습니다."

명현 대신 근태를 맞은 상병 계급의 청년은 여태 그 사실도 모르고 있었느냐는 표정으로 대답했었다.

명현의 새로운 주소를 받아들고 부대를 나설 때도 근태는 낙엽이 마르는 냄새를 맡았었다. 그런데 이상하게 어깨가 더 심하게 뻐근하면서 가슴이 터질 것처럼 아팠었다. 요즘 부쩍 자주 느끼는 증세였다. 나무 등걸에 기대고 앉아 한동안 가쁜 숨을 몰아쉬어야 했다.

삼팔선과 가장 가까운 거리에 있는 부대였다. 교통이 많이 편리해져서 하루에도 여러 번 버스가 그 부대 근처까지 가기는 했지만 명현이 왜 그 먼 곳까지 자원해서 옮겨 갔는지, 근태는 아무 생각도 하지 말자고 자신을 타일렀다. 다만 나는 지금 자식 놈을 만나러 가는 것뿐이라고 생각하자고 자신을 타일렀다.

다섯 시간이나 걸리는 긴 거리였다. 명현은 더 북으로 올라가 있는 부대가 있었다면 아마 그 부대를 택했을 것이다. 가족으로부터 더 멀리 떨어지기 위해서.

명식이 아가씨와 함께 다녀간 뒤, 근태는 아무 생각없이 하루하루를 보냈었다. 몇 번인가 그 아가씨가 회사로 전화를 걸어 왔었다. 점심 같이 하실 수 있으세요, 아버님? 언제 저랑 데이트 할 수 있어요, 아버님? 아가씨는 어려움 없이 물었지만 근태는 대답보다 고개부터 혼자 젓고는 했다. 이상하게 귀찮았다. 아무런 의욕도 느낄 수가 없었다. 그 아가씨 전화만 받고 나면 이상하게 가슴이 더 아팠다. 정말 크게 병이 난 사람처럼 헐떡이며 숨을 몰아쉬고는 했었다. 술에 취해 따지듯 하던 명식의 얼굴이 떠올라서였다. 왜 그 녀석이 가엾다는 생각만 자꾸 드는지, 늘 근태 자신을 안쓰럽게 바라보던 어머니의 눈빛을 비로소 이해할 수 있었다.

더 늦기 전에 명현을 만나야 되겠다고 생각한 것도 그 탓이었다. 아비를 원망하는 글을 보낸 뒤 그 애도 마음이 편하지 않았을 것이다. 명하를 집으로 데리고 왔다가 얼굴도 보지 않고 그냥 떠난 것이며 부대를 옮겼으면서도 말 한 마디 없었던 것도 다 그 미안함 때문이리라. 그렇다면 근태 스스로 그 애를 찾아가 그 앙금을 풀어줘야 된다고 생각했었다.

터미널에서 버스를 내려 부대로 가는 방향을 알아보았다.

“여기서는 들어가는 버스가 없어요. 택시를 타야 됩니다.”

야채를 가득 머리에 인 아낙은 근태가 서 있는 반대 방향을 손가락으로 가리켰다.

다행히 터미널에서 부대까지는 먼 거리가 아니었다.

“최명현 대위를 만나러 왔습니다. 아버지 됩니다.”

근태는 부대 앞 면회 접수실에서 당당하게 말했다.

헌병은 잠깐 난감을 표정을 지었다.

“지금 훈련 나가셨어요.”

헌병은 급히 어디론가 전화를 걸어 명현을 찾았다.

“지금 아버님이 면회실에 와 계신다고 전해주세요!”

헌병은 송수화기에 대고 다소 높은 목소리로 말했다.

근태는 밖으로 나와 잠시 기다렸다. 헌병이 근태를 따라나왔다.

“두세 시간 후면 돌아오실 것 같은데, 최대위님께서 읍내 보리수라는 커피숍으로 모시라고 하셨습니다. 조금 있으면 아버님을 모시고 갈 차가 나올 것입니다.”

오후 2시였다. 서울로 돌아가는 막차는 6시에 있었다. 명현을 4시가 넘어야 만날 수 있다면 고작 두어 시간밖에 여유가 없었다.

이내 트럭 한 대가 근태 앞에 다가와 섰다.

“읍내로 야채를 사러 나가는 참입니다. 불편하셔도 그냥 타십시오.”

헌병이 차 문을 열어주었다.

근태가 부대로 면회를 온 것은 처음이었다. 명식이 군대 있을 적에도 면회 한 번 간 적 없었다. 멀리 지방에 나가 있기도 했었고, 출랑거리고 아들 놈 면회나 가는 것이 영 거북스러웠던 것이다. 대신 아내가 처남 차를 타고 자주 면회를 다녀온 눈치였다.

근태가 군복무를 하고 있을 때, 어머니는 딱 한 번 면회를 왔었다. 머리에 떡과 삶은 닭을 이고서였다.

"자꾸만 네가 꿈에 뵈길래 와 봤다."

어머니는 그렇게 말했다. 그리고 서둘러 길을 떠났다.

"마당에 고추를 말려 놔서 비라도 오면 큰일이다."

그렇게 말했지만 근태는 형님 때문이라는 것을 쉽게 눈치챌 수 있었다. 어머니는 다른 사람 손에 형님을 절대 맡기지 않았다. 형님은 밥을 먹으면서도 앞섶에 음식물을 다 흘리고는 했다. 어머니는 하루에 세 번씩 형님 옷을 갈아입혔다.

밭에 나갔다가도 점심때면 반드시 집으로 돌아오는 것도 모두 형님 밥상을 차리고 옷을 갈아입히기 위해서였다.

빈 그릇을 들고 멀어져 가는 어머니 뒷모습을 보면서 근태는 오랫동안 눈시울을 적셔야 했었다. 그리고 먼 훗날, 자식이 군대에 가 있더라도 절대 면회 따위는 가지 말자고 다짐했던 것이다.

그런데 지금 이 먼 강원도까지 작은아들을 찾아온 것이다.

“험험.”

근태는 자신도 모르게 헛기침을 했다. 기분이 좋아서였다.

근태는 호프집으로 들어섰다. 커피숍보다는 시원한 생맥주 한 잔이 더 나을 것 같았다. 가슴은 아직도 무언가에 눌리기라도 하는 것처럼 답답했다. 아무래도 오랜만의 장거리 여행이 무리였나 보다.

호프 한 잔이 머릿속까지 말끔하게 씻겨 주는 것만 같았다. 이 기분으로 명현을 만나면 훨씬 자연스럽고 편안하게 대화를 이끌어갈 수 있을 것이다.

우선 명현은 저번에 보낸 편지에 대해 사과를 할 것이다. 그러면 그냥 허허, 하고 너털웃음을 터뜨릴 것이다.

명현은 편지로 근태를 몹시 나무라고 있었다. 근태는 그 편지를 수없이 읽고 또 읽어 보았었다.

아직도 그 편지는 안주머니 속에 들어 있었지만 근태는 편지를 보지 않고도 그 내용을 다 기억할 수 있었다.

아버지를 보면 응석받이 어린애 같다는 생각이 들고는 했습니다. 아무도 알아주지 않는 것이 두려워 무조건 떼를 쓰고 울어대는 응석받이 말입니다. 자식이 돼서 버릇없이 그런 말을 할 수밖에 없는 제 자신도 부끄럽고 싫습니다. 하지만 이렇게라도 하지 않으면 아버지는 영원히 외로울 수밖에 없으며 왜 힘들게 살 수밖에 없었는지를 깨닫지 못

하실 것입니다. 그래요, 아버지가 깨닫지 못하는 것은 별
로 걱정되지 않습니다. 이제 와서 고칠 수 있는 습관이란
별로 없을지도 모르니까요. 그렇지만 저는 어머니가 더는
불쌍해서 못 보겠습니다. 세상에서 제일 불쌍한 어머니.
저는 어머니만 생각하면 마음 속으로 새까만 먹구름이 드
리워지는 기분이 되고는 합니다. 평생을 아버지의 대물림
같은 불행을 같이 견디면서, 거기다 아버지의 무관심과 무
책임까지 떠맡아야 했던 분입니다. 만일 우리가 아버지의
자식으로만 태어났다면 어떻게 됐을까, 문득 생각하면 소
름이 끼칩니다. 우린 분명히 아버지가 무슨 훈장처럼 껴안
고 사는 불행의 구덩이에 헌 신발처럼 던져져서 살고 있었
을 것입니다. 아버지가 그렇게 살았듯 말입니다.

　처음에는 너무도 괘씸해서 화난 기분으로 명현이 쓴 편지
를 읽고 또 읽었었다.
　어떻게 네가 나한테 이럴 수 있느냐.
　내가 어떻게 살아왔는지 모른다고 하더라도 네가 무슨 자
격으로 나를 죄인 다루듯 할 수 있느냐.
　아무리 네 아비라 하더라도 너한테 내 삶을 조롱당할 수는
없다……
　하지만 두 번 세 번 읽어 가면서 근태는 편지 속에 담겨진
명현의 마음을 조금씩 눈치챌 수 있었다. 근태를 걱정하는 명

현의 숨겨진 마음을.

다른 자식에 비해 속내를 가장 드러내지 않는 자식이었다. 겉으로 보기는 제일 명랑하고 웃음도 많은 아이였지만 속이 가장 깊었다.

큰아들 명식이 매사를 부담스러워하는 성격이라면 명현은 뭔가를 해결해야만 된다고 생각하는 책임감이 강했다. 그 책임감을 감당할 수 없을 때는 차라리 눈을 감고 외면해 버리는 아이였다.

얼마든지 말로 할 수 있었고 전화로 따질 수도 있었을 것이다. 하지만 명현은 근태 가슴을 바늘로 찌르듯 한 자 한 자, 힘주어 편지를 쓴 것이다. 결국 그 편지를 쓰는 동안 명현이 얼마나 힘겨워했을지, 근태는 너무도 잘 알고 있었다. 그 애는 자기 가슴에 비수를 들이대는 듯한 심정으로 편지를 썼을 것이다.

아버지, 제발 이제부터라고 행복하게 사세요.

아버지 삶을 더 이상은 불행하게 만들지 마세요.

아버지를 보면 왜 이렇게 제 가슴이 아픈지 모르겠어요.

먼훗날까지 아버지의 불행한 모습만 본다면 돌아가신 뒤 우리 자식들이 얼마나 슬프게 아버지를 기억하게 될지 생각해 보셨나요.

그 속에는 그런 애원의 내용이 가득 들어 있었다.

그런 생각에 잠겨 두 잔의 호프를 막 비우던 참이었다. 그

만 일어나 커피숍으로 옮겨 가려는데 문이 열렸다. 그리고 사
복 차림의 명현이 불쑥 들어서는 것이 아닌가.

"커피숍에 갔더니 안 계셨어요."

명현은 짧게 설명했다.

"그래. 하도 목이 타길래 맥주 한 잔 마시고 그리로 가려던
참이다."

근태는 명현 얼굴을 외면하며 궁색한 변명을 하고 말았다.
마치 아버지가 술집에 계실 줄 알았어요, 하고 나무라는 듯만
싶어서였다.

"괜찮아요. 저도 목이 많이 말랐거든요."

"아직 밥 안 먹었으면 어디 가서 고기라도 먹자."

근태는 허둥지둥 말했다.

"간식 먹은 지 얼마 안 돼요. 시장하세요?"

"휴게실에서 우동 한 그릇 사 먹었다."

"오신다고 연락을 좀 주셨으면 마중 나왔을 텐데."

명현은 근태 얼굴을 보지 않고 말했다. 굳은 표정이었다.

근태는 아무래도 상관없었다. 다만 명현이 품고 있는 근태
에 대한 불편한 심정을 빨리 버렸으면 하는 바람이었다. 그래
야 명현 마음이 홀가분해질 수 있었다.

부모가 돼서 자식 가슴자락에 바위를 얹혀 놓는 짓은 절대
하지 말아야 할 일이었다.

예전에는 그런 생각도 미처 못한 일이었다. 힘겹게 여기까

지 왔는데 자식들이 그걸 몰라준다는 것만 서운해했을 뿐이었다. 내가 베푼 만큼 당연히 받아야 된다고 생각했을지도 몰랐다. 하지만 이제는 아니었다.

자식에게는 아무런 계산도 해서는 안 된다고 깨달았던 것이다. 그저 무조건적인 사랑이 있을 뿐이라고. 자식이 부모한테 효도를 하는 것은 그 자식의 좋은 됨됨이 덕분이라고. 부모가 자식에게 베푼 사랑에 대한 대가의 효도란 이미 오래 전에 다 받았을지도 모른다고. 어려서 끙끙 앓으면서도 아비 얼굴을 보면 방긋 웃어 주던 모습이며 새로운 재롱으로 하하, 큰 소리로 웃게 해주었던 일이며 좋은 점수를 받아와 부모 어깨를 한껏 으쓱하게 해주었던 일이며, 헤아릴 수 없이 많은 크고 작은 효도만으로도 부모에게 갚아야 될 빚은 일찌감치 다 갚고 남았을 터였다.

그런데 지금껏 저 자식들에게 떼를 쓰고 살았구나, 그런 생각이 절로 들었다. 명현 말이 옳았다. 근태는 여지껏 아무도 알아주지 않는 것이 두려워 무조건 떼를 쓰고 울어대는 응석받이처럼 살아왔던 것이다.

힘든 회사 사정을 술 기운을 빌려 잊으려고 하고, 잘못된 일들을 무조건 세상 탓으로 돌리고. 그렇게 살았었다.

명현의 편지를 받은 뒤, 근태는 절대 술에 취한 채 집에 들어가지 않았다. 찾아오는 손님과 함께 더러 목포집에 들러 한 잔 술은 할망정 인사불성으로 취하지는 않았다. 가족들에게 너무 함부로 대했다는 죄책감을 이제서야 느꼈던 것이다.

근태와 명현은 호프집을 나와 근처 고깃집으로 들어갔다. 명현이 한사코 맥주 한 잔이면 된다고 했지만 근태는 자신이 먹고 싶어서 그런다며 고깃집으로 명현을 끌었다.

여기까지 왔으니 명현에게 고기 한 점이라도 먹여 보내야 마음이 놓일 것 같았다. 여지껏 변변한 외식 한 번 한 적이 없었다.

반찬 솜씨 좋은 아내 덕분이기도 했지만 식당에 들어가 돈 내고 밥 사먹는 일이 있을 때마다 그 값을 쌀값으로 계산하는 어머니 눈치 보느라 자리 한 번 마련하지 못했던 것이다.

식당은 한적했다. 식사시간이 아닌 탓이기도 했지만 날씨가 많이 쌀쌀해서 거리를 오고가는 사람도 뜸했다.

"편지 잘 받았다."

숯불 위에서 고기가 익어가는 동안 근태는 명현과 자신의 잔에 술을 먼저 채웠다. 아들과 마주앉아 술을 마시는 일이 이렇게 행복할 수 있구나, 근태는 단숨에 술잔을 비웠다.

"죄송합니다."

명현은 고개를 숙였다.

"아니, 아니다."

근태는 먼저 손사례를 쳤다.

"오히려 내가 고맙다고 해야 되겠다. 나도 편지를 쓸까 생각하다가 네 얼굴 보고 말하는 것으로 답장을 대신할 생각으

305

로 여기까지 왔다."

"죄송합니다. 이리로 옮겼다는 소식도 미처 말씀드리지 못했어요."

명현은 자꾸 죄송하다는 말을 했다.

"아니, 아니다."

근태는 더 완강하게 손을 저었다. 이제서야 이 아버지가 철이 든 모양이라고, 오히려 내가 고맙다고 말하고 싶었다.

"우스갯소리 한 마디 하마."

근태는 자연스럽게 이야기를 끄집어냈다.

"한 주정뱅이가 산을 넘다가 참선하는 도인을 만났다는구나. 주정뱅이는 외롭기도 하고 말동무도 그리워서 얼른 그 도인 옆으로 갔지. 그리고 흠흠, 마른 기침을 했지만 도인은 눈길 한 번 안 주더란다. 그래서 그 주정뱅이가 이봐요! 사람이 곁에 왔으면 아는 척이라도 해야 되는 것 아니요? 그러면서 시비를 걸었단다. 그때서야 도인은 가부좌를 풀고 주정뱅이를 보더란다. 남 수도를 방해하지 말고 빨리 가시오! 그러면서 점잖게 타일렀지. 그러거나 말거나 주정뱅이는 도인 옆에 털썩 주저 앉았지. 도인이 다시 말했단다. 보자 하니 자나깨나 술에 취해 사는 모양인데 대체 제정신으로 사는 날이 며칠이나 되시오? 당신은 숨은 쉬지만 죽은 목숨이나 마찬가지요. 도인이 그랬더니 주정뱅이가 뭐라고 했겠냐?"

근태는 긴 말을 끝내고 명현 표정을 살폈다. 명현은 잠깐 고개를 들어 근태를 보며 글쎄요, 지나가는 대답을 했다.

"당신이야말로 허구헌 날 꼼짝도 않고 앉아 있으니 살아 있어도 죽은 거나 마찬가지 아니요? 나는 술로 인생을 즐기고 있는 것이오."

근태는 다소 과장되게 목소리를 높여 이야기를 끝냈다. 언젠가 책에서 읽은 내용이었다. 까맣게 잊고 있었는데 변명처럼 그 내용이 툭 튀어나왔던 것이다.

"철학이 분명한 주정뱅이 아니냐?"

명현이 피식 웃음을 흘렸다. 웃는 모습이 고마웠다.

"어떤 사람은 인생의 괴로움을 잊기 위해 술을 마신다고 했다. 그리고 다른 사람은 인생의 괴로움을 잊기 위해 고행을 한다고 하더구나."

다른 때는 별로 의미있게 느껴지지 않던 말이었다. 하지만 지금 이 순간에는 근태 자신을 위해 만들어진 말 같았다. 괜히 웃음이 나왔다.

"허허, 아버지가 이제서야 철이 드나보다. 별 것도 아닌 일에 감탄부터 하게 되는구나."

아주머니가 다가와 익은 고기를 가위로 잘라주었다. 근태는 그 중에서 가장 맛있어 보이는 고기 한 점을 집어 명현 접시에 담아주었다. 그리고 명현이 뭐라고 하기 전에 얼른 고기 한 점을 집어 입에 넣었다.

"먹자. 아주 맛나구나. 공기 나쁜 서울에서 있다가 공기 좋은 데를 왔더니 입맛이 저절로 돈다.”

근태는 소주 두어 잔을 단숨에 들이켰다. 이런 기분이라면 아주 기분좋게 마실 수 있을 것 같았다.

“내가 나이를 먹긴 먹었구나. 요즘 들어 이상하게 오래 전에 지나간 것, 잊고 있있던 사람, 그런 것들에 신경을 많이 쓰게 된다. 아주 어려서, 그때는 옷감이 많이 부족했던 시절인데, 한여름이었던 것 같다. 아랫도리를 내놓고 돌아다니다가 그만 벌에 고추를 쐬고 말았지 뭐냐.”

“예?”

명현이 하하, 웃음을 터뜨렸다. 아비한테도 어린 시절이 있었다는 사실이 신기한가 보았다. 왜 안 그럴까. 근태 자신도 누군가와 간혹 어린 시절을 이야기하다 보면 전생 이야기를 하고 있는 것만 같은데.

“어린 마음에 얼마나 억울하던지. 네 할머니 앞에서 괜히 떼를 쓰면서 울었단다. 벌이 내 고추 따먹었다고 하면서. 왜냐하면 어른들이 짓궂게 어린애들을 보면 고추 한 번만 줄래? 그러면 선심 쓰듯 따서 입에 넣어주는 시늉을 하고는 했는데, 벌이 내 고추를 따먹어버렸으니 큰일 아니냐. 그 다음부터는 어른들이 나만 보면 벌이 고추 따먹어서 없지? 하고 놀리셨단다.”

“저도 그런 기억이 있어요. 다섯 살 땐가, 이모가 저한테 대뜸 명현이 고추 어젯밤에 고양이가 물어 갔지? 하고 묻잖아요. 그래서 여자친구들도 있는데 그 앞에서 바지를 쑥 내리고 이모, 여기 있잖아, 하면서 의기양양 떠들었던 일이 있어요. 나중에 고등학교까지 같이 다녔던 여자애가 거기 있었는데, 그 애는 나만 보면 괜히 웃고는 했어요."

"하하하, 그랬구나. 네가 좀 인색하기는 했다. 누가 고추 따먹자! 그러고 덤비면 아랫도리 움켜쥐고 저만치 달아나고는 했거든. 그러다가도 누가 먹을 것을 주면 딱 한 번만 따먹게 했단다. 한번은 친척 할머니가 한 번만 따먹는다고 하고서는 두 번 따먹는 시늉을 했는데 얼마나 서럽게 울던지, 지금도 눈에 선하다."

때 아닌 고추 이야기로 분위기가 한결 부드러워졌다.

"아버지가 군인이 되셨으면 정말 잘 맞았을 것 같아요."

명현이 뜻밖의 이야기를 했다 .

"감정 조절 잘 하시고, 책임감도 강하시고, 뭔가 해야 된다고 생각하면 아버지 자신보다 주변을 먼저 생각하면서 행동에 옮기시잖아요."

명현 칭찬이 싫지는 않았다. 그래도 자식한테 받는 칭찬 소리가 영 쑥스럽기는 했다. 자신도 자식들에게 드러내놓고 칭찬 한 번 한 적이 없었지만 자식들도 마찬가지였다. 의례적인 이야기 아니면 말을 주고 받는 것도 드물 정도였다.

"감정 조절 잘하는 사람이 자식한테 야단 맞으면서 살겠냐?"

“…….”

명현은 잠깐 얼굴을 붉혔다.

“부자지간이신가 봐요. 참 사이가 좋으시네요.”

아주머니가 다시 고기를 잘라 주며 아는 체를 해왔다.

“예, 제 아들놈입니다. 이래봬도 대위입니다. 입학도 우수한 성적으로 했고, 졸업도 아주 좋은 성적으로 했지요.”

근태는 자랑스럽게 떠들었다. 오늘 같아서는 이보다 더 허풍을 떤다고 해도 흉이 될 것 같지 않았다.

“농사 중에 가장 큰 농사가 자식 농사라는데, 저렇게 잘 생기고 듬직한 아드님을 두셨으니 밥 안 먹어도 배부르시겠어요.”

“그럼요, 그럼요.”

근태는 크게 고개를 끄덕였다.

“이 놈이 자기 부대원 야단치듯이 제 아비를 야단치지 뭡니까. 술 좀 그만 마시라고 말이지요.”

“아버지…….”

명현이 난감한 표정을 지었다.

“뭐라고 야단을 쳤어요?”

아주머니가 더 빨리 물어왔다. 식당 안이 한적하기도 했지만 무료하던 참에 말 동무가 생겨 좋았던 모양이었다.

“저는 아버지를 사랑합니다. 아버지, 제발 이제부터라고 행복하게 사세요. 아버지 삶을 더 이상은 불행하게 만들지 마세요. 아버지를 보면 왜 이렇게 제 가슴이 아픈지 모르겠어요. 먼훗날까지 아버지의 불행한 모습만 본다면 돌아가신 뒤 우리 자식들이 얼마나 슬프게 아버지를 기억하게 될지 한 번이라도 생각해 보셨나요. 저는 아버지가 이제라도 행복하게 살았으면 좋겠어요……."

절대 그럴 생각이 아니었는데 말끝을 흐리고 말았다. 마음속에 담아둔 말이기는 했지만 이 순간만은 자랑처럼 떠들어 댄 말이었다. 그런데 그만 목이 메이고 말았다.

명현이 고개를 떨구었다.

"아이, 이런 어쩌지요? 제가 공연히 끼어들어서 분위기만 망쳤나 봐요. 맛있게 드세요."

아주머니는 그렇게 말하고는 서둘러 자리를 떴다.

"마시자."

근태는 잔을 들어보였다.

"예, 아버지……."

"네 형이 회사까지 찾아왔었다. 결혼할 아가씨를 데리고 왔더구나."

명현이 약간 놀라는 표정으로 근태를 보았다.

"결혼 허락 받으러 왔어요?"

"나도 그런 줄 알았다. 아니, 그럴 작정으로 온 건 맞다. 그런데 그 말은 한 마디도 않고 주정만 하고 갔단다."

"형이 주정을 해요? 형이 술을 마실 줄이나 아나?"

명현이 혼잣말처럼 물었다. 명현은 술을 좀 하는 편이었다. 근태도 그건 알고 있었다. 간혹 휴가를 나오면 친구들과 만나 밤 늦게까지 술을 마시다 들어올 때도 있었으니까. 그렇지만 명식이 술 취한 모습은 한 번도 본 적이 없었다. 그 아이 성격으로 보아 술에 취한 것 같으면 아예 깰 때까지 기다렸다가 들어오거나 처음부터 취할 만큼은 절대 마시지 않을 것이다. 그래서 한 번도 풀어진 모습을 본 적이 없었다. 그런데 그 날 명식은 생각보다 많은 술을 마셨고, 근태 앞에서 술주정까지 해보였던 것이다.

"형이……."

근태는 말을 끊었다. 갑자기 가슴이 다시 아팠다. 가슴이 쪼개지는 듯한 통증이 쏟아지면서 밭은 숨이 쉬어졌다. 근태는 술을 입에 물었다. 그리고 명현에게 들키지 않으려고 노력하며 가슴을 다독였다.

"형한테도 아버지가 야단을 맞았다."

근태는 다시 웃음을 지어보이며 말했다.

"형도 너하고 똑같은 말을 하더구나."

그 날, 근태는 명식이 마음 속으로 울부짖듯 물어오던 소리를 마음으로 들어야 했었다.

아버지, 어머니처럼 살 수밖에 없는 것이 결혼 생활이라면 절대 하지 않겠습니다.

결혼해서 아버지가 그런 것처럼 저도 민경이를 불행하게

만들면 어떻게 하죠?

정말 결혼하면 행복하게 살 수도 있나요?

그 날, 버스를 타고 돌아서면서 근태는 마음 속으로 피눈물을 뿌려야만 했었다. 그리고 이대로 죽어서는 안된다는 뜬금없는 생각을 했었다. 더 늦기 전에, 더 시간이 가기 전에 자식들에게 꼭 하지 않으면 안되는 숙제를 해야만 된다고 생각했었다. 꼭 하지 않으면 안되는 숙제를 여지껏 모른 체, 무관심하게 내팽개치고 있었던 것이다. 자식을 낳은 아비라면 꼭 해야만 되는 숙제를.

그 숙제가 무엇인지 정확하게 알 수는 없었다. 누구도 근태에게 그런 숙제가 있다고 말해준 적이 없었다. 그런 숙제란 누구든 본능적으로 다 알고 있는 것인데, 근태 자신만 여태 못 깨달았을지도 몰랐다.

"결혼을 하면 행복해질 수 있겠느냐고 묻더구나."

"……"

"모두 내 잘못이라는 생각을 했다. 결혼에 대한 확신도 없는 네 형을 보면서 내가 그동안 무엇을 잘못했는지를 깨달았어. 몰라서 저지른 잘못도 있었고, 네 형의 말처럼 떼라도 쓰지 않으면 이놈의 세상이 나를 절대 봐 줄 것 같지 않아서 알면서도 저지른 잘못도 있고……"

"아버지……"

"왜 그랬는지, 세상이 무섭기만 했다. 옛날에 비하면 지금이 훨씬 나아졌지만 그래도 나는 세상이 무섭다. 자식 앞에서 부모는 늘 당당하고 씩씩한 모습을 보여야 된다고 누가 그러더구나. 그렇게 하고 죽어야 자식들도 당당하게 살고 죽음도 두려워하지 않고 살게 된다고."

명현은 말없이 술잔만 기울였다. 근태는 벽시계를 살폈다. 5시. 이제 한 시간밖에 여유가 없었다. 그 한 시간 동안 얼마나 더 많은 이야기를 할 수 있으랴만, 꼭 해야만 되는 이야기는 다 한 뒤 일어서고 싶었다. 오늘이 아니면 어쩌면 영원히 못할 수도 있었다.

남에게 마음을 드러내지 못하는 것은 이미 체질화되어 있었다. 근태 자신도 오늘 여기까지 찾아와 명현한테 속내를 털어놓으리라고는 예상도 못한 일이었다. 그런 만큼 또 이렇게 마음 편하게 이야기를 주고받을 수 있을지, 자신이 없었다.

"이제부터라도 너희들한테 당당하고 용감한 모습을 보여주고 싶구나. 어떠냐, 아버지한테 기회를 더 줄 수 있겠나?"

근태는 조심스럽게 물었다. 명현이 고개를 들어 근태를 보았다. 눈 속으로 물기가 어려 있었다.

사내 자식이, 그것도 군인이 나약하게 눈물이나 보일 작정이냐고 나무라듯 한 마디 하려다 그만 두었다. 저 아이도 가슴에 두엄처럼 쌓인 고뇌가 얼마나 많을 것인가. 근태를 피하기 위해, 어둠처럼 드리워진 집안의 어두움을 피해 군인의 길을 선택했던 아이였다.

"제가 너무 철없었습니다. 아버지를 원망만 하고 살았지, 아버지를 이해하려고 하질 않았습니다."

"아버지들이 가장 무서워하는 말이 무엇인지 아냐?"

"모릅니다."

"자식에게 가장 좋은 교훈은 손수 모범을 보이는 것이다, 그 말이란다. 그래서 늘 자식들에게는 그럴 듯하게 교훈을 하면서도 자신은 전혀 그런 모범을 못 보일 때가 가장 미안하고 죄스럽단다. 그러니까 자신의 실패담을 자식 앞에서는 그런 식으로 감추듯 말하는 것이지."

"아버지는 그래도 우리에게 최선을 다하면서 사는 모습을 보여주셨어요. 어머니도 그랬구요."

"그래, 그렇게 생각해줘서 고맙다."

"세상에 왜 여자와 남자가 존재하는지 요즘 많이 깨달았다. 여자들은 대체적으로 문제를 수습해 가는 성질을 지녔고, 남자들은 문제를 일으키는 성격을 지녔더구나. 세상의 여자들은 남자들이 저질러 놓은 문제들을 해결하기 위해 세상에 존재하는 것이 아닌가, 생각했다."

"아버지는 문제 같은 건 안 일으키셨어요."

명현이 위로를 했다.

"아니다. 나 혼자만의 문제가 아니라, 할아버지는 세상을 책임질 생각도 하지 않고 덜컥 저 세상으로 떠나버렸고, 그 세상을 떠안은 사람은 나였다는 생각이 든다. 그리고 나는 할

아버지가 유산처럼 남겨준 불행을 무슨 무기처럼 휘둘러대며 살았고. 다행히 할아버지 곁에는 할머니가 있었고, 내 옆에는 네 어머니가 있었구나. 그 두 사람이 없었다면 내 삶이 더 많이 헝클어졌을 거다."

거기까지 말하다 말고 근태는 입을 다물었다.

아버지가 남겨준 불행을 자신이 고스란히 떠안아야 했던 것처럼 어쩌면 근태가 뭔가를 해결하지 않으면 그 나머지를 책임질 사람은 자식들이었다. 정말 아버지 노릇을 제대로 하기나 하고 살았던가. 내가 정말 아버지답게 살았던가. 근태는 말없이 술잔을 기울였다.

테이블 위에는 벌써 빈 병이 세 개 놓여 있었다. 많이 마신 것 같은데 취기가 오르지 않았다. 피곤함도 전혀 느껴지지 않았다. 버스에 오른 뒤 서울에 도착할 때까지 아주 곤하게 잠을 잘 수도 있을 것 같았다.

"아버지하고 술 마시니까 정말 좋네요, 아버지."

명현이 활짝 웃으며 근태를 보았다.

"고등학교 때 우리 반에 제가 가장 부러워한 녀석이 있었어요. 우리 반 오락부장을 맡고 있는 아이였는데 공부는 못하는데, 애들한테 인기가 아주 좋았거든요."

"너도 인기가 좋았던 것 같은데."

근태가 끼어들었다.

"저보다 그 녀석 인기가 더 좋았어요. 그 녀석은 가끔 학교에 와서 어젯밤에 우리 아버지랑 술 한 잔 했어, 그랬어요."

"고등학생이?"

"그 애 아버지는 고등학교 국어 선생님이셨는데, 술은 어른 밑에서 배워야 된다고 항상 그러셨대요. 아무리 술 먹지 말라고 타일러도 소용없다는 것을 아셨던 거죠. 솔직히 수학여행, 소풍을 가면 가방에 소주 한 병은 기본으로 갖고 오는 애들이 많거든요. 어른들 몰래 숨어서 마시면 폭음하게 되고, 그러면 술주정도 하게 된다면서 술은 즐기는 것이지 마시는 것이 아니라고 했대요. 그러면서 한 달에 한 번 정도 동네 호프집에 데리고 가서 호프 시켜 놓고 술은 이렇게 마셔야 된다, 그러면서 산 교육을 시키셨대요."

명현이 그렇게 말하는 동안 근태는 지난 날을 돌이켜 보았다. 자식들과 쓰디쓴 소줏잔 한 번 기울인 적이 없었던 것 같았다.

"요즘 사십대 사망률이 많다는 말 많이 하잖아요. 제 생각인데, 그 세대는 혼자 자란 세대예요. 새마을 운동이 한창일 때여서 부모님은 모두 일터로 나가시고, 애들끼리 모여서 고독부터 배우고 자란 거죠. 아버지 말씀처럼 성격이나 행동도 유전이라면 나누고 보듬어 가면서 살아야 옳은데, 갑자기 고아처럼 내팽개쳐지니까 끼리끼리 모여서 술 마시고, 담배 피우면서 놀았던 거지요. 어른도 없는데 뭐가 무서워서 조심하고 주도를 지켰겠어요?"

"네 말을 듣고 보니 정말 그럴 듯 하구나. 그렇게 저희들끼리 배운 술이었으니 당연히 폭음하게 되고, 인사불성이 되어 술주정도 하게 되고 그랬을 거다."

"저는 아버지랑 술 마셨다고 자랑하는 친구를 볼 때마다 나도 아버지한테 술 사달래야지, 생각했지만 한 번도 용기를 내질 못했어요."

명현의 말이 다시 한 번 가슴을 찔렀다. 아이들에게 언제 비어 있는 자리 한 번 내비친 적 없이 산 세월이었다. 일에 쫓기고, 돈에 쫓기느라 낳기만 했지 저절로 잘 자라 주기만을 욕심냈던 것이다.

"미안하구나. 전혀 생각도 못했다."

근태는 솔직하게 사과했다. 그러고 보면 아버지라는 사람은 할 일이 참으로 많았다.

어쩌면 자식들에게 세상의 이정표 노릇을 해야 되는 사람은 어머니가 아니라 아버지일지 몰랐다.

근태는 돌아가신 아버지를 생각했다. 아버지는 근태에게 아무것도 가르친 것이 없었다. 도피밖에는. 하루도 빠짐없이 술에 찌들어 사는 형님도 마찬가지였다. 배운 것이 없었으므로 자식들에게도 여전히 가르칠 것이 없다는 생각은 단순한 변명만은 아닐 듯 싶었다.

일찌감치 고향을 떠나 온 근태 입장에서는 곁에서 교훈 한 마디 해줄 수 있는 어른 하나 없이 자란 셈이었다.

"남자는 끝까지 배우면서 사는가 보구나."

"무슨 말씀이세요?"

"네 할아버지가 안 가르쳐 준 것들을 너나 형이 가르치고 있잖느냐."

기분 좋게 웃었지만 명현은 웃지 않았다. 불현듯 명현이 무슨 생각을 할까, 근태는 속으로 생각했다. 아무것도 가르친 것이 없는 제 아비를 다시 생각했을 것이다. 근태가 자살한 아버지를 그렇게 기억하듯이.

"다행히 너희들은 나보다는 잘 살 것 같구나. 아버지가 무엇을 잘못하고 살았는가를 너무도 잘 알고 있으니까 그런 실수는 절대 안 하고 살 것 아니냐."

처음부터 끝까지 자책하는 말만 자꾸 되풀이하는 꼴이었다. 이야기하는 동안 그래도 안주 삼아 맛있게 먹은 탓에 철판 위의 고기는 별로 남아 있지 않았다. 오랜만에 기분 좋게, 맛있게 먹은 성찬이었다.

"출판사가 많이 힘드세요?"

명현이 화제를 돌렸다.

"그것도 엄살이지 싶다. 즐거운 마음으로 하면 얼마든지 해결할 수 있는 일일 텐데, 신세 타령만 하다 보니 더 힘든 모양이다."

은행 통장은 가압류가 되어 있어 돈 한 푼 뺄 수 없었고, 임대료 재촉은 하루가 멀다하고 들어오고, 들어 올 수금액은 정해져 있는데 지불해야 될 돈은 터무니없이 많았다. 정말 맨 정신으로는 견딜 수 없는 일들이 너무 많았다. 밤에 술이라도 취해 인사불성으로 잠이 들면 모를까, 술 기운 없이 집으로 들어가면 날이 밝을 때까지 뜬 눈으로 지새우기 일쑤였다. 그렇게 잠을 설치는 날이 많다 보니 피곤함도 바위처럼 전신을 눌러대고는 했다.

빛도 유산처럼 자식에게로 넘어간다는데, 다시 덜컥 겁이 났다.

"명훈이가 부지런히 해줘서 그럭저럭 꾸려 나가고 있다."

"예……."

명현은 가만히 고개만 끄덕였다. 사촌 형인 명훈이를 믿지 않는다는 표정이었다. 그게 근태 마음을 다시 무겁게 했다. 사촌지간인데도 왕래도 뜸하고, 서로에 대한 신뢰나 우애도 없어 보였다. 아닌게 아니라, 형님 집의 아이들은 근태 집에만 오면 뭐든지 가져 가려고만 했고, 마음에 드는 물건이 있으면 훔쳐서라도 제 것으로 만들어버리고는 했었다.

어린 시절부터 사촌들에게 너무도 많이 당하고 양보만 하고 살았던 애들이라 사촌에 대한 불만도 그만큼 많을 수밖에 없을 터였다.

이제 일어나야 할 시간이었다. 근태가 벗어 놓은 바바리코트를 집어들며 먼저 몸을 일으켰다.

"오늘은 여기서 주무시고 가세요. 내일 아침 첫차로 올라가셔도 되잖아요."

아쉬웠던지, 명현이 빠르게 근태를 붙들었다.

"너하고 술 한 잔 하고 싶으면 훌쩍 고속버스 타고 찾아오마."

근태는 그렇게 말하고 계산대로 다가갔다. 명현이 달려와 자기가 내겠다고 고집을 피웠지만 근태는 절대 양보하지 않았다.

"나도 아버지 노릇 한 번 제대로 하고 싶어서 그런다."

웃자고 한 말인데 명현은 다시 얼굴이 무거워지고 있었다. 무슨 말을 하든 쉽게 받아넘기거나, 쉽게 흘러 들을 수 없는 부자 관계가 되어 있었다. 친구처럼, 동무처럼 운동도 같이 하고 목욕탕에 가서 서로 등도 밀어주고, 편안하게 어깨동무 하면서 아들과 지낸다는 친구들이 왜 그렇게 행복해 했는지, 이제는 알 것 같았다.

날이 어두워져 있었다. 바람이 불 때마다 가로수의 잎들이 훌훌 떨어져 내렸다.

"추워요, 아버지."

명현이 근태 바바리코트를 여며 주었다. 그 손길이 참으로 아늑했다. 따뜻한 것보다 아늑한 것이 훨씬 마음을 포근하게 감싸는 모양이었다.

"다음 달에 올라갈게요."

"엄마한테는 부대 옮겼다는 말을 네가 하는 것이 좋겠다."

“예, 아버지.”

잠깐 어디론가 갔던 명현이 근태가 차 안에서 마실 수 있도록 생수 한 병과 음료수 세 병, 그리고 호두과자 한 봉지를 들고 뛰어왔다. 이미 배도 부르고, 적당한 취기로 차 안에서 내내 잠만 잘 것 같은데, 근태는 얼른 명현이 내미는 봉지를 받아들었다. 여기까지 찾아온 제 아비한테 이렇게라도 해줘야 마음이 편할 것이라고 생각한 탓이었다.

“잘 먹으마.”

“호두과자 한 봉지 더 살까요? 할머니 좋아하시는데.”

“됐다. 너한테 말없이 다녀온 걸 아시면 할머니 섭섭해 하실 거다.”

“아, 그러네요.”

명현이 얼른 고개를 끄덕였다.

근태가 버스에 오르고, 운전수가 차에 올라 시동을 걸 때까지 명현은 자리를 지키고 서 있었다. 그리고 버스가 천천히 움직일 때 꾸벅 고개를 숙여 인사를 했다.

그래, 잘 있거라. 몸 건강히. 아버지는 항상 너를 든든하게 생각한단다. 이렇게 나한테 기회를 준 것을 고맙게 생각한단다, 내 아들아…….

근태는 명현을 보며 가만히 고개를 끄덕여 주었다.

차가 서서히 움직이고, 근태가 다시 손을 들어 보일 때, 명현은 붉어진 눈으로 잠깐 손을 들어 보였다.

미안하다, 내 아들아……

근태는 부옇게 흐려오는 눈길을 들킬세라 서둘러 고개를
돌렸다.

버스가 서서히 멀어지고 있었다.

명현은 아버지가 탄 버스가 완전히 시야에서 멀어질 때까지 꼼짝 않고 그 자리에 서 있었다.

오늘 아버지는 주정뱅이와 도인의 이야기를 빗대 당신의 행동을 사과했다. 그 말을 듣는 동안 명현은 죄송스러움으로 고개를 들 수가 없었다. 도인이든 주정뱅이든 함께 느끼는 것은 인생이 괴롭다는 사실이었을까.

아버지는 그런 뜻으로 말하려던 것이 아닐지 몰라도 명현이 보았을 때, 주정뱅이든 도인이든 아버지 눈으로 보여지는 세상이란 괴로움투성이일 터였다.

그게 명현을 항상 암담하게 했었다. 세상은 행복을 배우고 익힌 사람만이 특권을 누릴 수 있는 공간인가. 행복은 분명 학습되어지는 것이었다. 불행은 저절로 주어지는 것일 수 있지만 행복은 아니었다. 행복을 배우지 못한 사람은 행복한 순간을 맞아도 느낄 줄을 몰랐다. 아버지가 그랬다. 세상의 모든 공식을 불행으로 풀어야만 되는 삶. 행복의 공식으로 푼다면 얼마든지 쉽게 풀 수 있는 문제도 불행이란 공식으로 풀려 하면 엉킨 실타래처럼 꼬일 수밖에 없으리라.

"왜 여기 서 있는 거야?"

누가 아는 체를 했다. 같은 부대의 김태길 대위였다. 육사 동기이기도 했지만 같이 지원해서 여기로 온 뒤 아주 가깝게 지내는 친구였다. 서울 집에 갔다가 돌아오는 모양이었다.

"아버지께서 오셨다가 방금 가셨어."

"좋았겠네."

김태길이 부러운 표정을 지었다.

"우리 아버지는 육사 일학년 때 돌아가셨거든. 다른 사람들이 아버지 이야기하면 무조건 부러워."

"……몰랐네."

항상 명랑하고 구김살 없이 굴어서 그런 슬픔이 가슴에 있으리라고는 한 번도 생각지 못했었다.

둘은 천천히 부대가 있는 쪽으로 걸음을 옮겼다. 걸어가다 보면 부대로 들어가는 차를 만날 수도 있었다.

"주제 넘지만, 아버지한테 잘해. 아버지가 살아 계셨을 때는 정말 미워했거든. 괜히 엄마만 못살게 굴고 집에 오면 나 붙잡고 잔소리만 하는 것 같아서. 매일 한다는 소리도 공부 잘해라, 왜 그렇게 노는 데만 신경을 쓰느냐, 옛날 같으면 네 나이에 벌써 장가 가서 아들 딸 낳고 살 나이다, 매일 그런 잔소리만 해서 철없는 생각에 아버지 없는 집 애들이 부러울 지경이었다니까. 늦게 들어가도 상관 없고, 성적 떨어졌어도 야단도 안 맞고. 근데 요즘엔 아버지가 하신 말씀이 다 옳다는 걸 알았어."

김태길은 비뚤어진 모자를 똑바로 쓰며 목소리를 가다듬었다. 아버지에 대한 슬픈 기억을 갖고 있는 사람은 아버지 이야기를 끄집어낼 때마다 목청을 가다듬어야 될지 모른다. 아버지의 슬픔을 맨 목소리로 이야기할 수는 없을 테니까.

"철이 다 들었네. 그런 소리도 할 줄 알고. 나는 아직 그런 말도 할 줄 모르거든."

명현은 쓸쓸하게 웃었다.

"아버진 돌아가신 뒤에야 보고 싶어지는 사람인가 봐. 정말 힘들고 고달프면 어머니보다 아버지 생각이 먼저 난다니까. 같은 남자라서 그럴까?"

"그 말 안 잊고 기억할게. 나도 아버지한테 엄청 불효하면서 살거든."

"그러지 말어. 나중에 나처럼 가슴을 치면서 후회할 걸."

김태길이 제 가슴을 세게 쳐보이는 시늉을 했다.

명현은 하하, 소리내어 웃었다. 하지만 마음은 몹시 무거웠다. 아버지는 저번에 봤을 때보다 훨씬 지쳐 보였다. 얼굴의

주름살은 물론이고 햇볕에 그을린 것과 달리 거무죽죽한 얼
굴색을 하고 있었다.

그 전에는 아버지 원망만 하느라 아버지 얼굴 한 번 제대로
바라본 적이 없었다. 아버지 자랑하는 친구들을 부러워할 줄
만 알았지 내 아버지가 얼마나 힘겹게 세상을 살고 있을까,
하는 걱정은 꿈에도 하지 않았다. 받을 줄만 알았지, 자식으
로서 으당 해야 되는 도리나 의무는 생각도 안했던 것이다.

오늘 아버지는 아주 여러 번 헛기침을 했다. 다른 때는 들
어보지 못했던 소리였다. 그러면서 얼굴은 환하게 웃고 있었
다. 아버지가 어느 때 헛기침을 하는지, 명현은 오늘에서야
알았다. 기쁠 때였다. 아버지는 기쁠 때 헛기침을 했다.

항상 까만 유리 같은 아버지였다. 저 동굴 같은 속을 한번
도 들여다 본 적도 없었고, 들여다 보고 싶다는 생각도 하지
않았었다. 하지만 이제는 알 것 같았다. 아버지의 까만 유리
같은 마음은 아주 작은 충격에도 얼마든지 와장창 깨질 수 있
는 연약한 유리라는 것을.

"아버지가 일찍 세상을 뜬 건 형 죽음 때문이었어."

김태길이 천천히 걸음을 옮기며 다시 말을 이었다. 명현은
고개를 들어 그를 보았다. 저 친구한테 죽은 형이 있다는 것
도 까맣게 모르고 있었다. 그저 손 귀한 집의 외아들 정도로
만 알고 있었다.

"아버지는 나보다 형을 유난히 좋아했어. 형은 말썽도 안

부리고, 모범생이었거든. 그런데 초등학교 6학년 때 물에 빠져 죽고 말았어. 우리 학교 3학년 애가 공사장 맨홀에 빠져 허우적거리는 걸 보고는 그 애를 구하려다 대신 죽었지. 하루도 빠짐없이 매일 비가 왔었기 때문에 맨홀에는 흙탕물이 잔뜩 고여 있었어. 형은 그 흙탕물 속에서 한동안 허우적거리다가 숨이 끊어진 것이지. 형 덕분에 목숨을 구한 꼬마는 겁이 나서 집으로 도망가서는 이불 속에 숨어 있다가 잠이 들어 버렸고. 병원으로 옮긴 형의 배는 남산만큼이나 불러 있었어. 할머니는 그 흙탕물을 마시면서 얼마나 무서웠냐, 그러면서 울고……. 엄마는 형네 반 반장 엄마를 붙들고 2학기 때는 우리 태민이가 반장할 거라고 믿었는데, 그러면서 실성한 사람처럼 울고…….”

김태길이 다시 목청을 가다듬었다. 산으로 접어들면서 바람이 더 차가워졌다. 산의 어둠은 더 짙게 마련이지만, 둘다 길을 훤하게 알고 있는 터라 부대까지 그냥 걸어가도 괜찮겠다는 생각이 들었다. 그러면서 아버지가 따뜻한 차 안에 앉아서 편히 가실 수 있어서 다행이라는 생각을 뜬금없이 했다.

“그런데 아버지는 끝까지 울지 않았어. 외국으로 출장 갔다가 소식 듣고 부랴부랴 달려오셨는데, 형의 영정만 가만가만 쓰다듬고 계셨지. 내가 자다 말고 문득 눈을 떴을 때도 아버지는 형 영정 앞에 앉아 있었어. 아버지 그림자가 얼마나 크게만 느껴지던지, 덜컥 겁이 났을 정도였어. 아버지는 손을 뻗어 향불도 피우고, 그러면서 그 앞을 꼼짝 않고 지키시더 군. 나는 아버지가 울지 않아서 다행이라고 생각하고 있었고. 엄마가 어떻게 자식이 죽었는데도 눈물 한 번 안 흘리느냐고 울부짖을 때도 아버지는 미동도 하지 않았어. 그냥 엄마가 흔 들어 대는 대로 몸이 흔들렸을 뿐이지. 정말 아버지 얼굴에는 아무런 표정도 없었어. 우는 엄마보다 그렇게 아무 표정도 없 는 아버지가 더 무서웠지. 형이 화장터로 떠나던 날, 맨홀을 파두었던 회사에서 조화 한 개를 보내 왔었어. 그런데 차가 움직이려고 하는데, 아버지가 갑자기 그 조화를 내팽개치고 울기 시작하는 거야. 차 앞에 조화를 내팽개치고 그 위에 쓰 러져 버둥거리며 울더군. 으헝! 으헝! 그런 소리로. 꼭 호랑 이 울음소리 같더군. 짓이겨진 꽃 위에서 몸부림을 치면서 울 부짖는 아버지를 아무도 말리지 못했어. 모두 고개를 돌리고 눈물을 뿌리는 것밖에는. 달려 가 아버지를 일으켜 주고 싶었 지만 나도 꼼짝 못하고 숨어 있었고. 아버지의 호랑이 울음소 리 때문이었지. 어린 마음에 죽은 형이 아버지의 저런 울음소 리를 들으면 엉엉 소리내어 울 거라고 생각하니까 괜히 더 울 음이 나오더군. 그 뒤……"

김태길이 말을 끊었다. 목소리가 젖어 있었다. 명현은 말없 이 걸음을 옮겼다. 발밑에 채이는 어둠이 사락사락 낙엽 밟는 소리를 냈다. 쏴아아, 비단결 부딪치는 소리를 내며 바람이 불고 있었다.

"그 뒤에 아버지는 한동안 정신을 못 차렸어. 회사도 그만 뒀고. 아버지는 그때 대기업 부장으로 계셨는데 회사에서 호랑이 부장이라고 소문이 났었어. 누가 조금만 잘못해도 불호령이 떨어졌으니까. 오죽하면 그 회사 사장도 아버지를 조심스러워 했다더군. 그런 아버지가 형이 죽은 뒤 정신을 놓고 비만 오면 학교 운동장을 뛰어다니며 형을 찾았어. 애들을 붙잡고 우리 태민이 못 봤냐? 우리 태민이가 스케치 북을 놓고 가서 전해 줘야 해. 그러면서……."

"……."

"공부 하다 애들이 야, 네 아버지 오셨다, 그러면 나는 얼굴부터 빨개지고는 했지. 애들이 니네 아버지 미쳤다, 그러면서 놀리는 것 같았거든. 선생님들이 아버지를 교무실로 모시고 들어 가 왜 오셨어요? 물으면 빗물에 다 젖은 스케치 북이나 노트를 내놓고는 했대."

죽은 자식을 애달퍼 하며 피눈물을 뿌린 김태길 아버지의 모습을 보는 듯만 싶었다. 어머니처럼 차라리 드러내 놓고 눈물도 뿌리지 못했을 아버지. 그의 아버지는 오랜 세월이 흘러도 자식을 떠나 보내지 못하고 가슴에 안고 있었던 것이다.

"하루는 피를 흘려가면서 연필을 깎고 있더군. 아버지, 뭐 하세요? 물었더니 뭐라고 하신 줄 알아? 응, 네 형 갖다 주려고 깎는다, 그러면서 자랑스럽게 말하는 거야. 손가락에서 피는 뚝뚝 떨어지고 아버지는 한없이 행복한 표정을 짓고 있고.

그런 아버지가 왜 그렇게 바보 같은지, 막 소리치면서 대들었
어. 아버지, 형 죽었어! 죽었단 말이야! 아버지가 그러니까
애들이 아버지 미쳤다고 하잖아. 아버지는 바보야? 형이 죽
었는지 살았는지도 몰라? 형이 그렇게 보고 싶으면 아버지도
따라 죽으면 되잖아!"

김태길은 다시 말을 끊었다. 그리고 한동안 아무말도 하지
않았다. 깜깜한 어둠 속을 걸으면서 김태길의 마음 속에 감춰
진 아버지 이야기를 듣는 것이 조금도 낯설지 않았다. 어쩌면
아버지는 오늘 여기까지 왔다 가면서 얼굴도 모르는 사람의
입을 빌어서라도 당신이 하고 싶었던 말을 다 하고 싶었을지
도 몰랐다.

"아버지가 나한테는 관심도 두지 않고 형만 보고 싶어하는
것이 너무 화가 나서 그렇게 철없는 소리를 한 거지. 그 날,
아버지는 자다 깬 사람처럼 눈을 크게 뜨고는 나를 마구 때리
더구만. 네 형이 왜 죽어! 절대 안 죽었어! 절대 안 죽었어!"

김태길이 큰 소리로 아버지 흉내를 냈다. 그의 굵은 음성이
어둠 속으로 멀리까지 퍼져 나갔다. 고요한 가을 밤이었다.
어디선가 풀벌레 우는 소리도 들려 왔다. 어쩌면 김태길의 아
버지는 어둠 어딘가에 몸을 숨긴 채 아들의 이야기를 귀담아
들으면서 다시 한 번 피눈물을 뿌리고 있을지 몰랐다.

발밑에 큰 돌 하나가 걸렸다. 명현은 발에 걸리는 돌을 툭
차냈다. 돌이 둔탁한 소리를 내며 저 밑으로 굴러 떨어졌다.

"아버지는 또 울고 있었어. 으헝, 으헝, 그런 호랑이 소리는 내지 않았지만 난 똑똑히 아버지 울음소리를 들을 수 있었지. 그러고 나서 얼마 후에 아버지는 다시 정신을 차렸어. 정신을 놓은 것도 형 때문이었지만 정신을 차린 것도 형 때문이었어. 형이 죽은지 백일이 되던 날, 엄마하고 절에 다녀오신 아버지가 신음처럼 이런 말을 하시더군. 형을 봤다. 네 형을 봤어. 형이 나는 좋은 데 갔으니까 아버지 걱정하지 마, 그러더라. 아버지가 자꾸 나 붙잡으면 나만 힘들어져. 그러니까 내 이름 그만 불러, 그러더라……"

김태길이 다시 말을 흐렸다. 그는 울고 있었다. 아버지도 없는 집에 갔다 오면서 혼자 계시는 어머니 때문에라도 마음이 아플 터였다. 어쩌면 아무나 만나 무슨 특권인 양 아버지한테 해보였던 불효를 반성하듯 털어놓고 싶었으리라.

"그때도 아버지는 눈물을 흘리고 계셨어."

그가 다시 말을 이었다.

"……"

명현은 여전히 아무 말도 할 수 없었다.

세상의 모든 아버지는 다 같을 것이다. 어디에 드러내 놓고 울 장소 하나 갖고 있지 못해 슬픈 일을 당해도 가슴으로 피눈물을 흘려야 되는 아버지들. 명현은 고개를 들어 하늘을 보았다. 아직 달은 뜨지 않았다. 하지만 촘촘하게 박힌 별들이 맑은 거울처럼 보여졌다. 바람은 여전히 검은 거울 같은 하늘로 박차고 올라갔다가 미끄럼을 타듯 내려와 옷자락이며 머리카락을 흔들었다.

"그러고 나서 아버지는 정신을 차렸어. 그러고는 그동안 못다한 것을 다 하기라도 하는 것처럼 나를 단속하기 시작했지. 형은 까맣게 잊은 사람 같았어. 학교도 차로 꼭 데려다 주고, 학교가 끝나면 교문 앞에 차를 세워 놓고 나를 기다리고. 수학여행을 가야 되는데 아버지가 절대 안 된다고 반대를 하는 거야. 기차 사고가 나서 죽을지도 모른다면서. 할 수 없이 엄마가 아버지 몰래 나를 빼내 수학여행을 가게 해주었을 정도였어."

"……."

"정말 아버지는 세상에 나밖에 없는 것처럼 행동했어. 내가 조금만 늦게 들어와도 얼굴이 사색이 되어 있고. 세상이 두렵고 겁이 나서 그랬던 거지. 나는 아버지가 기도하는 소리는 한 번도 듣지 못했어. 그런데 하루는 차를 타고 가다 깜박 잠이 들었는데, 무슨 소리가 들렸어. 아버지가 운전을 하면서 기도를 하고 있었던 거야. 아버지는 하다 못해 어머니 앞에서도 기도를 하지 않았지만 그렇게 운전을 하거나 혼자 있을 때면 끊임없이 기도를 하고 있다는 것을 알았지."

"……."

명현은 다시 아버지를 떠올렸다. 아버지가 기도하는 모습을 본 적은 없었다. 하지만 김태길의 말을 듣는 동안 명현은 무릎을 꿇고 앉아 하염없이 기도를 하고 있는 아버지를 눈앞에서 보고 있는 듯만 싶었다.

"과외 선생도 두지 않고 옆구리에 꼭 끼고 앉아 영어를 가르치고, 수학을 가르치고 그랬어. 조금만 성적이 떨어지면 무섭게 야단을 치고. 친구들하고 어울려 분식집 한 번 갈 수가 없었지. 아버지가 꼭 지키고 있으니까. 그게 싫어서 육사를 들어 갔어, 실은. 아버지가 싫어서. 아버지 그늘을 벗어날 수 있어야겠는데 내 성적이 그렇게 나쁜 것도 아니고, 지방으로 내려가겠다고 할 수도 없고. 생각 끝에 육사를 들어가기로 했지. 그랬는데 입학하고 나서 세 달 후에 아버지가 돌아가셨어. 간암이었는데, 식구 아무도 몰랐던 거야. 돌아가실 무렵에서야 알았을 정도였지. 참 지독한 아버지였어. 내가 육사로 가겠다고 했을 때 왜 그렇게 아버지가 다행스러운 표정을 지었는지 나중에서야 알았지. 그러면서도 네 뜻이 그렇다면 열심히 해라, 하면서 내 어깨를 툭툭 쳐 주더군. 어쩌면 아버지는 나를 떠나 보내는 것이 싫으면서도 당신의 마지막 모습을 자식에게 보이지 않아도 된다는 사실이 다행스러웠던 것 같애."

"……."

명현은 잠깐 뒤를 돌아다 보았다. 뒤에도 앞에도 빛은 없었다. 앞으로 이 길을 오갈 때마다 어둠 속에서 들었던 김태길 아버지의 슬픈 이야기를 떠올릴 것이다. 그리고 여기까지 찾아와 명현을 앞에 앉히고 용서를 빌 듯 마음 속의 이야기를 털어 놓던 아버지의 모습도.

아버지는 이렇게라도 해서 명현이 갖고 있는 당신의 불신감을 해소하고 싶었을까. 우연일텐데도 김태길의 긴 이야기는 명현 마음을 멍멍하게 만들었다.

아주 먼 훗날, 명현 자신도 누구에겐가 아버지 이야기를 하게 되면 즐겁고 행복했던 기억보다 슬프고 괴로웠던 이야기를 더 많이 하게 되리라.

"요즘 결혼하고 싶은 여자가 생겼는데, 이상하게 아버지 생각이 자주 나는 거야. 이럴 때 아버지가 계시면 뭐라고 하실까, 그러면서."

명현은 그의 어깨에 팔을 얹었다. 그리고 어깨동무를 한 채 뚜벅뚜벅 걸었다. 마치 아버지와 함께 어깨동무를 하고 길을 걷고 있는 것처럼.

김의 죽음을 안 것은 휴게실에서였다.

이상하게 집으로 전화를 걸어보고 싶었다. 근태는 공중전화 부스로 들어갔다.

집을 나올 때 돈지갑 외에는 아무것도 갖고 나오지 않았다. 깜박 잊고 다 빼놓고 나온 것이다.

전화를 받은 아내는 대뜸 어디예요? 하면서 불안한 목소리로 물었다. 처음에는 어머니한테 무슨 일이 생긴 걸까, 가슴이 덜컥 무너져 앉았다. 요즘 들어 어머니는 식사량도 많이 줄고, 노인정에 나가시는 것 같지도 않았다. 그저 집에서 소리없이 움직이거나 텔레비전을 보는 것이 전부였다.

"명훈이한테서 전화가 왔어요. 김사장이 죽었다고. 핸드폰으로 전화해도 안 되니까 집으로 전화했대요."

근태는 아내 말을 듣는 동안 머릿속으로 윙, 날카로운 기계음이 지나가는 것을 느꼈다.

"교통사고였대요. 어머니가 돌아가실 것 같아서 병원으로 모셨는데 다시 괜찮아져서 집으로 모셔 오는 길이었는데 트럭에 그만……."

"그럼 그 친구 어머니는?"

근태는 먼저 그렇게 묻고 말았다. 김병호 그 사람이 평소에 노랫가락처럼 읊던 말이 떠올라서였다. 제발 자기보다 어머니가 먼저 갔으면 좋겠다고 했던.

"잘은 모르고, 아무튼 김사장만 그 자리에서 즉사했대요."

성격 차분한 아내도 그 말을 하면서는 떨고 있었다.

"어느 병원이래?"

근태는 간신히 물었다. 아무 생각도 나지 않았다. 김을 언제 보고 그만이었던가. 요즘 들어서는 얼굴을 통 못 보았었다. 명하 때문에 정신이 나가 있을 때 그때 회사로 한 번 찾아왔지만 바쁘다고 하면서 그냥 돌려보낸 것이 전부였다. 그 날도 김은 얼굴에 수심이 가득했었다. 어머니가 병원에 입원했다는 말을 들은 것도 같았다. 하지만 그러려니 했었다. 워낙 병원과 집을 수시로 드나드는 환자인지라 그때도 그런 정도로만 여겼었다. 그런데 그 모습이 마지막이었다니.

명훈이한테 전화를 걸어 볼까 하다가 그만 두었다. 믿을 수가 없었다. 어쩌면 혼수상태 정도인데 아내가 잘못 전해받았거나 명훈이가 잘못 전했을 수도 있었다. 정말이지 두 눈으로 확인하기 전에는 절대 믿을 수가 없었다.

버스가 어둠 속을 달리는 동안 근태는 멍한 표정으로 창 밖을 내다보고 있었다. 벌써 북망길로 떠난 친구들이 더러 있었다. 한 친구는 자다 말고 갑자기 죽었고, 한 친구는 위암으로 죽었고, 한 친구는 술에 취한 채 동사를 했고, 한 친구는 교통사고로 운명을 달리 했고.

이제는 저승길로 떠나는 벗들이 많을 나이인데도 친구 죽음 소식을 대할 때마다 뭔가 억울하다는 생각이 먼저 들고는 했다. 아직 할 일도 많고, 사람답게 살아보지도 못했는데 벌써 생명줄부터 끊어 놓는가 싶어 괜히 하늘이 원망스럽기도 했다.

지겹게 고생만 하는 세대들이었다. 가난의 질곡에서 벗어나기 위해 온몸으로 피땀 흘리며 살아온 세대들이었다. 조상들에게 물려받은 것은 가난과 불행밖에 없었다. 그래도 유산처럼 이어받은 그런 것들에서 벗어나려는 몸부림 한 번 하지 않고 묵묵히 견뎌냈던 것이다. 내가 견뎌내지 않으면 자식들도 나처럼 불행하게, 가난하게 살지 모른다는 생각 때문에 두려움에 떨며 이를 악물고 참아냈던 세대들이었다.

그렇게 숨 한 번 크게 못 쉬고, 낮은 포복하듯 한사코 몸을 숙인 채 세상을 살아 온 그들이 하나 둘 저 세상으로 밀려나고 있었다. 언제 한 번 제대로 주인 노릇 해본 적이 없었는데. 늘 상머슴처럼 기 한 번 못 펴고 살았는데.

이제 억울하다거나 분하다는 생각은 들지 않았다. 예전에는 폭음을 하며 세상을 향해 빈 주먹을 날리고는 했지만 이제는 그럴 기운도 남아 있지 않았다. 죽는 날까지, 명이 다 하는 날까지 해보일 수 있는 행동이란 예전에도 그랬고, 지금도 그러한 것처럼 세상과 맞서 대결하기보다는 최대한 존재를 숨긴 채 숨을 죽이며 살아야만 될 터였다.

그래, 어쩌면 더 이상은 비굴한 모습 안 보이고 더 이상은 초라한 모습 안 보이고 저 세상으로 떠날 수 있다는 것이 오히려 고마울 수도 있었다.

근태는 그런 생각을 하며 자신을 진정시켰다.

병원 영안실 입구에는 많은 사람들이 모여 있었다. 근태는 될 수 있으면 고개를 푹 숙인 채 그 앞을 지나갔다. 혹시라도 아는 얼굴이 보일까봐서였다. 누가 뭐라고 하건 두 눈으로 직접 확인하기 전에는 절대 믿을 수 없었다.

아직 그 사람에게 근사하게 술 한 번 정도는 더 사줄 기회가 남아 있어야 했다. 빚더미 출판사를 근태 자신에게 넘겨주었다는 원망을 해결하지 못한 채 덜컥 저 세상으로 떠나게 해서는 안 될 일이었다. 한번은 출판사가 잘도 돌아가는 모습을 보여줘야 했다. 그래서 그 사람이 혹시라도 품고 있을 미안감을 덜어줄 수 있어야 했다.

더러 출판사가 잘 돌아가면 그에게 자리 하나는 만들어 줄 요량이었다. 빚 청산 다 하고, 집에 기본 생활비 정도 넣어 줄 수 있을 정도면 그를 데려다 자리 하나 만들어 줄 요량이었다. 그래서 파고다 공원에 가서 시간을 죽이느라 하루 해가 너무 길다는 식의 넋두리를 두 번 다시 하지 않아도 되게끔 해주고 싶었다.

하지만 영안실 현관 게시판에 붙어진 '김병호'라는 글씨를 본 순간 근태는 굳은 듯이 그 자리에 멈춰 서고 말았다. 그 밑에 나란히 쓰여져 있는 자식들의 이름도 낯익었다.

영정 속의 그는 빙긋이 웃고 있었다. 수줍은 소년처럼. 그 소년 같은 얼굴을 똑바로 쳐다보지도 못한 채 근태는 넙죽넙죽 절을 했다. 그가 당장이라도 뛰어나와 쑥스럽게 웃으며 근태 손을 잡을 것 같았다.

항상 당하기만 하고 살았지, 누구에게 손 한 번 내밀지 못하는 위인이었다. 고작 근태를 붙잡고 술을 얻어 먹고, 밥을 얻어 먹고, 그게 고작이었다. 술 한 잔도 고마워할 줄 알았고, 반찬 없는 밥도 맛있게 먹으며 황송해 하던 사람이었다.

사진 속의 그가 근태를 보고 친구 왔나, 묻고 있었다. 근태는 그 앞에 털썩 주저앉고 말았다.

"그래, 날세. 나야. 내가 왔어……."

근태는 신음처럼 중얼거렸다.

한쪽으로 그의 아내가 구겨진 헝겊처럼 앉아 있었다. 그 옆에 아낙 서너 명이 붙어 앉아 손과 발을 주무르고 있었지만 그의 아내는 넋이 나간 표정이었다.

"그 양반이 최사장님한테 제일 미안해 했어요. 못할 짓을 시켰다고."

근태와 마주 앉은 그의 아내가 혼잣말처럼 중얼거렸다. 언젠가 보험 계약 때문에 처음 보았고, 그 뒤 근태가 보험금을 내지 못하고 연체를 시켜 놨을 때 돈을 직접 받아가느라 들른 것이 전부였는데 근태 얼굴을 정확하게 기억하고 있었다.

다시 연체시키면 또 어려운 발걸음 시킬 것만 같아서 그 뒤로는 아무리 돈이 없어도 날짜 어기지 않고 꼬박꼬박 보험금을 넣었었다.

"출판사 잘 되는 모습을 꼭 봐야 된다고 노래하듯 그랬어요."

"……."

말하지 않아도 김의 마음을 근태는 잘 알고 있었다. 귀찮아 하건 말건 상관없이 드나들었던 것도 밥 한 끼 얻어 먹고, 술 한 잔 얻어 먹고 싶어 그런 것만은 아니었다. 너무도 걱정스 럽고 미안해서였으리라. 남에게 아쉬운 소리 한 번 못하는 위인이 빚더미 출판사를 근태에게 넘기고 얼마나 마음이 불편 했으랴.

갑자기 숨 쉬기가 힘들었다. 근태는 가슴을 손바닥으로 누르며 가슴이 진정되기를 기다렸다. 하아하아, 저절로 가쁜 숨이 터져나왔다. 근태는 입술을 앙 다물고 그 자리를 빠져나왔다. 아무도 근태에게 눈길을 주지 않았다.

근태는 복도에 있는 의자에 무너지듯 주저앉으며 터질 것 같은 가슴을 다독였지만 소용이 없었다. 사방이 보라색으로 탈색되어져 가고 있었다. 그리고 눈앞에서 움직이는 사람들의 모습이 불나방처럼 아무런 무게감도 느껴지지 않았다.

"왜 이러세요?"

누군가 소리를 지르며 근태 몸을 붙들었다. 근태는 눈을 부릅뜨고 소리 내는 사람의 얼굴을 똑바로 바라보려 애를 썼지만 사방은 이미 까만 어둠 속에 갇히고 있었다.

근태는 꿈 속에서 김병호의 이야기를 들었다.

김은 언제나처럼 점퍼 차림으로 다가와 털썩 주저앉으며 주머니부터 뒤졌다. 그러고는 자신이 담배를 끊었다는 것을 떠올린 듯 허허, 빈 웃음을 먼저 날렸다.

"사람마다 한 개의 별이 있다고 믿은 적이 있었어. 사람이 태어나면 하늘에도 한 개의 별이 태어나고, 그 사람이 죽으면 하늘의 별도 사라진다고. 너무도 가난하고 힘들게 사는 것이 지긋지긋해서 밤이면 동구밖에 나가 하늘의 별 중에서 어떤 별이 내 별일까, 늘 찾고는 했지. 그러다 어느 날 가장 내 마음에 드는 별이 내 별이라고 믿기 시작했지. 그 뒤 그 별은 내게 희망이 되고, 기쁨이 되어주었지. 아무리 힘들고 괴로운 일이 있어도 그 별을 보고 이야기를 하다 보면 별이 괜찮아, 괜찮아, 하고 나를 위로해 주고는 했어. 기쁜 일이 있어서 말을 걸면 별은 나보다 더 기뻐하면서 그렇게 사는 거야, 그렇게 살면 반드시 기쁜 일이 생길 거야, 하면서 좋아했지. 그런데 언제부턴가 나는 내 별을 바라보지도 못하고 살기 시작했어. 하루 종일 고개 숙이고 일만 하느라 하늘을 올려다 볼 기회조차 없었지. 아니, 하늘에 내 별 하나가 떠 있다는 사실도 까맣게 잊고 살았어. 가끔 그 생각이 나서 하늘을 올려다 보기도 했지만 내 별을 잃어버리고 말았어. 아무리 눈을 부릅뜨고 찾아봐도 내 별이 보이질 않아. 하늘이 탁해져서가 아닐 거야. 어쩌면 하늘에 내 별 따위는 처음부터 없었다는 생각 때문이었을지도 모르지. 그것도 아니면 일부러 내 별을 찾고 싶지 않았거나. 아직도 그 꼴로 사느냐고 내 별이 흉볼까봐 두렵기도 했거든. 나는 나중에 정말 근심 걱정 다 털어내고 나면 비싼 망원경 하나 사다 놓고 내 별을 꼭 다시 찾고 싶다네."

그렇게 말하면서 그는 허허 웃었다. 담배 진이 끼어 조금 누래진 이를 드러내고 소년처럼 환하게 웃었다.

"정신이 드세요?"

환하게 웃는 김병호의 얼굴 대신에 해맑은 얼굴 하나가 근태를 내려다보며 물었다. 흰 복장의 간호사였다. 그 옆에는 하얀 가운의 젊은 의사가 서 있었다. 응급실이었다. 손에는 링거 주사가 꽂혀 있었다.

"큰일날 뻔 했습니다."

의사는 근태 맥박을 짚어보며 말했다. 깜박 정신을 잃은 모양이었다.

"심장에 이상이 있어요. 다행히 병원에서 쓰러지져서 무사하셨어요. 만약에 길거리에서 쓰러지셨다면 큰일이 났을지도 몰라요."

의사가 설명해 주었다. 그냥 하는 소리는 아닌 것 같았다. 근태는 겁먹은 표정으로 의사를 올려다보았다.

"정밀 검사를 받으셔야 되겠어요. 가족들한테 연락을 하셔서 당장 입원 수속을 하세요. 주머니에 연락처 하나 없어서 연락 못했어요."

의사는 정갈하지만 똑똑 부러지는 말로 설명했다.

심장마비? 근태는 불안한 눈초리로 의사와 간호사 얼굴을 보았다.

근태는 시계를 보았다. 시계 바늘이 2시를 가리키고 있었다. 버스에서 내려 병원에 도착한 시간이 11시 30분경이었고, 그렇다면 거의 두 시간 넘게 의식을 잃고 있었다는 것이 된다.

"일단 입원하셔서 정밀 검사를 해봐야 알겠지만 시간을 지체하면 큰일납니다. 제 말을 흘러 듣지 마십시오. 얼른 입원하세요."

의사는 근엄한 표정으로 말했다. 당장 집에 연락을 해서 입원 수속을 하라는 뜻이었다.

하지만 근태 귀에는 그런 말들이 들리지 않았다. 우선 영안실의 김병호가 먼저 떠올랐고, 어머니가 떠올랐다. 그리고 아내 생각도 났다. 아직 병원에 누워 편안하게 검사나 받고 있을 형편은 못되었다.

다른 것은 몰라도 김의 마지막 길을 따라가 줘야 될 터였다. 그게 근태가 김에게 해줄 수 있는 마지막 우정이었다.

"저, 오늘은 그냥 퇴원하면 안 될까요?"

근태는 조심스럽게 물었다.

"절대 안됩니다. 만약 잘못되기라도 하면 기회를 영영 잃고 맙니다. 지금 상태로 봐도 가벼운 상태는 아닙니다."

말은 그렇게 하고 있었지만 어쩌면 상태가 아주 나쁜지도 모른다는 뜻으로 들렸다.

"약속 지키겠습니다. 실은 친구가 여기 영안실에 있습니다."

근태는 바짝 마른 입술로 간신히 말을 이었다.

"마지막 길을 챙겨주고 싶어서 그럽니다. 안 되겠습니까?"

의사는 주머니에 손을 찔러 넣은 채 난감한 표정을 지었다.

"정말 약속하겠습니다. 친구 마지막 길을 본 뒤에, 그런 다음에 꼭 들어오겠습니다."

근태는 사정하듯 말했다. 의사가 안된다고 할까 봐 조바심이 일었다.

의사가 근태 가슴에 다시 청진기를 대었다.

근태는 마른 침을 삼키며 의사의 말을 기다렸다.

아직도 가슴이 뻐근했다. 그동안 까닭없이 숨이 가쁘고 어깨가 묵직해지면서 가슴이 아팠던 것도 모두 심장 때문이었단 말인가.

"좋습니다. 그렇게 하세요. 대신 술을 드시거나 정신적인 스트레스는 가급적 피하세요. 음식도 많이 들지 말고, 격한 운동도 해서는 안됩니다. 옷도 따뜻하게 입으시구요. 모레까지는 꼭 들어오십시오."

"모레는 어렵겠고, 그 다음 날에 들어오겠습니다."

"생명이 그렇게 기다려주지 않아요. 그러다 덜컥 무슨 일이라도 당하면 어쩌시려구요? 다른 데도 아니고 심장이에요. 심장은 한 번 멈추면 그것으로 끝입니다."

"약속하겠습니다. 꼭 들어오지요. 친구가 죽어서 충격을 받아서 그랬어요."

근태는 다시 쩔쩔매며 사정을 했다. 굳이 그렇게까지 사정할 필요는 없을 테지만 마치 의사가 염라대왕이라도 되는 것처럼 매달렸다. 의사 허락이 떨어지면 그동안은 별일이 없을 것이라는 생각까지 들었다.

"제 말 쉽게 들으셨다가는 큰일 날 수도 있습니다. 환자 분께서 그렇게 원하시면 어쩔 수 없지만, 아무튼 약속은 꼭 지키셔야 됩니다."

의사는 마지못해 퇴원을 허락했다. 대신 주의 사항을 두 번

세 번 반복했다. 아닌게 아니라 의사와 간호사의 말을 듣다
보니 중병에 걸린 것 같은 기분이 절로 들었다.

"식사하시고 약을 꼭 챙겨드세요."

간호사는 처방전을 근태 손에 들려주었다.

"내일 약국에 가지 마시고 지금 가세요. 24시간 문을 여는
약국도 있으니까요."

밖으로 나왔지만 아직도 정신이 다 들지 않았다. 아주 어두
운 동굴 속에 갇혀 있다가 비로소 탈출한 듯한 그런 기분만
들었다.

영안실을 가리키는 불빛이 저리로 보였다. 근태는 그 자리
에 선 채 오랫동안 불빛을 바라보았다. 눈앞이 부옇게 흐려오
면서, 뜨거운 물기가 주루룩 볼을 타고 흘렀다.

"정말 가는 건가, 이 사람아?"

근태는 작은 소리로 물었다.

"왜? 내가 가는 것이 서운한가? 자네, 나 때문에 손해만 보
고 산다고 생각하잖아?"

어둠 속에서 김이 사람 좋은 웃음을 지으며 물어 왔다.

"손해만 보게 하는 친구라도 옆에 있어 줘야 사는 맛이 있
지. 이제 누가 나를 찾아와 밥 사달라고, 술 사달라고 그러겠
어."

"허허, 하긴 그래. 자넨 내 덕분에 복받은 거야. 지금 우린
누가 사주는 술이나 얻어 먹고 살아야 될 처지인데 자네는 나

한테 여전히 술 사면서 살았잖아. 이제는 누구하고 술벗하고 살텐가?”

“고맙구만. 그런 것까지 염려해 주고. 걱정 말게. 자네 없어도 얼마든지 술 같이 마셔줄 친구는 많으니까.”

“허허, 하긴 안여사 하고도 마실 수 있고, 종이 회사 박부장도 같이 마실 수 있고. 그럼 걱정 안하고 가도 되겠네.”

그의 쉿소리 섞인 웃음소리가 커다랗게 들리는 것 같았다.

근태는 눈을 들어 하늘을 올려다 보았다. 김이 말한 별은 어디에 있을까. 하지만 아무리 찾아보아도 별 하나 보이지 않았다. 사라져버린 별들 속에서 김의 별을 어떻게 찾을 수 있을까. 근태는 찬바람을 맞으며 눈앞을 부옇게 흐려 놓는 눈물을 닦지 않았다.

아주 긴 시간 동안 쉬지 않고 걸어온 것처럼 숨이 턱까지 차올랐다.

헉헉, 마른 호흡 소리가 자꾸만 정신을 아득하게 만들었다. 내 숨소리가 아닌 남의 숨소리를 듣는 듯만 싶어 근태는 여러 번 주위를 훑어보고는 했다. 하지만 사방에는 아무도 없었다. 아무도 없다는 것이, 견딜 수 없는 외로움을 안겨주었다. 무서움인지도 몰랐다. 김, 그 친구라도 주변 어딘가에 있다면 얼마나 좋을까.

달이 왜 그렇게 밝기만 한지. 별까지 반딧불처럼 까무룩히 꺼졌다가 사라지기를 거듭하고 있었다. 뚝, 끊어질 것같은 숨소리는 계속 들려오고 있었다.

정말 요망스러운 꿈이었다. 꿈이라는 것을 인식하면서도 눈을 뜰 수 없었다. 저 많은 별 중에 한 개만이라도 꺼진다면 저 밭은 숨소리도 깜박 꺼져버릴 것 같았다. 견딜 수 없는 시시각각의 공포와 초조감. 목이 탔다.

온몸이 공포에 싸여 덜덜 떨리기 시작했다.

뚜욱, 뚜욱, 뚜우욱……. 높다란 곳에서 마지막 남은 물방울들이 떨어져내리는 것처럼 간헐적인 소리가 들려왔다.

그렇게 다가오고 있었다, 죽음이.

분명 저승사자의 걸음이었다. 목숨을 챙겨 가려고 다가오는. 자신에 넘치고 규칙적인 소리를 들으며 근태는 두 주먹을 불끈 쥐었다.

피하지 않으리라. 두 눈을 벌겋게 뜨고 다가오는 죽음에 맞서리라. 근태는 그렇게 다가오는 죽음을 맞이하려 가슴을 쭉 펴며 감았던 눈을 크게 떴다. 아, 가녀린 비명이 목울대를 치고 입 밖으로 순식간에 튀어나갔다.

그러다 벌떡 자리에서 일어났다.

기운이 하나도 없었다. 온몸이 식은땀으로 흥건하게 젖어 있었다.

절박한 심정으로 옆을 더듬어 보았지만 여전히 아내는 옆에 없었다.

근태는 아직도 밭은 소리를 내는 숨을 가다듬으며 바깥 기척에 귀를 묻었다.

마루에서 무슨 소리가 들려왔다. 어머니가 텔레비전을 보고 있는 모양이었다.

살아 있는 사람들 틈에, 그리고 가족들이 옆에 있다는 것이 적이 안심이 되었다. 그러면서도 지글지글 끓어대는 기계 소리가 신경을 건드렸다.

텔레비전에서 흘러나오는 소리였다.

저 소리 때문에 잠도 푹 자지 못하고 깨어났다는 생각까지 들어 머리카락이 곤두설 정도로 화가 났다.

근태는 일어나 머리맡에 쌓인 책 중에서 의학에 관련된 책을 집어들었다. 의학 상식책이었다.

'심폐 소생술 시행 시간에 따른 심폐 기능 회복률 차이'라고 쓰여진 면에서 눈길이 멈추었다.

'심장 마비후 10분 이내 시행했을 경우 69%, 심장마비 후 10분 이후 시행했을 경우 31%'

'회사원 김모씨는 길을 가다가 가슴에 통증을 호소하며 쓰러졌다. 119 앰뷸런스로 병원에 이송됐지만, 이미 심장 박동이 불규칙하고 빠르게 뛰는 심장마비 막바지 단계의 부정맥이 나타난 상태였다. 의료진은 전기 쇼크를 주어 부정맥을 제거하는 제세동기로 심장 박동을 회복시켰지만, 환자는 10일 후 사망했다. 병원으로 이송되는 20여 분 동안 심폐 소생술 등 응급 처치를 받지 못해, 체내 산소 공급이 끊겨 심한 뇌 손상이 왔기 때문이다.'

길거리에서 쓰러졌다면 큰일날 뻔했다고 했던 간호사의 말이 떠올랐다. 그때는 경황이 없어 얼결에 흘러 들었지만, 만일 어제와 같은 상황이 길거리에서 일어났다면 영영 깨어나지 못했을 수도 있었다.

진단 중에서 가장 심각한 진단이 자가 진단이라는 우스갯소리가 있지만 근태는 자신의 건강이 최악일지 모른다는 생각을 떨쳐버릴 수가 없었다.

일어나는데도 가슴이 뻐근했다. 하지만 어머니 눈치가 보여 편히 누워 있을 수도 없었다.

"편히 주무셨어요?"

거실로 나선 근태는 다소 굳은 표정으로 인사를 했다. 어머니는 보지 않은 채로였다. 오늘도 어머니가 커다란 바위처럼 가슴을 짓눌렀다.

아내는 부엌에 있었고, 세수를 마친 명하가 제 방으로 들어가면서 고개를 까딱하고, 우물거리듯 뭐라고 했다. 아마 안녕히 주무셨어요, 의례적인 인사를 했을 것이다.

어머니가 고개를 들고 이쪽을 보았다. 은빛이 돌 정도로 하얀 머리카락 때문일까. 어머니 표정은 몹시 편안해 보였다.

"김사장이 죽었다고?"

어머니가 물어 왔다. 아내가 전했나 보다.

언제부턴가 어머니는 아는 사람의 죽음을 그다지 마음에

두지 않았다. 심지어 당신 친정 남동생이 명을 달리했다는 연락을 받았을 때도 마찬가지였다. 혹시 충격으로 입맛을 잃으시면 어떻게 하나 걱정했지만 여느 때처럼 조용히 움직이며 식사를 하고 빨래를 널고, 다림질까지 손수하셨다. 그 표정에서 죽음에 대한 두려움 따위는 조금도 눈치챌 수 없었다. 오랫동안 친정 동생이 위암으로 오랫동안 고생한 탓도 있겠지만 죽음이든 삶이든 좋다 나쁘다, 하는 식의 계산법은 어머니에게 아무 소용도 없는 것만 같았다.

"김사장 나이가 아범하고 같지? 생일이 두어 달 빠르다면서. 제 생일 무렵에 눈 감는 사람이 많다고 하더니 그 사람도 그랬네. 자식들이 아직 어리잖어. 서른 여섯 된 큰아들만 결혼하고 세 살 터울로 있는 두 애는 아직도 취직 못하고 빈둥거린다고 안 그랬어? 김사장 마누라는 아직도 보험 회사에 다녀?"

어머니는 김사장에 대한 세세한 정보를 다 꿰고 있었다. 물론 근태가 모두 들려준 말들이지만 이제는 근태 자신조차 모르는 사실까지 다 기억하고 있는 어머니가 끔찍하다는 생각까지 들었다.

"김사장 어머니가 나보다 다섯 살 어리니까 올해로 꼭 여든다섯이네. 자식 앞세우고 갈 요량으로 그렇게 똥 싸고 뭉개면서도 버티나 보구만."

어머니는 손가락으로 김의 어머니 나이를 헤아리며 지나가는 말처럼 중얼거렸다. 텔레비전 화면에서는 때아닌 영어 방송이 나오고 있었다. 어머니는 아무 생각없이 그 화면을 보고 있었을 것이다. 리모컨으로 아무 번호나 쿡쿡 눌러 새로운 것이 있으면 그냥 넋놓고 보는 분이었다. 그러다 졸리면 소파에 쪼그려 잠이 들고, 무슨 소리에 잠이 깨면 다시 멀거니 화면을 들여다 보고.

언젠가 집안에 요크셔테리어라고 하는 애완견 한 마리가 있었다. 명하의 친구가 멀리 여행을 떠난 동안 맡아주기로 하고 데려온 개였다. 어머니는 아무리 말려도 그 개한테 당신이 먹던 고구마도 떼어주고, 고기도 입에 넣어주고, 과자도 주면서 데리고 놀았다.

그러면서도 어머니는 그 개를 몹시 싫어했다. 냄새가 난다는 것이었다. 어머니가 냄새에 몹시 민감한 탓도 있겠지만 근태가 보기에는 견딜 만한 냄새인데도 트집을 잡았다.

"저 개가 나를 무시해. 내가 뭐라고 하면 저만치 달아나서는 턱 괴고 앉아 나를 빤히 쳐다 봐."

그러면서도 먹을 것이 있으면 개부터 주고는 했다.

그래서였을까. 그 개는 어머니가 낮잠을 자면 언제나 그 곁에 안기듯이 하고는 낮잠을 잤다. 그리고 어머니가 깨어나야만 자리에서 일어났다.

"할머니랑 저 개가 똑 같애. 자는 모습도 닮았고, 화내는 것도 닮았어."

명하가 재미있다는 듯이 종알거렸었다. 아닌게아니라 근태가 보기에도 그 개는 어머니 모습과 너무도 닮아 있었다.

그런데 왜 이 순간에 그 개가 떠오르는지 모를 일이었다.

"술 조금만 마셔. 나보다는 더 살아야지."

다른 때와 달리 김의 죽음이 신경쓰였는지 어머니가 무거운 목소리로 말했다.

"내가 어서 죽어야 되는데."

어머니는 기어이 근태 속을 긁어 놓고 말았다.

"왜 아침부터 쓸데없는 소리를 하세요? 누가 어머니더러 빨리 돌아가시라고 했어요? 왜 마음에도 없는 소리를 자꾸 되풀이 하세요!"

근태는 가슴의 통증을 느끼며 큰 소리를 내고 말았다. 순간적으로 자기보다 어머니가 더 오래 살 것 같아서 걱정이라고 했던 김의 말이 떠올라서였다. 잊고 있었던 통증을 다시 느끼는 순간, 어쩌면 어머니보다 훨씬 빨리 죽을지 모른다는 두려움이 와락 덤벼들었다.

어머니가 놀란 표정으로 근태를 보았다. 부엌에서 달그락거리던 소리도 순간적으로 멈추었다. 근태가 한 번도 어머니한테 화를 낸 적이 없었기 때문에 어머니는 물론이고 아내도 놀랄 수밖에 없으리라. 하지만 근태는 솟구친 화를 참지 못하고 계속 소리를 지르고 말았다.

"어머니 신세 타령이라면 이제 넌더리가 나요!"

근태는 그렇게 말하고는 쿵쿵 발소리를 내며 방으로 들어가고 말았다. 명하가 방문을 살며시 열고 거실을 내다보다가 근태 얼굴을 보고는 후딱 문을 닫았다.

방으로 들어 온 근태는 약부터 찾아 입에 물었다. 약을 먹은 후에 똑바로 누워 한동안 가슴을 다독이고서야 통증이 사라졌다.

아무래도 오늘은 출근을 할 수 없을 것 같았다. 요즘 이런 저런 이유로 회사를 비우는 날이 잦았다. 명훈이가 알아서 일을 처리하니까 별 일은 없겠지만, 그래도 중요한 일을 해결하지 않은 채 딴청을 부리는 것만 같아 조바심이 일었다.

근태의 큰소리에 놀란 표정을 짓던 어머니 얼굴이 눈앞을 어지럽혔다.

어머니가 가장 잘 하는 소리가 빨리 죽어야지, 그 소리였다. 그 소리를 할 때마다 근태는 오래 오래 사세요, 하면서 맞장구를 치고는 했었다. 하지만 이제는 뭔지 모르게 다급하다는 생각부터 들었다. 어머니는 장수할 여러 조건을 지니고 있었다. 우선 식사량이 적었고, 집 안에서도 누워 있기보다는 뭔가를 하면서 몸을 움직였다. 지금도 길을 걸을 때 보면 훨훨 날아가는 몸놀림이 젊은 사람 못지 않았다. 그리고 어디를 가더라도 차를 타기보다는 걷기를 좋아했다.

"나는 차 타면 속이 울렁거려서 싫더라. 그러면 밥 먹기도 싫고."

그러면서 대여섯 버스 정류장 정도는 걸어다니고는 했다. 모두들 어머니를 보면 백수를 누리시겠다는 말을 덕담처럼 했지만 근태는 그런 말을 들을 때마다 겁이 났다.

근태 앞서 눈을 감으셔야 대접 받으며 저승길로 들어설 수 있었다. 아내가 있고 아이들이 있지만, 형님 내외는 물론이고 어머니 마지막을 돌봐 줄 사람이 세상 천지에 근태 말고는 없었다.

그런데도 어머니는 누구에겐가 백수를 누리겠다는 말을 들을 때마다 싫은 표정을 짓지 않았다. 마치 수줍은 처녀처럼 얼굴을 붉히기까지 했다.

아주 오랜 옛날, 콩밭을 매다 독사에 물렸지만 다시 살아난 어머니를 보고 모두들 백수를 누릴 것이라고 장담했다.

한여름철의 독사 독은 얼마든지 사람 목숨을 앗아갈 수 있을 만큼 독했다. 하지만 어머니는 며칠 뒤, 언제 그런 일이 있었냐는 듯이 정신을 차리고 다시 밭으로 나가 일을 했다.

그것만이 아니었다. 부대가 있는 뒷산에 매일 올라가 폭탄 조각이며 총알 같은 쇠붙이를 주워다 팔 때도 어머니는 죽음을 두려워하지 않았다. 모두들 폭탄이 두려워 선뜻 그곳에 가질 못했지만 어머니는 높은 가격으로 받을 수 있는 쇠붙이를 줍기 위해 이른 새벽이면 어김없이 산에 오르고는 했다. 그리고 염려했던 대로 폭탄이 터졌을 때, 그 곳에 있던 사람들은 모두 죽거나 불구가 되었다. 하지만 어머니는 작은 상처 하나

입지 않은 채로 무사히 집으로 돌아왔던 것이다. 모두들 기적이라고 했다.

그렇게 지독한 죽음의 늪을 건너온 탓일까. 어머니는 누구보다 삶에 강한 집착을 보이고는 했다.

명하가 초등학교 2학년 때였으리라. 무슨 일에 화가 난 명하가 어머니한테 대들 듯이 소리를 쳤던가 보다.

"할머니 빨리 죽어!"

철부지가 하는 말이려니 얼마든지 넘어갈 수 있으련만 어머니는 사흘 동안 식사도 하지 않은 채 고집스럽게 자리 보전을 했다.

"저 년이 나더러 죽으라고 하잖여."

현장에서 돌아와 왜 그러시느냐는 근태 물음에 어머니는 코맹맹이 소리를 하고는 울먹이기까지 했다. 그리고 명하가 근태한테 호되게 야단 맞는 소리를 듣고 나서야 자리를 털고 일어났던 것이다. 그러고도 어머니는 한동안 명하를 미워하고는 했다.

어쩌면 삶에 대한 그런 집착이 어머니를 살렸을지도 몰랐다. 자살한 남편과 병신 자식까지 둔 여자 몸으로 그 험한 세상을 꿋꿋하게 살아낼 수 있었던 것도 모두 그런 집착 덕분이었으리라.

그리고 무슨 일이든 미리 걱정하지 않는 느긋한 성격도 한몫 했을 터였다.

어머니가 조용히 방문을 열었다. 그러나 근태는 감은 눈을 뜨지 않았다. 어머니와 아무 말도 하기 싫었다. 입을 열면 어머니 그만 돌아가세요, 제발 저보다 일찍 떠나세요, 그런 말만 튀어나올 것 같았다.

문이 다시 닫혔다. 눈자위가 뜨거웠다. 죽음이 생각보다 훨씬 가까운 거리에서 근태를 노려보고 있는 듯만 싶어 견딜 수가 없었다. 죽음이 두려운 것은 아니었다. 따지고 보면 남겨진 것들 중에서도 눈도 못 감게 억울하거나 마음에 남는 일도 없었다.

그만큼 지쳐서일까. 아내와 자식들은 그런대로 살아갈 수 있었다. 다행히 김이 억지를 부리다시피해서 들어 놓은 보험액이 꽤 되는 편이었고, 그 정도면 아내는 풍족하지는 않더라도 부족함 없이 살 수 있었다. 두 아들은 제 앞감당은 할 수 있을 만큼 성인이 되었고, 명하만 가르치면 될 일이었다.

출판사는 또 어떤가. 근태는 누운 채로 출판사 사정을 꼽아 보았다. 재정 상태가 썩 좋은 편은 못되었다. 하지만 이전에 냈던 책들이 그런대로 괜찮은 것들이어서 출판 시장에 회사를 내놓으면 눈독 들이는 사람이 아주 없지는 않을 터였다.

운이 좋다면 거래처 부채는 그런대로 해결이 될 것이고, 사무실 보증금을 빼면 백퍼센트는 아니더라도 아쉬운 대로 여기저기 막지 않으면 안되는 금전 문제는 해결이 될 것이다.

명훈이는 출판계에서 영업을 잘 하는 쪽으로 평이 나 있는 듯했다. 그러면 지금 여기보다는 더 좋은 조건으로 옮겨갈 수도 있었고, 아니면 출판사를 인수한 사람이 그 애를 그대로 데리고 있을 수도 있는 일이었다.

어쩌면 추진력 있는 사람이 회사를 인수한다면 출판사는 지금보다 훨씬 잘 나아질 수도 있었다.

하나 하나 따져보아도 근태가 꼭 있지 않으면 안 될 일은 없었다. 어머니와 금융 빚을 빼고는.

하지만 근태에게는 가장 큰 문제일 수도 있었다.

근태가 잘못되면 어머니는 어떻게 될 것인가. 그렇게 되면 어머니는 도리없이 형님 집으로 가셔야 했다. 하지만 아직도 어머니와 형님 내외는 고양이와 쥐 같은 관계였다.

이상하게도 어머니는 아직도 형수를 '천한 것'이라고 거침없이 욕을 할 정도로 미워하고 있었고, 형수 또한 어머니를 보면 고개 한 번 못 들고 쩔쩔 맬 정도로 무서워했다. 그러면서도 형수는 몸을 못 가눌 정도로 술에 취하면 살림살이까지 다 때려부수면서 화풀이를 하고는 했다.

형님도 마찬가지였다. 아직도 어머니가 자신을 부끄러워하고 창피하게 여긴다고 생각하고 있었다. 그런 만큼 자신은 얼마든지 불효를 해도 된다는 비뚤어진 생각을 하고 있었다. 그런 집으로 어떻게 어머니가 들어갈 수 있단 말인가.

그렇다고 어머니 성격으로 보아 아들도 없는 이 집에 그냥 머물러 있을 것 같지 않았다.

심장이 나쁘다고 해서 다 죽음의 길로 들어서는 것이 아니라 하더라도 뭔가 준비를 해야 될 때가 된 것만은 확실했다.

"식사 안 해요?"

아내가 문을 열고 물어왔다. 조심스럽게 왜 그렇게 화를 냈어요, 하고 묻고 있었다.

"……어머니 먼저 식사하시게 해. 나는 나중에 먹을게."

근태는 그렇게 말하고 일어나지 않았다. 아무것도 먹기 싫었다. 그리고 밖으로 나가 어머니 얼굴을 똑바로 볼 자신이 없었다.

한참 후에 다녀오겠다는 명하 목소리가 들리고, 아내가 다시 문을 열었다.

"어머니도 식사 안 하고 계세요."

어서 나와서 어머니 화를 풀어드리라는 뜻이었다.

근태는 마지못해 자리에서 일어났다. 다행히 가슴의 통증은 멈춘 것 같았다.

"방으로 들어가셨어요."

아내가 조심스럽게 말했다. 근태는 어머니 방 앞에서 잠깐 심호흡을 했다. 고집스럽게 누워 계실 어머니를 생각하니 다시 머리가 복잡했다. 어쩌면 오늘 당장 어디론가 가겠다며 보따리를 쌀 지도 몰랐다.

예전에도 아내한테 뭔가 서운할 일이 있으면 무턱대고 보따리부터 싸던 양반이었다. 근태가 없을 때보다 있을 때 더 그랬다.

하지만 오늘은 며느리가 아니라 아들이었다. 생전 말대꾸 한 번 한 적이 없었던 아들이 말대답을 했으니 충격이 이만저만이 아니었을 것이다. 아무리 그래도 어머니를 찾아가 잘못했다는 말은 하기 싫었다.

근태는 다시 방으로 들어 와 출근 준비를 했다. 어머니 얼굴은 볼 수가 없었다.

자신이 어머니한테 말대꾸를 했다는 사실이 믿어지지 않았다. 하지만 다시 얼굴을 대하면 또 욱하고 성질을 낼 것만 같았다.

어머니 제가 몹쓸 병에 걸렸대요. 생명이 위험할 수도 있대요. 제가 죽으면 어머니는 어떻게 해요?

그런 말을 함부로 내뱉을 것만 같았다.

오전에 영안실을 다시 다녀 온 뒤 집에서 쉬고 싶었다. 망자를 선산으로 모신다니 내일은 먼 길을 가야 될 것이다. 오늘은 집에서 편히 쉬고 싶은 생각만 굴뚝 같았다.

"식사하고 가요."

양복 차림으로 거실로 나서자 아내가 근태를 막았다.

"왜 안 하던 짓을 해요? 이러면 하루 종일 어머니 기분이 어떻겠어요?"

아내가 어머니를 걱정했다. 처음 있는 일이었다. 기계처럼 어머니 수발을 들기는 했지만 어머니를 걱정하는 소리를 듣기는 처음이었다. 아내가 어머니한테 조금만 소홀히 해도 한바탕 소동을 벌이는 근태 때문에 아내는 어머니한테 수동적인 편이었다. 근태는 그렇게 알고 있었다.

그런데 지금 아내는 어머니를 걱정하고 있었다. 다행스러웠다.

어쩌면 근태가 없더라도 아내가 어머니를 보살피겠다고 나설 수도 있었다. 어쨌거나 어머니가 덜 서러울 일이었다.

어머니가 방문을 열고 나왔다. 그리고 슬픈 표정으로 근태를 보았다.

"왜 내가 뭐 잘못한 거 있어, 아범?"

어머니 표정이 근태를 더 암담하게 만들었다.

"그러지 말고 밥 먹고 나가. 내가 뭘 잘못했으면 풀고."

어머니는 무조건 빌기부터 했다. 그게 또 근태 부아를 돋워 놓고 말았다.

"뭘 잘못하셨는데요?"

생각보다 큰 소리가 튀어나갔다. 어머니 눈이 다시 커지고 있었다.

"왜 이래요?"

아내가 근태를 나무랐다.

"사람을 왜 그렇게 성가시게 하세요? 저도 죽겠다구요, 어머니. 제가 놀러 나가는 것도 아닌데 왜 그렇게 사람을 피곤하게 하세요?"

"아범아……."

어머니가 신음처럼 근태를 불렀다. 그 소리가 너무도 처연했다.

"이제부터는 제 일에 간섭하지 마세요. 이제 어머니 잔소리도 지긋지긋해요!"

왜 이러는가. 근태는 버럭버럭 화를 내고 있는 자신이 끔찍스러웠다. 무엇 때문에 이렇게 화가 치미는지 알 길이 없었다. 하지만 한 번 터진 울화는 가라앉지를 않았다.

"내가 너무 오래 살아서 귀찮아 이러는 거여?"

어머니가 매달리듯이 물었다.

"내가 아범한테 잘못한 것은 오래 산 것밖에 없는데, 왜 이러는 거여?"

어머니 목소리가 너무도 청승맞게 들려왔다.

"에이!"

근태는 더 이상 어머니 말이 듣기 싫어 함부로 신발을 꿰신고 현관을 나섰다.

아내가 뛰어나왔지만 마침 엘리베이터가 열렸고, 근태는 아내가 뭐라고 하기도 전에 닫힘 단추를 힘주어 눌렀다.

엘리베이터 안에서 근태는 눈을 감고 가슴을 진정시켰다. 가슴이 두근거렸다.

하루 종일 마음을 끓이고 있을 어머니 얼굴이 금방 눈앞에서 어른거렸다. 근태가 배앓이만 해도 어쩔 줄 몰라하는 어머니였다. 근태 하나만을 믿고 의지하며 세상을 살아낸 분이었다. 그런데 왜 이러는가. 아무리 죽음 자락을 밟고 있다고 하더라도 이건 스스로 생각해도 이해가 되질 않았다.

놀이터 앞의 나무들이 벌써 빨갛게 물이 들어 있었다. 근태는 놀이터 앞에 서서 한동안 물들어 가는 나무들을 올려다 보았다. 떠오른 햇살이 눈을 찔러댔다.

학교를 가기 위해 단정한 옷차림으로 나서는 많은 학생들. 그리고 출근길을 서두르는 직장인들. 모두 하루를 시작하기 위해 집을 나서는 발걸음들이 경쾌했다.

맑은 하늘과 가을 바람, 그리고 성긴 햇살. 인사를 나눈 적은 없지만 얼굴이 익은 많은 사람들.

근태는 넋놓고 그런 것들을 바라보았다. 모두 모두 고맙다는 생각을 왜 했을까.

자신은 한 일이 아무것도 없는데, 모든 것들이 여기 저기 자리 지킴을 하고 있다는 것만으로도 모두 고마울 일이었다.

미란은 베란다에 서서 남편의 뒷모습을 오랫동안 내려다
보았다.

남편은 놀이터 앞에 선 채 한동안 미동도 하지 않았다. 처
음에는 다시 걸음을 돌려 집으로 들어오려니 했었다. 하지만
남편은 바위처럼 굳은 모습으로 한동안 움직이지 않았다. 미
란은 낙엽들이 남편의 머리 위로 훌훌 날아다니는 것을 아득
하게 내려다보았다.

남편은 아주 오랫동안 그 자리를 지켰다. 그러다가 노란 모
자를 쓴 꼬마 한 명이 다람쥐처럼 뛰어 가고, 그 뒤를 따라가
듯 천천히 걸음을 옮겼다.

남편은 한 번도 등을 돌리지 않았다. 마치 뭔가를 따라 걷
듯 아주 천천히, 그리고 느리게 멀어져 갔을 뿐이었다.

미란은 남편이 저렇게 등을 보이고 떠나 영원히 돌아오지 않는 것은 아닌가, 덜컥 겁이 났다. 약봉지를 살펴보았다. 아까 남편이 거칠게 몸을 돌릴 때 주머니에서 떨어진 것이었다. 약국 이름만 적혀 있지만 무슨 약인지는 알 수 없었다. 여지껏 감기약 한 번 안 먹던 사람이 무슨 약일까.

한번도 어머니 앞에서 언성을 높인 적이 없던 사람이었다. 아이들을 혼낼 일이 있어도 어머니 눈치 보느라 한껏 목소리를 낮추던 사람이 아닌가. 미란이 어디 외출을 했다가 끼니 때만 놓쳐도 난리를 피우고는 했었다. 행여라도 어머니한테 소홀하게 대할까봐 맹수처럼 눈을 부라리던 사람이 왜 그렇게 화를 냈을까.

까닭없이 불안했다. 남편이 낙엽처럼 사라질지 모른다는 불길한 생각이 왜 들었을까.

느닷없이 가슴 속에서 꿍, 육중한 물체가 떨어지는 소리가 들려왔다.

"안돼!"

미란은 신음처럼 중얼거리며 허겁지겁 베란다 유리를 열었다. 남편을 붙들어야 될 것 같았다. 오늘은 그냥 집에서 쉬라고 잡아야 될 것 같았다.

"잠깐만요!"

미란은 손을 쳐들며 남편을 불렀다. 하지만 남편은 그 소리를 듣지 못했나 보다. 바바리코트 주머니에 손을 찔러넣고 멀어져 갔다. 큰 키가 걸을 때마다 건들건들 힘없이 흔들리는 것 같았다.

　미란은 남편이 완전히 사라질 때까지 그 자리에 서서 가슴을 졸였다. 아직도 가슴 밑바닥으로 떨어지던 천둥 같은 소리는 가라앉지 않은 채로였다.

　간밤 꿈에 남편은 미란에게 돈을 달라고 했다. 안방에 누워 있는데, 남편이 문을 열고 들어왔다. 그리고 불쑥 손을 내미는 것이었다.

　"나 돈 좀 줘. 돈이 필요하거든."

　"얼마나요?"

　"만 원만."

　남편은 조금 미안한 표정으로 말했다. 살면서 남편이 돈을 달라며 손을 내민 적은 한 번도 없었다. 다른 집 남자들은 정해진 용돈을 다 쓰고도 모라자 손을 내밀기도 한다지만, 남편은 그러질 않았다. 그런데 돈을 달라고 했다. 많은 돈도 아니고 만 원짜리 한 장을 달라는 것이었다.

　미란이 지갑을 열어 만 원짜리 다섯 장을 꺼내주었다. 만 원만 달라고 했지만 너무 작다는 생각이 들었다. 처음으로 주는 용돈이었다. 남편은 고맙다고 했다. 그리고 환하게 웃어보였다. 얼굴이 몹시 편안해 보였다.

　깨어나 잠깐 떠올리기는 했지만 잊고 있었던 꿈이었다. 그런데 남편 뒷모습을 보는 순간 그 꿈이 손에 잡힐 듯이 떠오르는 것이다.

미란은 세차게 고개를 저었다. 꿈보다 해몽이라고 하질 않던가. 남편 회사에 좋은 일이 있자고 그런 꿈을 꾸었을 것이다. 친정 아버지도 돌아가시기 며칠 전에 어머니 꿈에 나타나 돈을 달라며 손을 내밀었다지만, 꿈 내용이 비슷하다고 다 같을 수는 없었다.

어머니는 얼굴이 하얗게 변해 소파에 굳은 듯이 앉아 있었다. 천하가 부럽지 않다고 여기는 분이었다. 세상에 둘도 없는 둘째 아들만 곁에 있으면 열흘 굶는다 해도 배고픈 줄 모를 양반이었다.

"내가, 내가 빨리 안 죽어서 아비가 속상했나 보다."

시어머니는 혼잣말처럼 중얼거리고는 방으로 들어가셨다. 그러는 시어머니를 보면서 미란은 제발 남편이 다시 들어 와 죄송하다고, 간밤에 마신 술이 아직 덜 깨서 그랬다고 말하길 원했다.

문득 재작년에 돌아가신 친정 어머니가 떠올랐다.

평소 관절염 때문에 고생하기는 했지만 어머니 죽음은 너무도 뜻밖이었다. 친구들과 놀이를 갔던 분이 싸늘한 시체가 되어 돌아왔던 것이다. 모두 모여 점심을 먹다 말고 쓰러졌다는 것이었다.

뇌졸증이었다. 평소 몸이 저리고 얼얼한 느낌이 있다거나 눈이 나빠진 것 같다고 혼잣말처럼 중얼거리기는 했어도 그런 증세가 죽음과 연결되리라고는 정말이지 꿈에도 생각 못

한 일이었다.

하지만 미란은 나중에서야 깨달았다. 어머니는 미리 죽음을 예견하고 있었던 것이다. 생전 발걸음도 않던 분이 미란 집을 찾아왔었다. 시어머니가 시골에 가 계신 탓이기도 했지만 어머니는 모처럼만에 찾아 온 셋째딸 집에서 일주일을 묵었다.

그런데 그 일주일 동안 어머니는 생전 안 하던 잔소리를 끝도 없이 펼쳤다.

"무슨 애가 그 나이가 되도록 고추장 단지도 간수 못하는 거냐?"

"왜 된장 찌개가 이렇게 짜냐? 이걸 먹으라고 하는 거야?"

"내가 너를 어떻게 키웠는데 고작 이렇게밖에 못 사는 거야? 이러고 지지리 고생이나 하라고 네 아버지하고 먹을 것 안 먹고, 입을 것 안 입으면서 공부시키고 시집 보낸 줄 알어?"

"창문도 활짝 활짝 열어 놓고 좀 살아라. 숨통 막혀서 어디 살겠냐?"

"자식들을 왜 그렇게 싸고만 들어? 시집 장가 갈 때 되면 후딱 해치울 것이지."

"네 시어머니한테 하는 효도 나한테 절반만 해 봐라. 도대체 네 년이 나한테 해 준 게 뭐가 있어?"

사사건건 잔소리였다. 그것만이 아니었다. 때아닌 한복을 해달라고까지 했다.

"딴 할망구들은 예쁜 한복 입고 놀러도 가고 노인정에도 오던데, 나만 거지 같다. 내가 그렇게 하고 다니면 내 흉이 아니라 자식들 흉이야."

그러면서 앞장 서서 한복집으로 갔다. 두루마기까지 해달라고 했다. 미란이 생각할 수도 없는 아주 비싼 천을 집어들고서였다.

"엄마, 망령 들었나 봐."

나중에 언니들과 전화 통화를 하면서 그런 말을 했을 정도로 어머니 행동은 이해 못할 것들이었다.

"나 이 옷 입고 단풍 놀이 갈 거야. 올해 단풍은 다른 해보다 훨씬 더 곱다고 허드라."

한복과 두루마기를 찾아왔던 날, 어머니는 옷을 입고 소녀처럼 좋아했다. 그리고 누가 그 옷을 빼앗아 가기라도 할 듯이 서둘러 집을 나섰다. 그렇게 나서는 어머니를 보면서 미란은 어이없어 웃고 말았었다. 평생을 자식들에게 싫은 소리 한마디 할 줄 모르던 분이 어떻게 저렇게 변했을까, 어이가 없을 정도였다. 아마 노인정을 드나드는 동안 성격이 바뀌었나 보다, 그렇게 생각했었다.

그런 생각을 한 것은 미란만이 아니었다. 두 언니는 물론이고 오빠, 올케, 하다 못해 조카들까지 잔소리 대장으로 변하고 사사건건 간섭을 하려 드는 어머니한테 많이 지쳐 있었다.

그런데 그게 마지막이었다. 그러니까 어머니는 자식과 정을 그렇게 떼고 떠난 것이었다.

거기까지 생각하다 말고 미란은 고개를 세차게 저었다.

말도 안 될 일이었다. 비록 요즘 남편 얼굴이 눈에 띄게 피곤해 보이기는 했지만 어디가 아파보이지는 않았다. 여태 감기 한 번 제대로 앓은 적이 없었을 정도로 건강 체질이었다.

명하가 집을 나간 뒤, 남편이 정신없이 명하를 찾아다녔다는 것을 나중에 알았다. 명하 친구들을 찾아가 명하가 갈 만한 곳을 수소문해 여기저기 돌아다니다 밤이 늦어서야 파김치가 되어 돌아오고는 했던 것이다. 그러고보니 술 냄새도 전혀 나지 않았다. 그러면서도 명하 이야기를 하면 버럭 화부터 냈다.

"집 나간 자식을 뭐하게 기다려! 제 발로 나갔지만 들어오는 것은 절대 안돼. 그 따위로 버릇 들였다가 어디다 써 먹게! 그런 계집애를 어느 집으로 시집 보내서 멀쩡한 집 망가지게 할 작정이냐구!"

남편은 명하가 들어와도 문조차 열어주지 말라고 엄포를 놨다.

그러면서도 현관이 내다보이는 소파에 앉아 바위처럼 꼼짝도 하지 않았다. 하지만 미란은 엘리베이터 소리만 나도 현관 쪽으로 달려나가는 자신과 달리 흘끔 현관을 내다보는 남편의 눈에서 견딜 수 없는 불안과 초조감을 쉽게 읽어낼 수 있었다.

바위 같고 어머니밖에 모르는 사람이라고 생각하며 살았었다. 매사에 무관심한 사람이라고. 하지만 잘못 생각한 것인지도 몰랐다. 무관심한 것이 아니라 체면과 자존심, 미안함 때문에 마음을 쉽게 못 열고 살았을지도.

이 나라의 모든 가장들이 남편처럼 속마음과 겉마음을 달리 표현하며 살고 있는 것을 모르지는 않았다.

하지만 오늘 아침에 보여준 행동은 어떻게 이해한단 말인가. 가장 친했던 김사장 죽음 때문이라고 생각할 수도 있었다. 남자들은 친구 죽음 앞에서 가장 빠르게 좌절감을 느낀다고 하질 않던가.

전화 벨이 울었다.

"저예요, 엄마."

명현이었다.

"응, 웬일이냐?"

미란은 퍼뜩 정신을 차리고 물었다.

"아버지는요?"

"나가셨지. 왜?"

"저 강원도로 옮겼어요. 며칠 전에."

"그랬구나. 왜 그렇게 멀리 갔어?"

자꾸만 아들과 멀어지는 것만 같아 미란은 섭섭한 생각을 떨칠 수가 없었다.

“아버지가 아무 말씀 안 하세요?”

“아니. 왜?”

“실은 어제 아버지가 저를 찾아 왔었어요. 옛날 부대로 찾아갔다가 제가 이리로 옮겨 갔다고 하니까 무작정 오신 모양이에요.”

“……”

미란은 아무 말도 하지 못했다. 남편은 그런 내색조차 하지 않았다. 애들이 학교에 다니는 동안 학교 한 번 안 찾아간 사람이었다. 그런 사람이 강원도 부대까지 찾아갔다니, 이상하게 마음이 무거웠다.

“아버지 어디 편찮으세요?”

“왜?”

미란은 불안하게 물었다.

“얼굴 안색이 아주 안 좋으셨어요. 여기까지 오느라 피곤해서 그런가 생각하기는 했지만요.”

“으응, 괜찮으셔. 피곤해서 그랬겠지.”

“명하는요?”

“학원에 갔어. 많이 나아진 것 같다.”

명현은 이것저것 물어왔지만 미란은 건성으로 대충 대꾸하고 서둘러 전화를 끊었다.

가슴이 마구 뛰었다. 뭔가 예상하지 못한 일이 벌어지고 있는 듯만 싶었다. 남편은 자식이 보고 싶어 그 먼 데까지 찾아갔을 것이다. 나이를 먹다 보니 그동안 자식한테 소홀하게 대했던 것이 미안하기도 했을 테니까. 하지만 미란은 뭔가 석연치 않은 느낌을 떨쳐낼 수가 없었다.

영안실을 나선 장의사 차는 곧바로 김이 살았던 분당 쪽으로 향했다.

이른 아침이라 도로는 그다지 밀리지 않았다.

"곶감 마을이 아버지 고향이에요."

근태 옆에 앉은 김의 큰아들 철중은 지친 음성으로 말했다.

근태는 그의 말을 들으면서 차창 밖으로 시선을 돌렸다.

어느새 시내를 빠져나온 차는 넓은 들판을 달리고 있었다.

가을 들판이 조금씩 비어가고 있었다. 시리도록 푸른 하늘. 물든 나무 끝에 매달린 가을이 쓸쓸했다.

"늦가을이면 집집마다 땡감을 꿰어 곶감을 만드느라 밤잠도 제대로 잘 수 없었다고 해요. 아버진 거기서 말린 곶감이 세상에서 제일 맛나고 부드럽다고 자랑하고는 하셨어요."

철중은 이틀씩이나 날을 샜기 때문에 몹시 피곤한 데도 눈을 붙이지 않았다.

"그렇게 맛있다고 자랑하던 곶감 계절에 가서서 다행이에요. 아버지 영혼이라도 곶감을 실컷 잡수셨으면 좋겠네요."

"아까워서 못 먹을 거야. 이 사람도 주고 싶고, 저 사람도 주고 싶어서."

"그러실 거예요."

철중이 다시 눈시울을 적셨다.

"재수할 때였어요."

철중이 다시 입을 열었다.

"하루는 사귀던 여자 친구를 데리고 집으로 와서 술을 마셨어요. 집에는 아무도 없었어요. 술을 한 잔 마시고 여자 친구를 데리고 제 방으로 들어갔지요. 그리고……."

철중이 잠깐 말을 끊었다.

"침대 위에서 둘이 알몸으로 뒹굴고 있는데, 벌컥 문이 열리더군요. 아버지였어요. 우리도 놀랬지만 아버지는 더 놀란 표정이었어요. 꽝, 소리가 나도록 문을 닫고 나가시더군요."

"……."

"어떻게 해야 될지 몰라 쩔쩔 매면서 우선 여자 친구를 보내고 아버지 앞에 가서 무릎을 꿇고 앉았지요. 그런데 아버지가 그러시더군요. 너무 미안해 할 것 없다. 아버지는 이해한다. 얼마든지 그럴 수 있는 일이다. 그렇지만 이 일은 너하고 나하고만 알기로 하자. 엄마한테도 비밀로 하는 것이 좋겠다.

알았지?"

"……."

"그리고 그 날 밤 집에 돌아오셔도 아무 일도 없었던 것처럼 저를 대하셨어요. 정말 그런 일은 있지도 않았던 것처럼."

"……."

"그 뒤로 아버지는 한 번도 그 일을 입에 올린 적이 없었어요. 돌아가시는 날까지."

"……."

근태는 말없이 고개를 끄덕였다. 작은 일이든 큰 일이든 근태 앞에서는 스스럼없이 이야기를 털어놓던 김이었다. 하지만 근태도 그 이야기는 들은 적이 없었다.

"아버지를 많이 보고 싶어할 것 같아요. 너무 많이 불효했거든요. 언젠가 제가 속을 많이 썩였는데 이런 말씀을 하시더군요. 너더러 부모한테 효도하라고 하는 것은 네 효도를 받고 싶어서만이 아니다. 그렇게 불효만 하다 부모가 덜컥 죽고 나면 어떻게 살려고 그래. 미안하고 죄스러워서 어쩔려고. 두고두고 불효 후회하면서 살고 있는 자식 보면서 부모 넋인들 편할 것 같으냐……."

철중은 옷자락에 눈가를 훔쳤다. 불효한 자식이 부모 죽음 앞에서 가장 많이 운다던가.

근태는 철중의 손을 가만히 잡아주었다.

장의사 차는 김이 살던 동네로 들어섰다. 저리로 집이 보이고 차 안은 다시 울음 바다를 이루었다. 김의 아내와 자식들이 손수건에 얼굴을 묻고 흐느껴 울었다.

살아 있을 때는 느끼지 못했던 그리움이 죽음 앞에서 왜 이리도 선명한 핏빛으로 나타나는가. 아버지란 저 세상으로 떠난 후에야 보고 싶어지는 존재인가.

술 한 잔이 들어가면 소년처럼 웃고 떠들며 좋아하던 김의 얼굴이 몹시 그리웠다. 근사한 데 데리고 가서 멋지게 술 한 잔 살 수 있을 때까지만이라도 기다려 줄 일이지…….

근태는 뜨거워지는 눈가를 손가락으로 가만히 눌렀다.

김의 노모가 여간 걱정스럽지가 않았다. 자식이 저 세상으로 먼저 떠난 줄도 모르고 있을 노모가.

정말 김의 어머니는 아무것도 모르는 것 같았다. 장의사 차가 도착했을 때도 대문 앞에 쪼그려 앉아 있었다. 지팡이에 몸을 의지한 채로. 누군가 안으로 들어가자고 부축을 하자 투정을 부리듯 팔을 뿌리치고는 했다.

그리고 먹을 것을 허겁지겁 주머니에 주워 담았다.

"어머니, 날씨가 추워요. 어서 들어가세요."

근태가 다가가 말을 건넸지만 어머니는 겁먹은 표정으로 근태를 볼 뿐이었다.

넋인들 저런 어머니를 놔두고 편히 떠날 수 있을까, 근태는 고개를 들고 텅 빈 하늘을 올려다 보았다.

대문 앞에서 치뤄진 노제는 금방 끝이 났다.

하지만 근태는 차가 출발하기 직전, 또렷이 보았다. 김의 어머니가 구부정한 모습으로 서서 장의사 차를 향해 자꾸만 손을 까불었다.

어여 가. 어여 가.

어머니 손짓이 검불 같았다.

나 걱정 말고 편안히 어여 가.

어머니 눈에서 굵은 눈물이 흘러내리고 있었다.

어머니는 차가 골목을 완전히 빠져나올 때까지 그 자리에 서서 쳐든 손을 내리지 않았다. 어서 가라고 하는 듯도 싶고, 이리 오라는 듯도 싶은 손짓을 하면서.

김은 선산에 묻혔다.

푸른 녹색의 잔디와 나무, 숲. 수많은 무덤들은 마치 넓은 바다 위에 떠 있는 섬처럼 보였다. 그 사이로 몸에 맞지 않은 옷을 입은 것 같은 김의 무덤이 어설픈 모습으로 들어섰다.

근태는 오열하는 가족들 사이에 서서 아주 오랫동안 김의 무덤을 바라보았다.

"어때, 자네가 서둘러 간 그곳은 살만할 것 같은가? 더 이상 씨받이 노릇 안해도 될 것 같애? 그래, 자네는 열심히 살았어. 씨받이였으면 어떤가. 열심히 살았으니 그걸로 만족하자구. 가만히 따져보니 자네가 내 신세를 지고 산 것이 아니라, 내가 자네 신세를 많이 지고 살았어. 월남 가서도 그랬고,

사우디 가서도 그랬고. 출판사도 따지고 보면 나한테 뺏긴 거 잖아. 십 년 넘게 꾸려온 출판사를 나한테 넘기고 자넨 실업 자가 된 꼴 아닌가. 그래, 자네 신세만 지고 살았어. 허지만 다시 한 번 부탁을 해도 되겠나? 나 머물 자리도 하나 마련해 주게. 자네는 어딜 가나 사람도 잘 사귀고 금방 적응을 하지 만 나야 어디 그런가. 사람 못나 쭈뼛거리고 눈치 보고. 어설 프기 짝이 없는 사람이니 자네가 앉을 자리라도 마련해 줘야 내가 빨리 적응할 거야. 좋은 친구 많이 사귀어서 나 가거든 소개도 해주고. 허허, 자네가 나 먼저 떠나서 참 다행이야. 뒤 를 따라가고 싶은 동무가 생겼으니 당장 죽는다고 해도 무서 울 게 없잖아."

근태는 김의 무덤 앞에 서서 마음 속으로 나직나직 말을 건 넸다.

날씨가 따뜻했다. 다행이었다. 벗이 떠나는 날, 날씨가 구 질거렸으면 마음이 더 울적할 일이었다.

김을 묻은 뒤, 근태는 곧바로 서울로 가지 않고 통영 쪽으 로 향했다. 무슨 미련이 있어서가 아니었다. 이렇게라도 하지 않으면 영영 이곳으로 발길을 돌릴 수가 없을지 모른다는 생 각에 느닷없이 돌린 발걸음이었다.

장지에 온 사람 중에서 통영에서 왔다는 말을 듣는 순간 문 득 팔촌 여동생 지숙을 떠올렸던 것이다. 그곳에서 통영까지 는 그다지 먼 거리가 아니었다.

"어머, 오빠!"

지숙은 불쑥 들어선 근태를 보고 어쩔 줄을 몰라했다. 팔촌이면 결코 가까운 인척이 아니었다. 하지만 근태한테 지숙은 친동생만큼이나 살가운 동생이었다.

통영에서 횟집을 한다는 말을 듣기는 했었지만 이렇게 찾아오기는 처음이었다. 어쩌다 집안에 일이 있으면 만나기는 했지만 오랜만의 만남이었다.

바다를 내다보고 있는 탓에 전망이 꽤 시원한 횟집이었다. 그래서인지 손님도 꽤 많아 보였다.

"나이 먹을수록 친정이 큰 힘이 되는 거야. 친정에서 좋은 일 있으면 괜히 내 어깨가 으쓱거려지고 나쁜 일 있으면 밥맛이 다 떨어지고. 오빠가 우리 집에 오니까 왜 이렇게 기분이 좋은 거야. 오빠, 알어? 내 우상이 오빠였다는 거. 결혼해서 오빠 자랑을 제일 많이 했더니 우리 신랑이 그러는 거야. 혹시 연애하냐고."

지숙이 호탕하게 웃었다.

처녀 시절부터 유난히 근태를 따랐던 동생이있다. 사느라 안부 전화 한 번 제대로 못하고 사는 근태한테 야속하다는 말 한 번 없이 먼저 챙길 줄 아는 따뜻한 성품이었다. 명절 때면 건어물을 챙겨 보내기도 해 항상 빚진 기분을 떨칠 수가 없었다. 근태는 소녀처럼 좋아라하는 지숙을 말없이 바라보았다.

"웬일로 오빠가 여기까지 왔어?"

"오빠, 왜 그렇게 늙었어? 회사는 잘 돼?"

"온다고 연락이나 하지 그랬어. 그럼 우리 신랑 붙잡아 놨지. 낚시 갔거든. 그 사람 낚시하고 아내하고 둘 중에 하나 고르라고 하면 망설이지도 않고 낚싯대 쥘 사람이야. 오빠도 낚시 좋아해?"

지숙은 술상을 내오며 이것저것 한꺼번에 물어 왔다.

낯가림이 심해 아직도 처가에 가는 것도 서툴렀다. 하지만 얼굴에 함박웃음을 지으며 반기는 지숙을 보니 여기 오길 잘했다는 생각이 절로 들었다.

"이쪽으로 볼 일이 있어서 잠깐 들렀다."

근태는 친구를 땅에 묻고 오는 길이라는 말을 하지 않았다.

"거래처에 온 거야?"

"으응, 그래."

근태는 대충 대답했다.

서울로 돌아가 할 일이 많았다. 병원에 입원하면 언제 퇴원할 지도 모르는 일이었고, 이것저것 꼼꼼히 챙기고 기록을 해 놓아야 만일의 사태를 준비할 수 있었다.

시간이 지날수록 죽음이 한 걸음씩 다가오는 것만 같았다. 병원에서 처방해 준 약을 먹기는 하지만 가슴이 답답한 증세는 점점 심해지고 있었다.

김의 죽음이 근태를 더 조급하게 만들었다. 멀쩡하게 걸어 다니던 사람이 고작 사흘 만에 흙 속으로 들어가는 것을 보면서 죽음이 정말 별 것 아니구나, 그런 생각을 떨칠 수가 없었다. 그리고 어느새 저승 사자가 근태를 맞이하려 이만큼 다가온 것 같은 생각도 어쩔 수 없었다.

자꾸만 손을 까불던 김의 어머니가 눈앞에서 어른거렸다.

어머니를 어떻게 할 것인가. 근태 하나만을 의지하고 사는 어머니를. 적어도 자신만은 김처럼 늙으신 어머니는 여기 놔두고 떠나고 싶지 않았다. 노모를 세상에 놔두고 떠나는 김의 넋이 얼마나 힘겨울까, 다시 마음이 무거웠다.

"근데 오빠가 웬일이야? 나 결혼하고 우리 집에 처음 온 거 알어? 무슨 바람이 불었길래 여기까지 왔어?"

지숙은 근태 걸음이 아무래도 믿기지 않은 모양이었다. 그거야 근태도 모를 일이었다. 어쩌면 다시는 여기로 내려올 수 없을지 모른다는 다급한 생각에 서둘러 돌린 걸음이었다. 죽을지도 모른다는 생각이 들면서 꼭 봐야 될 사람이 있다면 더 늦기 전에 봐둬야 된다는 조급증 탓이었다.

"사는 게 재미있는 모양이구나."

근태는 술 한 잔을 입에 물며 물었다.

접시에 싱싱한 회며, 전복, 낙지 따위가 가득했지만 젓가락이 선뜻 가질 않았다. 가슴의 통증은 시시때때 근태를 힘겹게 했다. 술은 아무렇지 않게 마실 수 있었지만 다른 음식은 아무것도 먹기 싫었다. 생각해 보니 어제 오늘 아무것도 먹지 않았다. 술 외에는.

"재미있는 건 모르겠고, 고맙다는 생각은 해."

지숙은 빈 잔에 술을 채우며 밝게 웃었다. 근태보다 세 살 어리던가. 어려서부터 누구에게나 붙임성이 좋아 귀여움을 독차지하고 자란 동생이었다. 큰딸이어서 초등학교 다닐 때도 하루 걸러 결석을 하고는 했다. 벼 베는 날, 보리 베는 날, 감자 캐는 날, 고구마 캐는 날……. 지숙은 학교에 가는 날보다 집에서 일을 거드는 날이 더 많았다. 그래서 간신히 초등학교를 졸업했을 뿐이었다. 결혼하고서도 갖은 고생은 다 하고 산 것 같던데, 사는 것이 고맙다고 했다.

"생각해 봐. 전쟁 겪느라 얼마나 힘들었어. 하루에 밥 한 끼만 제대로 먹고 살아도 한이 없겠다고 생각할 정도였잖아. 우린 부모들한테 자식이 아니라 머슴이었어. 그렇게 어려운 시절을 보냈기 때문에 주머니에 한 가지씩을 저축할 때마다 고맙고 새로웠을 거야. 빈털털이였으니까 돈도 버는 대로 내 것이 되고, 아무것도 없는 상태에서 여기까지 왔으니 참 고맙지. 돈도 실컷 쓰고 죽어도 남을 만큼 벌었고, 자식들도 빈손으로 저만큼 키웠고. 거지처럼 태어났지만 이제는 진시황제 안 부럽게 살고 있다는 생각이 들면 정말 고맙지."

"……"

근태는 할말을 잃었다.

같은 시대를 살고, 매운 세상살이에 시달리며 산 것도 똑같을 텐데 지숙은 누이처럼 말하고 있었다.

"아참, 오빠. 순아가 여기로 이사 왔어."

"순아?"

근태는 긴장한 표정으로 지숙을 보았다. 의식 속에 이슬처럼 대롱대롱 맺혀 있던 이름이었다.

"조순아. 벌써 잊었어?"

"……."

어떻게 잊었을까. 다만 잊은 척 살았겠지.

"남편이 죽었다네. 워낙 나이 많은 남자 만나 시집 갔잖아. 일찌감치 혼자 돼서 자식들 키우면서 살았대."

"왜 이리로 이사를 온 거야?"

"큰아들 내외가 이쪽 초등학교 선생인데 이번에 며느리가 애기를 낳았나봐. 그래서 아예 큰아들네로 들어왔대. 얼마 전에 우연히 길에서 만났는데 얼마나 반가웠는지 몰라. 아직도 곱더라."

지숙은 근태 표정을 슬쩍 살피며 짓궂게 말을 이었다.

"아직도 생각나?"

근태는 대답하지 않았다. 대신 앞에 놓인 술잔을 서둘러 비웠다. 어쩌면 여기까지 온 것도 그녀 소식을 듣고 싶어서가 아니었을까. 여기에 오면 지숙 입에서 그녀 소식을 전해 들을지도 모른다는 생각을 했을지도 몰랐다.

"순아한테 아직도 오빠 생각나냐고 물었더니 대답도 않고 그냥 웃더라고."

어머니 때문에 헤어진 사람이었다. 잘 가라고, 꼭 잘 살아야 된다고 마지막 인사 한 마디 없이 떠나 보낸 사람이었다. 그래서였을까, 죽기 전에는 꼭 한 번 그녀를 만나야 된다는 생각을 버린 적이 없었다. 그리움처럼.

간헐적으로 계속되는 박격포 소리를 들으며 언제 도착할지 모르는 지원병을 기다릴 때도 그녀는 하얀 아오자이 차림으로 나타났었고, 사막에서 길을 잃고 아사 직전에 놓였을 때도 차도르 차림으로 가만가만 근태 곁으로 걸어온 여자였다. 그렇게 그녀는 가슴 한 구석에 치유되지 않는 상처처럼, 꺼지지 않는 등불처럼 늘 자리를 하고 있었다.

어쩌면 아내에게 사랑한다는 말 한 마디 여태 건네지 못한 것도 그녀 때문일지 몰랐다. 그녀를 아직도 떠나보내지 못했기 때문에 다른 여자를 받아들이지 못하고 있는 것인지도 몰랐다. 그녀에게 마지막 인사 한 마디만 했어도…….

"부탁 한 가지를 해야 되겠구나."

근태는 어렵게 입을 열었다.

"뭔데?"

지숙이 눈을 빛내며 물었다.

"그 사람, 그 사람을 한 번 만나게 해줘야 되겠다."

"……오빠?"

지숙이 놀란 표정을 감추지 않았다. 근태는 용기를 내어 입을 열었다.

“한 번은 만나야 될 사람이야. 죽기 전에……”

“무슨 소리를 해?”

“내가 왔다는 말은 하지 말고, 그냥 나오라는 말만 하면 좋겠다.”

“만나서 뭐하게? 서로 힘들어지면 어쩌려구? 오빠랑 그 애가 얼마나 좋아했는데. 굳이 옛날 상처만 들먹이는 것 아냐? 오빠는 몰라도 그 애는 오빠 먼저 결혼하고 얼마나 힘들어 했는데.”

처음과 달리 지숙은 걱정하는 얼굴이었다.

“……”

처음 듣는 말이었다. 그 사람에 대한 소식이라면 애써 듣지 않으려고 했었다. 들으면 많이 힘들 것 같아서였다. 근태가 먼저 결혼한 후 그녀도 그 해 가을에 완주로 시집갔다는 말을 들은 것이 전부였다.

잠깐 밖으로 나갔던 지숙이 다시 방으로 들어왔다.

“오빠 왔다는 말은 않고 잠깐 나오라고 했어. 아들 내외가 무슨 모임이 있어서 늦게 오니까 다음에 보자고 하는 걸 늦어도 좋으니까 그냥 나오라고 했어.”

지숙은 조금 후에 다리 앞으로 가면 그녀를 만날 수 있다고 말해 주었다.

“왜 자꾸 밖에서 만나냐고 캐물어서 혼났네. 그냥 처녀적 기분 내고 싶어서 그런다고 했어.”

지숙은 다시 명랑한 얼굴이 되어 떠들었다.

"언니가 이 사실을 알면 나를 얼마나 미워할까. 언니한테 미운 털 안 박히자면 나부터 입단속 잘해야 되겠네."

아내한테는 미안할 일이었다. 하지만 한 여자의 남편이기 전에 한 인간으로서 한 번은 그녀를 꼭 만나야 했다.

만나서 아무 말도 못하고 돌아서더라도 얼굴 한 번은 보아야 했다. 죽기 전에.

그녀가 나온다는 시간에 맞춰 식당을 나섰다.

"자고 가, 오빠. 여기까지 와서 그냥 가면 내가 정말 서운하지."

지숙은 그녀를 만난 뒤에 심야 버스를 타고 곧바로 서울로 가겠다는 근태를 말렸다.

"여기 간다고 어머니한테 말씀도 안 드리고 왔어."

"아직도 마마보이야? 전화하면 되잖아."

마마보이냐는 말에 근태도 웃고 말았다.

"그래, 아직도 나는 어머니 그늘을 못 벗어난 마마보이구나. 나 간다."

근태는 지숙이 더 붙들기 전에 서둘러 몸을 돌렸다.

다리가 유난히 높았다. 다리 위로 자동차가 지나가는 모습도 보이지 않았다.

배 한 척이 물결 소리를 내며 지나가고 있었다. 좁은 포구인데도 배가 여러 척 떠 있었다.

근태는 바바리코트 깃을 세우며 벤치에 앉았다. 다른 벤치에는 데이트 하는 연인 몇이 앉아 이야기를 나누고 있었다.

밤 바람이 차가웠지만 춥지는 않았다.

공연한 짓을 한 것이 아닌가. 근태는 이내 후회했다. 그녀를 만나서 어쩌자는 것인가. 이제 와서 무슨 할 말이 있다고. 자신 때문에 상처를 입은 사람이었다. 그리고 어쩌면 그 상처는 아직도 생생하게 남아 있을지도 모를 일이었다.

다행히 마음이 담담했다. 세월이 그녀만 보면 두 방망이질을 해대던 심장의 박동 소리까지 죽여 놓은 것일까.

이제 그녀와 나누었던 어떤 추억도 남아 있지 않았다. 어쩌다 간혹 만났지만, 만나면 무슨 말을 건넸던가, 그것도 떠오르지 않았다.

유난히 까만 머리카락, 긴 속눈썹을 지녔다는 것 정도였다. 그것도 그 모습이 떠오르는 것이 아니라 그랬었다는 것 정도만 기억하고 있을 뿐이었다.

한참 후에 택시 한 대가 다가와 섰다. 근태는 숨을 멈추었다. 조금 전까지 차분하던 가슴이 마구 뛰기 시작했다. 이러다 또 가슴 통증이 시작되면 어쩌나, 조바심이 일었다.

작은 키에 약간 통통한 모습의 여인 한 명이 차에서 내렸다. 조금 두꺼운 오버코트를 걸치고 있었다. 근태는 벤치에 그대로 앉은 채 그녀 모습을 유심히 살폈다.

어둠 속이었다. 빛이 아주 없는 것은 아니지만 누군가의 얼굴이 보일 만큼 밝지는 못했다. 그래도 근태는 그녀, 조순아를 알아보았다.

그녀는 근태가 있는 쪽으로 다가오고 있었다. 근태는 두근거리는 가슴을 간신히 누르고 그녀를 지켜보았다. 지숙이 사실대로 이야기를 한 것은 아닐까. 근태는 당혹스러운 표정으로 그녀를 지켜보았다.

그녀는 근태가 앉아 있는 바로 옆의 벤치에 걸터앉았다.

바람이 불어 와 그녀 머리카락을 쓰다듬고 뒤로 달아났다. 근태는 가만히 그녀를 살펴보았다. 처음 생각과 달리 선뜻 다가가 말을 붙일 용기가 나지 않았다. 아니, 그래서는 안된다는 생각이 들었다.

그녀는 바다만 바라보고 앉아 있었다. 근태도 그녀처럼 바다만 바라보았다.

같은 공간에 앉아 같은 곳을 바라보고 있다, 우리는.

근태는 혼자 중얼거렸다. 그리고 천천히 몸을 일으켰다.

근태가 그 앞을 지나갈 때도 그녀는 바다만 하염없이 바라보고 있었다.

"……안녕."

근태는 그녀 앞을 스쳐가면서 작은 소리로 말했다.

……안녕.

그리고 들었다. 그녀의 목소리를.

"잘가요……."

바람소리였을까. 그 소리는 바다 바람 소리에 묻혀 나직이 들려왔다.

근태는 고개를 돌려 그녀를 보았다. 그녀도 잠깐 고개를 들고 근태를 보았다. 하지만 그것으로 그만이었다. 그녀 시선은 이내 바다로 옮겨가고 있었다. 밤에도 갈매기가 울까, 어디선가 끼룩, 새 소리가 들려왔다.

새벽 4시. 근태는 가슴의 통증을 다시 느끼며 잠에서 깨어났다.

하지만 깨어난 의식 속으로 먼저 파고 든 것은 아내의 비명이었다.

"어머니, 왜 이러세요!"

"할머니, 왜 그래!"

명하 목소리도 들려왔다.

근태는 서둘러 방을 뛰어나왔다. 거실에서 아내와 명하가 쓰러져 있는 어머니를 붙들고 있었다.

"왜 이래? 왜 이러세요, 어머니!"

근태는 얼른 어머니를 안아 일으켰다. 어머니는 눈을 감은 채 축 늘어진 모습이었다.

"얼른 구급차 불러. 어서!"

근태는 소리를 질렀다. 명하가 울면서 전화기가 있는 쪽으로 뛰어갔다.

"그제, 어제 아무것도 안 잡수셨어요. 미음을 쒀서 드려도 입도 안 대세요."

"이 지경이 되도록 뭐했어? 얼른 병원으로 모실 것이지!"

근태는 판단 없이 아내부터 나무랐다.

"엄마가 아무리 병원에 가자고 해도 할머니가 죽어도 싫다면서 고집을 피웠단 말예요."

전화를 하고 난 명하가 따지듯 소리쳤다.

"무슨 소리가 나서 나와 보니까 어머니가 화장실 앞에 쓰러져 있었어요."

아내는 담요를 꺼내 와 어머니 몸을 덮었다.

엊그제 까닭없이 화를 낸 근태 자신 때문에 어머니는 상심에 빠졌을 것이다.

도대체 내가 무슨 짓을 했단 말인가. 근태는 자신이 했던 행동이 얼마나 어머니한테 큰 상처였을 지를 비로소 깨달았다. 공연히 짜증이 나서 투정 부리듯 해보인 행동이었지만 어머니한테는 청천 벽력 같았으리라.

밖에서 구급차 소리가 들려왔다.

근태는 서둘러 어머니를 등에 업고 뛰어나갔다. 축 늘어진 어머니가 너무도 가벼웠다. 검불처럼 어머니 몸이 훌훌 날아갈 것만 같았다.

"어머니, 괜찮을 거예요. 아무 걱정하지 마세요. 제발, 어머니……."

근태는 엘리베이터 안에서 기도하듯 중얼거렸다.

다행히 어머니는 별일 없었다.

"노인이라 기운이 떨어져서 그러신 겁니다. 영양 주사 맞고 이삼일 입원해 있으면 나아질 거예요."

어머니를 진찰한 의사의 말에 근태는 안도의 한숨을 내쉬었다. 주사를 맞은 뒤 어머니는 편안한 표정으로 잠이 들었다. 근태는 그 자리에 털썩 주저앉았다.

"별일 아니야. 걱정 안해도 되겠어. 아침 먹고 나와. 그동안은 내가 있을 테니까."

근태는 집으로 전화를 걸어 아내를 안심시켰다.

"내가 갈 테니까 당신이 들어 와 쉬세요."

"그럴 것 없어. 아침 먹고 천천히 오면 돼."

근태는 그렇게 말하고 전화를 끊었다.

"지금 곧바로 입원실로 올라가세요."

간호사가 이동 침상을 밀고 와 그렇게 말했다.

"제가 업고 가겠습니다."

근태는 얼른 어머니를 일으켜 등에 업었다. 이동 침대에 누워 병실까지 올라가자면 어지러울지도 몰랐다. 그리고 어머니는 침대를 싫어했다. 나중에는 어쩔 수 없더라도 지금만이라도 어머니를 업고 가고 싶었다.

병실로 옮겨 와 날이 훤하게 밝도록 어머니는 깨어나지 않았다. 눈을 꼭 감고 잠든 어머니 옆에서 근태는 한시도 떠나지 않았다. 축 늘어진 주름살 사이로 고단한 삶이 그대로 드러났다. 이렇게 잠들 듯 떠나신다면 얼마나 좋을까.

근태는 흩어진 어머니 머리카락을 가만히 쓸어 올렸다. 하얀 머리카락이 보드러웠다. 근태 학비를 대기 위해 두 번씩이나 잘라낸 머리카락이었다. 어디 이 머리카락뿐이랴. 어머니는 당신의 모든 것을 팔아 근태를 키우고 가르쳤다.

어쩌다 고향에 내려갈 때마다 어머니는 항상 논이나 밭에서 일을 하고 있었다. 아니면 베틀에 앉아 베를 짜고 있거나 누군가의 한복을 짓고 있었다. 한 번도 쉬는 모습을 본 적이 없었다.

다시 가슴이 아팠다. 근태는 재빨리 주머니 속의 약을 꺼내 입 안으로 털어넣고 물을 마셨다. 약을 삼킨 뒤, 한동안 가슴을 손으로 누른 채 통증이 멈추기를 기다렸다. 하지만 통증은 쉽사리 사라지지 않았다. 가슴이 쩌억, 소리를 내며 두 쪽으로 찢어지는 것만 같았다.

"으으……."

근태는 신음을 하며 침상 모서리를 붙들고 늘어졌다. 이러다 죽을 수도 있겠다는 생각이 덜컥 들었다. 하지만 아직은 아니었다. 아직은 죽을 수 없었다.

해야 될 일은 다 못하더라도 간단한 준비라도 할 틈이 있어야 했다. 보험료도 두 달 정도 미리 넣어야 하고, 죽은 뒤에 식구들이 허둥거리지 않도록 통장이며 보험 증서를 챙겨두어야 하고, 아내 이름으로 아파트 등기도 미리 넘겨줘야 할 일이었다.

더 큰 욕심 없이 그런 일을 처리할 때까지만은 살아 있어야 했다.

통증은 한참 후에서야 멈추었다. 온몸으로 식은땀이 흘렀다. 근태는 바닥에 털썩 주저앉아 정신이 돌아오기를 기다렸다. 손가락 하나 까딱할 기운도 없을 만큼 기운이 다 빠져버렸다.

똑똑, 노크 소리가 들렸다. 근태는 간신히 몸을 일으켜 세웠다. 주사 쟁반을 들고 간호사가 들어섰다.

"어머, 괜찮으세요?"

간호사가 근태 얼굴을 보고 놀라는 표정을 지었다.

"아, 예……."

근태는 잘못을 저지르다 들킨 사람처럼 말을 더듬었다.

"얼굴이 백짓장 같아요. 어디 아프세요?"

"아닙니다. 어머니 때문에……."

"그러셨군요. 다른 가족한테 환자를 맡기시죠. 좀 쉬셔야겠어요. 혈압이라도 재 드릴까요?"

"아닙니다. 저는 괜찮습니다."

근태는 화들짝 놀라며 뒤로 물러섰다.

누구에게 공연한 친절을 받으면 괜히 몸둘 바를 모르고는 했다. 마치 남의 옷을 빌려 입은 것처럼.

"할머니는 오랫동안 주무실 거예요. 보조 침대에 누워 좀 쉬세요."

간호사는 친절하게 말하고 병실을 나갔다. 누구에겐가 친절을 베풀 줄 아는 것도 배워서 가능한 일이겠지. 근태는 잠깐 안혜숙, 그녀를 떠올렸다. 며칠 동안 얼굴을 보지 못했다. 영안실에 다녀왔다는 전화는 받았지만, 근태는 그녀 집에 들르지 않았다. 항상 김과 같이 갔었다는 생각 때문이었다. 그곳에 가면 탁자 앞에 앉아 맛있는 소주를 마시는 김을 다시 볼 것만 같았다.

창문을 통해 들어선 햇살이 링거 줄을 타고 어머니의 몸 안으로 똑똑, 맑은 소리를 내며 떨어지고 있었다. 주름진 팔뚝으로 똑똑 떨어지고 있었다.

근태는 어머니를 마주보고 앉았다. 그리고 조용히 중얼거렸다.

"어머니, 저한테 많이 화나셨어요? 뚱딴지 같이 화를 버럭 버럭 냈다고 말입니다. 그래서 화나서 밥도 안 잡수시고 그러셨어요? 어머니한테 그렇게 화낸 것, 처음인 거 아시죠? 근데, 어머니? 그거 화낸 것 아녔어요. 투정이었어요. 어려서부터 저는 어머니한테 한 번도 투정이란 걸 못 부리고 자랐잖아요. 사실은 형이 어머니한테 화내고 투정부릴 때 얼마나 부러웠는지 아세요? 나도 형처럼 어머니 앞에서 두 다리 비비적거리며 울면서 떼 쓰고 싶은 때가 얼마나 많았는데요. 그래도 못 그랬어요. 다른 애들은 다 투정을 부릴 수 있어도 저는 부려서는 안 되는 것 같았거든요. 다른 애들은 다 갖고 노는 장난감을 저는 절대 가질 수 없다고 생각하는 것처럼 말이죠. 그러니까 너무 섭섭해 하지 마세요. 다른 집 자식들은 저보다 더 많이 투정부리고 소가지 자랑했잖아요. 어머니 아들은 딱 한 번만 그랬으니까 용서하세요. 어머니, 어머니가 돌아가시면 제가 많이 그리워하겠지요? 저보다 너무 일찍 돌아가시지는 마세요. 저보다 더 늦게 오셔도 안 되구요. 꼭 하루라도 빨리 저보다 일찍 돌아가세요. 그래야 어머니 무덤에 고운 흙이라도 한 삽 더 떠 올리고 꼭꼭 밟아드릴 수 있잖아요. 어머니가 저를 위해 모진 세상을 견뎌낸 것처럼 저도 어머니를 제 옆이 아닌 다른 곳에 두고 떠날 수가 없어요. 이 세상에 살아도 같이, 저 세상으로 떠나도 같이, 꼭 그래야 해요. 어머니만 괜찮다면, 다음 생에도 제 어머니가 꼭 되세요. 저도 꼭 어머니 아들이 될 테니까요. 어머니는 전생에서도 제 어머니였고, 그 전 생에서도 제 어머니였을 테니까 다음 생에서도 꼭 제 어머니가 되셔야 해요. 다음 생에서는 어머니도 저도 마음에 빗장 절대 잠그지 말고 활짝 열어 젖혀서 따뜻한 햇살도 들어오게 하고, 시원한 바람도 들어오게 하고, 맑은 새 소리도 들려오게 해요. 그래서 다른 사람에게 조금 흉이 잡히더라도 하하, 호호, 큰 소리로 웃으면서 살기로 해요. 어머니는 길거리에서 군것질하는 여편네들을 보면 천박하다고 흉보셨지요? 하지만 그렇게 살면 더 재미있을 것 같지 않은가요? 웃고 싶을 때 하하 웃고, 먹고 싶은 것 있을 때 남 눈치 안 보고 맛있게 먹고, 화나면 나 화났다고 크게 떠들면서 마구 화내고, 신나는 일 있으면 허풍 떨어가며 이 사람 저 사람에게 자랑하고. 그렇게 살자구요. 그러니까 어머니? 절대 저보다 오래 사시면 안 돼요. 저보다 딱 하루 정도만 먼저 눈을 감으세요. 아니, 제가 어머니 무덤 예쁘게 만들어 드리자면 하루는 안 되겠네요. 삼일장을 치르니까 삼일하고, 삼우제도 지내야 하니까 넉넉 잡아 한 일주일 정도만 일찍 눈을 감으세요. 그러면 제가 삼우제까지는 지내드릴 수가 있겠네요. 일년 기일은 못 챙겨드려도 삼우제라도 제 손으로 챙겨드리면 어머니도 흡족하시겠지요? 남들처럼 사십구제도 못 지킬 것 같습니다. 삼우제가 끝나면 곧바로 상복을 벗게 해야 되니까요. 상 것 집 안이라고 남들이 흉봐도 어쩔 수 없어요. 제 손으로 어머니 흔적을 그렇게라도 치우고 떠나야 제 마음이 편할 테니까요. 자식들은…… 어떻게 하느냐구요? 자식들은…… 걱정하지 않아도 될 것 같아요, 어머니. 그 애들한테는 에미가 있으니까요. 어쩌면…… 제가 빨리 사라지는 것이 애들한테 도움이 될지도 몰라요. 잘못 생각한 것이 아니라면, 아버지는 그리움으로 남아야 비로소 아버지 대접을 받을 수 있을 것 같네요. 다른 아버지들은 어떨지 몰라도 저는 그럴 것 같아요, 어머니. 어머니도 아시겠지만, 저는 아버지 노릇을 잘 못했어요. 배운 적이 없었거든요. 왜 그렇게 정신없이 살았는지, 배울 틈이 없었어요. 배우지 않아도 별 문제 되지 않을 줄 알았어요. 제가 할 일을 열심히 하다 보면 모두 저를 기다려 주고, 환영해 줄 그런 날이 올 거라고 믿고……. 그런데 아니라네요. 아무리 바빴어도 혼자 몰래 공부하듯, 아버지 공부를 따로 했어야 했나 봐요. 그런데 저는 바보처럼 공부하지 못했어요. 그래서 애들한테는 죽어서나 아버지 노릇을 제대로 할 수 있을 것 같습니다. 어쩌면 저를 필요로 하는 것은 자식들이 아니라 어머니일지 몰라요. 어머니가 너무 일찍 떠나시면 저를 마중 나오기가 힘들겠지만 일주일 정도면 괜찮겠지요. 어디 멀리 가지 마시고 그곳에 느티나무나 정자가 있거든 그늘에 앉아 다리 쉬면서 저를 기다려 주세요. 그러다 제가 길을 잃고 다른 곳으로 가면 근태야! 하고 큰 소리로 불러주세요. 그러면 제가 많이 반가워할 거예요. 어쩌면 기뻐서 어머니 곁으로 한걸음에 달려가 얼싸안고 덩실덩실 춤이라도 출지 몰라요. 너무 반가워서……. 그러니까 어머니……."

목이 메었다. 근태는 어머니 새끼손가락에 제 손가락을 걸었다.

"그러니까 어머니, 꼭 약속하시는 겁니다. 저보다 일주일 먼저 저 세상으로 떠난다고 말입니다. 아셨죠?"

어머니 손이 까딱 움직인 것 같았다. 블라인드 사이로 파고
든 햇살에 창백한 어머니 얼굴이 더 하얗게 드러났다. 눈을
꼭 감은 어머니 눈가로 이슬이 맺혔다.

"여태 살면서 제가 어머니한테 무슨 부탁한 적 없었지요?
그러니까 이번 부탁은 꼭 들어주셔야 해요. 꼭 저보다 일주일
정도만 일찍 눈을 감으셔야 해요. 예, 어머니?"

근태는 간절하게 부탁했다. 뜨거운 것이 목울대에 걸려 숨
쉬기도 힘들었다. 근태는 어머니 손을 잡고 고개를 숙였다.
눈물이 하얀 시트로 뚝뚝 떨어지고 있었다.

근태는 10시가 조금 넘어서 병원을 나섰다. 아내가 미리
와 있었지만 아직도 어머니가 깨어나지 않고 있었다.

"제가 있을 테니까 집에 가서 좀 쉬다 나가세요."

아내가 말했다. 그게 고마웠다. 그래도 남편이라고 건강을
챙겨 주고, 시어머니를 마다 않고 간호해 주는 아내가 너무
고마웠다.

근태는 고맙다는 말을 하려다가 그만 두었다. 남편과 아내
사이에는 고맙다는 말을 하지 않는 거라고 누가 말했던가. 말
하지 않아도 다 알기 때문에 굳이 말할 필요가 없다고.

마음이 다시 착잡했다.

"명현이한테 다녀왔다구요?"

오버코트를 손에 들고 병실을 나서려는데 아내가 문득 물

었다. 근태는 걸음을 멈추고 아내를 바라보았다.

"우린…… 왜 이렇게 멀리 떨어져 살아야 하죠? 결혼해서 이 날까지 한 번도 한 울타리에서 살아 본 적이 없었던 것 같아요. 왜 아들 자식한테 찾아갔다는 말에도 감격해 하고 눈시울을 적셔야 할까요?"

"……."

"친구가 이런 말을 하대요. 나이를 먹으니까 남편과 싸우지를 않더라구요. 그 친구, 젊어서 사네 못 사네 하면서 맨날 부부싸움하고 살았거든요. 이해 폭도 넓어지고 관심도 많이 줄어서 이제 안 싸우나 보다, 생각했어요. 그런데 그 애 대답은 그게 아니었어요. 남편이 뭘 싫어하는지 알게 되고, 남편도 아내가 뭘 싫어하는지 알게 되고 그 싫어하는 행동을 안 하게 되니까 싸울 일이 없더라는 거죠."

"……."

"당신은 내가 뭘 싫어하는지 알아요?"

"……."

"실은, 나도 당신이 뭘 싫어하는지 모르고 있어요."

아내가 몸을 일으켰다. 그리고 목에 감고 있던 목도리를 풀어 근태 목을 감아주었다. 까만색의 모직 목도리였다.

"날씨가 추워요."

"……."

근태는 아내가 하는 대로 가만히 서 있었다. 목을 스치는 아내 손끝이 차가웠다. 손을 뻗어 아내 손을 잡아주고 싶었지만, 몸이 움직이질 않았다.

"명하 찾으러 간다고, 명현이한테 간다고 저한테 말하고 갈 수 없었어요?"

"……."

"나는 당신이 뭘 싫어하는지 아직도 모르고 있지만, 당신이 무얼 슬퍼하고, 무얼 힘들어하는지, 그건 알아요. 당신이 가엾고, 불쌍하다는 생각이 들 때가 가장 싫었어요. 당신을 미워하고 힘들어하면서도 당신이 가엾다고 느낄 때가 정말 싫었어요."

"……."

"이제라도 당신이 무슨 생각을 하고, 무엇을 하고 싶어하고, 어딜 가는지 알면서 살 수는 없을까요? 당신도 내가 집에서 무얼 하고, 오늘은 무슨 반찬을 만들고, 십자수를 놓으면서 무슨 생각을 할까…… 문득 생각해 보면서 살 수는 없을까요? 늦었나요?"

아내는 울먹이고 있었다.

"……미안해."

근태는 바짝 마른 입술을 움직여 간신히 대답했다. 미안하다고…….

아내에게 고맙다는 말도, 미안하다는 말도, 사랑한다는 말도 한 마디 못 건네고 살아온 세월이었다.

아내가 꽃을 좋아한다는 것을 알면서도 꽃집 앞에서 멈칫거리기는 했을망정 흔한 국화 한 송이 못 사다주고 살았었다.

이제라도 고맙다고, 미안하다고, 사랑한다고 말하면서 살 수 있을까. 근태는 몸을 돌렸다. 너무 늦어 있었다. 시간이 없었다. 이제는 서로 그리움으로만 남아 있어야 할지 몰랐다.

바깥 바람이 차가웠다. 이렇게 가을이 가고, 겨울이 올 터였다. 병원 앞 화단에 광대나물이 여러 포기 자라고 있었다.

"코딱지나물이구나."

근태는 어린 시절 그 꽃을 따 맛있게 꿀을 빨아 먹었던 일을 떠올리며 활짝 웃었다. 남쪽 지방에서만 자라는 줄로 알았던 광대나물이 이곳 병원 화단에서 자라고 있다는 사실이 여간 신기하질 않았다. 그 옆으로 꽃다지며 애기똥풀도 보였다. 들풀에 관심 많은 누군가 옮겨다 심은 모양이었다.

이제는 꽃 지고 힘없는 모습이었지만 근태는 오래 오래 그것들을 내려다보았다.

"반갑구나. 오랜만이지?"

근태는 잎을 쓸어주며 중얼거렸다. 잊고 살았던 사랑을 이렇게 만나는 것처럼 가슴이 뻐근했다. 이제는 이런 작은 것들과도 이별을 할 때가 다가오고 있다는 생각에 어깻죽지가 시렸다. 통영에서 만난 그녀를 그냥 떠나와야 했던 것처럼 이런 작은 것들과도 바람처럼 이별을 해야 될 때가 다가오고 있었다.

회사에 거의 다 도착할 무렵, 핸드폰이 울렸다.

"이금자예요."

대뜸 들려오는 여자 목소리에 근태는 혼자 아연해지고 말았다. 거래처의 직원이라면 이런 식으로 전화를 걸어오지는 않았다.

"누구신지……."

그렇게 묻다 말고 근태는 아, 예! 하고 크게 대답했다. 김의 아내였다.

"너무 많이 신세를 졌어요. 장지까지 따라와 주셔서 많이 든든했어요. 그 양반도 좋아하셨을 거예요."

그녀는 정중하게 인사를 했다. 이제는 남편없이 세상을 견뎌내야 할 것이다. 노망 든 시어머니도 보살펴야 하고, 아직 혼인하지 않은 자식들도 혼자서 해결해야 될 것이다.

"열심히 사십시오. 그 친구도 많이 도와줄 것입니다."

"고맙습니다. 그런데 할머니께서 많이 편찮으시다구요?"

회사에 전화를 했더니 그런 말을 하더란다. 그녀는 오후에 병문안을 오겠다고 했다.

"아직 정신도 못 차리셨어요."

"괜찮아요. 마침 병원 쪽으로 갈 일이 생겼거든요."

그녀는 5시경에 들리겠다며 전화를 끊었다.

그녀가 전화를 끊기 바쁘게 근태는 아주 중요한 일을 잊고 있었다는 것을 깨달았다. 핸드폰에 찍힌 전화 번호의 통화 단추를 눌렀다.

"부탁이…… 있어서요."

통화가 되자 근태는 더듬더듬 말을 이었다.

"제가 통장으로 석달치 보험료를 보내겠습니다. 지금 당장이요. 오실 때 영수증 좀 갖다 주시겠어요? 미리 보험료 내도 괜찮지요? 상관없지요?"

혹시 안된다고 할까봐 조바심이 일었다.

"왜요?"

"아니, 별일은 아니고……."

근태는 다시 말을 더듬고 말았다. 큰 비밀을 감추고 있는 것처럼 선뜻 대답이 나오질 않았다.

"돈 생겼을 때 미리 불입하시려구요?"

"……."

근태는 아무 대답도 하지 못했다.

제가 많이 아프거든요. 그래서 병원에 입원해야 되는데, 위험한 수술을 해야 될지도 모른대요. 수술이 성공할 수도 있지만 실패하면 영영 깨어나지 않을 수도 있다는군요. 깨어나더라도 금방 퇴원은 불가능할 거예요. 혹시 수술이 잘못 돼서 은행까지 갈 수 없을 경우에는 큰일 아닙니까. 만에 하나 의식이 돌아오지 않고 여러 날 간다면 보험료를 내지 않은 것으로 돼서 자동 해지라도 되면 어떻게 합니까. 그러면 제 아내가 큰일이거든요. 혼자 살아야 되는데, 애들 결혼도 시키고,

명하 공부도 시키고, 할 일이 많은데 돈 한푼 없으면 큰일이거든요. 그 사람은 저한테 잡혀 사느라 바깥 구경 한 번 제대로 못한 쑥맥이에요. 그런 사람이 어디 가서 돈을 벌겠어요…….

그런 말들이 저절로 튀어나갈 것 같았다.

"그렇게 하세요. 제가 문병 가면서 영수증을 갖다 드릴게요."

김의 아내는 순순히 대답했다.

"고맙습니다. 정말 고맙습니다."

근태는 핸드폰을 든 채로 꾸벅 절을 했다. 그리고 저쪽에서 뭐라고 하기도 전에 핸드폰을 끄고 계단을 뛰어올라갔다.

직원들이 인사를 건네는 소리도 건성으로 듣고 통장부터 살폈다. 석달치 보험료라면 꽤 많은 금액이었다. 보험료 내는 것도 사치만 같아서 그동안 마음이 불편했는데 오늘은 아니었다. 김이 여간 고맙지가 않았다. 김이 이런 일을 미리 예측하고 떼 쓰듯 보험에 들라고 졸라댔던 것만 같았다.

통장이 아직도 묶인 채 풀리지 않았지만 딱 한 개는 무사했다. 근태 이름이 아니라 회사 이름으로 만든 통장은 입출금이 자유로웠다.

거래처에 주기로 약속된 돈이었지만 김은 망설이지 않고 김의 아내 통장으로 계좌이체를 시켰다.

큰 일 한 가지를 무사히 끝낸 듯해 저절로 한숨이 터졌다.

"사장님, 전화 받으세요."

편집부 미스 오가 근태를 불렀다. 근태는 꿈에서 퍼뜩 깨어나는 사람처럼 허겁지겁 송수화기를 집어들었다.

"안혜숙이에요."

"아, 예."

근태는 이마에 맺힌 땀을 손으로 닦으며 대답했다.

"장지에 잘 다녀오셨어요?"

"무사히 다녀왔습니다."

근태는 눈을 감은 채로 대답했다. 이제는 어떤 새로움도 받아들여서는 안 될 일이었다. 묵은 것을 정리하고 처리하는데만도 너무 시간이 촉박했다.

"오전에 전화드렸더니 병원에 계시다구요."

"어머니께서 기운을 잃으셔서요."

근태는 여전히 감은 눈을 뜨지 않았다. 마치 그녀가 바로 앞에 서 있기라도 한 것처럼. 그녀의 어떤 말도 마음 속으로 받아들이지 말고, 귓등으로 흘려 보내자고 스스로를 타일렀다. 물처럼, 바람처럼 흘려보내자고. 이제는 머물 틈이 없을지도 모르는데, 작은 마음자리도 내놓지 말자고.

"점심 오셔서 잡수세요. 얼큰한 매운탕을 끓여 놨거든요."

그녀가 말했다.

"선생님 오실 때까지 저도 안 먹고 기다릴 거예요."

그녀는 다짐하듯 말하고 전화를 끊었다.

시계를 보았다. 점심 시간이 조금 넘어 있었다. 그녀는 근태를 생각하면서 매운탕을 끓였을 것이다. 근태는 잠깐 망설였다.

하지만 그냥 자리에 앉아 책상 서랍을 열었다. 어머니가 퇴원하면 곧바로 병원에 입원을 해야 될 것이다. 수술을 하게 되면, 심장수술은 위험률이 높다니까 만일을 위해서라도 뭔가를 정리해 둬야 될 것이다.

누군가 나이 먹은 사람이 해야 될 일 중 가장 큰 것은 죽음을 준비하는 것이라고 했던 말이 떠올랐다. 오늘 성한 다리로 걸어다닌다고 안심하지 말고 나 없어도 남은 식구들이 우왕좌왕하지 않게 해놓으라고.

그렇지만 당장 해두지 않을 일이 무엇일까. 근태는 서랍을 연 채로 우두커니 앉아 있었다. 장부는 경리 자리에 있고, 근태가 결제하지 않으면 안 될 서류는 한 가지도 없었다. 책이 출고되고 반품 들어온 장부에 확인 도장만 쿡쿡 누르는 일도 꼭 하지 않으면 안 될 일은 아니었고, 경비 지출서에 확인 도장을 찍는 것도 그랬다. 거래처에 지급해야 될 잔금은 근태보다 경리과 직원이 더 잘 알고 있었다.

묶인 통장도 오늘 명훈이 수금해 온 돈을 신문사에 입금시키면 다시 풀릴 것이고……. 나머지 회사 문제는 명훈이가 잘 해결할 수 있을 것이다. 그 애가 사장 자리에 앉든, 회사를 남의 손에 넘기든.

아내 명의로 돌리려고 했던 아파트 문서도 꼭 근태가 하지 않으면 안 될 일은 아니었다. 이제 아내 스스로 해결할 수 있는 일들은 직접하게 하는 것도 좋을 일이었다. 그렇게 해야 세상을 더 강하게 헤쳐나갈 수 있을 것이다.

다행스럽게도 재산이 5억 이하면 상속세가 없다고 했다. 32평짜리 아파트가 전부인데, 상속세 염려는 안 해도 될 것 같았다.

근태는 다시 서랍을 닫았다. 어머니는 이삼일은 병원에 있어야 될 테니까 그동안 시간이 있었다. 내일, 모레 이틀 정도면 이런저런 일은 대충 정리할 수 있을 것이다.

근태는 다시 회사를 나섰다. 집에 들어가 한숨 잔 뒤에 다시 병원으로 가봐야 될 것 같았다.

근태는 식당 반대편 골목으로 빠져나왔다. 그녀를 만나서 뭐라고 할 것인가. 보고 싶지 않은 것은 아니었다. 그녀를 만나 무슨 말을 건네지 않더라도 얼굴만이라도 보면 마음이 편안할 것 같았지만, 그럴 수가 없었다.

그동안 그녀가 근태를 남다르게 대해준 것을 모르지는 않았다. 솔직히 그런 그녀를 부담스러워하고, 고마워는 했을망정 그 마음까지 읽은 적은 없었다. 읽을 여유도 없었고, 살면서 순아 그녀 말고는 여자를 마음에 품은 적이 한 번도 없었기 때문에 낯설었던 것도 사실이었다. 여자는 아내 하나면 되는 줄 알았었다.

그런데 김을 묻으면서도, 통영에서 순아, 그녀를 보고 있을 때도 근태는 안혜숙을 문득 문득 떠올리고 있었다. 구름 속에 감춰져 있다가 나타나는 것처럼 그녀는 환한 얼굴로 근태 가슴으로 다가왔었다.

그게 낯설었고, 그게 두려웠다. 가슴 뛸 일은 절대 아니었다. 마치 큰 잘못을 저지르고 있는 사람처럼 세차게 고개를 내저었을 뿐이었다. 다른 사람에게는 무시로 다가올 수 있는 봄날 같은 감정일 수도 있겠지만, 근태는 아니었다.

근태는 순간적으로 가슴을 누르고 있는 손을 의식했다. 뻐근하게 아픈 가슴을 자신도 모르게 누르고 있었던 것이다.

따끈한 국물이라도 먹은 뒤에 약을 먹어야 될 것 같았다.

우동 집으로 들어가 우동 한 그릇을 시켰다. 하지만 근태는 우동 한 가락도 집지 않고 국물만 들이키고는 그 집을 나왔다. 가슴의 통증은 뭘 먹는 것도 용납하지 않았다.

집으로 가려던 발걸음을 돌려 다시 병원으로 향했다. 김의 아내가 영수증을 갖고 온다고 했던 말을 기억했던 것이다.

그렇지만 근태가 병원에 도착해 보니 김의 아내는 벌써 다녀 간 뒤였다.

"뭐예요?"

아내는 봉해진 봉투를 건네며 물었다. 다행히 김의 아내는 영수증을 봉투 속에 넣어 왔다.

"김사장이 갖고 있던 출판사 서류야. 내가 보관해야 될 것 같다면서 갖고 온다고 하더구만."

근태는 대충 둘러댔다.

어머니는 잠깐 깨어났다가 다시 잠이 들었다고 했다.

"뭘 통 안 잡수세요. 미음이 나왔는데 고개만 저으세요."

근태는 잠든 어머니 얼굴을 내려다 보았다. 편안해 보였다. 또다시 저렇듯 잠들듯 편안하게 저 세상으로 떠나신다면 얼마나 좋을까, 생각했다. 모진 세상을 살았으니까 그런 복이라도 있어야 될 것 같았다.

"애들은 저녁때 올 거예요. 명하가 연락했나 봐요. 아까 전화 왔길래 걱정 말라고 했어요. 명식이가 여자 친구를 데리고 온다던데요."

아내가 눈빛을 빛내며 말했다. 자식이 애인을 데리고 온다니까 가슴이 설레는 모양이었다.

"당신은 만난 적이 있다면서요?"

"……."

근태는 결혼하면 행복하게 살 자신이 없다고 술주정처럼 떠들던 명식 얼굴이 떠올라 아무 대답도 하지 않았다.

"착해요?"

"응. 잠깐 봤어."

근태는 아내가 왜 만나고도 말하지 않았느냐고 섭섭해할까 봐 짧게 대꾸했다.

잠깐 밖으로 나간 아내가 미음 쟁반을 들고 들어왔다.

"어머니 고집은 당신밖에 못 꺾어요."

아내는 가만히 어머니를 흔들어 깨웠다.

"어머니, 아범 왔어요. 어머니가 제일 좋아하는 아범 왔다구요."

어머니가 눈을 떴다. 그리고 근태를 보았다. 언제나처럼 방긋 웃어 보이는 어머니 얼굴을 근태는 똑바로 바라볼 수가 없었다.

"이제 들어온 거여?"

"괜찮으세요, 어머니?"

근태는 어머니 옆에 앉으며 큰 소리로 물었다. 어머니가 힘없이 고개를 끄덕였다. 눈물이 왈칵 쏟아지려 했다. 어머니 품에 안겨 어린것처럼 엉엉 울음을 터뜨리고 싶었다. 그러고 나면 마음이 한결 가벼워질 것 같았다.

"장지에 갔다가 통영에 들렀었어요. 지숙이가 거기 살잖아요."

근태는 다른 날처럼 어머니한테 자상하게 이야기를 시작했다. 어머니 손을 꼭 잡은채로.

"살은 좀 쪘지만 아직도 새색시 같아요. 어머니한테 안부 전하라고 했어요."

"그려, 그려."

어머니가 고개를 끄덕였다.

그 사이에 화장실로 들어갔던 아내는 물에 적신 수건을 들고 왔다. 수건에서 김이 모락모락 났다.

"어머니, 아침 세수도 안 하셨어요. 아까 해드리려고 했는데, 잠이 들어서 못 닦아 드렸어요. 손 좀 내미세요."

아내는 어머니를 어린것 다루듯 자상하게 말했다. 그리고 손을 깨끗하게 닦고, 얼굴이며 목도 닦아주었다.

"세수 다 했어요, 어머니. 세수하고 나니까 참 예쁘세요, 어머니."

아내는 어머니의 머리카락을 가다듬고 비녀를 새로 꽂아주었다.

아내는 세수하기 전에는 물 한 모금도 안 마시는 어머니 성격을 잘 알고 있는 것이다.

"자, 어머니, 식사 좀 하세요."

근태가 미음을 한 수저 떠서 어머니 입 가까이 갖다 댔다. 싫어, 어머니가 고개를 저었다. 입술을 굳게 다문 채로였다. 아직도 근태한테 섭섭한 마음이 안 풀어진 모양이었다.

"아범이 어머니 속상하게 했다고 많이 후회했어요. 아범이 잘못했대요. 어머니가 아무것도 안 잡수시면 아범이 속상하죠."

아내가 옆에서 거들었다.

"잘못했어요, 어머니. 그만 잡수세요. 제가 소가지 자랑을 좀 했어요. 회사 일이 힘드니까 괜히 어머니한테 투정을 부렸어요."

　그래도 어머니는 고집을 꺾지 않았다. 아내가 내민 물만 한 모금 마셨을 뿐이었다.

　"어머니가 좋아하시는 흰죽이에요."

　그렇게 말하다 말고 근태는 쟁반을 아내한테 넘기고 몸을 일으켰다. 다시 가슴의 통증이 시작되고 있었다. 아내나 어머니 앞에서 약을 먹을 수는 없었다.

　서둘러 화장실로 들어갔다. 그리고 문에 등을 밀고 서서 주머니 약을 꺼냈다. 약이 선뜻 찾아지질 않았다.

　간신히 약을 찾아 입 안에 넣고 수돗물로 넘겼다. 그 자리에 쪼그려 앉아 어서 통증이 가라앉기를 기다렸다. 정신이 아득했다. 하지만 근태는 이를 악물고 통증이 사라지기를 기다렸다. 저절로 신음 소리가 입 밖으로 새어 나갔지만 근태는 손으로 입을 틀어막았다.

　한참 후에야 통증이 가라앉았다. 근태는 거울을 들여다 보았다. 검은 빛의 얼굴 하나가 거울 속에서 퀭한 눈빛으로 이쪽을 보았다.

　"아직은 아니야. 제발, 아직은……."

　근태는 거울 속의 얼굴을 들여다 보며 간절하게 말했다. 근태는 찬물에 세수를 했다. 그리고 세수비누로 정성들여 얼굴을 닦았다. 얼굴을 가득 감싼 비누 향기가 몹시 정겨웠다. 향긋한 오이 냄새도 같고, 솔잎 냄새 같기도 했다. 비누 냄새가 이렇게 고마울 수 있을까.

“맛있죠, 어머니? 무나물을 삼삼하게 해서 참 개운하네
요.”

얼굴을 닦으며 병실로 들어서니 아내가 어머니 입에 미음
을 떠넣어 주고 있었다. 어머니는 아까와 달리 아내가 떠넣어
주는 미음을 싫다는 소리 안 하고 잘 받아 잡수셨다.

“집에 가면 무 몇 개 사서 저장해야겠어요. 두꺼운 비닐 포
대에 담아서 항아리에 거꾸로 넣어두면 겨우내 꺼내 먹을 수
있거든요.”

“올해 김장은 몇 포기나 하죠? 친정 올케가 좀 해준다고 하
길래 관두라고 했어요. 어머니가 간 맞춘 김치가 제일 맛있잖
아요. 명현이가 김치 냉장고 사다 준 거 있죠? 그 속에 김장
김치를 넣어두면 내년 봄까지 먹을 수 있다네요. 참 세상 편
해졌어요.”

“동치미는 어떻게 하죠? 좀 해야 큰 조카네도 주고 할 텐
데. 명현이도 줘야 하구요.”

“저번에 어머니가 옆집 할머니가 입은 스웨터 예쁘다고 하
셨죠? 시장에 가 보니까 그 색은 없고 약간 분홍빛 스웨터는
있더라구요. 나중에 저하고 가서 입어 보고 사기로 해요.”

아내는 어머니한테 미음을 떠넣어 주며 계속 이야기를 건
넸다. 고부간에 저렇게 살고 있었구나, 근태는 한동안 두 사
람을 바라보았다. 고마울 일이었다. 아내가 저토록 어머니한
테 자상한 며느리였다는 사실도 모른 채 살았었다. 어쩌다 어

머니한테 잘못한다 싶으면 물불 안 가리고 난리를 피웠던 일
이 여간 미안하질 않았다.

저렇게 다 어울려 살고 있었는데, 근태 혼자만 누구하고도
어울리지 못하고 살아왔던 듯만 싶었다.

어머니는 미음 한 그릇을 다 잡수셨다. 그리고 아내가 숟가
락으로 긁어준 배를 마다 않고 다 받아 잡수셨다. 아내는 이
빨이 없는 어머니가 쉽게 먹을 수 있도록 수저로 배 속살을
긁어 입에 넣어 드렸다.

"그냥 누우시면 소화 안 돼요. 주사 바늘이 팔에 꽂혀 있어
서 돌아다닐 수도 없잖아요."

아내는 그렇게 말하고는 어머니 옆에 앉아 등을 가만가만
쓰다듬어주었다.

"팔 아퍼. 그만해."

어머니는 아내 손을 뿌리치고 그냥 자리에 누웠다.

"저녁에 집에 갈 거여?"

어머니가 물었다. 근태는 자신에게 묻는 말인 줄 알고 고개
를 들어 어머니를 보았다. 하지만 어머니 눈은 아내 얼굴로
향해져 있었다.

"집에 가서 옷도 갈아 입고 내일 아침에 올게요. 옷을 얇게
입고 왔더니 으실으실해서요. 저녁에는 아범이 있을 거예요.
왜요, 어머니?"

"가지 말어. 아범 가라고 하고 그냥 있어. 옷도 갖고 오라

고 하고."

어머니는 또박또박 말했다.

"왜요? 어머니는 아범 있는 걸 더 좋아하잖아요."

아내가 그렇게 말하고 호호, 웃었다.

"그냥 있어. 가지 말고."

어머니는 아내가 당장 가겠다고 한 것처럼 옷깃을 잡기까지 했다.

근태는 말없이 병실 밖으로 나섰다. 복도에 있는 긴 의자에 앉아 한동안 움직이지 않았다. 세상이 근태한테 아무 염려 말라고, 걱정할 것 한 가지 없다고 안심을 시키고 있었다. 분명히 고마워해야 될 일인데, 마음 한 구석이 아렸다. 사는 것이 지루하다고 하면서도 억지로 떠밀리고 있는 듯만 싶어 서운한 마음을 숨길 수가 없었다.

"왜 나와 있어요?"

아내가 다가 와 물었다.

"어머니는 다시 주무세요. 참 잘 주무세요. 그러니까 장수하시겠지만. 자고 싶으면 자고, 놀고 싶으면 놀고, 꼭 어린애 같으세요."

"……."

"어머니가 밤에 왜 나더러 남으라고 했는지 아세요?"

"…… 아직도 화가 안 풀리셨겠지."

"아니요. 내가 당신 종신을 해주기를 바라는 거예요. 집에서도 가끔 나더러 당신 옆에 와서 자라고 할 때가 있었어요. 꿈자리가 사납거나 숨이 차면 꼭 나를 불렀어요.”

“······.”

“이불 꼭 여며 주고, 그만 주무세요, 그러면 어머니는 그때서야 안심하는 표정으로 잠이 들어요. 친정 어머니한테서도 그런 걸 못 느꼈는데, 잠든 어머니를 보면 왜 내 마음까지 그렇게 평온해지는지 몰라요. 꼭 귀여운 애기를 다독여 잠재운 것 같은 기분까지 들어요.”

근태는 아무 말도 하지 못하고 앉아 있었다. 아내와 어머니가 그렇듯 좋은 벗이 되어 살고 있다는 것도 모르고 있었던 것이다. 자신 아니면 어머니를 보호해 줄 사람이 세상에 한 명도 없다고 믿으며. 그런데 아니었다. 아내와 어머니는 서로에게 없어서는 안 될 좋은 벗이 되어 있었다.

“정말 얼마 못 사실 모양이에요. 요즘 더 숨이 차다고 하세요. 숨소리도 쌕쌕 요란하고.”

숨소리가 빨라지면 그만큼 사는 날이 짧은 것이라고 누군가 말했었다. 그렇게 얕은 숨을 쉬다가 숨이 목 밖에서 오르내리면 그만 세상을 떠난다고.

“종신은 자손이라도 이성이 하지 않아야 죽어서 좋은 데로 간다고 믿으세요. 당신 팔자가 사나워서 자손들 못할 짓 많이 시켰다고 생각해요. 그래서 다음에는 정말 좋은 팔자로 태어나고 싶으시대요. 자손들 고생 안 시키게.”

“······.”

“몸이 아주 나쁘면 어린애처럼 꼼짝도 못하게 붙드세요. 옆에 있으라고. 혼자 있다가 눈 감을까봐 무서운가 봐요. 그래서 약속했어요. 어머니 절대 혼자 떠나게 하지 않겠다구요. 제가 꼭 어머니 종신 해드릴 테니까 아무 염려하지 말라구요.”

나 모르는 사이에 그런 아름답고 평온한 세상이 만들어져 있었구나, 근태는 아내 얼굴을 똑바로 볼 수가 없었다.

그 순간이었다. 갑자기 가슴이 턱, 막히는 통증이 한꺼번에 쏟아졌다. 숨이 막혔다.

“으으…… 숨이…….”

근태는 그 자리로 쓰러지며 두 손으로 가슴을 쥐어뜯었다.

“여보! 왜 이래요!”

아내의 비명 소리가 아득하게 멀어지고 있었다.

다시 깨어나 보니 응급실이었다.

옆에서 아내가 울고 있었다. 그러다 깨어난 근태를 보고 눈을 커다랗게 떠보였다.

"괜찮아요? 정신이 들어요?"

아내는 조급하게 물어왔다. 근태는 괜찮다고 대답했다. 잠깐 정신을 잃었던가 보다.

"이렇게 정신을 잃은 적이 또 있었나요?"

의사가 물어왔다.

"아, 아닙니다. 처음이에요."

근태는 거짓말을 했다. 아내한테 너무 많은 것을 숨기고 살았던 것만 같아 미안했다. 만일 저번에 쓰러졌던 일을 말한다면 아내는 걱정을 많이 할 것이다. 못난 남편이었다. 그런 잔걱정이라도 그만하게 해주고 싶었다.

"피곤해서 그럴 겁니다. 요즘 무리를 좀 했거든요."

근태는 아내를 안심시키려고 차분한 목소리로 말했다.

"당장 입원을 하셔서 정밀 검사를 받으셔야 해요."

의사는 당장 입원 수속을 하라고 했다. 근태는 고개를 가로 저었다.

"어머니가 이 병원에 계세요. 퇴원하고 오겠습니다."

그래야 될 것 같았다. 어머니를 집으로 모신 뒤에 입원을 해야 편안하게 검사를 받을 수 있을 것 같았다.

"그러지 말고 그냥 입원해요. 어머니는 제가 알아서 할게 요."

아내가 말렸다.

"한 번만 더 당신이 나한테 져. 다음에는 이기려고 안 할 테니까 정말 이번 한 번만 더 져줘."

근태는 아내를 다독였다.

삼남매가 뛰어 들어왔다.

"아버지!"

"괜찮아요, 아버지?"

"아빠, 왜 그래? 제발 이러지 마, 아빠……."

삼남매는 하얗게 질린 얼굴로 근태를 보았다. 명하 눈에서 는 벌써 굵은 눈물이 뚝뚝 떨어지고 있었다.

그 뒤에는 명식의 여자 친구가 서 있었다.

"괜찮다. 요즘 무리를 해서 피곤했어. 정신을 잃었던 모양이다."

근태는 삼남매를 안심시켰다.

"좀 쉬셔야 해요."

간호사가 삼남매한테 말했다.

"당신 애들 데리고 나가 있어. 나 좀 쉬어야 되겠어. 명식아, 아가씨 엄마한테 인사 시켜야지."

아가씨가 고개를 숙여 보였다. 저번처럼 환하고 맑은 표정이었다.

"죄송해요, 아버지."

명식이 먼저 입을 열었다.

"잘못했어요, 아버지."

명현이도 고개를 숙였다.

"…… 아빠."

명하는 근태 손을 꼭 쥐었다.

근태는 말없이 웃었다. 아니, 고개를 끄덕였다.

뭐가 미안하고 죄송할까. 오히려 근태가 미안한 일투성이었다. 자신이 좀더 잘나고 똑똑해 돌아가신 아버지가 자신에게 넘겨준 그 많은 숙제를 더 빠르게 해치웠다면 저 자식들도 더 홀가분하게 세상을 살아갈 수 있었으리라. 하지만 근태가 해내지 못한 숙제를 대신 할 사람은 바로 저 아이들이었다. 삼남매 모두 현명하니까 세상을 껴안고 용서하고, 화해하면서 근태가 남긴 숙제를 완성해줄 것이다.

“할머니한테 올라가 봐라.”

근태는 아이들을 밖으로 내몰았다. 한숨 더 잔 뒤에 어머니한테 가봐야 될 것이다. 피곤이 말끔하게 가신 얼굴로 어머니를 대하고 싶었다.

근태는 멀어져 가는 명식과 아가씨의 뒷모습을 오래 오래 바라보았다. 그리고 믿었다. 이제 명식은 아주 행복하게 살 것임을. 자신은 불행했었지만 저 아들만은 사랑하는 여자와 함께 아주 오랫동안 행복하게 살리라는 것을.

모두 밖으로 나간 뒤, 근태는 눈을 감았다. 마음이 편안했다. 한숨 푹 자고 나면 한결 나아질 것 같았다.

“아버지……”

근태는 자신도 모르게 신음처럼 아버지를 불렀다. 그런데 갑자기 눈물이 핑 돌았다. 너무도 다가가고 싶은데, 늘 멀찍이 떨어져서 바라보았던 것만 같았다.

어머니는 숙제를 남기지 않는다. 하지만 아버지는 자식들에게 하지 않으면 안되는 숙제 한 가지씩을 남기고 세상을 떠난다. 그것은 자식들이 세상을 살아야만 하는 절대적인 목표가 될 수도 있으리라. 그리고 그 아들도 아버지가 된 뒤에 자신이 마저 이루지 못한 숙제를 자식에게 남겨두는 것이다.

그래서 자식들은 아주 오랫동안 아버지를 기억하게 되는 것이다.

어머니가 자식들에게 신이라면, 아버지는 인간이었다. 어머니는 죽어서 자식들 가슴에 영원히 믿고 의지할 절대절명한 존재가 되지만 아버지는 못나고 부족하고 술주정꾼일망정 늘 내 곁을 든든하게 지켜주는 든든한 인간이 되는 것이다.

그래, 어머니는 죽어 자식들 가슴에 뿌리 튼튼한 나무로 심어지지만 아버지는 자식들이 힘겨울 때, 고달플 때, 바로 곁에 지키고 서서 힘내, 힘내, 너는 해낼 수 있어, 끊임없는 용기를 주는 내 벗으로 남는 것이다.

근태는 이제서야 아버지를 이해할 수 있었고, 용서할 수 있었다.

그리고 자식들이 가여웠다. 아주 먼 훗날, 자식들도 이 나이쯤 되면 이렇게 가슴 아파하며 죽은 아비를 그리고 세상에 남겨질 자식들을 안쓰럽게 바라보게 될 것이다.

하지만 그것이 슬픔이거나 불행일 수는 없었다. 세상에 태어나 한 세상을 살고, 누군가를 사랑하고, 자식들 낳고 죽어간 한 생명처럼 아주 당연한 일이고 세상의 순리일 수도 있으니까.

그래, 유전처럼 아니, 업보처럼 걸머져야 되는 불행이 있게 마련이라면 근태 자신이 모두 치렀다고 자신할 수 있었다.

사라진 것은 그리움이 된다. 이제 자식들은 스스로 배운 지혜와 그리움으로 남은 아버지를 떠올리며 행복한 삶을 살게 될 것이다. 근태 자신보다는 훨씬 더 여유있고, 넉넉한 삶을.

이만큼이라도 살았던 것이 고마웠다. 이만큼이라도 장막

같은 불행을 걸어내고 저 세상으로 떠날 수 있게 된 것이 눈물겹게 고마웠다.

아버지 영혼도 근태한테 많이 미안해 했을 것이다. 자신이 미처 다 겪어내지 못한 불행을 세상에 미처 태어나지도 않은 자식에게 유산처럼 남겨 놓고 이승을 하직했던 것이.

누군가 손을 잡았다. 근태는 그 손이 아내 것이라는 것을 금방 알아챘다. 손이 따뜻했다.

아내는 아주 오랜 벗이었고, 영원히 잊지 못할 동무였다. 이제부터는 아내가 못나고 부족했던 근태 대신 뒷일을 책임져 줄 것이다.

사는 동안 나 몰라라 내팽개친 가정을 아내 혼자 묵묵히 지켜왔던 것처럼 다 자란 자식들에게 나머지 빈 자리도 꼼꼼하게 챙기고 근태 뒤를 따라 올 것이다.

아내보다 먼저 눈을 감는다는 것이 그렇게 고마울 수 없었고, 한편으로 미안했다. 끝내 근태 뒷치닥거리만 하고 마는 아내가 아닌가.

아주 훗날 아내가 저승길로 들어서면 근태가 제일 먼저 달려가 안아줄 것이다.

"보고 싶었어. 얼마나 기다렸다고. 나 많이 미워했지? 이제부터는 내가 당신 그림자가 되어 줄게."

수다쟁이처럼 떠들며 아내를 꽉 껴안아 줄 것이다. 살면서 한 번도 입에 담아 본 적 없었고 한 번도 해보인 적 없는 행동이지만 조금도 부끄럽지 않을 것이고 조금도 흉이 되지 않을 것이다.

죽는 것이 오히려 행복하다는 생각까지 들었다. 빨리 죽어 자식들이 자유스러워지고 빨리 죽어 아내를 기다리는 시간이 길어진다면 그것도 행복할 일이었다.

세상은 소설책이나 유행가 가사에서 듣는 것처럼 멋지거나 아름다운 곳이 절대 아니었다. 하지만 전쟁터는 아니었다. 설령 한바탕 교전이 벌어졌다고 해도 그 자리에는 어김없이 싹이 돋고, 꽃이 피어났다.

근태는 두 손을 가슴에 얹은 채로 몸을 쭉 펴고 똑바로 누웠다. 누가 죽기라도 했을까, 어디선가 통곡 소리가 요란하게 들려왔다.

아버지, 아버지한테 죄송하다거나 잘못했다는 말은 하지 않겠습니다.

이제는 그런 말도 소용이 없게 되었으니까요. 그래도 살아 생전 아버지! 큰 소리로 불러 본 적이 없었던 일이 후회스러울 뿐입니다.

그래요, 아버지. 아버지는 이제 우리 가슴에 커다란 바위로 남았습니다. 힘겨울 때는 앉아서 쉬고 싶은 느티나무 아래 정자가 되었습니다. 이렇게 아버지가 큰 그리움으로 남으리라고는 꿈에도 생각못했습니다.

어머니는 어려서부터 우리에게 항상 말했습니다.

"밥 먹고 나면 반드시 양치질하고, 밖에서 돌아오면 꼭 손발을 닦고, 동생이 울면 따뜻하게 안아주고 다독여줘야 해."

어머니의 그 말은 정말 옳았습니다.

"세상에 태어난 사람이라면 누구든 이 세상을 좀더 살만한 곳으로 만들기 위해 노력을 해야 된다. 자신의 능력만큼씩만. 한 주먹의 쌀을 커다란 항아리에 담듯이."

아버지의 말없는 그 타이름도 옳았습니다.

그리고 이제는 제가 아버지가 됩니다. 아버지가 다 하지 못한 숙제를 마저 다 하기 위해 아버지가 됩니다. 아내는 어머니가 되구요.

아내가 며칠 후면 아기를 낳는 답니다. 아버지도 저처럼 두려우셨나요? 새로운 생명을 세상에 떨어뜨리는 일이 말입니다. 요즘 들어 이럴 때 아버지가 있었다면 얼마나 좋을까, 그런 생각을 자주 합니다. 그래요, 아버지가 그리워서입니다.

아버지는 우리 삼남매가 병원으로 달려갔던 날, 깊은 잠에 빠졌습니다. 응급실에서 어머니가 잠깐 자리를 비운 사이, 아버지는 몰래 도망치는 사람처럼 그렇게 의식을 놓았던 것이지요.

어머니가 아버지를 발견했을 때, 아버지는 이미 심장 박동이 불규칙하고 빠르게 뛰는 심장마비 막바지 단계의 부정맥이 나타난 상태였습니다. 전기 쇼크를 주어 부정맥을 제거하는 제세동기로 심장 박동을 회복시켰지만 아버지는 끝내 의식을 찾지 못했습니다. 체내 산소 공급 부족으로 뇌 손상이 왔던 것입니다.

아버지는 의식을 잃은 뒤 보름 만에 잠깐 눈을 뜬 적은 있었습니다. 마침 면회 시간이어서 우리 삼남매가 중환자실에 들어가 있었습니다.

"아버지!"

우리 삼남매는 산소 호흡기를 꽂고 누워 있는 아버지 앞으로 바짝 다가갔습니다.

"정신이 드세요?"

"제가 누군지 아시겠어요?"

"아빠, 나 명하야, 아빠!"

그 순간이었습니다. 잘못 들은 것이 아니라면 저는 아버지의 목소리를 분명히 들었습니다. 산소 호흡기 저 너머에서 메아리처럼 들려오는 아버지의 목소리를.

"알고 말고. 내 자식들이 아니더냐. 반갑구나. 정말 반가워."

분명히 그렇게 말하는 아버지 음성을 들었습니다.

"아빠, 내가 잘못했어. 그러니까 제발 이러지 마. 나 아빠 닮아서 고집 센 것뿐이야. 이제 다시는 고집도 안 부리고 아빠 속도 안 썩히고 공부도 열심히 할 테니까 제발 그만 일어나. 내가 아빠 속 썩힌다고 나 미워서 이러는 거면 제발 그만해. 나 아빠한테 그렇게 잘못한 거 없어. 내 친구들은 나보다 훨씬 부모님 속 많이 썩히지만 개 아빠들은 아빠처럼 이러지 않아. 이렇게 벌 세우지 않는다구. 아빠도 자라면서 할머니 속 썩힌 적 없어? 아빠는 말도 잘 듣고 공부도 잘하는 모범생이었지만 할머니 속 썩힐 때 없었을 것 같애? 오빠들도 아빠 속 많이 상하게 했잖아. 그래도 용서했으면서 왜 나한테는 이러는 거야. 아빠 이렇게 죽으면 절대 용서 안 할거야. 이러고 가면 아빠 딸 죽을 때까지 죄책감 느끼고 살아야 되는데 그래도 괜찮아? 아빠도 나한테 별로 좋은 아빠 아니었잖아. 그래서 심술 부리느라 내가 그런 거야. 앞으로는 아빠가 좋은 아빠 안 해도 안 삐질게. 그냥 나만 좋은 딸 할게. 약속해, 아빠. 응, 약속해, 아빠……."

명하가 허겁지겁 아버지 새끼 손가락에 손을 걸었습니다. 그리고 저는 보았습니다. 아버지 귓가로 흘러내리는 뜨거운 눈물을.

명현이는 아버지 팔에 얼굴을 묻고 꼼짝도 하지 않았구요. 그 애도 울고 있었던 것이지요. 저는 자라면서 그 애가 우는 모습을 한 번도 본 적이 없었습니다. 그런데 하얀 시트를 적시며 울고 있었지요.

저는 울 수가 없었습니다. 아직은 울어서는 안 되었으니까요. 아버지가 하시는 말씀을 놓치지 않고 들어야 했기 때문에 부옇게 흐려오는 눈을 손바닥으로 거칠게 문지르며 아버지를 내려다 보았습니다.

그리고 들었습니다. 아버지의 음성을.

"이제부터는 너희들이 아버지가 되고, 어머니가 되겠구나. 나는 아버지를 한 번도 배운 적이 없었단다. 내 아버지는 그리움으로도 남아 있지 못했어. 그래서 세상이 무서웠고, 두렵기만 했다. 눈을 감고 세상을 더듬으면서 사는 것만 같아서 한시도 마음을 놓을 수가 없었지. 그래도 고마운 것은 너희들 곁에 오래 머물렀다는 점이란다. 아무 능력도 없고 보잘 것 없는 아비였지만 그래도 너희들 곁에 오래 있었다는 것만으로도 고맙고 감사할 일이다. 나한테 느꼈던 서운한 감정, 슬픈 감정, 불행했던 생각, 모두 잊어야 한다. 그리고 좋은 점만 많이 기억했으면 좋겠다. 아버지가 잘못했던 점을 절대 되풀이해서는 안 될 것이다. 업보처럼 이어진 모든 불행은 이제 끝났다. 내가 죽는 순간 그 불행은 막을 내릴 것이다. 그래서 나는 죽는 것이 두렵지 않단다. 참 힘겹게 살았고, 고달프게 살았지만 열심히 살다 보면 모두들 나를 기다려 주리라고 믿으며 살았었다. 아닌 줄 알았는데, 그 믿음이 옳았구나. 너희들이 이렇게 나를 반겨주다니, 내 삶이 헛되지 않았어……."

저는 아버지 말씀을 한마디도 놓치지 않으려 이를 악물고 있었습니다. 조금만 빈 틈을 보여도 그 사이로 아버지의 말이 흘러나갈 것만 같았던 것이지요.

저는 아버지가 하신 말씀을 가슴에 수를 놓듯 한 자씩 심었습니다. 아버지의 마지막 말을.

면회 시간이 끝나고 밖으로 나온 저는 아버지가 즐겨 찾던 식당으로 전화를 걸어 그 분을 찾았습니다.

"아버지께서 잠깐 정신을 차리셨어요. 저녁 면회를 하시겠습니까?"

저는 더듬지 않고 빠르게 말했습니다. 그 분이 언젠가 제게 전화를 걸어 한 번만 면회를 하게 해줄 수 없겠느냐고, 실례가 아니라면 그렇게 해줄 수 없겠느냐고 간곡하게 말했던 것을 떠올렸던 것이지요.

그 날 오후, 그 분이 중환자실 앞으로 다가 왔을 때, 저는 어머니 표정부터 살폈습니다.

그 분이 먼저 말없이 고개를 숙여 인사를 했습니다. 어머니는 아무것도 묻지 않았습니다. 마치 모든 것을 다 알고 있기라도 한 것처럼.

"아버지가 신세를 많이 졌던 분이세요. 면회를 하고 싶다고……."

저는 기어이 말을 더듬고 말았습니다. 하지만 어머니가 저를 대신해 대답해 주었습니다.

"……고맙습니다. 이렇게 와 주셔서."

어머니는 가볍게 고개를 숙였습니다. 저는 부부란 말하지 않아도 저절로 알게 되는 일이 참 많을지 모른다는 생각을 했습니다.

그 분이 먼저 안으로 들어가고 제가 그 뒤를 따라 들어갔습니다. 그 분이 제 팔을 잠깐 잡으며 같이 들어가 달라는 표시를 했기 때문입니다.

"아버지?"

제가 아버지를 불렀습니다. 아버지가 다시 희미하게 눈을 떴습니다.

"선생님……."

그 분이 떨리는 목소리로 아버지 손을 잡았습니다.

"선생님……."

그 분은 자꾸만 아버지를 불렀습니다. 아버지가 그 분 얼굴을 오랫동안 올려다보았습니다. 맑고 깨끗한 눈이었습니다.

저는 그 분이 아버지를 얼마나 의지하고 존경하는지 알았습니다. 가늘게 떨리는 손끝을 봐 버렸던 것이지요. 그리고 볼을 타고 하염없이 흘러내리는 눈물까지도.

아버지도 그 분을 좋아했을지 모른다는 생각을 했습니다. 다만 가슴에 그런 봄날 같은 사랑을 품는다는 것이 두려워 애써 모른 척했을지도 몰랐지요. 사랑이란 맑은 물줄기와 같아서 소리없이 가만히 가슴 한 틈으로 스며 들어와 커다란 바다를 이룬다는 말은, 맞았으니까요.

"이제…… 맛있는 매운탕을 끓여서 누굴 드리지요?"

그 분이 그렇게 물었습니다. 아버지가 눈을 굳게 감았다가 떴습니다. 그리고 편안한 표정으로 오래오래 그 분 얼굴을 올려다 보았습니다.

잘 있어요. 그동안 너무 많이 고마웠습니다. 마음을 몰랐던 것도 아니면서 두려웠어요. 그래도 힘들 때면 먼저 생각하고는 했습니다. 좀더 좋은 세월이었다면 우리는 좋은 친구가 될 수 있었을 거예요…….

저는 아버지 얼굴에서 그 말을 읽었습니다.

"선생님, 안녕히……."

그 분은 아버지 팔에 굵은 눈물을 뚝뚝 떨어뜨리고 말았습니다. 그렇게 그 분은 아버지와 마지막 이별을 하고 있었던 것이지요. 아버지가 까딱 손가락을 움직였습니다. 잘 가라는 듯이, 잘 있으라는 듯이…….

그 분이 나간 뒤, 아버지는 감은 눈을 뜨지 않았습니다. 오랫동안 그 분의 모습을 머릿속에 담아 두고 싶었던 것일까요. 어머니한테는 죄송한 일이지만, 저는 아버지한테 그렇게 찾아온 새로운 사랑이 너무 고마울 뿐이었습니다. 그렇게 헤어질 수밖에 없고, 언제 한번 마음 열어 그 사랑을 받아들이지 못했다 하더라도 맑은 물줄기처럼 가슴에 고인 사랑 하나를 품고 저 세상으로 떠날 수 있는 아버지를 진심으로 축복하고 싶은 심정이었습니다.

그 분을 만난 뒤, 아버지는 더 오래 혼수상태에 빠지고는 했습니다. 찾아온 명훈 형이 울음을 참지 못하고 기어이 엉엉 소리내어 울 때도 아버지는 깨어나지 않았습니다. 하지만 저는 마음 속으로 아버지의 말을 다 귀담아 들었습니다.

울지 마라. 제발 울지 말어. 이제부터는 너희들이 아버지가 되는 거야. 그래서 무성한 이파리로 그림자 만들어 주고, 튼실한 열매도 맺게 하고, 그렇게 아버지가 되어야 한다. 나를 기억하지는 말아 다오. 다만 너희들한테 오래오래 그리움으로 남아 있게 해주렴. 힘들고 어려울 때 나는 너희들의 동무가 되어 옆에 나란히 앉아 편안하게 이야기를 나눌 수 있었으면 좋겠구나.

그렇게 잠이 들었다가 깨어나면 아버지는 항상 저를 찾았습니다. 그리고 마지막 빛처럼 간절한 눈빛을 제게 보내고는 했습니다.

제발 산소 호흡기는 빼다오. 그만 빼야 해. 나를 위해서는 아주 작은 것도 쓰지 말아다오. 나는 이 세상에 모든 것을 다 바치고 떠나고 싶다. 나를 위해서는 아무것도 갖고 싶지 않아. 그러니까 제발, 그만 나를 보내다오. 아무 능력도 없는 네 어머니를 생각해서라도 내 소원대로 해다오. 나도 네 어머니한테 선물을 하나 정도는 줘야 될 것 아니냐. 내가 많은 돈을 없애고 떠나면 저 세상에 가서도 빚진 기분 때문에 못 견딜 거다. 그러니까 제발 내 말대로 해다오……

아버지는 그렇게 매달리고 있었습니다. 당신을 위해서는 한 푼도 쓰지 말기를 바라고 있었던 것이지요.

"왜 아버지는 끝까지 아버지 고집만 피우세요. 아버지가 할아버지가 뿌린 씨를 거두느라 한평생을 살았듯이 저도 제가 해야 될 몫이 있어요. 아버지 산소 호흡기나 빼는 그런 자식으로 남기를 바라세요?"

저는 끝까지 아버지의 간절한 눈빛을 외면했습니다.

하지만 아버지는 그 다음날 숨을 거두었습니다. 검불 같은 숨을 두어 번 내쉰 뒤에 잠들 듯 조용히 떠났습니다.

그리고 딱 일주일 후에 할머니를 모시고 갔습니다. 저는 할머니가 돌아가셨던 날, 깜박 잠이 들었다가 두 분이 나란히 어깨동무를 하고 길을 떠나는 꿈을 꾸었습니다.

아버지는 언덕 위에 서서 할머니를 기다리고 있었습니다. 그리고 할머니가 다가가자 얼른 다가와 할머니한테 분홍빛 양산을 씌워주었습니다. 저는 이만큼 떨어져서 어깨동무를 한 채 아주 다정한 모습으로 편안하게 길을 떠나는 두 분을 오래오래 배웅했습니다.

그리고 처음으로, 아주 간절하게 목청껏 외쳤습니다.

"아버지!"

아버지도 제 부름 소리를 분명히 들으셨던가 봅니다.

오냐, 내 아들아…….

바람 한 줄기처럼 제 가슴으로 촉촉하게 스며드는 아버지의 대답 소리가 있었으니까요.

아버지는 누구일까

· 양장본

2007년 3월 22일 1판 1쇄 인쇄
2007년 3월 22일 1판 1쇄 발행
글 • 김종윤
펴낸이 • 김종윤
펴낸곳 • 자유지성사
주소 • 서울특별시 종로구 관훈동 198-16 남도빌딩 201호(110-130)
전화 • (02)732-3472(대) | 팩스 • (02)732-3474
출판등록 • 제2-1173호(등록일자 1991년 5월 18일)
E-mail : fibook@kornet.net

ISBN 89-7997-206-7 (03810)